KB093474

후각의 시학

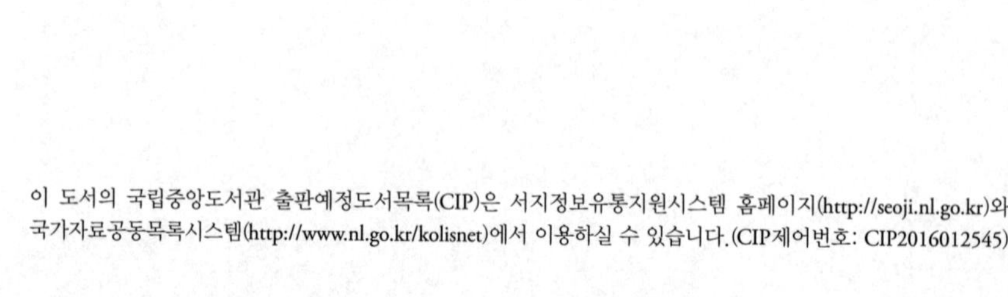
이 도서의 국립중앙도서관 출판예정도서목록(CIP)은 서지정보유통지원시스템 홈페이지(http://seoji.nl.go.kr)와 국가자료공동목록시스템(http://www.nl.go.kr/kolisnet)에서 이용하실 수 있습니다.(CIP제어번호: CIP2016012545)

후각의 시학

정 진 경

Petics of the olfactory sense

책머리에

20세기 이후에 발달한 의학은 '인간은 생각하는 동물이다'라는 말을 구체화하는 토대가 되었다. 19세기 메를로퐁티 등의 신체현상학자들이 주장하던 심신일원론, 즉 인간의 의식이 감각으로부터 비롯된다는 말은 20세기 이후 의학에 의해 입증되었다. 데카르트 이후 근대까지, 신체의 현상을 하위 개념으로 두고 인류의 정신사를 구축해왔던 것에 대한 전복적 사건이라 할 수 있다. 신체의 감각적 지각이 개인의 의식을 만들고, 이것이 사회 이데올로기와 문화적 상징체계로 연결된다는 사실은 그동안 신체 담론과 정신 담론으로 분리되어 다뤄졌던 모든 진리를 재검토할 필요성과 연결된다. 신체의 현상으로 인한 감각의 의식화와 사회화 과정은 인간의 존재와 실존의 의미가 생물학적 존재성과 사회학적 존재성의 연계 속에서 생성됨을 의미한다.

이러한 감각의 새로운 진리에도 불구하고, 시 연구에서 신체 담론과 정신 담론은 분리되어 그 의미가 규정된다. 시 연구에서 후각적 감각은 사회화와 연계되지 못하고 본능적 감각으로만 규정되었다. 신체의 감각적 지각을 외부의 현상에 반응하는 본능으로만 규정하여 시적 의미를 찾았다고 할 수 있다. 인간의 본능이 생물학적 반응이 아니라 인간 존재와 정신, 사회 · 문화의 근원이 된다는 중요한 사실을 간과한 것이다. 시 연구에서 후각은 시각이나 청각과는 달리 거의 모든 담론에서 제외되어 왔다. 후각 이미지를 연구할 필요성은 더 이상 거론할 필요가 없이 자명하다.

다른 감각과는 달리 후각은 생물학적 존재성과 사회학적 존재성, 정신적인 실존성을 두루 반영하고 있는 감각이라 할 수 있다. 다른 감각들도 이러한 존재성과 관련이 없는 것은 아니지만 후각만큼 두 영역을 폭넓게 반영하고 있는 감각은 없다. 시에서도 후각적 감각은 생물학적 존재성과 사회학적 존재성을 두루 표출하면서 우리의 사회 · 문화적인 사상과 행동 체계를 많이 반영하고 있다.

이 책은 2부로 구성되어 있다. 1부는 1930년대 시에 나타나는 후각 이미지의 사회 · 문화적인 의미를 연구한 것으로, 신체현상학 이론과 사회 · 문화적인 후각 이론을 융합한 필자의 박사학위 논문을 요약 정리한 것이다. 30년대는 일제의 파시즘적 정책이 노골화되는 시기였으므로 우리 민족에게는 그 어떤 때보다 혼란스럽고 불안한 시대였다. 이런 시대일수록 시각과 청각과 같은 이성적인 감각보다는 후각과 같은 본능적 감각이 인간의 심연의 감춰진 개인과 사회의 실존적 문제를 더 많이 반영하고 있다. 1930년대는 다른 시대와 달리 다양한 후각적 감각이 나타나는 시기이다. 인간이나 종족으로서의 생명이 위기에 처했기 때문인지 자기 보존 욕구를 드러내는 생물학적 존재성뿐만 아니라, 민족 계급 간의 권력 투쟁이나 문화적 혼종을 겪는 정치, 문화 등의 심미적 후각적 감각도 나타난다. 생명이 위협받는 불안한 시대일수록 후각적 감각이 많이 나타난다는 것을 알 수 있다.

제2부는 해방 이후 시에 나타난 후각 이미지의 사회·문화적인 의미를 각 연대별로 연구한 것으로, 각종 학술지에 발표한 논문들이다. 학위논문을 쓴 이후에도 한국시사에서 시의 후각적 관점 연구는 여전히 불모지로 남아 있어, 이를 지속적으로 연구할 필요성을 느꼈다. 그래서 기획한 것이 20세기의 한국 현대시를 후각적 관점에서 총체적으로 정리하는 것이었다. 1950년대, 1960~70년대, 1980년대, 1990년대를 1930년대와 같은 연구방법론으로 살펴본 것이 2부의 논문들이다. 2부의 논문을 통해서 후각적 의식은 같은 문제가 동일한 냄새로 의식화되기도 하고, 한 시대에만 국한되는 특징적 냄새로 의식화된다는 것을 알 수 있다. 여기서 중요한 것은 1930년대와 1950년대와 같이 인간으로서의 생명적 위기가 명확할 때도 생물학적 존재성의 문제가 나타나기도 하지만 90년대와 같이 지나치게 사회학적 존재를 추구하는 사회 현실 속에서도 나타난다는 것을 알 수 있다. 물질문명의 발달이 일제강점기나 6·25에 주로 나타나는 생물학적 존재성의 위기를 초래한다는 것을 알 수 있다.

이 연구는 많은 분들의 도움이 있었기에 가능했다고 할 수 있다. 학위 논문을 지도해주시면서 방향키를 잡아주셨던 남송우 교수님과 심사를 하시면서 많은 조언을 아끼지 않으셨던 유재천 교수님, 조동구 교수님, 故 고현철 교수님, 김경복 교수님의 덕분에 연구가 완성되었다고 할 수 있다. 교수님들께 감사를 드린다. 그리고 이 책을 발간할 수 있도록 도와주신 맹문재 교수님과 푸른사상사에 감사 드린다.

막상 책으로 묶으려고 하니 부족한 점이 많아 망설이기도 했지만 한국 시사에서 감각적 차원의 후각 시 연구의 저서가 아직 한 권도 없다는 사실에 의미를 두고 부끄러움은 접어두기로 하였다. 미약한 나의 연구가 감각적 차원의 후각 시 연구의 재평가와 가치를 높이는 불씨가 되기를 바라면서…….

2016년 봄
정진경

차 례

제1부

1930년대 시에 나타난 후각 이미지의 사회 · 문화적 의미

민족 간 대립과 투쟁의 냄새

제1장

후각 이미지 연구의 필요성과 목적

감각은 생명 활동의 가장 기본 바탕이다. 그리고 이 모든 감각은 그 개별적 특성에 따라 사회화되어 존재의 구성에 기여한다.[1] 그런데도 후각은 오랫동안 비가시적인 현상의 하나로 취급되어왔다. 모든 학문과 예술 분야에서 이성과는 상반되는 하위 감각으로 취급되면서 경시되어왔다. 그러나 이것은 현상을 잘못 판단하고 있는 피상적 인식이라 할 수 있다. 후각은 단순히 신체의 현상에서 그치는 게 아니라, 정신과 관련되어 있다는 사실은 이미 고대에서부터 거론된 일이다.

고대의 철학자인 플라톤, 아리스토텔레스와 아우구스티누스 등은 후각을 신체 행위를 유발하는 매개체로 보거나 정신의 본성적인 활동으로 보았다.[2] 신체와 정신의 상호 관련성 담론은, 데카르트 이후 이 둘의 작용을 별개로 보는 심신이원론(心身二元論)으로 통용되다가, 19세기 공감

---

1 게오르크 짐멜, 「감각의 사회학」, 『짐멜의 모더니티 읽기』, 김덕영 · 윤미애 역, 새물결출판사, 2005, 56쪽.

2 아리스토텔레스, 『영혼에 관하여』, 유원기 역주, 궁리출판, 2010, 38~47쪽 참조.

각이 발견되면서부터 현상학자들을 중심으로 다시 심신일원론(心身一元論)으로 통용되었다. 후설에게서 비롯된 현상학은 신체의 감각이 의식을 형성하는 데에 기여한다고 보는 이론이다. 감각을 의식의 매개체로 보는 후설의 이론은 메를로퐁티에 와서는 감각 그 자체가 의식의 주체가 된다는 논리[3]로 발전된다. 그런데 이들 이론에서 '감각'은 시각과 청각, 후각, 미각, 촉각 등으로 세분화하여 언급되기보다는 시각을 주로 예로 들면서 언급된다. 하지만 이들 학자가 말하는 논의의 초점이 신체와 정신의 상호 관련성 문제[4]라는 점을 보면, 감각의 의식화 작용은 오감 작용을 모두 아우르는 말로 해석된다.

이러한 신체와 의식의 상호 관련성은 19세기 신경과학자들에 의해 입증되었다. 몬티 블록은 코의 안쪽에 있는 야콥슨 기관이 감수성과 관련

---

3 메를로 퐁티, 『지각의 현상학』, 류의근 역, 문학과지성사, 2002, 316쪽.

4 이 글에서 '의식'과 '정신'은 자주 혼동되어 쓰인다. 결론적으로 말하자면 이 두 용어는 같은 의미로 쓰인다. 사전적 의미로 의식은 1. 깨어 있는 상태에서 자기 자신이나 사물에 대하여 인식하는 작용, 2. 사회적 · 역사적으로 형성되는 사물이나 일에 대한 개인적 · 집단적 감정이나 견해나 사상, 3. 의근(意根)에 기대어 대상을 인식 · 추리 · 추상(追想)하는 마음의 작용으로, 인간이 감각하거나 인식하는 모든 정신 작용으로 정의된다(이희승 감수, 『엣센스 국어사전』, 민중서림, 1974, 12~13쪽). 사전적 정의로 정신은 물질에 대립되는 마음이나 영혼의 개념이지만 '의식화', 즉 신체의 감각과 인식 작용을 거쳐 나온 것이다. 그런 점에서 정신은 의식의 일부이다. 인간의 내면 단계는 일차적으로 신체의 감각적 지각 → 의식화 → 의식(=정신 작용)의 단계로 나아간다. 이때 의식은 자각의 가능성에 따라 전의식(前意識)과 무의식(無意識 : 잠재의식)으로 나눌 수 있고, 사회화의 과정에 따라 의식화 → 개인의식 → 집단의식(싱징이나 이데올로기) → 절대정신으로 나아간다. 고대 철학자들이 감각을 정신의 매개로 본 것과 현상학자들이 감각이 의식화에 기여한다고 본 것은, 둘 다 정신과 의식을 동일한 의미로 본 것이다. 이들이 말하는 정신은 영혼 지향의 절대적인 정신이 아니라 심리적 활동의 총체를 말한다.

되어 있다는 사실을 발견한다.[5] 야콥슨 기관은 감각의 자극보다는 감수성과 관련된 뇌 부위, 즉 장기적인 기억이나 잠재적인 의식 등 뇌의 원초적인 부위에 영향을 준다는 사실을 알아낸다. 인지한 냄새의 해석이 감정이나 느낌, 욕구와 관련된 부분(변연계의 편도체, 시상하부 그리고 우측 뇌)에서 생긴다는 것이다. 이 점에 입각해 본다면 후각은 가장 본능적인 감각이라 할 수 있다.

이러한 본능성으로 인해서 후각은 호흡과 더불어 생명과 직결되어 있다. 냄새의 자극에 직접 노출되어 있으며, 의식을 수동적으로 받아들인다. 수동적인 감각임에도 불구하고 후각은 학습을 통해 기억된 냄새가 특정한 상황 판단을 하는 기준이 되기도 한다. 뇌와 상호 소통되는 기능을 통해서 정신적인 영역의 가치판단을 하는 잣대가 된다. 후각의 가치판단 영역은 사회의 도덕성과 관계가 깊은데,[6] 후각이 어떤 상황에 직접적인 행동 반응을 일으키는 것이나 과거지향적인 특성을 보이는 것[7]은 이런 이유 때문이다. 그런 점에서 후각과 연관되는 정신은 초월적 세계를 추구하는 절대정신이 아니라 현실을 바탕으로 하는 개인의 의식이나 사회화된 의식이라 할 수 있다.

---

5 냄새-코-두뇌의 경로가 후각 작용이 일어나는 유일한 경로는 아니다. 각각의 후구 옆에는 부후구라는 두 개의 관 모양을 한 야콥슨 기관이 있다. 후각 작용은 야콥슨 기관으로부터 외부 세계의 정보를 전달받는다. 라이얼 왓슨, 『코』, 이한기 역, 정신세계사, 2002, 23쪽, 26쪽.

6 알베르트 수스만, 『영혼을 깨우는 12감각』, 서영숙 역, 섬돌, 2007, 99~131쪽 참조.

7 Freeman, W. J. '*The Physiology of Perception*.' Scientific American, February 1991. Tisserand, R. Aromatberapy. London : Penguin, 1988(피트 브론 외, 『냄새 : 그 은밀한 유혹』, 이인철 역, 까치, 2000, 149쪽 재인용).

이러한 후각 이론들은 사회 · 문화적인 현상을 후각적 관점에서 연구할 수 있는 계기로 작용했다. 콘스탄스 클라센이나 라이얼 왓슨, 피트 브론, 다이앤 애커먼 등의 사회 · 문화 학자들이 냄새의 의미를 "신체적, 심리적, 사회적 차원"[8]의 현상으로 보는 것은 이 때문이다. 그들은 사회 · 문화적으로 이미 기표화된 냄새의 상징체계를 심리적 현상으로만 보는 게 아니라 문화적이며 사회적이고, 역사적 현상으로 보고 있다. 이런 이론에 입각해서 본다면 후각 의미들과 상징은 신체와 정신의 상호작용 속에서 의식화된 사회와 문화적인 가치 개념이라는 결론을 내릴 수 있다.

이런 후각의 의식화와 사회화의 연구에도 불구하고 한국시사에서 후각은 여전히 외면되고 있다. 감각적 차원에서의 시 연구는 주로 시각이나 청각을 중심으로 이루어지고 있으며, 간혹 있더라도 시의 중심 담론으로 격상된 적은 거의 없고 부분적으로 언급되는 정도이다. 그동안 후각 담론의 비중은 적었지만 시에서 후각 이미지는 많이 사용되었고, 계속 사용되고 있다. 시는 시인의 의식을 통해 재생산된 현실 문제가 들어있다. 따라서 현실의 문제에 민감한 후각 이미지에 대한 고찰을 더 이상 방치할 수 없다.

그렇다면 시에서 시인의 '후각적 경험은 어떻게 의식화되는 것인가?'[9]

---

8 콘스탄스 클라센 외, 『아로마—냄새의 문화사』, 김진옥 역, 현실문화연구, 2002, 10쪽.

9 이 글에서 '의식화'와 '이념화'라는 용어는 같은 의미로 쓰인다. '의식화'는 감각을 통해서 사상이나 세계를 인식하는 일이다. 이와 유사한 것이 후설이 말하는 '이념화 작용'인데, 이는 신체의 자연적 능력에 의해 대상의 본질을 지향하고 성찰

의 문제는 중요한 연구 과제가 될 수 있다. 특히 1930년대와 같이 민족의 목소리를 은닉할 수밖에 없는 시기라면 이성적이고 정신지향적인 시각보다는 현실 속에서 본능적 행동을 표출하거나 한 사회의 이데올로기로 의식화되는 후각에 다 많은 현실을 내포하고 있을 가능성이 많다.

1930년대는 식민지 기간 중에서도 일본의 군국주의화가 가시화된 시기이다. 일제의 침략 정책은 전통적 사회질서를 붕괴시켰을 뿐 아니라, 자본주의 논리에서 사회계층화도 심화시켰다.[10] 사회의 계층을 지배자와 피지배자의 구도로 만들어, 정치와 경제, 문화 등 물질과 정신의 수탈을 용이하도록 하였다. 또한 민족적 정신 가치를 와해시키고, 식민지 근대화를 주도하여 물질적 가치의 혼란까지 가중시켰다.[11] 문단의 상황 또한 프로 문예운동의 변모와 확산, 퇴조로 이어지는 혼란스러운 시기였다. 이런 시대적 현실은 본능적 충동과 상호작용할 뿐 아니라, 지성으로까지 표출되는 후각적 감각에 더 많이 내포될 가능성이 있다.[12] 다른 감

하는 현상을 말한다. 에드문트 후설, 『순수현상학과 현상학적 철학의 이념들 1』, 이종훈 역, 한길사, 2009, 16쪽.

10 김영모, 「식민지시대 한국의 사회계층」, 『변혁시대의 한국사』, 동평사, 1980, 204~207쪽, 229~230쪽 참조.

11 호미 바바는 식민지와 피식민지, 식민지 지배자와 식민지의 피지배자 사이에 현상하는 거울 관계를 양가적(ambivalent) 관계로 파악한다. 이러한 양가성은 식민지의 피지배자만이 아니라 식민지 지배자 자신도 가지고 있다. 고모리 요이치, 『포스트콜로니얼』, 송태욱 역, 삼인, 2002, 13쪽.

12 사회학자 라이트 밀즈는 개인적 문제의 이면에는, 사회의 구조적인 통제가 개입되어 있을 뿐 아니라, 인간과 사회, 개인의 일생과 역사, 그리고 자아와 세계 사이의 상호작용에 의해서 생긴 정신적 혼란이 내재되어 있다고 한다(C. 라이트 밀즈, 『사회학적 상상력』, 강희경 · 이해찬 역, 홍성신서, 1978, 10쪽 참조). 그런 점에서 1930년대 시의 후각 이미지에도 피지배자로서 겪을 수밖에 없는

각과는 달리 후각적 감각의 특징으로 1930년대의 문제를 볼 수 있게 한다. 그런 점에서 1930년대 시에 나타난 후각 이미지들은 그 어떤 감각보다도 연구되어야 할 필요성이 있다.

이것과 관련해서 필자는 두 가지 관점을 주목해 보고자 한다. 하나는 시의 직관과 후각적 원리와의 유사성이고, 다른 하나는 우리 시사의 시각 편향적 연구에 대한 비판적 시각이다.

첫째, 시의 직관과 후각적 작용의 유사성은 시적 세계를 가장 잘 고찰할 수 있는 가능성을 시사한다. 직관의 사전적 의미를 보면 "판단, 추리 등의 사유 작용을 거치지 않고 대상을 직접적으로 파악하는 작용"[13]이라고 되어 있다. 생명의 내부를 분석하는 직관은 자기의식적이라는 점에서 자연과 정신, 자연과 문화를 매개하는 역할을 한다. 이것은 신체의 습성(습관) 개념 때문인데, 신체의 습성화는 자연적 존재로서의 인간과 문화적 정신적 존재로서의 인간을 매개하는 주요한 역할을 한다.[14]

시의 출발점은 어떤 면에서 시인의 직관에서 비롯된다. 시인의 직관은 사유 판단 없이 순간적으로 지각되는 현실의 반응이자 사회 · 문화적인 가치들이다. 시적 의식이란 결국 직관의 구체적인 의식화라고 할 수 있다. 그런 점에서 직관은 냄새의 자극에 대해 개방적이면서도 수동적인 반응을 보여주는 후각의 의식화와 유사하다. 후각은 시각과는 달리 사유되지 않고 본능적으로 지각되는 의식이다. 냄새의 본능적 지각이 그것을

민족의 자아와 가치관 등 다양한 당대 문제들이 내포되어 있을 가능성이 많다.

13 이희승 감수, 앞의 책, 1424쪽.

14 황수영, 『물질과 기억, 시간의 지층을 탐험하는 이미지와 기억의 미학』, 그린비, 2007, 169쪽, 170쪽.

감지하는 야콥슨 기관과 대뇌의 작용으로 인해서 의식화되고, 사회 이데올로기나 문화적인 상징체계로 형성된다. 후각은 생존 감각을 표출하는 본능에서부터 현실뿐 아니라, 원형 의식으로까지 의식화되는 것이다.

이 둘의 유사성은 외부 세계에 대한 감각적 경험, 즉 지각으로서의 직관이[15] 후각에 그 기원을 두고 있다는 점에서 알 수 있다.[16] 그리고 신경 · 생리학 관점에서 '본능이 의식화되는 길을 직관'으로 보는 것을 통해서 알 수 있다. 직관이나 후각은 사유 판단을 거치지 않고 스스로 지각된다는 점에서 유사한 원리로 작용하고 있다. 이것은 곧 감각 중에서 후각이 시의 특성과 유사하다고 말할 수 있는 근거라 볼 수 있다. 따라서 시에 나타난 후각 이미지의 후각적 관점 연구는 시적 의식으로 구조화되어 있는 사회 · 문화적인 현상을 심도 있게 고찰할 수 있는 장점을 가지고 있다.

둘째로, 한국시사의 시각 편향적 연구로 인한 후각 연구의 부재의 문제다. 우리 근대시는 감각의 문제가 깊이 개입되어 있다. 1920년대 초기 한국시사는 감각을 통해 세계를 구현하는 상징주의 · 낭만주의 · 퇴폐주의 등이 성행하였다. 그런데 1920년대 후반에 오면서 감각은 음악성(청각)에 치중하게 된다. 그러다가 1930년대에는 모더니즘의 도입으로 인해 이미지즘 시의 시각에 치중을 하게 된다. 이 시기 연구자들의 감각의 편향성은 시 연구를 계속 시각 중심으로 몰고 간다. 하지만 시 연구가 시각을 중시 여긴다고 해서 다른 감각들이 시적 상상력으로 나타나지 않는

---

15 에드문트 후설, 앞의 책, 61쪽.

16 다이앤 애커먼, 『감각의 박물관』, 백영미 역, 작가정신, 2004, 70쪽.

것은 아니다. 단지 연구자들이 이를 주목하지 않았었다.

1930년대 많은 시인이 시에서 후각 이미지를 사용하였다. 이때는 일제의 통제로 인해 시단 활동이 위축되기는 하였지만 모더니즘이나 순수시, 생명파 등과 같은 새로운 시적 경향들이 많이 나타난 시의 성숙기였다. 모든 경향의[17] 시에서 후각 이미지는 개인의식이나 혹은 사회 · 문화적인 현실을 반영해왔다. 특히 카프 시에서 보이는 정치적 성향의 후각 상징이나 생명파 시에서 보이는 원초적 후각 의식은 상징주의가 추구하는 미학과 관련이 깊다.

후각과 상징주의와의 관련성은 후각이 19세기, 프랑스에서 생겨난 상징주의 문학의 모태라는 사실에서부터 비롯된다. 상징주의 시에서 냄새의 무형성은 정서의 무형성이라는 문학적 메타포로 대치된다. 시인들은 냄새를 정서적 이미지로 변화시켰으며, 냄새의 환기성을 원초적인 존재성을 의식화하는 데에 사용하였다. 프랑스 상징주의자들에게 냄새는 시적 미학으로 삼는 수단인 동시에 정치적 주장의 한 양상[18]으로 여겨질 정도로 중요한 위치를 차지하였다.

그런데도 한국시사는 상징주의 이론을 수용하는 과정에서부터 후각을 간과했다. 그나마 후각이 조금 거론된 것은 1990년대였다. 하지만 이때의 후각은 자본주의 사회의 공해와 문명 비판의 차원에서 대두된 생태

---

17 본론에 나오는 시를 보면 알겠지만 후각 이미지들은 1930년대에 대두된 모든 경향의 시에서 두루 사용되고 있다. 1930년대에 후각적 감각은 주목되지 못했지만 다양한 경향의 시에서 미학적 형상화에 기여했다고 할 수 있다.

18 콘스탄스 클라센, 「향기를 따라서—중세에서 현대까지」, 콘스탄스 클라센 외, 앞의 책, 119~120쪽 참조.

담론의 일환이었다. 최근, 우리 시사에서 몸 담론이 성행하면서 신체와 정신의 상호 관련성에 대한 관심이 높아가고 있지만 여전히 시각을 중심으로 하는 감각 이미지 연구가 성행하고 있다. 한국시사에서 후각 이미지 연구는 현재까지도 문학적 담론으로 자리 잡지 못하고 있다. 그 어떤 것보다는 연구해야 할 필연성이 있지만 그 중요성을 간과하고 있다.

현재 후각적 관점 시 연구는 소래섭[19]의 논문 한 편뿐이다. 1920~30년대 문학을 대상으로 하는 소래섭 논문은 최초의 후각적 관점 연구라는 점에서는 의의가 있지만 한 이론가의 사회 · 문화적인 의미에만 치중해 있어 감각적 본질로서의 후각 연구는 되지 않았다는 한계성을 갖고 있다. 감각적 차원에서의 후각 연구는 그 의미가 사회 · 문화적인 의미로 도출이 된다고 하더라도 감각의 의식화 과정과 그에 따라 형성된 사회 · 문화적인 의식이나 이데올로기를 함께 살펴보아야 진정한 의미를 도출할 수 있다.

그래서 이 글은 1930년대 시에 나타난 후각 이미지[20]를 후각의 관점에

---

19 소래섭, 「1920-30년대 문학에 나타난 후각의 의미」, 『사회와 역사』 81, 한국사회사학회, 2009.

20 이 글의 연구 대상에서 후각 이미지 범주는 시에 나타난 후각 이미지뿐만 아니라, 후각적 특질을 가진 대상들도 포함한다. 시의 이미지는 신체적 지각이나 기억, 상상 등에 의해 생긴 관념과 사물이 만나는 곳이다. 좁은 의미에서 이미지란 시각적 대상과 장면의 요소만을 가리키지만 한 편의 시나 문학작품 속에서 언급되는 이미지는 감각이나 지각의 모든 대상과 특질을 내포한다(김준오, 『시론』, 삼지원, 2004, 157~173쪽 참조). 그런 점에서 후각 이미지란 냄새 자체를 지칭하고 있는 용어나 후각적 특질을 형용사로 보여주는 대상뿐 아니라, 냄새성을 함축하고 있는 사물도 포함한다. 예를 들면 '아카시아꽃 향기가 난다.'는 말은 후각적 특질을 보여주는 '향기'라는 말 때문에 후각 이미지가 된다. 그러나

서 연구하는 것을 목적으로 한다. 신체현상학 이론을 의식 논리의 근거로 삼고, 그 토대 위에 후각의 사회 · 문화적인 이론을 적용하여 그 의미를 찾고자 한다. 이러한 연구방법론은 1930년대 우리 민족의 존재성과 실존성, 사회 · 문화적인 여러 문제를 후각적 특징으로 보여줄 것이다. 인간으로서의 생물학적 존재성과 사회학적 실존성을 가장 많이 반영하고 있는 감각이 후각이라는 것을 보여줄 것이다. 또한 우리 한국시사에서 후각 이미지의 가치를 재발견하고, 후각 연구방법론의 한 장(場)을 마련하는 계기가 될 것이다.

'아카시아 꽃이 피었다.'고 했을 때, 아카시아꽃은 후각적 특질을 보여주는 형용사가 없더라도 냄새성을 담지하고 있다. 냄새의 아우라를 가지고 있는 것이다. 그러므로 이를 후각 이미지로 볼 수 있다. 현실에서 냄새는 40만 가지가 있지만 용어의 빈약으로 어떤 용어로 지칭되기보다는 감정 상태를 말하는 형용사와 아울러 쓰거나 무질서하게 조합되어 쓰이는 경우가 많다. 그러므로 시에서 냄새라는 말은 없지만 사물이나 대상이 문맥상 냄새를 환기하는 시적 의식으로 나타나는 경우에는 이를 후각 이미지로 보고자 한다. M. H. Abrams, *A Glossary of Literary Terms*, Holt, Rinehart and Winston Inc., 1971, pp.76~77 참조(위의 책, 158~159쪽 재인용 참조).

제2장

후각의 지각 특성과 사회 · 문화학

후각 체계에서 냄새라는 용어는 쾌, 불쾌의 의미를 모두 포함하고 있는 중립적인 표현이다. 사람에게 쾌감을 주는 냄새를 향기, 향료(odor 또는 aroma)라고 표현하는데, 용도에 따라서 향내, 향(香), 훈(薰), 방(芳), 복(馥), 형(馨)[1] 등의 세부적인 용어들을 사용한다. 그리고 불쾌함을 주는 냄새를 악취(malodor)나 취기(臭氣)라고 하는데(영어로는 smell, scent) 통틀어 냄새라고 쓰는 경우가 많다.[2]

그 의미가 쾌, 불쾌이든 간에 감각적 차원에서 냄새는 자신의 감성과 내면의 세계를 외부로 표현하는 하나의 도구이다.[3] 후각 자극으로 기억하는 감각은 여러 의식이나 체험된 감수성을 바탕으로 이념화되므로, 일정한 용어로 규정하기가 쉽지 않다. 동일한 냄새라도 받아들이는 측의

---

1 훈(薰, 향내나다), 방(芳, 향기롭다), 복(馥, 향기롭다), 형(馨, 꽃답다).

2 일본취기대책연구협회 편,『후각과 냄새물질』, 양성봉 외 역, (주)수도PEC출판부, 2004, 88쪽.

3 송인갑,『냄새』, 청어와삐삐, 2000, 215쪽.

인간 개체 조건(연령, 성별, 직업 등)이나 환경 조건(시간, 기후, 장소 등) 등에 따라 달라서, 냄새에 의해 야기되는 심리적 사상은 복잡하다. 또한 현실에서 냄새는 통일된 전문 용어가 많지 않을뿐더러, 무질서하게 조합되어 이용된다.[4] 40만 가지가 넘는 것으로 추정되는 냄새는 이름 대신 '구역질 나는 냄새', '취하게 하는 냄새', '상쾌한 냄새', '기분 좋은 냄새', '가슴 뛰게 하는 냄새' 등 감정 상태를 표현하는 형용사와 함께 사용된다.

이렇게 후각의 지각 특성은 단순한 본능적 현상뿐 아니라, 감수성과 연결되어 있다. 감수성의 표출은 후각이 정신과 연결되어 있다는 것을 의미한다. 후각적 본능의 의식화나 사회화는 신경 · 생리학 관점이나 철학적 관점에서 그 상관성이 입증되고 있다. 이러한 연구 이론들 중에서 이 논문의 논지와 관련 있는 후각의 의식화의 과정과 정신 담론 그리고 후각의 사회화에 따른 이데올로기와 상징의 특성을 살펴보기로 한다.

---

4 일본취기대책연구협회 편, 앞의 책, 88~89쪽. 콘스탄스 클라센과 라이얼 왓슨은 후각 용어의 빈곤 원인을, 서구와 비유럽권 문화에서 후각을 등한시한 것 때문이라 보고 있다. 하지만 콘스탄스 클라센은 후각과 관련된 어휘가 한정되어 있다고 해서 광범위한 후각 상징이 배제되는 것은 아니라고 한다. 냄새는 두뇌에 직접적이고 비언어적인 방법으로 처리되기 때문에 언어를 통한 표현법을 피할 확률이 높다는 것이다. 때문에 그는 사회 · 문화적인 후각적 기호 체계를 이해하기 위해서는 언어를 넘어서는 실제의 영역을 탐색해야 한다고 주장한다. 콘스탄스 클라센 · 데이비드 하위즈 · 앤소니 시노트, 「냄새의 세계」, 콘스탄스 클라센 외, 앞의 책, 149~154쪽 참조; 라이얼 왓슨, 앞의 책, 116쪽 참조.

1. 후각의 의식화와 정신 담론

후각이 정신과 연결되어 사회화된다는 사실은 이전부터 언급되어왔다. 특히 신경 · 생리학 관점에서 입증한 후각의 의식화는 후각적 감각의 중요성을 말해준다. 후각적 원리는 1980년대에 그 비밀의 일부가 밝혀진다.[5] 1994년 몬티 블록은 야콥슨 기관이 실재하며 감수성이 있다는 것을 증명하게 된다. 모런과 자펙, 스텐사스, 몬티 블록 등도 인간의 감각영역 밖에 있는 것으로 여겨졌던 화학 신호를 감지하는 새로운 감각기관을 발견했음을 인정했다.[6] 하지만 시에서 후각 의식은 과학적으로 입증된 감각적 특성만으로는 해명할 수 없는 부분이 있다. 시는 인간이 가진 유전자의 상징체이자 우리의 경험적 역사를 환기하는 기억의 현상학이다. 그런 점에서 시는 현 존재의 실존성과 더불어 과거와 미래의 실존성까지 내포하고 있는 중층적 의미로 구성되어 있다. 이런 중층적 의미의 실존성 속에는 인류의 역사와 사회 · 문화적 현상이 반영되어 있다. 따라서 후각과 정신의 상호 관련성 문제는 단순한 의식화의 문제만은 아닐 것이다. 후각의 감각적 특성으로 인해 재구성되는 세계가 더 문제라 할 수 있다.

1) 후각의 감각적 특성과 신체 작용

후각의 감각적 특성에 따른 최초의 문헌은 기원전 4세기 아리스토텔

5 송인갑, 앞의 책, 20쪽.

6 라이얼 왓슨, 앞의 책, 2002, 112쪽.

레스가 쓴 책에서 볼 수 있다. 아리스토텔레스는 『영혼론』에서 인간의 감각을 원거리 감각인 시각, 청각과 근거리 감각인 미각, 촉각과 후각 등의 다섯 가지 개별 감각으로 나눈다. 아리스토텔레스는 후각을 감각 대상으로 보는 게 아니라 외부의 공기와 접촉하여 그 성질을 전달하는 매개체로 본다. 후각이 매개체가 되어 공기의 성질이 전달되면 선천적인 숨(breath)을 의미하는 '쉼프트 프뉴마'의 영향으로 인해 신체는 즐거움과 고통을 지각하는 변화를 동반[7]한다고 본다.

호흡과 연관되어 있는 후각은 생명과 직결되어 있으며, 본능성과 현재성을 통한 과거지향성, 도덕적 판단의 기준이 되는 특성을 가지고 있다. 19세기 현상학자들은 후각이 의식화된다는 논리로 그 특성을 설명했다. 후각은 개별 감각으로 연구되기보다는 '감각' 자체에 대한 연구로 규명되었다. 하지만 20세기 신경 · 생리학자와 심리학자 등은 감각의 의식화가 각 감각의 특성에 따라 다르게 나타난다고 주장한다.

일반적으로 신체를 통해 지각되는 의식은 각 감각의 특성과 대뇌의 작용에 의해 나름의 세계를 형성한다. 이때 감각으로 지각된 세계는 인과성에 의한 사건이 아니라 감각적 특성에 따라 재창조되거나 재구성된 세계이다. 각 감각의 의식화 특성에 따라 실존의 양상이 달라질 수 있다는 것이다. 그런 점에서 시에 나타나는 감각 이미지들은 시적 주제라는 틀 안에서는 같은 맥락에서 이해될 수 있으나, 감각적 특성에 따른 의식 지향성은 다른 양상으로 나타난다. 알베르트 수스만은 각 감각의 특성[8]을

---

7 아리스토텔레스, 앞의 책, 32쪽, 174~178쪽 참조.
8 알베르트 수스만, 앞의 책 참조.

다음과 같이 말한다.

첫째, 촉각은 객관적인 사물을 감지하는 기능과 함께 내면적인 친밀감을 표시하는 주관적 기능을 갖고 있다. 사물을 만질 때 느끼는 경계의 체험은 원초적인 욕구의 표출과 인간관계의 은밀함이나 친밀감을 갖게 하지만 만질 수 없는 대상에 대해서는 분리의 존재성을 깨닫게 한다. 이러한 촉각의 특성은 만질 수 없는 존재(신)에 대한 의식으로 이어져 초월적인 존재와의 합일을 갈구하는 의식으로 나아간다.

둘째, 미각은 몸의 닫힌 공간에서 진행되는 능동적이고 사적인 감각이다. 음식의 조리 과정에 따른 자극의 농도에 따라 감정이 조절된다. 미각은 식사 예절을 통해서 문화를 창출하고, 구성원과의 소통을 통해서 정신적인 지향점을 높인다. 미각적 차원에서 양분을 섭취한다는 것은 대자연인 우주의 한 조각을 내 몸의 일부로 받아들이는 것이기 때문에 미각의 기능은 후각의 기능보다 높은 차원에까지 이른다.

셋째, 시각을 제외한 대부분의 감각기관이 신체의 한 표면에서 진화 발달하여 생성된다면(후각–코의 상피, 미각–혀의 점막, 청각– 달팽이관이 뇌와 연결) 시각의 형성은 뇌로부터 출발한다. 시각은 뇌의 일부가 뻗어 나와 밖으로 노출된 뇌의 눈이라 할 수 있다. 시각을 통하여 인간은 사고하는 존재로 진화했다. 이런 점에서 인간의 사고는 많은 부분 시각적으로 인지한 인상들과 연관되어 있다. 시각은 항상 단일성을 극복하고 종합적인 판단을 하려는 경향이 있다.

넷째, 청각은 원초적인 기능에서 출발하여 정신적 차원의 기능을 수행한다. 귀는 외면에서 발화하지만 내면화의 과정을 거친다. 현세적 삶의 기반에서도 높은 차원의 세계, 즉 우주를 향한 정신세계로 도약하는 것은 소리를 경청함으로써 가능하다. 왜냐하면 청각은 지상의 물질적인 것이 지상으로부터 해방되어 정신적인 차원으로 고양되는 곳이기도 하지만 서로의 소리를 들으며 사회적 관계를 형성하는 요소가 작용하기 때문이다.

다섯째, 후각은 오감 중에서 가장 본능적인 감각이다. 후각은 호흡과 관련 있고, 생명과 직결되어 있으며, 또한 냄새의 자극에 직접 노출되어 있어 의식을 수동적으로 받아들인다는 점에서 현실과 밀접하다. 그럼에도 불구하고 후각은 정신적인 영역의 가치판단을 하는 기준이 되는데, 그 영역이 사회의 도덕성과 관계가 깊다.[9] 후각이 어떤 상황에 대해 직접적인 행동 반응을 일으키거나 과거지향적인 특성을 보이는 것[10]은 이 때문이다. 그런 점에서 후각에서 정신은 절대정신이 아니라 현실적인 경험을 근거로 하는 감각 작용이다. 후각은 가장 현실적인 감각인 것이다. 이는 진보와 진화, 미래지향적이고 종합적인 사고력을 토대로 하는 시각이나 정신적 가치를 통해 초월적 경지를 추구하려는 청각 그리고 식사 예절을 통해 문화적 존재로 거듭나려는 미각과는 사뭇 다른 양상이다.

후각의 사회화와 관련해서 켄 윌버나 루돌프 슈타이너, 이-푸 투안 등은 인간의 후각적 경험과 기억이 대뇌를 통해 학습되고 사회화된다고 주장한다. 학습화된 냄새는 곧 사회화된 냄새인데, 후각이 그 사회가 원하

---

9 알베르트 수스만, 앞의 책, 99~131쪽 참조.

10 Freeman, W. J, *The Physiology of Perception*, Scientific American, February, 1991, pp. 34~41. Tisserand, R, *Aromatherapy*, London : Penguin, 1988(피트 브론 외, 앞의 책, 149쪽 재인용).

는 판단의 기준으로 작용할 수 있을 뿐 아니라, 선악을 판단하는 후각의 도덕적 기능은 교육을 통해서 강화시킬 수 있다는 것이다.[11] 뇌에 저장된 기억을 끌어오는 냄새는 인간의 생리적 현상에 그치지 않고, 종교적인 차원의 선과 악에 대한 판단력으로 확장되어 있다.[12] 그런 이유에서 후각이 지향하는 의식은 초월적 세계를 지향하는 절대정신이 아니라 현실의 문제와 연관된 사고 작용이라 할 수 있다.

이러한 후각적 습성 중 특기할 만한 사항이 '기억'의 작용이다. 후각이 의식화되는 과정에서 기억은 중요한 역할을 한다. 기억의 중요성은 신경 · 생리학적 관점에서 입증되기도 했지만 현상학자인 베르그송과 리쾨르에 의해서도 그 중요성이 언급되고 있다. 야콥슨 기관으로 감지된 후각적 자극은 대뇌에 저장되어 있는 기억을 통해 본능적 심리와 사회화된 정신의 가치를 이끌어낸다. 그런 맥락에 후각의 의식화 과정에서 기억은 아주 중요한 코드이다.

야콥슨 기관에 의해 감지된 냄새는 기억을 통해 현재의 실존 양상뿐만 아니라, 과거의 실존 양상까지 의식화된다.[13] 후각과 관련된 기억은 직접적이고 무의식적이며, 심지어 원시적이며, 쉽게 잊어버리거나 변화되지 않는다. 기억의 형태로 저장되어 있는 후각적 경험은 대뇌를 통해 학습화되고 사회화되어, 가치를 판단하는 기준이 된다. 이러한 신경 · 생리학 관점의 후각적 논리에 주목한 것이 베르그송이다. 그는 신경 · 생

---

11 이-푸 투안, 『공간과 장소』, 구동회 · 심승희 역, 대윤, 2007, 26쪽.

12 알베르트 수스만, 앞의 책, 112~131쪽 참조.

13 에드문트 후설, 앞의 책, 220쪽 참조.

리학 관점과 철학을 접목하여 정신과 신체를 연결하는 매개 고리가 기억이라는 사실을 정립한다.[14]

> 상보적 관계에 있는 본능과 지성은 의식의 발달을 통해 계속적으로 진화함으로써 문화의 세계를 이루는 데 기여한다. 신체의 역할은 진화선상에서 볼 때 '감각-운동 능력(le pouvoir sensori-moteur)'이다. 신체의 근본 기능인 신경계와 뇌는 본래부터 인식을 향한 것이 아니라 외적 자극을 수용(감각)하고 거기에 반응(운동)하는 것이 체계화된 것이다. '의식적 지각', 즉 표상(la representation)은 기억으로 가득 차 있고 따라서 거의 주관적이라고 할 수 있지만 거기에는 물질과 관련된 '순수지각(la perception pure)'이 기초되어 있다. 지각이 형성되는 과정을 보면 초기에 우리 표상은 공통적인 것, 비개인적인 것으로 시작하여 점차 주관에 의해 정돈된다.[15]

베르그송에 의하면 신체의 신경과 뇌는 감각에 의해서 인식을 갖는다. 그렇게 의식된 지각은 정신의 "표상" 속에 들어 있는 기억들이다. "표상은 공통적인 것과 비개인적인 것으로 시작하여 점차 주관적인 것으로 정리"된다. 이때 '주관적인 정리'를 할 때 작용하는 것이 개인에게 내재되어 있는 경험적 기억이다. 이 기억을 통해 의식의 양상이 결정된다. 이 말은 곧, 같은 후각적 자극이라도 개인이 가진 경험적 기억에 따라 의식화의 양상은 다르다는 것을 의미한다.

베르그송은 이미지 기억과 순수 기억을 가지고 의식의 양상을 설명한

---

14 황수영, 앞의 책, 26쪽.

15 황수영, 『베르그송—지속과 생명의 형이상학』, 이룸, 1997, 62~67쪽 참조.

다. 이미지 기억은 현재적 삶의 요구에 맞게 변형을 거친 현실화된 기억이며 심리적 실재성을 갖고 있다. 반면에 순수 기억은 보존된 과거를 현존화한다. 순수 기억은 잠재적 기억이며, 들뢰즈 말처럼 심리학적 실재성이 없는 '존재론적 의미'의 기억이다.[16] 순수 기억과 관련된 냄새의 기억은 시간성을 확장시키지는 못하지만 내면에 잠재되어 있는 무의식의 영역을 넘나들면서 시간을 거슬러 올라간다. 순수 기억이 주로 원천적인 정체성을 찾아간다면 이미지 기억은 현재적 삶의 요구에 맞게 변형을 거친, 욕망하는 사회의 정체성과 관련이 있다.

기억이 사회적인 정체성과 관련 있다는 주장은 리쾨르를 통해서도 알 수 있다. 리쾨르에 의하면 기억은 과거를 재구성하는 인식 양식이기 때문에 역사적 · 정치적 정체성을 드러낸다. 개인의 기억을 사회적 정체성의 매개로 보는 것은 기억이 가진 시간과 공간이 이미 사회성을 가지고 있기 때문이다. 아스만이 기억의 공간을 '문화적 기억'이라 하고, 노라가 기억의 시간을 '기억의 역사'라고 한 것은 기억이 가지는 사회적 특성을 대변한 것이다. 기억은 개인의 정체성을 형성하고, 개인의 기억은 역사의 일부분을 형성하면서 또한 '나'의 정체성을 규정하는 데 영향을 미친다.[17] 이러한 기억은 때로 집단 기억으로 확장되어, 민족의 신화나 사회 · 문화적인 가치나 상징체계로 고착되는 것이다.

---

16 위의 책, 103쪽.

17 정기철, 「기억의 현상학과 역사의 해석학」, 『한국현상학 연구』 제36집, 한국현상학회, 2008. 2, 57~65쪽, 185쪽.

2) 후각의 의식화 과정과 정신 담론

과학적으로 입증된 후각의 원리는 고대 철학자들이 언급한 후각과 정신의 상호 담론과 현상학자들이 언급한 감각의 의식화 논리와 상당히 일치한다. 이것은 신체와 정신이 얼마나 밀접하게 상호 관련되는지를 말해준다.

고대 철학자들은 냄새에 대한 정서를 우주 질서의 한 부분으로 간주했다.[18] 기원전 4세기 플라톤은 냄새가 물보다 성기고 공기보다 굵은 '반형상의' 자연이라고 하고,[19] 기원후 2세기 그리스의 의학자 갈레누스는 냄새를 감지하는 것은 코가 아니라 두뇌라고 주장했다.[20] 그리고 아리스토텔레스는 『영혼론』에서 후각이 매개체가 되어 신체는 즐거움과 고통을 지각한다고[21] 보았다. 후각을 신체와 정신의 매개체로 보는 인식은 아리스토텔레스와 철학자 아우구스티누스의 『삼위일체론』에서도 보인다. 그는 신체의 감관이 시각, 청각, 후각, 미각, 촉각의 다섯으로 나누어지며, 인간을 영(靈)과 육(肉)의 복합체라고 정의한다. 신체는 도구적 기능을 하고 혼은 생명의 작용을 한다고 본 것이다.[22]

---

18 콘스탄스 클라센, 「고대의 향기들」, 콘스탄스 클라센 외, 앞의 책, 69쪽.

19 R. D. Archer-Hind(ed and trans), *The Timaeus of Plato*, New York : Macmillan & Co., Lilija, Treatment of Odours, 1888, pp.243~7; Lilija, Treatment of Odours, pp.10~13.

20 B. S. Eastwood, *Galen on the Elements of Olfactory Sensation*, Rbeiniscbes Museum fuir Pbilologie, 1981, vol. 124, pp.268~89.

21 아리스토텔레스, 앞의 책, 32쪽, 174~178쪽 참조.

22 성염, 「아우구스티누스의 감각적 지각론에서 지향의 역할」, 『철학과 현상학 연구』 제6집, 한국현상학회, 1992. 11, 18쪽.

대부분의 고대 철학자들은 이성(logos)만이 진리를 구현하는 주체라 생각하고 신체를 "영혼을 위한 사유의 도구"로 한정하고 있다. 하지만 아리스토텔레스가 "생물은 영혼과 신체의 합성물"[23]이라고 주장한 심신이원론은 이후 신체와 정신의 상호 주관성을 연구하는 토대가 되어 다양한 심리 철학적 견해들을 양산한다.

그러나 17세기 감각론에서는 감각적 인식이 관념이라는 논리에 정착한다. 이때의 감각은 감각을 사물의 인과적 힘에 의해 주어지는 의식 상태 혹은 사물의 속성으로 보는 개념[24]으로, 정신과는 엄격하게 분리가 된다. 이 논리는 많은 문제를 제기했고, 말브랑슈나 스피노자, 라이프니츠와 같은 근대 철학자에 의해 '심신평행론'으로 대치된다. 심신평행론이란 정신과 신체가 각각 독자적 원리로 활동하며, 서로 영향을 주고받을 수는 없지만 두 활동이 알 수 없는 원인에 의해 서로 일치한다는 이론이다.[25] 하지만 이 이론 또한 의식 현상을 설명할 수 없게 되자, 다시 심신일원론을 주장하는 현상학이 대두하게 된다.

현상학은 공감각, 즉 진에스테지아(synesthesia)라는 현상을 인정하는

---

23 이것은 아리스토텔레스가 『자연학』에서 "사물은 질료와 형상의 합성물"이라고 말했던 질료 형상론을 적용한 것이다. 여기에서 비롯된 그의 심신이원론은 현대 심리 철학에서 다양한 관점으로 해석된다. 데카르트 이후 현재까지의 심리 철학이 인간의 정신에 관한 탐구라면, 아리스토텔레스의 영혼 개념은 식물에게도 적용된다. 전자가 '정신과 신체'에 관한 탐구라면 후자는 '생물의 영혼과 신체'의 탐구라는 차이를 갖고 있다. 아리스토텔레스, 앞의 책, 38~47쪽 참조.

24 류의근, 「메를로 퐁티의 감각적 경험의 개념」, 『한국 현상학』 제20집, 한국현상학회, 2003, 96쪽.

25 황수영, 『물질과 기억, 시간의 지층을 탐험하는 이미지와 기억의 미학』, 31~52쪽 참조.

과정에서 생겨난다. 서양에서는 아리스토텔레스가 감각을 오감(五感)으로 구별한 후, 오랫동안 감각들이 서로 상호작용한다는 사실을 인식하지 못하였다. 그러다가 19세기에 들어와 하나의 자극이 동시에 둘 이상의 감각으로 지각하는 공감각 현상이 발견된다.[26] 이러한 신체와 정신의 상호 관련성을 19세기에 와서 연구한 학자들이 현상학자이다. 현상학은 신경 · 생리학적 관점에서 후각의 원리가 규명되기 이전에, 후각이(엄밀

---

26 진중권, 「미학에서 감각으로」, 『창비』 통권 116호, 창작과비평, 2002, 337쪽.
공감각 현상에 대한 인정은 동양에서 먼저 되었다. 동양에서의 공감각적 인식은 서양과는 달리 범우주적 질서로 상응되고 있다. 동양철학에서는 오래전부터 감각적 의식이 신체와 정신의 상호 주관성 속에서 이루어진다고 본 것이다.
예컨대 중국의 전통 사상에서 냄새는 맛에 조응하고, 맛은 색에, 색은 다시 음에 조응한다. 누린내는 신맛과 연관되고, 녹색은 각(角)음에 조응하며, 향내는 단맛에, 노란색은 궁(宮)음에 연관된다. 이러한 상응 체계의 토대가 되는 것은 오행설로서, 이에 따르면 우주는 물, 나무, 불, 흙, 쇠의 다섯 가지로 이루어진다. 이들 원소들은 상생의 관계로 맺어짐과 동시에, 끊임없는 순환 속에서 다른 것으로 변전한다. 오행은 식물, 날씨, 정부 형태, 곡물, 야생동물, 가축, 신체 혈, 감각 기관, 감정 상태 등 거의 모든 것과 상응한다. 콘스탄스 클라센 · 데이비드 하위즈 · 앤소니 시노트, 「냄새의 세계」, 콘스탄스 클라센 외, 앞의 책, 2~163쪽.
그리고 인도의 고대 '아유르베다' 의학에서도 감각의 상호작용을 볼 수 있다. 해부학과 발생학을 다루고 있는 「샤리라스타남」에서는 감각을 인간이 가진 24개의 구성 가운데 일부로 본다. 우주는 6개의 구성 요소, 즉 에테르, 공기, 불, 물, 흙 그리고 미현현된 브라흐마(힌두교 신화에 나오는 창조의 신)의 조합이며 바로 이 6개가 인간을 구성하고 있는 요소들이라는 것이다. 내면의 요체로서 Mahabhuta의 속성, 즉 에테르, 바람, 불, 물, 흙은 각각 감각의 요체인 tanmatras와 상응한다. tanmatras는 소리(청각)와 촉감, 색(시각), 미각, 후각의 속성을 지니고 있는데, 이는 감각기관과 행위기관이 상응하여 작용을 한다. 계미량, 「아유르베다에서 보는 몸과 마음의 상관성 연구」, 원광대학교 석사학위 논문, 2009, 46쪽, 57쪽.

히 말하면 감각) 어떻게 의식화되는지를 가장 잘 설명하고 있다. 현상학자들은 감각이 어떻게 의식화되며, 사회 · 문화적인 의식과 연관되는지를 '심신일원론'의 관점에서 해명한다.[27)]

철학적 관점의 현상학 이론들은 신체와 정신의 상호 주관성의 원리를 사회 · 문화적인 차원으로까지 확산시켰다는 점에서 한층 더 발전된 것이다. 현상학에서 말하는 감각의 의식화 작용은 주로 감각 일반론으로 해명되지만, 후각이 감각의 일부라는 점에서 후각의 의식화 작용 논리로도 볼 수 있다. 신체의 감각이 의식화되는 과정은 후설과 메를로퐁티에 의해서 정립되었다고 할 수 있다. 후설은 신체를 지각의 도구로 보고 있으며, 이를 통해 의식화된 개인의 인격적 주체가 다른 사람들과 상호 소통을 하면서 사회제도와 문화적 의식으로 형성된다고 본다.[28)] 그리고 메를로퐁티 또한 신체를 지각의 주체로 보고 있으며, 신체 자체를 사회적 의사소통의 매체라고 본다. 두 학자의 논리가 조금 다르기는 하지만 신

---

27 오명근 · 백승대 편, 『현대사회학이론』, 삼영사, 1985, 281쪽.
'현상학(Phemenology)'이라는 용어는 오랫동안 철학에서 여러 가지 의미로 사용되어왔는데, 독일의 철학자 브렌타노와 후설의 저작에서 유래된 것이다. 후설의 관점은 대부분 브렌타노에 의해서 예기된 것이지만 사람들은 후설을 현상학 철학의 창시자로 본다.

28 에드문트 후설, 『순수현상학과 현상학적 철학의 이념들 2』, 이종훈 역, 한길사, 2009, 120쪽, 139쪽, 257쪽, 385쪽 참조.
후설은 인간의 의식 구조에 대한 연구를 현상학의 중심 과제라 본다. 그의 현상학은 오관(五官)을 통한 경험주의에 입각해 있다. 그의 경험주의는 인간의 마음(human mind)을 빈 용기(用器), 즉 "외계로부터 개개의, 단순하고 원자적인 인상을 수동적으로 받아들이는 수신기"로 생각한다. James M. Edie, *What is Phenomenenology?*, Chicago : Quadrangle Books, 1962, p.19(오명근 · 백승대 편, 앞의 책, 281쪽 재인용).

체의 감각적 지각이 개인의 인격으로 내면화되고, 사회화가 된다는 논리는 유사하다. 그러면 이들의 논리를 구체적으로 한 번 살펴보자.

> 감각된 것들로서 물질적 사물들의 성질은 그것들이 내 앞에 직관적으로 있듯이, 경험하는 주체인 나의 성질에 의존하며, 내 신체와 내 정상적 '감성'에 관련되었다는 사실이 명백히 밝혀진다. 무엇보다 신체(Leib)는 모든 지각의 도구(Mittel), 즉 지각의 기관이고(Organ), 모든 지각은 거기에 필연적으로 있다. …(중략)… 신체는 결코 어떤 사물이 아니라 정신의 표현이며, 게다가 신체는 동시에 정신의 기관이다.
>
> — 에드문트 후설[29]

> 신체는 자연적 자아이자 지각의 주체이다. …(중략)… 감각을 주체의 존재 상태나 존재 방식인 정신적 사물로 보고 있다. …(중략)… 감각의 주체는, 어떤 존재의 환경에서 같이 탄생하는 또한 그와 종합해서 동시에 일어나는 힘이다. 그리고 지각된 감각은 순수 존재가 아니다. 그것은 나의 개인적 역사의 계기이고, 감각은 재구성이기 때문에, 내 속에 선행하는 구성에 의한 침전을 가장하며 '감각하는 주체로서의 나는' 자연적 능력으로 가득 차 있다. 또한 감각은 나를 통해서 용해하는 실존의 양상으로 경험한다. …(중략)… 감각의 다양성은 선천적 진리가 된다. 성질이 존재와의 원초적 접촉으로 감각하는 주체로 재파악된다.
>
> — 메를로퐁티[30]

후설이나 메를로퐁티는 신체의 감각과 정신은 상호작용을 한다고 본

---

29 에드문트 후설, 『순수현상학과 현상학적 철학의 이념들 2』, 92쪽.

30 메를로 퐁티, 앞의 책, 316쪽.

다. 이들은 감각적 지각을 의식화의 시발점, 즉 존재론적인 출발점으로 보고 있다. 하지만 이에 따른 신체의 역할에 대해서는 조금 다른 견해를 보인다. 후설이 신체의 지각을 도구로 본다면 메를로퐁티는 신체의 자각 그 자체를 의식의 주체로 본다.

후설은 "신체가 모든 지각의 도구"로서 "감성과 관련되어 있다"고 본다. 그의 이론에서 신체의 지각이 감성과 연결될 수 있는 것은 직관에 의해 일어나는 감각의 '이념화 작용(Ideation)' 때문이다. 여기서 '이념화 작용'이란 감각에게 주어지는 모든 본질을 파악하면서 정립되는 의식을 말한다. 따라서 후설이 말하는 감각의 의식화는 감성뿐만 아니라, 신체의 자연적 능력으로 본질을 파악하여 정립하는 선험적(순수 의식)[31]인 범주까지 포함한다.[32] 그런 맥락으로 본다면 인간의 마음은 신체적 습성으로 인한 '의식'으로 구성되어 있으며, 개개인이 가지고 있는 모든 지식은 의식을 통해서 얻어진다고 볼 수 있다. 곧 신체가 의식을 형성하는 도구이며 그 출발점에 감각이 있다고 본 것이다. 그런 점에서 후설에게 감각은 의식의 토대가 되는 삶의 존재론적인 양상의 출발점이다. 본능에서 사회화된 존재로 나아가는 감각의 작용은 원초성(자연적 능력)과 현재성(학습적 능력)을 동시에 가지고 있는 것이다.

---

31 후설은 "현상학의 최고 원리가 '원본적으로 부여하는 직관(Anschaung)이 인식의 권리 원천'이며, 규범은 의식 자체에서 본질적으로 통찰할 수 있는 명증성만 요구할 것이고, 문제 영역은 순수 의식 또는 선험적 자아의 본질 구조를 지향적으로 분석하는 새로운 인식 비판"이라고 제시한다. 에드문트 후설, 『순수현상학과 현상학적 철학의 이념들 1』, 32쪽.

32 위의 책, 63~64쪽.

그리고 메를로퐁티는 신체의 지각을 주체이자 자연적 자아로 본다는 점에서 존재론적인 양상의 출발점에 있다. 메를로퐁티는 신체의 감각적 습성을 개인의 경험을 재구성하는 주체로 보고 있다. 감각에 내재되어 있는 자연적 능력이 개인의 경험을 재구성한 후, 하나의 실존 양상을 만든다고 보는 것이다. 그런 점에서 메를로퐁티의 신체 감각은 그 자체로 우리의 존재와 접촉하는 면이고, 의식의 구조이며 모든 성질의 보편적 조건이다.[33]

신체의 감각적 지각에서 후설과 메를로퐁티의 차이점은 '선험적 자아(순수 의식)'가 의식화되느냐, 되지 않느냐의 부분이다. 후설이 '선험적' 의식의 재구성에 비중을 두는 반면 메를로퐁티는 현실적 경험의 재구성에 더 비중을 두고 있다. 하지만 이 둘 다 신체의 감각적 지각이 경험을 통해 새로운 세계로 재구성되어, 의식화된다는 것에는 이견이 없다. 이러한 주장은 감각이 의식화되어 사회화되는 과정의 유사한 논리로 이어지고 있다.

후설과 메를로퐁티는 감각적 지각의 의식화가 사회 · 문화적인 의식의 토대가 된다고 본다. 먼저 후설은 의식화된 감각이 개인의 자아와 사회적 자아로 구별된다고 본다. 하지만 이 두 세계는 불가분하게 서로 관련되어 있다. 개인의 자아가 서로 연대를 해야 사회(후설은 생활 세계로 표현)가 형성된다. 곧 개인의 자아가 다른 사람들과 상호 소통하여 연대를 형성해야 사회제도와 문화적 의식이 형성된다. 후설의 용어로 표현하면

---

33 메를로 퐁티, 앞의 책, 339쪽.

'사회적 주관성(Subjektivitat)'의 세계가 형성되는 것이다.[34)]

개인과 개인 간의 인격적 연대성을 통해 사회가 형성된다고 주장하는 후설과는 달리 메를로퐁티는 감각이 재구성해낸 의식 그 자체를 '사회적인 의사소통의 매체'로 본다.[35)] 나와 타자의 인격적 연대가 없어도 감각이 가지는 인간적 질서[36)]는 사회화를 이룬다고 본다. 감각의 사회화를 여러 개인적인 세계의 집합, 즉 무수한 의식의 공존으로 보는 것이다.

어쨌든 이들의 이론에서 우리는 신체의 자연적인 능력이 감각을 의식화하고, 사회화에도 기여한다는 것을 알 수 있다. 각 개인의 의식화를 매개로 감각이 사회화된다는 논리는 감각의 문화화에도 적용이 된다.

후설에 의하면 모든 자연은 문화적 의미를 갖고 있다. 문화는 자연적인 능력으로 대변되는 생물학적 역사를 통해서 이루어지는데, 그것은 인간의 신체성과 본능, 그리고 세대성(Generativitat : 탄생과 죽음)이나 습성 등[37)]과 같은 것이다. 하지만 문화적 의미는 순수 자연과 동물성으로 경험되는 게 아니라 문화로서 정신화된 주위 세계의 경험이라는 점에서 변별된다.[38)] 문화는 신체의 본능적 요소와 더불어 사회화된 의식의 층위

---

34 에드문트 후설, 『순수현상학과 현상학적 철학의 이념들 2』, 120쪽, 139쪽, 237쪽, 249~263쪽, 385쪽 참조.

35 양해림, 「메를로 퐁티의 몸의 문화현상학」, 『철학과 현상학 연구』 제14집, 한국현상학회, 1999. 10, 110쪽, 112쪽.

36 메를로 퐁티는 신체의 감각적 지각을 물리적 질서 · 생명적 질서 · 인간적 질서로 나눈다. 여기서 인간적 질서는 사회 · 문화적인 질서를 가리킨다. 메를로 퐁티, 앞의 책, 522쪽.

37 박인철, 「상호문화성과 윤리」, 『철학과 현상학 연구』 제103집, 한국현상학회, 2010, 44~45쪽, 400쪽.

38 박인철, 「현상학과 문화」, 『철학과 현상학 연구』 제101집, 한국현상학회, 2009.

를 가지고 있으며, 비합리성과 합리성을 동시에 갖고 있는 것이다.

예컨대 후설의 '세대성'을 박인철의 해석으로 보면, 시간성을 전제로 하는 하나의 역사적 개념이다.[39] 세대성은 세대와 세대를 잇는 "세대 간의 연쇄"를 토대로 형성된다. 이때 세대 간의 연쇄는 생물학적인 면과 문화적인 면의 공동 작용에 의해 가능하다. 탄생과 죽음이라는 자연의 순리는 인간의 모든 생물학적 행위를 가리키나, 이와 관련된 모든 문화적 형성물(가령 장례 의식과 같은 문화적 관습이나 종교 등)은 문화적인 면의 작용이다.

세대성에 기반을 둔 개개의 문화권을 후설은 '고향세계(Heimwelt)'로 지칭한다. 그는 '고향세계'가 지닌 토착적 성격과 자연적 요소의 문화들이 집단의 구성원에게 "하나의 공통된 핵"으로 작용한다고 본다. 그런 점에서 '고향세계'의 문화들은 구전을 통해 전승되는 '신화(Mythos)'[40]이다. 이때의 구전이라는 행위도 역시, 언어 행위를 통해서 의미를 전달하는 문화적 행위인 동시에 신체를 기반으로 하는 생물학적 행동이다. 이는 곧 '고향세계'의 신화를 주축으로 하는 민족의식이나 집단의식 등이 생물학적 측면과 문화적 측면이 상호작용하여 형성된 것이라는 걸 의미한다.

결국 후설이 말하는 감각의 문화화는 생물학적 요소(신체의 지각)와 문화적 요소의 공동 작용으로 이루어지며, 이것이 개인적 자아와 역사적

11, 38쪽.

39 박인철, 「사회생물학과 현상학」, 『철학과 현상학 연구』 제21집, 한국현상학회, 2003, 11, 414~416쪽 참조.

40 에드문트 후설, 『순수현상학과 현상학적 철학의 이념들 3』, 한길사, 2009, 436쪽.

자아를 형성할 뿐 아니라, 나와 공동체의 역사와 습성으로 작용하여서, 사회 · 문화적인 현상을 만드는 토대가 된다. 또 다른 의미에서 이는 인간은 선험적 자아를 통해서 자기동일성을 확보하고, 의사소통을 하며, 자신과 다른 사람, 사회 공동체, 다른 역사와 전통을 지닌 문화를 진정으로 이해할 뿐 아니라, 새로운 삶을 창조하는 이성적 존재로서의 주체를 만들어나가고[41] 있다는 걸 의미한다.

메를로퐁티가 말하는 감각의 문화화도 신체의 생물학적 능력과 관련 있다. 그는 지각이 문화를 통해 형성된다고 보는데, 지각은 문화적으로 잘 알려진 행위 그 자체라 할 수 있다.[42] 인간은 말의 의미나 지각된 것의 의미를, 신체로 직접 '행동'을 하면서 그것을 상징세계로 만들어나간다.[43] 개인의 행동은 삶의 중심에 고착되어, 문화적 체계의 형태로 자연에 저장된다.[44] 이것은 곧 역사적 주체로서의 인간이 행동을 하는 동안은 사회와 문화적 의식이 공존할 뿐 아니라, 발전되어간다는 의미를 내포하고 있다.

감각의 문화화에 생물학적 요소와 문화적 요소가 같이 작용한다는 논리는 베르그송의 이론에서도 볼 수 있다. 그 또한 사회와 문화적 현상을 생물학적 요소인 본능과 문화적 요소인 지성이 상호 주관적으로 작용한 세계로 보고 있다.[45] 사회적 인간은 지성과 본능을 동시에 내재하고 있

41 에드문트 후설, 『순수현상학과 현상학적 철학의 이념들 1』, 44~45쪽 참조.
42 양해림, 앞의 논문, 113쪽, 116쪽 참조.
43 메를로 퐁티, 앞의 책, 358쪽, 361쪽 참조.
44 위의 책, 520쪽, 521쪽 참조.
45 황수영, 『베르그송—지속과 생명의 형이상학』, 208쪽.

으며, 다른 사회로부터 자신의 사회를 보호하기 위한 원시적인 본능이 사회적 연대감을 형성하며, 사회의 가치판단과 도덕적 가치도 형성한다고 본다. 이때 생기는 도덕의 두 가지 충력을 충동(impulsion)과 매력(attraction)이라 하는데, 전자는 그 사회의 도덕을 지탱하는 본능이고, 후자는 자발적으로 도덕을 유지하게 하는 힘이다. 본래 이 둘은 구분됐으나, 문명사회에서는 결합되어 있다. 일상적으로 되풀이되던 사회 · 문화적 습관 체계가 깨어지면 신체는 강력한 저항에 직면하게 되고, 인간은 본래적 상태로 돌아가야 한다는 맹목적 의무감을 가지게 되는 것이다.[46] 신체의 지각으로 일어나는 본능적 충동이 사회의 가치체계와 문화적 상징체계들을 만들어나가는 것이다.

메를로퐁티와 베르그송의 감각의 문화화는 후설과 거의 유사하다. 신체에서 일어나는 감각적 지각은 의식화되며, 시간성을 가지면서 사회 · 문화적인 상징체계로 나아간다는 것이다. 메를로퐁티가 말하는 상징체계는 곧 후설이 말하는 고향세계의 '신화'와 동일한 의미이다. 그리고 이들이 말하는 상징체계나 '신화'는 곧 베르그송이 말하는 한 사회의 가치체계이자 도덕적 가치의 다른 말인 것이다. 현상학적 사회학자인 알프레드 슈츠가, 후설의 '공통의 핵으로서 신화적 세계'가 만들어내는 습관적 '세대성'과 베르그송의 경험적 기억의 지속 개념을 차용하여 사회 · 문화적인 현상을 해석한 것도 이를 토대로 한 것이다.[47]

---

46 황수영, 『베르그송—지속과 생명의 형이상학』, 202쪽 참조.

47 김광기, 「알프레드 슈츠와 '자연적 태도'」, 『철학과 현상학 연구』 제25집, 한국현상학회, 2005, 64~69쪽 참조.

슈츠는 "생활세계를 자연적 태도"[48]로 본다. 이것은 곧 사회의 모든 현상이 자연적 능력에 의해 형성되고, 유지되어간다고 보는 관점이다. 이와 관련해서 슈츠는 한 사회의 '문화유형(cutural pattern)'이 신체의 자연적 능력에 의해서 만들어진다고 본다. 특히 그는 '세대성'에 주목하는데, 한 사회에서 반복적으로 행해지는 '습관성'이나 '자동성', '반(무)의식성'[49]과 같은 자연적 신체성을 통해서 문화가 형성된다고 본다. 문화적 형성물을 통해 시대로 전해지는 습관성이 유지되면 '안정감'과 '확신'을 얻지만 이것이 깨질 때는 불안을 느끼게 된다. 그런 점에서 이런 문화유형들은 슈츠의 말대로, 한 사회가 문제가 생겼을 때 환기되는 '처방(전)' 혹은 '조리법'인 것이다. 이런 처방전은 사회적 가치판단의 기준이자 사회의 '해석을 위한 도식'의 기능을 한다고 할 수 있다.[50]

이러한 슈츠의 주장은 사회학적인 측면에서도 신체의 자연적인 능력이 사회화와 문화화에 기여한다는 것을 확인시켜준다. 이것은 곧 사회 · 문화적인 관점의 연구를 할 때라도 문화적인 요소만으로는 해명할 수 없는 의식적 부분이 있다는 것을 말한다. 따라서 사회 · 문화적인 연구에 있어서 감각의 의식화와 사회화의 과정은 동시에 살펴보아야 할 필요성이 있는 것이다. 특히 후각의 의식화에서 중요한 역할을 하는 '습성'이나 '기억', '본능'에 대한 개념은 신체와 정신의 상호작용에서 개인의

---

48 Alfred Schutz, *On Phenomenology and Scocial Relations*, Chicago : The University of Chicago Press, 1970, p.320.

49 Alfred Schutz, *Collected Papers Vol.II : The Problem of Social Reality*, The Hague : Martinus Nijhoff, 1962, p.101.

50 김광기, 앞의 논문, 95쪽.

자아뿐 아니라, 사회 · 문화적인 여러 유형들을 만들어내는 데 핵심적인 기능을 한다. 우리는 여기서 다시 한 번, 신경 · 생리학에서 말한 후각적 원리의 이 세 개념을 상기할 필요가 있다. 후각의 본능적 지각은 기억이나 무의식, 경험적 이성을 통해서 개인의 세계를 재구성한다. 이런 개인 의식이 집합되어 사회적 자아와 연결될 때 이는 한 사회의 이데올로기가 되거나 나아가 상징을 구축하게 된다. 그러한 것이 후각의 사회화에 따른 이데올로기와 상징이라 할 수 있다.

2. 후각의 사회화에 따른 이데올로기와 상징

후각의 사회화에 따른 사회 · 문화적인 이데올로기와 상징 연구는 신경 · 생리학의 관점과 연계해서 많이 이루어진다. 후각의 의식화와 사회화의 감각적 특성은 사회 · 문화적인 이데올로기와 상징의 특성과도 연결된다. 후각적 특성에 따른 사회학적 후각 의식은 주체와 타자라는 두 존재(개인이든 집단이든 간에)의 결합과 분리라는 잣대로 규정되는 일이 많다.[51] 후각의 분리 기능과 관련해서 사회학자 게오르크 짐멜은, 후각은 직감적인 공감이나 반감을 통해서 사회학적 관계를 초래하기는 하지만 다른 감각들과 달리 분리의 성격이 강하다고 한다.[52] 사회학적 의미에서

---

51 콘스탄스 클라센 · 데이비드 하위즈 · 앤소니 시노트, 「냄새의 세계」, 콘스탄스 클라센 외, 앞의 책, 158쪽, 165쪽.

52 게오르크 짐멜, 앞의 책, 157쪽, 163쪽, 168쪽.

감각 인상은 그것을 좋아하거나 싫어하는 심리적 현상, 즉 주체가 객체를 압도 하는 경향과 주체를 넘어 객체로 구성되는 두 가지 성향으로 나타난다고 한다. 후각 인상은 주체가 객체를 월등히 압도한다는 근본적인 특징을 지니고 있지만 후각적 변별을 독립적이고 객관적으로 할 수 없다는 특징 때문에 주로 상징적으로 나타난다.[53] 이런 점을 보면 후각의 사회·문화학은 분리와 결합의 기능이 만든 상징체계 내지 이데올로기라 할 수 있다.

콘스탄스 클라센이 냄새의 연구를 신체적 측면과 심리적 측면 그리고 사회와 문화, 역사적인 측면까지 아울러 해야 한다고 주장하는 것은 이 때문이다.[54] 냄새에는 자연적 능력과 더불어 사회·문화적인 가치가 들어 있으며, 인간 문화의 본질을 내포하고 있다고 보는 것이다. 그러므로 후각의 의식화와 사회화에 따른 이데올로기와 상징을 심급의 단계에 따라 살펴볼 필요성이 제기된다. 이 심급의 각 단계는 본론의 Ⅲ, Ⅳ, Ⅴ장의 내용과 각각 대응된다.

1) 후각적 본능의 사회화 의미

후각적 본능의 초기 단계 사회화는 냄새를 지각하는 신체의 반응에서부터 비롯된다. 신체의 냄새를 통해 자신의 존재를 지각하는 이런 현상은 사회적 존재로서의 개인의 정체성과 관련이 있다. 이것은 인간으로서

---

53 위의 책, 170~171쪽, 173쪽.

54 콘스탄스 클라센 외, 앞의 책, 12쪽.

의 가장 근원적인 생명성의 지각으로부터 시작되는데, 이는 나아가 개인과 집단의 실존성을 대변하는 정체성으로 나아간다. 사회적 존재로서의 자기 보존 욕구와 관련되는 것이다. 냄새의 정체성은 개인에서 집단으로 나아갈수록 본능적 지각에서 멀어진다. 사회 구성원 간의 신체나 환경이 만들어낸 냄새의 차이에 의해서 정체성이 규정된다.

생명적 존재로서의 근원적인 정체성은 유전자적인 요소에 의해 결정된다. 예를 들면, 포유동물이 분비물로 자신의 냄새를 풍겨 자신의 존재성을 알리는 것이나, 페로몬 냄새를 풍겨 이성을 유혹하는 것이나, 종족 간의 냄새를 통해 동료를 추적하는 시스템이나, 또는 태아 때 맡은 어미의 냄새로 가족과 친구를 알아보는 것[55] 등 대개 무의식적으로 이루어지고 있다. 이러한 것을 두고 다이앤 애커먼은 "자신과 다른 장점을 가진 이성과 교미해야 침입자나 박테리아, 바이러스 등을 막아낼 수 있는 전능한 면역 체계를 만들어낼 수 있으며, 자연은 잡종 속에서 번창"[56]할 수 있다고 말한다. 집단 내부의 개체들이 서로 거리를 유지함으로써 새로운 종의 진화를 이루는[57] 것이다. 본능적으로 어떤 경계를 유지하는 무의식적 능력은 근친상간을 막아주고 종족 간의 유대 관계를 형성하게 하는 사회화와 관련이 된다. 냄새의 식별로부터 시작된 자신과 주변의 존재성은 점차 복잡한 사회관계로 발전된다.

그리고 고유의 신체에서 풍기는 냄새는 자신과 가족, 성(性), 인종 등을

---

55 라이얼 왓슨, 앞의 책, 64~73쪽 참조.

56 다이앤 애커먼, 앞의 책, 66쪽.

57 라이얼 왓슨, 앞의 책, 74쪽.

변별하는 기준이 될 뿐 아니라, 같은 냄새를 가진 동종 간의 정서와 정보를 교류하는 네트워크가 된다. 신체의 냄새는 그 자체만으로 사회화의 근원인 것이다. 신체에서 풍기는 냄새가 자연적이든 인위적이든 간에 개인과 집단, 성별, 인종, 국가, 지역 등의 정체성을 표상한다. 많은 사회에서 신체의 냄새를 계층과 개인의 정체성을 규정하는 수단으로 이용[58]하는 것은 후각적 본능에서 비롯된 사회화의 현상에서 비롯된 것이다.

그리고 개인의 실존을 표상하는 정체성의 냄새는 변하는 것이 있고, 변하지 않는 것도 있다. 개인의 냄새는 유전인자, 건강 상태, 나이, 성별, 직업, 식습관, 약 복용, 감정 상태[59]에 따라 달라진다. 때로는 다른 냄새를 이용하여 자신의 정체성을 인위적으로 변화시키기도 한다. 한 개인에게 있어 냄새는 실존적 정체성뿐만 아니라, 자기의 고유성과 관련이 있다.[60] 개인의 고유성에 대한 믿음과 감수성은 향수의 심리적 마케팅을 통해서 알 수 있다.

향수에는 위험한 것, 금지된 물질, 신경증 등을 암시하는 이름을 붙이는 경향이 있다. 판매자들이 편안함과 안전, 사랑과 낭만을 연상시키는 냄새를 선호하면서도, 이름은 데카당스(Decadence), 포이즌(Poison), 마

---

58 콘스탄스 클라센 외, 앞의 책, 154쪽.

59 로이 베디체크는『후각』에서 신체는 감정 상태에 따라 특정한 냄새를 발달시킨다고 한다. 발진티푸스 환자에게서는 쥐 냄새가 나고, 당뇨병 환자에게서는 설탕 냄새, 페스트는 익은 사과 냄새, 홍역은 막 뽑은 깃털 냄새, 황열은 정육점 냄새, 신장염은 암모니아 냄새가 난다. 한 예로 정신분열증 환자에게서는 땀 냄새가 난다. 몸의 변화는 냄새를 통해서 알 수 있다. 다이앤 애커먼, 앞의 책, 43쪽, 93쪽.

60 콘스탄스 클라센 외, 앞의 책, 158쪽 참조.

이신(My sin), 오퓸(Opium), 인디스크레션(Indiscretion), 옵세션(Obsession), 터부(Tabu) 같은 금기의 의미를 붙인다.[61] 사회에서 금기한 것은 후각적 감수성으로나마 소유하고 싶은 인간의 욕망을 노린 것이다. 후기자본주의의 문화 논리는 후각적 정체성을 상품으로 둔갑시켜[62] 인공 향의 습관적 사용을 부추긴다.[63] 인공 향의 사용은 나와 타자와의 사이의 괴리를 메우는데, 이때 '나'에서 '우리'로의 전환이 일어난다. 인공적인 냄새가 미치는 무의식적 영향력으로 체취는 물론, 기분까지 변화시킨다.[64] 인공 향은 내면의 진정성보다는 하나의 '개성체'로 상징되는 가식적인 진정성을 만들어낸다. 이러한 인위적 정체성의 지향은 결국 후각이 사회적 지위와 성취 등을 결정짓는 요소가 되었다는 것을 의미한다.

하지만 후각적 정체성은 개인에서 집단으로 나아갈수록 유전적인 요소보다는 냄새의 차이에 의해서 결정되는 일이 많다.[65] 사회적인 실존을 말해주는 후각의 정체성은 도시와 시골, 인종, 국가, 지역, 성별, 빈부의 계층, 좋은 사람과 나쁜 사람 등 각종 집단이 가지고 있는 특징적 냄새를 기준으로 변별된다. 계층이 가지는 특징적 냄새는 체취가 근거가 되는 경우도 있지만, 그 계층이 특징적으로 향유하고 있는 향기나 주거 환

---

61 다이앤 애커먼, 앞의 책, 84쪽.
아편처럼 중독성을 갖고 싶어 하고, 독처럼 위험해지고 싶으며, 집착의 이유가 되고 싶어 하고, 금기가 될 정도로 매혹적인 사랑의 기술을 배우고, 쾌락을 주는 퇴폐의 주인공이 되고 싶어 하는 등 신의 계율을 어기는 죄를 짓고 싶어 한다.

62 콘스탄스 클라센 · 데이비드 하위즈, 「상품의 향기—냄새의 상업화」, 콘스탄스 클라센 외, 앞의 책, 238쪽 참조.

63 루카 튜린, 『향의 비밀』, 장재만 · 유영상 · 임순성 역, 쎈텍(주), 2010, 31쪽, 43쪽.

64 라이얼 왓슨, 앞의 책, 222~223쪽.

65 위의 책, 74쪽

경이 만들어내는 냄새나 음식 문화, 일상생활에서의 다양한 냄새 차이에 의해서 규정된다. 계층이 공유하는 후각적 코드는 집단을 연대해주는 역할을 하지만 때로는 계층이나 인종의 정체성을 훼손하지 않으려는 사회적 금기로 작용한다.[66] 후각이 대중과 제도적 측면에서 권력관계의 구성요소가 되는 것도 후각적 정체성으로 인한 것이다. 사회의 중심부들은 자신들이 공유하는 후각적 정체성을 유지하려고 하고, 사회의 주변부들은 자신들에게 상징되는 악취를 거부하는 등 후각적 도전을 한다. 자신들에게 잘못 부여된 후각적 정체성을 부정하거나 아니면 자신들의 후각적 규범을 옹호한다.[67] 후각적 정체성은 사회 구성원의 권력성과 정치성에도 깊이 관여하고 있을 뿐만 아니라, 문화적인 측면에서도 많이 개입되고 있다.[68]

이와 같이 신체의 냄새는 개인이든 집단이든 간에 나와 타자의 실존성을 규정하는 사회화의 근원이 된다. 개인과 집단의 냄새로 변별되는 후각적 정체성은 곧 타자와 내가 대비되는 실존적 정체성이다. 시에서는 이런 후각적 특성이 생명적 존재로서의 위기감 즉, 식민지 피지배자로서의 개인과 민족의 불안한 실존과 관련되어 나타난다. 민족적 존립의 위기 앞에서 지각되는 근원에 대한 소중함, 우리의 혈통을 지키려는 유전자적 본능이 후각적으로 나타난다. 생물학적 존재로서의 실존성을 냄새

---

66 콘스탄스 클라센 · 데이비드 하위즈 · 앤소니 시노트, 「냄새의 세계」, 156~158쪽 참조.

67 콘스탄스 클라센 · 데이비드 하위즈 · 앤소니 시노트, 「냄새와 권력—냄새의 정치」, 콘스탄스 클라센 외, 앞의 책, 213쪽 참조.

68 콘스탄스 클라센, 「고대의 향기들」, 56쪽.

의 정체성으로 표출한다.

2) 사회제도로서의 후각 이데올로기

역사성을 가지면서 후각은 사회에서 정치와 권력의 구성 요소로 작용한다. 후각적 신분과 제도를 만들고, 그에 따른 후각적 이데올로기나 문화적 의식으로 형성된다. 정치적 측면에서 후각은 근대 사회에서 감시와 통제라는 시각과 동일한 행보를 취한다. 중세까지 냄새는 주변부로서 억압된 지위로 규정되었기 때문에, 냄새가 정치적 수단이나 계급과 관련되어 언급되는 일은 없었다. 후각은 근대에 와서야 제도와 대중 이데올로기의 양면에서 사회 권력의 구성 요소가 되고 있다.

도미니크 라포르트는 근대 중앙집권국가의 형성이 후각의 문제를 만들어 내었으며, 이에 따라 후각 문화가 상호 보완적 관계로 발전하였다고 주장한다. 국가적 차원에서 시행한 대상에 대한 거리와 관찰(하수 체제의 순환)의 영향으로 감시와 통제가 생기고, 냄새의 관리에 대한 필요성이 생겼다. 하지만 근대국가의 냄새 관리와 통제는 위생 관념의 제도적 차원에 머물지 않았다. 시민계급의 도덕성과 정신적인 이데올로기가 청결 및 위생개념과 연결되면서 후각으로 표상되는 사회의 계층화를 가져왔다. 사회 이데올로기와 후각의 결합이라는 새로운 의미가 생긴 것이다. 특정 집단이 가지고 있는 후각의 특성은 사회적인 차이를 구분하는 상징이 되었다.[69] 타인의 냄새에 대한 불쾌감은 근대 후각의 특징이라

69 최은아, 「감각의 문화사 : 시각과 후각을 중심으로」, 『카프카연구』 제17집, 한국

할 수 있는 "개인의 발견 및 개인주의의 형성, 개인화의 과정"에 기여하였을 뿐 아니라,[70] 후각적 차원의 권력성과 정치성[71]을 확대시켰다.

그런 맥락에서 근대의 냄새는 제도와 이데올로기 양면에서 사회의 권력관계 구성 요소이다. 냄새의 차이로 분류되는 몸은 "사회적 의미의 수용체이며 사회를 상징하는"[72] 수단으로 작용한다. 사회의 중심 그룹은 냄

카프카학회, 2007, 160~169쪽 참조.

70 리하르트 반 뒬멘, 『개인의 발견, 어떻게 개인을 찾아가는가』, 최윤영 역, 현실문화연구, 2005, 10쪽.

71 라이얼 왓슨, 앞의 책, 170쪽.

자크 루소에 의하면 최초의 정치성은 냄새로 존재와 영역 표시를 하는 행위에서 비롯되었다고 본다. 그는 첫 번째 울타리를 두른 자가 바로 문명의 창시자라고 믿었다. 포유동물이 가진 각각의 냄새 표지는 영역을 지정하는 범주를 넘어선 '냄새의 정치'란 요소가 개입되어 있다. 냄새 표지는 훨씬 복잡한 의사소통 수단으로서, 오래전부터 사용되어온 호의적인 광고로서 정보를 제공하고 상대를 교육하는 의도를 갖는다. 또한 친근한 느낌을 주어서 그 영역에 사는 구성원들의 사기를 높여주고 그 결과 혹시 발생할지도 모르는 이방인들과의 갈등에 있어서 '홈그라운드'의 이점을 누릴 수 있게 해준다.

또한 모든 포유동물의 화학적 신화 방식이 갖는 공통점은 투명성이라고 한다. 이것은 비밀스러운 시스템이 아니라 동일한 종의 모든 구성원들에게 개방되어 있다. 포유동물들은 화학적 지각 능력을 주요 감각 기능으로 바꿔놓았다. 포유류는 사회성이 높아 서로 긴밀히 접촉하기 때문에 서로에 대한 개인적 정보를 전해주는 냄새를 감지하고, 거기에 반응하는 새로운 방법을 발달시키는 데 많은 노력을 기울여왔다. 포유동물은 모든 동물들 중에서 가장 발달한 야콥슨 기관을 갖고 있는데, 사회적 유용성 때문에, 그리고 다른 방법으로는 얻을 수 없는 동료들에 대한 정보를 얻기 위해 이 기관을 광범위하고 유용하게 이용하고 있다. 그리고 인간 역시 전 세계적인 '냄새의 네트워크'의 주요 구성원이다.

이런 맥락에서 본다면 모든 문명과 사회의 정치성은 냄새로부터 비롯되었다고 볼 수 있다.

72 크리스 쉴링, 『몸의 사회학』, 임인숙 역, 나남출판, 2003, 113쪽.

새가 없는 사람으로 분류되는 반면, 사회 주변부의 그룹은 악취가 나는 사람으로 분류된다.[73] 계층적 분화가 만든 후각적 권력과 정치성은 한 사회계층뿐만 아니라, 민족이나 남녀 사이에서도 권력관계를 창출한다.

남녀 사이에 작용하는 냄새의 정치성은 주로 남성의 입장에서 적용된 것이다. 남성은 여성을 사회적 위치나 연령 등 여러 가지 조건이나 상황에 따라서 다양한 후각적 가치로 규정짓는다. 여성적 가치를 후각적 등급으로 볼 때 창녀나 표독스러운 여자 등 가부장적 사회질서에 도전하는 여성은 악취로 규정한다(창녀를 뜻하는 스페인어 puta는 putain이라는 프랑스어와 마찬가지로 악취가 난다는 뜻의 라틴어에서 유래했다). 반면, 순종적인 처녀나 여자들은 향기로 규정한다. 여성은 향료를 사용하면 유혹자라는 신화에 놓이지만 아닌 경우 악취로 규정된다. 남성은 불쾌한 냄새를 풍겨도 정체성을 잃지 않지만 여성은 경멸의 대상으로 치부된다.[74]

그리고 상이한 계층이나 민족 간에 생기는 냄새의 정치성은 서로 다른 냄새의 차이에 의해 생긴 것이다. 집단 간의 후각적 차이는 식습관, 위생, 향료 사용, 관습 등의 차이에 의해 발생할 수 있다. 그러므로 사회 집단이나 민족 간의 냄새는 종종 그 집단을 표상하는 본질적인 특성으로 간주된다.[75] '민족적', '인종적 냄새'는 다른 집단의 사람들에게 후각적 혐오감을 일으키기도 한다.

이런 후각적 장벽은 같은 사회 안의 집단에서도 일어난다. 오웰은 노

---

73 콘스탄스 클라센 · 데이비드 하위즈 · 앤소니 시노트, 「냄새와 권력—냄새의 정치」, 213쪽.

74 위의 글, 215~217쪽 참조.

75 위의 글, 218쪽.

동자 계급의 육체에서 나는 악취는 '넘을 수 없는 장벽'을 형성한다고 주장한다. 그는 "인종적 증오, 종교적, 교육적 정도의 차이, 기질 차이, 지적 능력의 차이, 심지어 도덕적 규약의 차이도 극복될 수 있지만 신체적인 혐오감은 극복될 수 없다"[76]고 말한 바 있다. 이러한 후각적 계급의 분화 인식은 현대사회에서 위생 관습을 넘어서고 있다. 노동자 계급의 악취는 위생 상태로 인한 것이 아니라, 이들을 도덕적 · 육체적으로 혐오스럽게 생각하는 부르주아지의 이데올로기가 작용한 것이다. 이는 타자 냄새가 실제 냄새로 규정되는 게 아니라, 대상에게 작용하는 이데올로기가 후각의 영역으로 전이된 경우라 하겠다.[77]

시에서도 이런 측면들은 인종 간의 대립이나, 계층 간의 대립, 남녀 간의 대립에서 나타난다. 이것들은 모두 사회화된 존재로서의 지위와 관련이 있다. 따라서 사회적 지위를 확보하기 위한 투쟁과 저항의 양상을 많이 보인다.

그리고 공적인 차원의 정치성은 악취의 관리와 후각적 사회 개혁과 관련되어 있다. 국가는 건축물의 구조 관리를 통해 냄새의 분배와 유통을 규제한다. 산업 구역에는 공단, 쓰레기장, 오수 처리장 등이 있어 상시적인 악취가 합법적으로 인정된다. 하지만 공공 구역에는 공원을 비롯해서 주거 지역, 쇼핑 지역, 위락 지역 등은 후각적 중립성이 요구된다. 하지만 사적 구역, 즉 가정에서는 온갖 종류의 냄새들이 정당화된다. 공적인 차원에서 원하지 않는 도시의 악취는 제도적으로 통제되고 감시되는

---

76 G. Orwell, *The Road Wigan Pier*, London : Victior Gollancz, 1937, p.159.

77 콘스탄스 클라센 · 데이비드 하위즈 · 앤소니 시노트, 앞의 글, 218~224쪽 참조.

대상인 것이다.[78)]

또한 위생 개선 운동이 사회 개혁 운동과 관련되기도 한다. 병원에서 개인의 침상을 만든 것은 타자의 냄새로 인해 내가 질병에 걸려서는 안 된다는 논리에서 비롯된 것이다. 푸코는 18세기 정신병원의 원형을 광인들에게 수반되는 가난, 방종, 질병 등을 사회로부터 격리시키기 위한 전략이라고 주장한다. 정신병원은 도덕적인 기하학에 따라 설계된 사회적 지옥의 상징적 가치이다.[79)] 냄새를 감시와 통제의 대상으로 여기는 근대사회의 냄새 체계는 무취를 지향하는 후각적 유토피아가 발전하게 된 요인으로 작용하기도 하였다. 악취가 주변부적인 삶으로 규정되면 될수록 사람들은 무취가 갖는 상승적 지향성을 갈망하기 때문이다.

20세기 서구의 문학작품에서 냄새가 제거된 사회가 이상적인 세계로 그려지는 것은 이와 무관하지 않다. 20세기 문화들이 창조해내는 환상 세계들은 철저한 무취 사회로서 시각과 청각의 감각 영역에서만 존재한다.[80)] 후각적 순수라는 이상을 작가들은 유토피아적인 비전 속에서 탐색한다. 이들 작품에서 보여주듯 무취 사회의 문제는 환경만 청결하게 개선하는 게 아니라 인간의 감정, 즉 존재성까지 바꾼다. 자연적 냄새의 소멸은 인간성 상실로 이어진다. 시에서도 이런 측면들은 자연과 인간성 상실로 상징화된다.

그런데 이러한 문제들이 현대사회의 특징으로 나타나고 있다는 사실

---

78 콘스탄스 클라센 · 데이비드 하위즈 · 앤소니 시노트, 앞의 글, 224~227쪽 참조.
79 미셸 푸코, 『광기의 역사』, 이규현 역, 오생근 감수, 나남출판, 2005, 19쪽 참조.
80 L. Strate, "*Media and the Sense of Smell*", in G. Grumpet and R. Cathcart(eds), *Inter–Media*, Oxford : Oxford University Press, 1986, pp.428~438.

은 주목할 만한 일이다. 현대사회에 오면서 자연의 냄새는 지양되고, 향기의 '아우라'를 통해 유토피아를 지향하는 경향이 농후하다. 그것은 향기를 상품으로 파는 자본주의적 특성 때문이다. 여러 향기를 조합하거나 화학물질로 만든 허위적인 진실을 이용하여 이상적인 정체성을 현대인에게 판다. "향기 마케터들은, 일련의 시냅스의 매개를 통해 뇌의 메시지를 전달하는 다른 감각들과 달리 후각은 뇌에 '직접 연결'된다는 사실을 강조한다."[81] 두뇌에서 후각과 연결되는 부분은 기억, 무드, 정서 등을 제어하는 곳으로, 제품의 향기가 소비자의 정서에 직접 작용한다고 선전한다. 향기를 인간의 심리를 제어하는 데 이용하는 것은 상품 담론에만 한정되는 것은 아니다. 냄새는 일상생활에서도 행동 교정책으로서 중요한 위치를 점해가고 있다.[82] 노동자들의 생산성을 극대화하는 데에 관리자들은 향기를 행동 제어 수단으로 이용하기도 한다.[83]

시에서는 인간의 내면이 통제되는 이미지 시대의 문제를 냄새로 상징한다. 사회의 문화적 경계가 포스트모던 시대에 진입한 것처럼 이미지화된 후각적 의식이 자연의 우위에 섰다. 현대사회에서 후각 의식은 이미 다른 범주를 연결하고 경계를 뛰어넘는 분야로 발전했다.[84] 인공 향기는 존재하지 않는 사물, 부재중인 존재의 환기를 상징하는 영원한 현재로

81 S. Christiansen, "The Coming Age of Aroma-Chology", *Soap, Cosmetics, Cbemical Specialties*, April 1991, p.31.

82 S. Schiffman and J. Siebert, "New Forntiers in Fragrance Use", *Cosmetics and Toiletries*, June Vol 106, 1991. pp.39~45.

83 라이얼 왓슨, 앞의 책, 238~271쪽 참조.

84 콘스탄스 클라센 · 데이비드 하위즈, 「냄새와 권력—냄새의 정치」, 268쪽.

존재한다. 하지만 이것은 맥루언의 말처럼 감각의 확장[85]이 아니라 감각의 죽이기이다. 이렇게 냄새가 환상의 대행물이 되어 세계를 재발견하거나, 재창조하는 수단으로[86] 사용되는 양상은 시에서도 보인다.

3) 문화적 가치로서의 후각 상징

한 시대의 이데올로기를 거쳐 정신 가치로 승화된 후각 상징들은 현실의 문제들을 바탕으로 그 양상이 표출된다. 일상의 습관이나 반복되는 의식을 통해서 그 가치가 정립되는 이것들은 주로 집단의식이나 후각 원형으로 나타난다. 따라서 이것은 물질보다는 내면적 진정성을 추구하는 정신적 가치의 측면이다. 후각의 분류 체계(오스몰로지, Osmology)에서, 냄새가 어떠한 개인이나 환경에서 경험되더라도 그 작용과 효과는 우주적 질서 안에서 인식된다고 믿는 것도 이 때문이다. 모든 문화권에서 냄새는 상징체계를 형성하고 있으며, 다감각적 메타포의 맥락 내에서 존재하고 그 안에서 정신적 의미를 가진다.[87] 따라서 사회 · 문화적인 측면에서 상징체계는 세대 전승된 것일수록 우주적 질서의 함의를 많이 갖고 있다.

특히 고대의 후각은 사회의 제도적 측면보다는 상류층과 하층민, 선과

---

85 마셜 맥루언, 『미디어의 이해 인간의 확장』, 김성기 · 이한우 역, 민음사, 2002, 30쪽 참조.

86 콘스탄스 클라센 · 데이비드 하위즈, 「냄새와 권력—냄새의 정치」, 270~277쪽 참조.

87 콘스탄스 클라센, 「고대의 향기들」, 158쪽. 콘스탄스 클라센 · 데이비드 하위즈 · 앤소니 시노트, 「냄새의 세계」, 165쪽.

악의 표상, 신과 인간으로 대비되는 주로 내면의 진정성을 추구하는 문화적인 측면에 치중해 있다. 전근대적인 사회에서 후각적 상징은 사회 구성원의 연대를 목적으로 한다. 개인과 집단 상호 간의 연대를 목적으로 하는 냄새들은 인간의 사고와 문화의 다양한 영역 속에 있는 도덕적 위기의 문제와도 관련되어 있다. 인간에게 내재되어 있는 유전적인 면과 비합리적이고 무의식적인 사고도 공존한다. 때문에 한 사회에서 문화적 상징체계로 굳은 냄새들은 인간의 내면과 상호작용하면서 세대 전승될 뿐 아니라, 시간이 흘러가도 그 의미가 쉽게 바뀌지 않는 상징으로 존재한다.

냄새와 후각 상징이 관여하는 의례는 구애, 영들과의 교류, 장례, 곡식 재배, 치료 등 광범위한 활동과 행사를 중심으로 발달해 있다. 이러한 냄새의 특질은 내면에서 주로 두 가지로 규정된다. 하나는 아름다운 향기에는 대상을 즐겁게 하고 매혹하는 힘이 있다고 믿는 것이고, 다른 하나는 어떤 냄새로 무엇을 쫓아낼 수 있다고 믿는 것이다. 그 예로 나쁜 냄새는 악령처럼 원치 않는 존재의 침입을 막는 의례에 사용될 뿐 아니라, 사회 질서나 우주 질서를 어지럽히지 않도록 통제하는 의례의 수단으로 사용된다.[88]

아름다움(美)과 관련된 후각적 상징은 심미적인 경험과 관련이 있다. 냄새의 아름다움을 찾아서 즐기려는 '후각적 심미성'은 개인적인 매력을 증대시키기도 하지만 신성(神聖)을 지향하는 종교적 행위나 장례 의식,

---

88 콘스탄스 클라센 · 데이비드 하위즈 · 앤소니 시노트, 「냄새의 의례」, 콘스탄스 클라센 외, 앞의 책, 167쪽.

결혼식, 가정, 연인 등에 참석한 구성원들을 한데로 묶어주는 통합 기능을 한다.[89] 후각적 상징이 가진 통합력은 같은 장소나 공간에 있는 사람의 경계를 뛰어넘어 세속을 넘어선 신성한 세계로까지 이어진다. 공간성의 초월은 때로 시간성의 초월로 나타난다.

이-푸 투안에 의하면 냄새는 사물과 장소에 특징을 부여해주며, 그것들을 구별할 수 있게 하여, 기억하기 쉽게 해준다. 그리고 공간에서의 냄새는 무질서하거나 미완성의 혼합물로 나타나는 세계가 아니라 공간적으로 배열된 세계이다. 때문에 냄새 자체는 공간 감각을 줄 수 없지만 시각과 촉각 등의 "공간화(spatializing)" 기능들이 결합되면서 "비공간적인(nondistancing)" 감각들의[90] 기능을 증폭시켜 공간 감각을 준다. 인간이 가진 다섯 개의 감각은 지속적으로 서로 강화하면서 감정을 부여하며, 하나의 세계로 정립해나간다.

냄새의 아름다움이 상징하는 낙관적 사고는 집단과 대중의 감동을 불러일으킬 뿐 아니라, 그 구성원들을 통합하는 데에 이용된다. 향기는 사회적 규범의 테두리 내에서 미적이고 매력적인 힘을 이용하도록 하는 정교한 의식의 중심에 놓여 있다. 또한 향기가 주는 낙관적 사고는 종교적 행위나 장례 의식, 통과의례 등이 치러질 때에 이용된다. 냄새를 통한 영들과의 소통은 대개 유익한 신이나 세력과 밀접하게 연결되고 악취는 유해한 신이나 세력과 동일시된다. 영과의 소통에서 좋은 향기는 신성과 죄악, 삶과 죽음의 문제와 관련이 있다. 이처럼 향기는 한 문화권의 희망과

---

89 콘스탄스 클라센, 「고대의 향기들」, 42쪽.

90 이-푸 투안, 앞의 책, 28~30쪽 참조.

공포, 즉 신의 인정과 도움을 향한 욕망, 신의 거부와 부상에 대한 두려움, 사회적 · 신체적 한계에 대한 염려 등을 표현하고 재현하는 것이다.[91] 때문에 제단에서의 향은 영적인 경험을 의미하는데, 신자들을 정화시키고 보호해주며, 신과 신자가 교류하는 통로의 역할을 해준다.[92] 신당과 사당에 후각적 차원을 더하는 것은 제물로서의 쓰임뿐만 아니라, 신의 현존을 상징하는 의도가 있다. 나아가 이는 신들의 향기를 경험하는 인간의 심리적 영향력과 관련이 있는데,[93] 봉헌의 향기는 어떤 기원과 함께 신화적 역사 그리고 신들과의 결합을 갈망하는 묵시적인 욕망을 함께 바치는 것이다.[94]

하지만 해로운 냄새는 질병의 원천인 악령으로 지목된다. 이때 피우는 향기는 치유의 기능(아로마테라피)을 함께 갖는데, 세 가지의 다른 차원, 즉 물리적인 차원과 초자연적인 차원, 그리고 심리적인 차원을 이용한다. 그래서 유황을 태울 때 나는 악취나 자극성 냄새는 악마를 쫓는 의식에서 유래된 훈증(熏蒸, fumigation)과 관련되는 경우가 많다.[95]

냄새는 통과의례와도 관련이 있다. 이를테면 탄생 의례, 사춘기 의례, 결혼 의례, 죽음의 의례 등 냄새는 사회에서 다른 상황이나 지위로 옮겨

---

91 콘스탄스 클라센 · 데이비드 하위즈 · 앤소니 시노트, 「냄새의 의례」, 175~180쪽 참조.

92 라이얼 왓슨, 앞의 책, 200쪽.

93 S. Lilija,"The Treatment of Odours, in the Poetry of Antiquity", *Commenttationes Humanarum Litteraarum 49*, Helsinki : SocietasS Scientiarum Fennica, 1972, p.28.

94 콘스탄스 클라센, 「고대의 향기들」, 67~68쪽 참조.

95 라이얼 왓슨, 앞의 책, 198쪽. 훈증은 지옥의 악마라도 숨이 멎을 정도의 짙은 연기로 악마를 쫓는 의식에서 유래되었다.

가도록 하는 의례와 관련된다.[96] 통과의례에서 냄새가 이렇게 강조되는 것은 후각과 사물의 전이 사이에 내적인 연관이 있다는 인식 때문이다. 변화하고 변천하는 냄새의 상징은, 전이 과정을 겪는 사람에게는 적절한 수단인 것이다. 예를 들어 장례식에서 냄새 의례를 행하면 사자의 영혼이 훈증향의 연기를 따라 지상에서 천상으로 올라간다고 생각하는데,[97] 이것은 세속에서 신성으로의 '전이'이다. 또한 신체적인 냄새의 방출을 존재의 종결 상태라 믿으며, 송장의 냄새가 생명과 동일시되는 것은 새로운 존재로의 전이를 갈망하는 것이다.[98] 사춘기의 의례와 관련된 냄새는 자연으로부터 사회로의 전이를 상징한다. 소년들은 남성 사춘기 의례를 거침으로써 유년기의 강한 비사회적 냄새를 떨쳐버리고 이상적인 성인 남성의 냄새를 획득하도록 되어 있다. 반면에 소녀들은 사춘기에 이르면 훨씬 강한 냄새를 풍기며 비사회적이 된다고 믿는데, 이는 초경을 거치면서 자연의 힘과 동질화된다고 믿기 때문이다.[99] 하지만 나이 든 여성은 자연의 유익한 순환기에서 벗어나 있어 부정적인 함의를 갖는다.[100] 냄새와 전이 사이의 연관은 사람들을 한데 결합시키는 냄새의 힘과도 관련된다. 통과의례 참석자들은 똑같은 냄새를 맡으면서 집단적 일체감을 가지는 것이다.

---

96 콘스탄스 클라센 · 데이비드 하위즈 · 앤소니 시노트, 「냄새의 의례」, 181쪽

97 위의 글, 181~188쪽 참조.

98 콘스탄스 클라센 · 데이비드 하위즈 · 앤소니 시노트, 「냄새의 의례」, 200~206쪽.

99 A. Seeger, *Nature and Society in Central Brazil : The Suya Indians of Mato Grosso, Cambridge*, Mass : Harvard University Press, 1981, pp.112~115.

100 U. Almagor, *The Cycle and Stagnation of Smells : Pastoralists-Fishermen Relationship East African Society*, RES, 1987. vol. 14, pp.111, 115.

또한 냄새는 꿈이나 환상을 산출하는 제의적 역할을 한다. 환각적인 냄새는 꿈꾸는 자에게 유익한 쪽으로 세상을 바꾸게 될 예언적 환상을 낳는다.[101] 환각제를 흡입하는 문화에서 냄새는, 환상적 경험을 통제하는 데 이용된다. 그리고 환각 중에 생기는 공감각적인 감각, 즉 감각의 혼융 상태에서 얻어지는 경험들을 사회적 행동으로 옮기기도 한다. 이것을 통해 구성원은 사회의 도덕적 가치와 우주의 근본 원리를 깨닫는다. 환각적 냄새와 꿈은 비가시적인 본질을 내포하고 있어, 가시적 세계 너머에 있는 지식을 인간에게 제공해준다는 의미를 갖는다.[102]

문화적인 측면의 후각 상징들은 시대의 변화와 상관없이 인간의 내적인 진실로 자리를 잡은 것들이다. 이것은 종교와 유사한 문화적 의식으로 고착되었을 뿐 아니라, 그 의미도 대부분 상징적 함의로 통용되고 있다. 시에서도 후각 원형이나 상징들은 그것이 종교적 의미이든 일상적 의미이든 간에 그 사회의 정신적 가치와 도덕적 가치를 판단하는 기준으로 사용되고 있다.

---

101 콘스탄스 클라센 · 데이비드 하위즈 · 앤소니 시노트, 「냄새의 의례」, 207쪽.

102 위의 글, 207~210쪽 참조.

제3장

자기 보존의 욕구와 냄새의 정체성

자기 보존 욕구와 관련된 정체성의 냄새는 가장 본능적인 의식화와 사회화의 단계에서 나타난다. 이것은 생물 · 사회학적인 측면으로, 가장 근원적인 자기 보존 욕구와 연결되어 있다. 개체가 가지고 있는 냄새를 통해서 '나'와 '타자'를 구분하고, 나아가 집단과 집단을 변별짓는 무의식적 능력은, 근친상간을 막아주고 종족 간의 유대 관계를 형성하게 하는 사회화의 시초이다. 인간에게 자기를 보존하려는 본능적 욕구는 "가장 저차원의 무의식적 본능이더라도 항상 타자나 세계로 향해 있으며 근본적으로 '사회적' 내지 '상호 주관적' 성격을 지닌다."[1)]

자기 보존 욕구로서의 후각의 의식화 과정은 주로 후각적 본능과 유전자적 요소가 많이 작용하는데, 기억이나 무의식 등을 통해 근원을 찾아가는 경우가 많다. 이런 의식화의 과정은 그것이 개인으로서의 실존성이

---

1 이남인, 「본능적 지향성과 상호주관적 생활세계의 구성」, 『현상학과 실천철학』, 철학과현실사, 1993, 38~63쪽 참조.

냐 혹은 사회적 존재로서의 실존성이냐에 따라서 다르게 나타난다. 냄새를 통해 자신의 정체성을 표출하는 의식은 개인에서 집단으로 나아갈수록 본능적 지각에서 멀어진다. 사회 구성원 간의 신체나 환경이 만들어내는 냄새의 차이에 의해서 정체성이 규정된다.

사회화에 따른 유전적 본능은 주로 신체의 냄새를 통해서 표출된다. 신체에서 풍기는 냄새는 자신과 가족, 종(種), 성(性), 인종 등을 변별하는 기준이 될 뿐 아니라, 같은 냄새를 가진 동종 간의 정서와 정보를 교류하는 네트워크가 된다. 그런 점에서 후각적 정체성으로 표상되는 냄새는 신체의 자연적 능력이 보여주는 실존의 양상이다. 하지만 자연적인 신체의 냄새도 시간이 지나면서 이데올로기를 갖는다. 구성원이 공유하는 특정한 냄새나 환경의 차이가 갖는 냄새가 사회화되어 집단을 변별하는 이데올로기가 된다. 그런 점에서 냄새의 정체성은 그것이 자연적이든 사회적이든 간에 '나'와 '타자'와의 관계에서 생기는 실존적 양상의 표출이다.

1930년대 시에 나타나는 후각 이미지에서도 정체성을 드러내는 냄새들은 '나'와 '타자'와의 관계에서 의식화된 것이다. 그것은 '조선'이라는 '나'와 '일본'이라는 '타자'와의 사이에서 절대적인 문제로 부각되는데, 이 둘의 관계에서 '조선'은 일방적으로 그 존재성을 위협받는 위치에 있다.

일본은 경술국치 이전부터 문화 제국주의를 통해서 조선인의 정체성을 소멸할 계획을 세웠다. 일본은 근대화의 과정에서 겪은 서구에 대한 문화 콤플렉스와 정신 병리를 조선을 침탈하는 정책의 근거로 삼았다. 일본은 조선을 침략하기 위한 정당성을 서구 제국주의 관점에서 취하고, 서구화하지 않은 조선을 '야만'이라 규정짓고, 억압해도 무방하다는 사고를 적용했다.[2] 이는 에드워드 사이드가 말하는 식민지 문화 침탈의 전형적인 행태[3]인데, 문화 주체성을 지배하여 식민지인들의 의식을 통제하고, 정체성을 말살하려는 정책이다. 이러한 정책하에서 당대인들은 두 개의 나라, 전통과 근대 등, 그것이 어떤 의미든 간에 정체성의 혼란 속에 놓여 있었다.

이런 점에서 1930년대는 그 어느 때보다 나라와 민족의 생명력이 요구된 시대였다. 이런 시대적 요구가 나타난 것이, 시의 후각 이미지에 나타나는 근원적 생명성과 개인이나 집단의 실존성에 대한 자기 보존 욕구라 할 수 있다. 이런 의식은 어느 시대나 존재하는 것이지만 시대에 따른 특징은 달리 나타난다.[4]

1. 생명성 갈망과 근원적 정체성 지향

근원적인 정체성을 지향하는 냄새들은 주로 생명성을 갈망하는 양상으로 나타난다. 이것은 본래적 인간이 가지는 근원적인 생존 감각이다. 이러한 생존 감각은 생물 · 사회학적 차원에서 종족을 보존하려는 욕구

---

2 신일철, 「한국문화 침탈의 기조」, 『변혁시대의 한국사』, 동평사, 1980, 223쪽 참조.

3 에드워드 사이드는 『오리엔탈리즘』에서 서양은 동양에 비해 상대적으로 권위화되어 있다고 본다. 동양은 서양에 의해 오랫동안 비하되었으며, 서양적인 가치관이나 세계관에 의해 '세계'를 교도해야 할 대상으로 여기고 있다고 본다. 에드워드 사이드, 『오리엔탈리즘』, 박홍규 역, 교보문고, 2008, 81쪽.

4 필자가 생각하기에는 인간의 생명 의식은 본래적인 것이지만 시대적 상황에 따라 나타나는 시적 의식의 양상은 다를 것으로 본다. 가령, 일제강점기와 6 · 25 전쟁을 치른 1950년대, 그리고 물질문명의 공해로 인해 생명성이 상실되는 1990년대 등은 다른 의식 지향성을 보일 것으로 여겨진다.

에서 비롯된 것이다.[5] 특히 1930년대 시의 후각 이미지에서 환기되는 생명의식은 피지배 민족으로서 우리의 실존적 위기가 본능적으로 의식화된 것이다. 모든 것이 억압적인 시대에서 이성보다는 본능적인 차원의 생존 감각이 필요했고, 이것을 시인들이 후각적 본능으로 지각한 것이다. 그러므로 근원적인 정체성을 의식화한 냄새에는 감각적으로 느낀 당대의 문제가 함축되어 있다. 근원에 대한 소중함, 민족의 순수한 혈통을 유지하고자 하는 시인들의 본능적 지각이 내포되어 있다. 이는 곧 민족의 혈통을 견고히 하려는 '뿌리 의식'의 무의식적 작용이다.

이러한 심리는, 이 절의 후각적 특성이 문명화 이전의 본래적인 요소로 나타나는 것과 무관하지 않다. 최초의 경험적 '기억'으로 잠재되어 있다가, 후각적 자극으로 의식화되거나, 본능적 욕구에 의해 의식화되는 것이 많다.

1) 생명적 모성 추구와 젖 냄새

생명과 냄새는, 인간이 호흡을 통해서 존재한다는 것과 상관이 있지만 모성적 냄새의 기억과도 관련이 있다. 생물학적인 존재로서 후각적 본능은 의식적 양상이라기보다 무의식적 반응에 가깝다. 이런 무의식적 반응은 그 어떤 것보다 내밀한 자아의 특징인데, 근원적 실존의 양상을 알아보는 데 중요한 역할을 한다. 특히 생명을 잉태하거나 출산할 때 풍기는 모태의 냄새 기억은 그 자체로 생명이나 재생의 의미를 가진다. 예컨

---

5 황수영, 『베르그송—지속과 생명의 형이상학』, 214쪽.

대 여성의 월경 냄새는 생명의 근원지로 표상되고, 감정의 변화에 따라 분출되는 페로몬[6]은 생식의 행위에 영향을 미치는 '욕망의 전달자'로 표상된다. 또한 어미의 유선(乳腺)에서 나는 젖 냄새와 자궁, 탯줄의 냄새는 생명을 잉태하는 기능을 가지고 있다. 근원에 대한 인간의 기억은 주로 여성의 냄새와 관련이 있는 것이다.

이와 관련해서, 모성적 존재를 생명의 근원으로 보고 있는 것이 임화의 시라 할 수 있다.

> 눈물이 흐른다. 玄海灘 넓은 바다 위
> 지금 젖꼭지를 물고 누워
> 뒹굴을듯 흔들리는 네 두 볼 위에,
> 하염없이 눈물만이 흐른다.
>
> 아기야, 네 젊은 어머니의 눈물 속엔,
> 무엇이 들어 있는 줄 아느냐?
> 한 방울 눈물 속엔

---

6 인간의 성행위와 관련된 분비물을 페로몬이라고 한다. 각각의 물질은 이성을 대상으로 하며, 이성의 두뇌 부위에 무의식적으로 작용한다. 여성 페로몬의 효과는 무의식적으로 발휘된다. 그것의 존재와 발원지를 알려주는 표지 냄새가 없으므로 여성의 익명성이 유지되며 위치를 노출시키지 않는다. 반면에, 남성 페로몬은 성적 신호일 뿐 아니라, 적극적인 광고의 역할을 한다. 라이얼 왓슨은 페로몬이 생식에 미치는 효과를 ① 기폭제로서의 역할로 페로몬이 상대의 성별과 생식 상태에 대한 정보를 담은 신호를 보내는 것, ② 도화선(導火線) 역할로 냄새가 상대에게 장기간에 걸친 일련의 생리적 변화를 촉발시키는 것, ③ 냄새가 생식 행위의 종료 신호로서 작용하는 것으로 본다. 이런 세 가지 효과가 나타날 때에는 야콥슨 기관이 관여되어 매개 역할을 한다. 라이얼 왓슨, 앞의 책, 86쪽, 259쪽 참조.

일찍이 네가 알고 보지 못한 모든것이 들어 있다.

이 속엔 그이들이 자라난 요람의 옛 노래가 들어 있다.
이 속엔 그이들이 뜯던 봄나물과 꽃의 맑은 향기가 들어 있다.
이 속엔 그이들이 꿈꾸던 청춘의 공상이 들어 있다.
이 속엔 그이들이 갈아붙인 땅의 흙내가 들어 있다.
이 속엔 그이들이 어루만지던 푸른 보리밭이 있다.
이 속엔 그이들이 안아보던 누른 볏단이 있다.
이 속엔 그이들이 걸어가던 村 눈길이 있다.
이 속엔 그이들이 나무를 베던 山의 그윽한 냄새가 있다.

— 임화, 「눈물의 海峽」 부분[7]

임화는 "젖꼭지"가 갖고 있는 아우라를 통해서 생명적 모성을 의식화한다. 시에서 "젖을 물고 있는" 아기는 우리 민족이며, 젖을 수유하고 있는 "어머니"는 조국이라 할 수 있다. 젖을 무는 행위는 현실의 죽음과 근원적 정체성의 지향이라는 두 가지 의미로 표상된다. 이것은 젖 냄새가 가진 '비린내'의 속성 때문인데, 일반적으로 비린내는 두 가지 측면에서 해석이 된다. 비린내는 생명이 태어날 때 발산되거나, 생명이 부패되는 시점에서 발산되는 냄새이기 때문이다.

그리고 어머니는 한 민족의 명맥을 이어가는 모태로 상징화되어 있는데, 그것은 "어머니의 눈물 속"에 들어 있는 "요람의 옛 노래"를 통해서 알 수 있다. 시에서 아기가 어머니의 젖꼭지를 물고 있는 시간은 신체의 감각적 접촉을 통해서 민족의 문제를 고민하는 시간이라 할 수 있

---

7 임화, 『玄海灘』, 동광당서점, 1938, 200~207쪽.

다. 후각적 관점에서 보면 신체의 접촉은 동종 간의 정보가 교류되는 시점이다. 같은 공감대를 형성하는 생물학적 존재의 교감은 "한 방울의 눈물"로 표상되고, 나아가 이것은 조선인 모두에게 모태의 낙원으로 기억되는 "요람의 옛 노래"로 표상이 된다. 이는 곧 여성이 가진 마술적인 힘이나 지혜를 통해서 에너지를 공급하여,[8] 민족을 성장시키는 모성 기능을 기대하는 것이다. 모성 원형이 현실을 극복할 수 있는 구원의 요소가 되기를 바라는[9] 것이다. 하지만 시적 화자가 지각하는 현실 속에는 모태 낙원이 존재하지 않는다. 어머니의 눈물로 환기되는 조선의 모든 것들은 생명력을 잃었다. 예전의 "봄나물과 꽃의 맑은 향기가 들어 있"는 생동적인 모습은 시적 화자가 회복하고 싶은 현실일 뿐 근원적인 생명의 산실은 상실하고 없다.

시에서 보듯이 어머니를 모태 낙원으로 생각하는 이런 잠재의식은 생물학적 존재가 가지고 있는 후각적 본능에 의해서 환기된다. "젖꼭지를 물고 누워" 자는 "아기"의 "두 볼 위"로 떨어지는 "눈물은" 모태의 공간을 상실한 어머니의 슬픔이다. 어머니가 흘리는 눈물의 의미가 존재론적인 의미를 가진다는 사실은 후각적 특징을 통해서 알 수 있다.

인간에게 최초의 식사인 젖은 생명이 맡는 첫 냄새로, 아기에게 첫 기억으로 각인된다. 최초의 이 냄새는 어머니와 아이에게 유전적 유사성으로 인하여 동시에 각인된다.[10] 태아가 모태를 통해서 맡은 초기 냄새들은

---

8 칼 융, 『원형과 무의식』, 한국칼융연구위원회 역, 솔, 2006, 202~203쪽.

9 칼 융은 모성 원형의 궁극적인 목표는 낙원, 즉 구원을 희구하는 것이라 한다. 위의 책, 203쪽.

10 라이얼 왓슨, 앞의 책, 69쪽.

생리학과 심리학, 성장 과정 중의 정신 발육뿐 아니라, 어머니와의 유착 과정에서도 중요한 기억을 만들어나간다.[11] 탄생 후 며칠 동안, 신생아의 주체성을 냄새가 대변할 수 있는 것도 이 때문이다.[12] 모태의 냄새는 성장 후에도 근원적 정체성으로 환기되는 것이다.

이런 후각적 본능이 환기하는 모성적 특질은 무의식 속에 내재된 '순수 기억'이라 할 수 있다. 과거를 재현하는 '순수 기억'은 현실에서는 심리학적 실재성이 없지만 '존재론적 의미'를 가진다. 그렇게 볼 때, 생명적 모성을 추구하는 것은 존재의 출발점으로 회귀하는 것이라 볼 수 있다. 무의식의 영역을 넘나들면서 원천적인 정체성을 찾아가는 것은[13] 자신의 뿌리를 견고히 하려는 생명 의식이다. 현실에 절망할수록 생명에 대한 갈망은 강렬해진다고 할 수 있다. 그런 점에서 임화의 시에서 모성적 특질을 환기하는 의식은, 생물학적인 존재로서 개체를 유지하려는 자기 보존의 욕구를 표출한 것이다.

생명적 모성을 통해 근원적인 정체성을 견고히 하려는 의식은 이광수의 시에서도 볼 수 있다. 이광수 또한 생명적 모성을 구원 요소로 보고 있지만 역으로 모성 기능의 부재를 강조하는 방식으로 민족의 생명성을 추구한다.

어머니!
당신의 가슴이 제 世界엿서요.

---

11 피트 브론 외, 앞의 책, 100쪽.

12 라이얼 왓슨, 앞의 책, 132쪽.

13 황수영, 『베르그송—지속과 생명의 형이상학』, 103쪽.

배부른 때에는 노리터엿고
疲困할 때에는 寢台엿섯고
무서운 때에는 避難處엿서요.
당신의 가슴에 푹 파무처서
눈만 반작반작 내어 노핫슬적에
虎狼이가 온들 무서웟습닛가.
어머니!
그 安全한 가슴에 제가 안겻섯지오!

어머니!
당신의 가슴은 沃土엿서요!
당신의 부드러운 젓꼭지를
빨기만 하면 단젓이 흘럿습니다.

— 이광수, 「어머니의 무릅」 부분[14]

이광수 시에도 '젖 냄새'는 모성 기능을 갈망하는 생명성의 상징으로 의식화되어 있다. 시에서 모체는 우리 민족의 삶뿐만 아니라, 정신을 지탱시켜주는 근원으로 지각되고 있고, '젖 냄새'는 이러한 것을 환기하는 수유구로 표상되어 있다. 이광수가 보는 모성적 기능은 긍정성과 부정성으로 양분되어 있다. 과거의 실존 양상과 현재의 실존 양상으로 나뉘어져 있다. 과거가 "단 젖이 흐르는" 생명의 세계였다면 현재는 모성의 기능을 상실한 비생명적 세계라 할 수 있다. 모체의 상실은 곧 생명력의 단절이다. 근원을 상실한 존재들은 세계에서 고립되어 이방인으로 존재한다. 모체가 없는 현재의 '나'는 물질과 정신 그 어떤 면에서도 예전의 영

---

14 『삼천리』 제5권 제10호, 삼천리사, 1933. 10. 1, 262~266쪽.

광을 가질 수 없다. 이는 곧 모태 낙원의 부재인 것이다. 이것은 곧 모성적 기능을 가진 나라의 부재를 의미한다. 이것은 나아가 민족의 생명을 잇는 생물학적 세대성이 단절되었다는 것을 의미한다. 그런 점에서 시에서 어머니 부재의 강조는 근원적인 정체성을 갈망하는 역설적 화법이다.

모든 사회적 실존은 생물학적 존재로서 살아남아야 가능한 것이다. 시인들의 그런 무의식이 시에서 생명적 모성을 추구하는 양상으로 나타난 것이다. 민족이 회귀할 공간이 없다는 것은 곧 '집단과 나'의 죽음을 의미한다. 생물 · 사회학 차원에서 민족의 생존은 개인의 생사고락을 함께 할 수밖에 없는 것이다.

2) 오염된 생명성 비판과 젖가슴 냄새

근원적 정체성에 대한 생명적 인식이 박영희와 오장환의 시에서는 오염된 생명성 비판으로 나타난다. 생명적 기능을 하는 모체가 이들 시에서는 오염되어 근원적 정체성을 지탱하지 못하는 것으로 나타난다. 생명을 잉태할 수 없는 몸을 가진 여성들은 생물학적으로 볼 때, 존재의 순수성을 훼손한 것이다. 따라서 생명적 기능을 잃은 모체들은 생명력을 상실한 조선을 표상하는 것과 다름없다. 이러한 의식의 지향성은 생명적 모성을 통해 생명력을 의식화하는 것보다 더 강한 생명성의 지향이라 할 수 있다. 그것은 역으로 생명적 존재로서의 문제를 더 체감하고 있다는 의미일 것이다.

박영희 「無題」의 "魔鄕에 窒息되는" "乳房"이 오염된 생명성에 대한 비판적 인식의 예라고 할 수 있다.

밤새도록 흐르는
쓸쓸한 내노래 가락만은,
무거운 생각을 꼬여내, 삽붓 안고
오-내넋의 옛집, 네乳房속
魔香에 窒息되는
꿈나라 숲속으로 돌아간다하면-.

— 박영희, 「無題」 전문[15)]

박영희는 여성이 가진 생명적 모성을 "魔香에 窒息되"어 있는 "乳房"으로 은유하고 있다. 이것은 또한 "내 넋의 옛집"과 동일시되어 있는데, 여성의 생명성 오염이 정신적 근원처의 상실로 이어진다. "乳房"은 젖 냄새를 통해서 모성적 기능을 환기한다는 점에서 시적 자아의 정신적인 근원처라 할 수 있다. 정신적 근원처로 여기는 고향 의식은 장소의 정체성과 관련이 있다. 에드워드 렐프에 의하면 장소의 정체성은 장소에 대한 개별성을 부여하거나, 다른 장소와의 차별성을 제공하기도 하지만 독립된 하나의 실체로 인식하게 하는 토대 역할을 한다고 정의된다. 정체성은 물리적 외관에 있는 것이 아니라 개인의 의식과 무의식 속에서 장소와 상호 주관하여서 형성[16)]된 것이라고 보는 것이다. 그런 점에서 "내 넋의 옛집"은 시적 화자의 의식과 무의식이 상호작용하면서 생긴 장소로서의 정신적 근원처이다.

그런데 이러한 정신적인 근원처가 "魔香"에 질식되어 돌아갈 수 없는

---

15 박영희, 『회월시초』, 중앙인서관, 1937, 36~37쪽.

16 에드워드 렐프, 『장소와 장소상실』, 김덕현 · 김현주 · 심승희 역, 논형, 2005, 109쪽.

공간으로 변한 것이다. 그곳은 언제나 돌아가고 싶은 "꿈나라 숲속"의 공간이지만 나의 정신적 근원처로서 순수성은 잃은 것이다.

슈츠는 정신적 근원처로서의 '고향세계'에 대한 인간의 태도가 다르다고 한다. 현실에서 문제가 없으면 '고향세계'에 대한 존재성은 '믿음'으로 인식되지만 '고향세계'에 대한 훼손은 '부정'으로 이어져서, 우리 사회의 존재론적 지위도 정립되기 힘들다는 것이다.[17] 그런 맥락에서 '고향세계'의 훼손은 민족의 부정적인 존재론을 보여주는 것이다.

따라서 "乳房" 속에 내재되어 있는 "魔香"은 부정적인 함의를 갖는 것으로 퇴치해야 할 대상이다. 그래야만 '고향세계'의 순수성이 회복되고 내 존재성의 재정립도 가능하다.

오장환은 생명적 모성을 상실한 매음녀의 "젖가슴"을 통해 근원적 정체성의 암담함을 의식화한다.

> 푸른 입술. 어리운 한숨. 淫蕩한 房안엔 술ㅅ잔만 훤-하였다. 질척척한 풀섶과 같은 房안이다. 顯花植物과 같은 계집은 알 수 없는 우슴으로 제 마음도 소겨온다. 港口, 港口, 들리며 술과 계집을 찾어 다니는 시ㅅ거믄 얼굴. 倫落된 보헤미안의 절망적 心火.– 頹廢한 饗宴속. 모두다 오줌싸개 모양 비척어리며 얄게 떨었다. 괴로운 憤怒를 숨기어가며…젖가슴이 이미 싸느란 賣淫女는 爬蟲類처럼 匍匐한다.
>
> — 오장환, 「賣淫女」 전문[18]

17 김광기, 앞의 논문, 51쪽 참조.

18 오장환, 『城壁』, 풍림사, 1937, 37쪽(『詩人部落』, 1936. 12).

오장환 시에서 "賣淫女"의 몸은 "보헤미안의 절망적 心火"와 "頹廢한 饗宴속" 사회에서 오염되어가고 있다. 생명적 모성이 없는 "싸늘한" "젖가슴"은 여성으로서의 매음녀가 "顯花植物과 같은 계집"에서 "爬蟲類처럼 匍匐"하게 되는 원인이다. 씨를 받아서 꽃을 피우는 양지의 여성이 음지에서 포복하며 사는 파충류가 된 것이다. 이는 매음녀의 몸이 자연적인 상태로 회복되지 않을 가능성을 말한다.

후각적 차원에서 순결하지 못한 여성의 몸은 악취로 규정된다. 유린되고 짓밟힌 여성의 젖가슴은 모성 기능을 잃어 생명을 키울 수 없는 존재성을 가지고 있다. 이런 여성들은 생명을 출산한다고 해도 혈통의 순수성을 인정받을 수 없다. 순수한 여성이 자연에 가까운 존재[19]로 상징(생물학적 성적 기능을 강조하는 상징에 의해 정의되는)된다면 매음녀는 자연의 훼손이나 무질서로 상징된다. 혈통을 잇는 어머니가 될 여성의 오염[20]은 개인이나 민족 그 어떤 측면에서도 존재성의 위협을 받는다. 사회의 질서가 인정하지 않는 생명성은 그 집단의 세대성을 잇는 역할을 하지 못하기 때문에 오염의 요소로 본다.

이 시에서 근원적인 정체성의 염려하는 의식은 남성을 모두 "오줌싸개"로 비유하는 데서 알 수 있다. 떠돌아다니는 보헤미안들은 "頹廢한 饗宴"으로 타락한 사회 속에서 오줌싸개처럼 비척거린다. 심리학적으로 볼 때 통제되지 않는 오줌에는 불안이 내재되어 있다. 따라서 남성들은

---

19 미셸 짐발리스트 로잘도 · 루이스 램피어 편, 『여성 · 문화 · 사회』, 권숙인 · 김현미 역, 한길사, 2009, 77쪽.

20 위의 책, 74~75쪽 참조.

사회에서 그 존재성이 불안한 자들이다. 후각적 차원에서 오줌을 누는 행위가 자신의 존재를 표지하는 행위라 할 때, 의지 없이 흘리는 오줌은 타자에 의해 표시되는 존재의 좌표이다. 나의 실존이 내가 주체가 아니라 타자에 의해 구획되어지는 억압인 것이다.

3) 존재의 재생적 갈망과 물 냄새

근원적인 정체성을 환기하는 또 다른 후각적 지각은 재생적 기능을 갖는 냄새의 의식화라 할 수 있다. 양수, 젖, 월경, 정액 등 생명과 관련된 냄새는 물에 혼합되어 있다. 냄새의 통로를 통해 고향을 찾아가는 연어의 습성은 물 냄새의 기억과 관련 있다. 어릴 때 지각된 냄새는 우리의 기억을 뒤흔들어 향수에 젖게 하고, 생명의 근원을 찾아가게 하는 통로가 된다.[21] 따라서 이러한 냄새들을 기억하고 환기하는 행위는 그 자체로 모천회귀적 기능을 한다. 생명에 대한 강한 의지력을 부여해주는 것이다.

물 냄새가 근원적인 정체성으로 의식화되는 것은 김영랑의 시에서 볼 수 있다. 그는 물의 재생적 기능을 우리 민족의 한 서린 울음과 관련지어 의식화한다.

52
울어 피를 뱉고 뱉은피는 도루삼켜
평생을 원한과 슬픔에 지친 적은새
너는 너룬세상에 서름을 피로 색이려오고

---

21 라이얼 왓슨, 앞의 책, 34~35쪽 참조.

네눈물은 數千세월을 끈임업시 흐려노앗다
여기는 먼 南쪽땅 너쪼껴숨음직한 외딴곳
달빛 너무도 황홀하야 후젓한 이 새벽을
송긔한 네우름 千 길바다밑 고기를 놀내고
하날ㅅ가 어린별을 버르르 떨니겠고나

…(중략)…

너 아니 울어도 이세상 서럽고 쓰린것을
이른봄 수풀이 초록빛드러 물내음새 그윽하고

— 김영랑, 「52」 부분[22]

김영랑의 시에서 후각적 지각은 "뱉은 피" 냄새를 의식하는 데서 시작된다. 울어서 피를 토하는 새의 몸은 그 자체가 "사회적 의사소통의 매체" 일 뿐 아니라, 자신의 정체성과 가치를 표현하는 수단이다. 몸의 자연적 속성은 사회적 관계와 문화적 활동을 위한 전제 조건이다.[23] 자연적 속성으로서의 피를 뱉는 몸의 현상은 "평생을 원한과 슬픔에 지친" 실존적 양상을 감각적으로 표현한 것이다. 시적 화자는 피 냄새를 통해서 자신의 감정 상태를 타자에게 알리는 것이다. 그런 맥락에서 "뱉은 피" 냄새는 시적 화자가 처한 실존적 상황을 후각적으로 보여준 것이다.

---

22 허윤희 주해, 『김영랑 시집』, 깊은샘, 2007, 86쪽.
『김영랑 시집』에는 원래 제목이 없고, 작품번호가 1에서 53까지 붙어 있다. 주해자는 이것을 김영랑이 각각의 작품보다는 전체적인 시상의 전개와 흐름을 중시했기 때문이라 보고 있다. 위의 책, 342쪽.

23 크리스 쉴링, 앞의 책, 7쪽, 156쪽.

이에 대해 김영랑은 두견의 반복적 '울음'을 통해 생명적 위협을 해소하려 한다. 울음을 통해 반복적으로 흘리는 눈물의 생명력에 주목한 것이다. 원래 두견은 촉나라 망제의 넋이 화하여 된 것이라는 전설을 갖고 있는, 봄밤에 끊임없이 울어대는 새이다. 김영랑 시에서 두견의 울음은 우리 민족의 보편적이고 전통적 정서인 설움, 눈물, 슬픔, 그리움, 한 등을 상징하지만, 시의 전개상 반복되고 있는 울음은 자아 성찰이나 자기정화(카타르시스)의 의미를 지닌다. 울음을 통해 슬픔의 감정을 해소하는 동안 몸은 눈물을 통해 무의식적 재생력을 가진다. 울음을 통해 존재론적인 변모를 꾀하려고 하는 것이다. 자연적 능력에 의해서 감지되는 신체의 감각은 그 자체로 우리의 존재와 접촉하는 면이다.[24]

특히 물은 바슐라르에 의하면 "존재의 실체를 끊임없이 변모시키는 근원적 운명을"[25] 갖고 있다. 물의 존재성은 각성이며 의식의 눈뜸이다.[26] 때문에 반복되는 새의 울음은 스스로를 들여다보는 '나르시스의 응시(contemplation)'[27]가 투사되어 있을 수밖에 없다. 이러한 '나르시스 응시'에는 신경증과 승화의 양가적 심리가 투영되어 있다. "아니울고는 죽어없어졌을 거라는"는 말은 곧, 울어서 한이라도 풀어야 살아갈 의지가 생기겠다는 의미이다. 또한 눈물이 피와 함께 생성된다는 점에서 혈통적 정체성을 표상한다. 때문에 눈물을 흘리는 횟수가 많을수록 근원적 생명

---

24 메를로 퐁티, 앞의 책, 339쪽.

25 가스통 바슐라르, 『물과 꿈—물질적 상상력에 관한 시론』, 이가림 역, 문예출판사, 2004, 17쪽.

26 위의 책, 20쪽 참조.

27 가스통 바슐라르, 앞의 책, 52쪽.

력은 강인해진다. 이것은 두견이 울면 울수록 "물내음새"[28]가 그윽해진다는 사실을 통해서 알 수 있다. 두견의 '슬픔'은 '물내음새'를 환기하는 촉매제가 되고, 물 냄새는 원초적 생명력을 키우는 재생적 의미를 갖는다. 물 냄새는 근원을 찾아가는 냄새의 통로, 모천회귀적 기능을 하는 것이다. "아니울고는 하마 죽어업"어지기 때문에 울어 눈물로서 재생의 의지를 다지는 것이다.

이렇게 김영랑이 물 냄새를 스스로 존재론적인 변모를 해나가는 재생성으로 의식화하고 있다면, 김기림은 서구 문명이 만들어내는 재생성의 의식화를 통해, 근원적 정체성의 부정을 보여준다.

> 照明의 노을속을 헤엄처가는
> 女子의치마 짜락에서는
> 바다의 냄새가 납니다.
>
> 食堂…
> 「샨데리아」의 噴水밑에
> 사람들은 제각기

---

28 김영랑의 『영랑시선』은 해방 후 『영랑시집』으로 재발간되면서 많은 교정, 수정이 되어 나왔다. 이 시에 나오는 "물냄새"도 "풀 냄새"로, "뱉은피"는 "뱉은 피로", "지고업스리"는 "죽어업스리"로 수정되어 있다(허윤희 주해, 앞의 책, 332쪽). 하지만 이 시의 해석에서 물이나 풀은 재생적 기능을 가진다는 점에서 유사한 의미를 가진다. 풀은 민초의 생명성을 상징한다. 풀은 밟아도 다시 자라는 속성을 가지고 있다는 점에서 두견의 울음이 갖는 물의 생성력과 유사한 의미를 가진다고 보아진다. 단지 풀에 비해서 물이 좀 더 근원적인 생성력을 가진다고 할 수 있다. 그리고 이 시의 수정이 해방 이후에 이루어졌다는 점에서, 본고에서는 당대 의식을 직관적으로 반영한 원래의 이미지를 텍스트로 삼는다.

수없는 나라의 記憶으로짠
鄕愁의 비단폭을 펴놓습니다.

— 김기림, 「호텔」 부분[29]

김기림 시에서 물의 재생성은 서구 문명의 동경으로 의식화되어 있다. 시에서 '바다'는 서구 문명을 지칭한다. 그런 맥락에서 "女子의치마 짜락에서" 풍기는 "바다의 냄새"는 서구적으로 문명화된 여자들의 정체성을 말한다고 할 수 있다. 여자들은 "「샨데리아」의 噴水"에서 쏟아지는 "照明의 노을속을 헤엄처가는", 문명을 동경하는 존재로 표상되어 있다. 그런 여자들의 몸에서 나는 "바다의 냄새"는 문명의 재생성을 의미한다.

문명의 재생성을 삶의 지향점으로 삼는 여자들의 의식은 다른 문화의 수용을 통해 삶을 창조하려는 이성적 욕구로서의 본능이 작용한 경우라 할 수 있다.[30] 인간의 지각은 어떠한 형태로든 문화를 통해서 형성된다. 비록 개인의 지각으로 나타나는 행동이라 하더라도 시간이 지나면 자연스럽게 삶의 중심에 고착되어, 문화적 체계의 형태로 그 사회에 저장된다.[31] 어떤 의미로든 역사적 주체인 인간은 행동을 통해 사회와 문화적 의식을 만들어나가는 것이다. 문화적 의식의 변화는 곧 정신적인 측면의 변화로 이어진다. 따라서 여자들의 문명화된 지각은 정체성의 문명화를 조선에 정착시킬 수 있다. 이것은 우리의 전통적 정체성을 위협하고, 근대 문명의 전개에 따른 새로운 정체성 확보를 갈망하는 것으로 나아간

29 김기림, 『太陽의 風俗』, 학예사, 1939, 124~125쪽(『신동아』 4권 5호, 1934. 5).
30 에드문트 후설, 『순수현상학과 현상학적 철학의 이념들 3』, 44~45쪽 참조.
31 메를로 퐁티, 앞의 책, 520쪽, 521쪽 참조.

것이다. 사회적 인간으로서 문명을 지향하는 본능적 욕구가 민족의 근원적인 정체성을 위협한 것이다.

2. 불안한 실존과 개인의 정체성 탐색

개인의 정체성을 나타내는 냄새들은 여러 측면의 실존성과 관련이 있다. 이것은 개인의 사회적 자아와 지위에 따라서 달라질 수 있는데, 그 대표적인 것이 민족과 나라의 범주 안에서 규정되는 개인의 정체성이다. 1930년대 개인은 식민지 정체성과 민족적 정체성 사이에서 혼란을 겪었을 뿐 아니라, 식민지 근대화로 인한 전통적 실존성과 근대적 실존성 사이에서도 혼란을 겪었다. 이러한 현실에서 시인들이 보는 개인의 정체성은 허무와 불안으로 간파되고 있으며, 근대적 개인은 전통적 실존성과 근대적 실존성 중 그 어느 것도 획득하지 못한 것으로 인식된다. 식민지 정치와 근대 문명의 수용이라는 이중적 상황은 개인의 실존적 위치를 주변부로 몰아넣었다.

이러한 시대적 문제들이 1930년대 시에 나타난 후각 이미지에도 의식화되어 있다. 감각적 차원에서 개인의 자아는 사회적 자아의 구성 요소이다. 감각적으로 의식화된 개인의 자아와 사회적 자아는 불가분하게 서로 관련되어 있는데, 개인의 자아가 연대해야 사회가 형성된다. 즉 개인의 자아가 다른 사람들과 상호 소통을 해야 사회제도와 문화적 의식으로 연결되는 것이다.[32] 하지만 1930년대 사회에서 개인의 자아는 식민지 지배자의 정책적 통제와 근대화로 인해서 고립과 불안, 혼란에 빠져 있었다. 그래서인지 시에서 개인의 실존적 지위를 나타내는 정체성 냄새들은 대체로 부정적 의미로 나타난다.

1) 식민지 허무와 불안의 몸 냄새

신체의 냄새는 감정의 상태를 알리는 신호의 전달 수단이다.[33] 사람은 공포나 흥분 상태에서 전반적인 신진대사가 증진되어 땀을 흘린다. 따라서 시에서 주로 나쁜 냄새로 형상화되는 신체의 냄새는 내면의 심리적 불안을 나타낸 것이다. 이는 사회적 현실에 대한 개인의 윤리성과 도덕성, 본능에 반응하는 신체의 후각적 지각이다. 신체의 반응을 통해 개인의 실존성을 나타내는 냄새들은 시에서 사회적 자아로 연결이 되지는 못하고, 식민지 현실에 대한 허무와 불안을 토로하는 데 그치고 있다.

박용철의 시에 나타난 냄새가 이런 내면의 불안을 의식화한 것이라 할 수 있다.

> 내 심장은 이제 몹슬냄새를 뿜으며
> 가마속에서 끓어오르는 콜타르 모양입니다.
>
> 가즉이 들리는 시내ㅅ물소리도 귀찮고
> 개고리우름은 견딀수없이 내 부아를 건드립니다.

---

32 에드문트 후설, 『순수현상학과 현상학적 철학의 이념들 2』, 120쪽, 139쪽, 237쪽, 249~263쪽, 385쪽 참조.

33 라이얼 왓슨, 앞의 책, 122쪽.

…(중략)…

지리한 장마속에 귀한 감정은 탕이가 피고
요행이 어리석음에 등말을 타고 돌아다녀서
난장이가 재주란답시 뒤궁굴으면
당나귀의 무리는 입을 헤버리고 웃습니다.

이러한 공격을 내가 어떻게 더 계속하겠읍니까.
이제 내 감정은 짓부비여 팽개친
종이 부스러기 꼴이되어 버려져있습니다.

— 박용철, 「小惡魔」 부분[34]

박용철 시에는 내면의 불안이 냄새로 의식화되어 있다. 시적 화자의 심장에서 나는 "몹슬냄새"는 불안한 감정 상태가 생성해낸 냄새 물질이다.[35] 후각적 자극으로부터 의식화된 것이 아니라, 현실의 불안이 공포의 아드레날린을 분비하면서 만들어진 신체의 냄새이다. 그렇기 때문에 이 냄새는 시적 화자의 후각적 감각이 재구성해낸 의식이다. 이런 경우 냄새는 그 자체로 사회적인 의사소통의 매체가 된다. 심장은 현실을 지각하는 도구이고, 냄새는 타자에게 나의 존재성을 보여주고자 하는 욕구의 양상인 것이다. 그런 점에서 "몹슬냄새"는 현실의 문제들을 시적 자아의 인식에 맞게 변형한 '이미지 기억'이다. 따라서 몹쓸 냄새를 풍기며 "끓어오르는 콜타르"는 시적 자아의 혼란스러운 실존성을 표상한다. 원유에

34 박용철, 『박용철 전집』, 현대시사, 1939, 26~27쪽.
35 다이앤 애커먼, 앞의 책, 84쪽 참조.

서 기름을 증발시킨 찌꺼기인 콜타르는 정신은 휘발되고 사물화된 존재성을 대변한다. 이러한 측면은 시적 화자가 "당나귀"가 구경하는 재주꾼 "난장이"로 지각되고 있는 점에서 알 수 있다. 세상의 구경거리인 시적 화자의 실존성은 "종이 부스러기"로 은유된다. 후각적 차원에서 볼 때, 종이 또한 생명성이 상실되었다는 점에서 불안한 존재성을 상징한다고 볼 수 있다.

시에서 말하는 '소악마'란 본래적 자아를 불안하게 하는 요소인 것이다. 이러한 정체성 속에는 현실로 인한 절망과 분노 때문에 스스로를 자학하는 마조히즘(masochism)적인 의식이 내재되어 있다. 병적인 의식을 드러내는 이런 파토스(pathos)적인 감정은 각성적 의식보다는 사회의 도덕적 가치로부터 벗어나고 싶어 하는 근원 충동에 근접해 있다.

사회학자인 라이트 밀즈는 사람들은 자신이 주체적으로 참여하게 될지도 모를 역사 형성에 대해, 어떤 의미를 갖는지 모른다고 한다. 그들은 인간과 사회, 개인의 일생과 역사뿐 아니라, 자아와 세계 사이의 상호작용을 파악하는 데 필요한 정신적 자질을 갖추고 있지를 못한다고 한다. 그래서 그들은 개인적 문제의 이면에 개입해 있는 구조적인 통제를 극복하지 못하고, 불안해한다고 한다.[36] 박용철의 불안 또한 사회의 구조적인 통제성을 견디지 못한 후각적 반응이다. 후각적 감각은 냄새의 자극으로부터 의식화되기도 하지만 의식이 신체의 감각, 즉 냄새를 만들어내기도 한다. 이러한 신체의 반응은 개인의 자아가 사회 속으로 융합되지 못하고, 고립되어 있으므로 해서 생기는 현상이다. 개인의의 자아가 사

---

36 C. 라이트 밀즈, 앞의 책, 10~11쪽 참조.

회로 나아가지 못할 때 스스로 인간은 감각적 존재가 되는 것이다. 스스로의 존재성을 나타내는 자기 보존의 욕구이다. 이렇듯 그 존재성을 위협받을 때 본능적으로 회귀하는 것은 후각적 감각만의 특징이라 할 수 있다.

스스로 감각적 존재가 되어 풍기는 자학적인 냄새는 지식인 개인의 내면적 지각에서도 나타난다. 지식인은 민중을 올바르게 이끌어야 하는 '사회 지도력'을 가진 계층이다, 사회에서 그 역할을 할 수 없는 조선의 지식인들은 무기력함과 절망에 빠져 있었다. 그로 인한 허무 의식은 당시에 조선 지식인이 처한 상황을 보면 알 수 있다.

경술국치 이후 조선 지식인의 활동은 여러모로 통제되고 억압받았다. 일제강점기 직후부터 일본은 언론과 집회, 결사의 자유를 박탈하고, 민족주의적 학회 및 단체들을 해산하는가 하면 언론을 통제하였다. 한국어 신문의 발간을 중지시키고, 『경성일보』, 『매일신문』, 『서울 프레스』 등의 어용 신문을 창간하였다. 또한 1911년 8월에는 '조선교육령'을 발표하여, 언어 말살 정책을 이끌어내고 이를 통하여 조선인을 '일제 노예화' 하는 인간 개조에 착수한다. 뿐만 아니라 일본인 연구가를 시켜 한민족의 역사까지 왜곡 · 날조한다. 민족의 역사를 침략자의 손으로 편수한다는 것은 식민지 지배의 상황이 어떤가를 말해준다.[37] 그리고 일본은 공교육에서도 식민지의 동화 교육과 더불어 일본어로 일본 제국주의 이데올로기 주입 교육을 실시하였다. 하지만 일본이 조선인을 교육적으로 일본화한다고 해도 민족적 정체성이 없어지는 것은 아니다. 사회는 지배자

---

37 신일철, 앞의 논문, 225~227쪽 참조.

의 이데올로기가 명백하다고 해도 그 체제로 통제할 수 없는 부분이 있다. 이러한 부분으로부터 자주적이고 자의식적인 변증법적 저항운동이 생겨난다. 그것은 개인이나 집단적 차원에서, 잘못된 지배정책에 대해 저항도 불사한다는 투쟁심의 자각으로 생겨난다.[38)]

하지만 이러한 투쟁심의 자각도 조선이 군국주의로 파시즘화된 1937년 이후에는 거의 드러낼 수가 없었다. 이들은 일본에 동화되어 친일을 하거나, 아니면 무기력한 조선의 지식인으로 남을 수밖에 없었다. 현실에서 민족의 지식인 역할을 하지 못했던 그들은 스스로 균열적 감정에 사로잡혀 자괴감에 빠져 있었다.[39)]

윤곤강의 시를 보면 당대의 지식인들에게 내재된 사회비판적 인식은 스스로의 자괴감으로 전이되고 있다.

> 히히 사슴이 운다.
>
> 서리맞고 얼어죽은
> 흰나비 냄새같은 목소리로
> 히히 사슴이 운다.
>
> 제소리에 산이 울고
> 산울림에 또 다른골이
> 덩다러울던 맑은 시냇가,

---

38 에드워드 사이드, 『문화와 제국주의』, 박홍규 역, 문예출판사, 2004, 462쪽.

39 김용희, 「식민지 지식인의 근대 풍경에 대한 내면의식과 시적 양식의 모색」, 『한국문학논총』 제43집, 한국문학회, 2006, 232쪽 참조.

범과 이리가 무서워도
맘대로 뛰어다니며 제입으로
뜯어먹던 풀잎이 그리워,

히히 사슴이 운다.

— 윤곤강, 「사슴」 전문[40)]

윤곤강의 이 시는 1939년에 출간한 『동물시집』에 상재된 것이다. 이 시집에서 그는 주로 동물의 행동을 알레고리화하여 사회적 현상을 풍자한다. 「사슴」 또한 이와 같은 맥락에서 쓴 시라 할 수 있다.

인용 시에서 식민지 지식인의 "목소리"는 "서리맞고 얼어죽은/흰나비 냄새"로 은유되어 있다. 윤곤강은 당대 지식인의 절망적 실존 양상을 "흰나비 냄새"라는 후각적 감각을 통해서 제시한다. 이러한 의미 또한 앞에서 말한 박용철의 냄새와 다르지 않다. 단지 다른 것이 있다면 사회 속으로 나아가지 못한 개인의 자아가 자신의 신체 감각으로 의식화된 게 아니라 나비를 통해서 알레고리화되어 있다는 것이다. 때문에 "서리맞고 얼어죽은/흰나비 냄새"는 다름 아닌 시적 화자의 내면적 신체 반응인 것이다.

윤곤강은 당대 지식인들의 내면적 감각을 자연사(自然死)하지 못한 나비의 존재성으로 의식화한 것이다. 역사의 도피자로서 발효하지 못하는 지식인의 무력한 형상을 후각적으로 의식화한 것이다. 또한 그는 당대 지식인들의 자조적인 모습을 사슴으로 알레고리화하는데, "제 소리에 산이 울고/산울림에 또 다른 골"이 연쇄적으로 우는 형상으로 그리고 있

---

40 윤곤강, 『動物詩集』, 한성도서주식회사, 1939, 30~31쪽.

다. 이런 지식인의 무기력과 굴욕성에 대해 신채호는 "일제의 문화정치가 청년들의 의기를 없애고 사회 현실과 동떨어진 비현실의 세계로 인도한다"고 비난하기도 하였다.[41] 식민지 지식인의 허무와 절망은 사회에서 개인의 지위와 실존적 역할을 다 하지 못하는 병리적 내면이라 할 수 있다. 이러한 병리적 개인들과는 달리 백석은 내면의 불안을 생물학적 존재표지의 의지로 떨쳐버리는 능동성을 보이고 있다.

> 봄철날 한종일내 노곤하니 벌불 장난을 한 날 밤이면 으레히 싸개동당을 지나는데 잘망하니 누어 싸는 오줌이 넙적다리를 흐르는 따끈따끈한 맛 자리에 펑하니 괴이는 척척한 맛
>
> 첫여름 이른 저녁을 해치우고 인간들이 모두 터앞에 나와서 물외포기에 당콩포기에 오줌을 주는 때 터앞에 밭마당에 샛길에 떠오는 오줌의 매캐한 재릿한 내음새
>
> 긴긴 겨울밤 인간들이 모두 한잠이 들은 재밤중에 나 혼자 일어나서 머리맡 쥐발 같은 새끼요강에 한없이 누는 잘 매럽던 오줌의 사르릉 쪼로록 하는 소리
>
> 그리고 또 엄매의 말엔 내가 아직 굳은 밥을 모르던 때 살갗 퍼런 막내고무가 잘도 받어 세수를 하였다는 내 오줌빛은 이슬같이 샛말갛기도 샛맑았다는 것이다
>
> — 백석, 「童尿賦」 전문[42]

---

41 남송우 외, 「근대 일본과 한국의 사회진화론과 아나키즘 연구」, 『동북아 문화연구』 제14집, 동북아시아문학회, 2008. 3, 78쪽.

42 백시나 편, 『나와 나타샤와 흰 당나귀』, 다산초당, 2005, 142~143쪽.

백석의 「童尿賦」는 어린 시절 오줌 싸기와 관련된 시이다. 냄새의 감각과 정서는 밀접한 관련이 있다. 어린 시절 배설에 관한 혼란스러운 태도는 정신적 장애의 원인이 될 뿐 아니라, 성인이 된 후에도 남성성에 영향을 미친다.[43] 후각적 차원에서 오줌은 본능적인 냄새이면서도 가장 남성적 정체성을 가지고 있다. 오줌의 배설 행위는 냄새를 타인에게 인식하게 하여 자신의 존재성을 확인시키는 존재 표지라 할 수 있다.

시적 화자에게 오줌을 가리지 못한 경험은 불장난 때문에 생긴 불안의 기억으로부터 시작된다. 일반적으로 똥오줌을 가리지 못해 누는 배설은 확립되지 않은 정체성에 대한 불안이다. 잘못된 배설 행위로 기억되어 있는 불안을 시적 화자는 또래 아이들의 집단적 오줌 싸기로 해소한다. 이것은 곧 확립되지 않은 정체성을 집단 구성원 간의 연대를 통해서 정립하려는 고의적인 존재 표지라 할 수 있다. 이를 뒷받침하는 것이 밭에서 오줌을 누는 행위이다. 이 오줌은 생명을 키우는 거름이 된다는 점에서 생성의 의미를 가지고 있다. "밭마당에 샛길에 떠오는 오줌의 매캐한 재릿한 내음새"는 겨울밤 새끼 요강으로 떨어지는 "사르릉 쪼로록 하는" 오줌 소리로 변주된다. 이 오줌 소리는 정체성에 대한 확고한 신념과 심리적 쾌감을 청각적으로 의식화한 것이다. 이로 인해 나의 정체성이 확고해지면서 현실 불안에 대한 정신적 장애가 해소되고, 남성성은 회복된다.[44]

게다가 오줌은 막내 고모의 피부 질환을 치유하는 아로마테라피(Aromatherapy : 향기 요법)의 기능까지 갖게 된다. 후각적 차원에서 아로마

43 라이얼 왓슨, 앞의 책, 214쪽 참조.

44 위의 책, 214쪽.

테라피는 냄새가 갖고 있는 약학적 효능을 이용해서, 몸과 정신을 치유하는 기능을 갖고 있다.[45] 이는 곧 실존적 불안에 대한 정화 감정이 개인에게서 끝나는 것이 아니라, 우리라는 집단 차원으로 확산되기를 바라는 것이다. 신체와 정신의 안정과 회복은 새로운 것을 지향하는 에너지로 전환되기 때문이다.

이렇듯 내면 불안이라도 개인의 자아가 사회적 자아로 나아갈 때는 앞의 두 시인들과는 달리 신체의 감각은 긍정적 의미로 나아간다. 그것은 사회적 자아가 개인의 불안을 해소해주기 때문이다. 공동체 구성원 간의 어떤 행위가 심리적 안정감을 주는 처방전의 기능을 수행한다. 따라서 백석의 오줌에 대한 경험적 기억은 개인의 불안한 자아를 치유해주는 존재 표지의 이념화라 할 수 있다. 자기 존재에 대한 명확한 의지를 냄새의 정체성으로 드러내면서, 자신의 실존을 능동적으로 헤쳐나간다. 백석이 보여주듯 식민지적 공포와 불안은 개인의 사회적 지위와는 상관없이 각자의 현실 대응력에 따라 다르게 나타난다는 것을 알 수 있다. 하지만 이 모두 현실에서 사회적 자아를 획득하려는 자기 보존의 욕구라 할 수 있다.

2) 근대적 개인의 혼란상과 화장 냄새

개인의 실존을 나타내는 냄새의 정체성에서, 또 다른 특징으로 보이는 것이 혼란스런 자아를 가진 근대적 개인의 모습이다. 정체성의 혼란을 겪고 있는 근대적 자아는 주로 냄새의 인위성이나 혼종성으로 나타난다.

---

45 송인갑, 앞의 책, 169쪽.

냄새의 인위성은 다른 냄새를 통해 자신의 정체성을 바꾸고자 하는 심리적 욕구를 드러낸 것이고, 냄새의 혼종성은 다른 집단의 정체성을 수용하고자 하는 욕구이다. 이러한 심리적 현상이 의식화된 근대적 개인의 혼란상은 시에서 주로 여성 이미지를 통해서 나타난다. 그 대표적인 것이 여성의 몸에서 나는 화장(化粧)의 냄새라 할 수 있다. 혼란스런 근대적 자아의 모습을 여성 이미지로 형상화하는 대표적 시인이 오장환과 이상이다.

오랑주 껍질을 벗기면
손을 적신다.
香내가 난다.

…(중략)…

점잔은 손 들의 傳하여오는 風習엔
계집의 손목을 만저 주는것,
妓女는 푸른 얼골 근심이 가득하도다.
하―얗게 훈기는 냄새
분 냄새를 진이엇도다.

…(중략)…

슬픈 教育, 외로운 虛榮心이여!
첫사람의 모습을 모듬ㅅ속에 찾으려 헤매는것은
벌―서 첫사람은 아니라
잃어진 옛날로의 조각진 꿈길이니
밧삭 말른 종아리로

시들은 花心에
너는 香料를 물들이도다.

— 오장환, 「月香九天曲—슬픈이야기」 전문[46]

오장환은 당시 신여성의 범주에 속하는 기생의 냄새를 통해서 근대적 개인의 실존을 보여주고 있다. 시에서 기생의 실존성은 이중적으로 제시된다. 이는 냄새에 대한 상반된 지각으로 나타나는데, 기생의 외연적 실존성은 "香내"와 "분 냄새"로 지각되는 인위적인 삶으로, 내면적 실존성은 "시들은 花心"으로 지각되는 자연적인 삶으로 제시된다. 기생은 화장품 냄새로 자신을 치장한다는 점에서 비진정성을 가진 존재라 할 수 있다. 후각적 차원에서 화장은 외모만을 가꾸는 게 아니라 자아의 존재론적인 양상을 인위적으로 바꾸는 의미를 갖고 있다. 자연의 냄새가 아니라 이미지의 냄새를 통해서 자신의 정체성을 타자에게 보여주는 것이다. 따라서 이것은 이미 사회화된 후각적 감각을 나의 신체를 통해 재창조함으로써, 나의 의식을 바꾸고, 타자에게 전달되는 감각 정보를 바꾸려는 행위라 할 수 있다. 그런 맥락에서 기생은 분이 갖고 있는 후각적 정보를 이용해서 비천한 기생의 실존성을 사내들이 아름답게 여기도록 의식화시키는 것이다. 인위적 냄새를 통해서 타인의 감각적 의식을 바꾸고자 하는 것이다.

이러한 기생의 인위적인 실존성은 신분에 국한된 것은 아니다. 당대 현실에서 기생은 전통 예인으로서의 진정성을 상실한 것으로 볼 수 있

46 오장환, 앞의 책, 17~22쪽.

다. 1930년대 기생은 요리집이 유흥 공간으로 변하면서 이미지가 변형되어간 대표적인 존재이다. 1920년대까지만 해도 기생은 예인으로서, 전통 문화와 민족의 아우라를 재생산하는 매개체였다. 하지만 1930년대에 이르러 도시에 서구 취향의 유흥 산업이 확산되면서, 기생들은 양장에 일본제 신을 신고, 서양의 영화배우를 동경하는 모던걸의 형상으로 변하게 된다.[47]

그런데 근대 신여성들의 화장은 개인의 자아를 근대화시키는 데에만 있지 않다. 1930년대 여성의 화장품에는 일제의 식민지 전략이 들어 있다. 일본은 화장품 광고를 식민화를 조장하는 수단으로 사용했다. 당시의 광고 카피에는 조선 민족을 말살하려는 정책이 있을 뿐 아니라, 여성들의 이상향을 일본 귀족 여인으로 설정하여 일본을 동경하도록 정신적인 식민지화를 조장했다.[48] 당시의 화장품은 조선 여성의 미적 욕망을

---

47 서지영,「상실과 부재의 시공간 : 1930년대 요리점과 기생」,『연구논문』 제32권 제3호, 정신문화연구, 2009, 172~173쪽 참조.

48 박경미,「일제강점기 화장품 광고에 나타난 여성상의 미의식 고찰」, 전남대학교 대학원 석사학위 논문, 2003, 235쪽.

1930년대 말 이후의 전시 동원 시기에 여성과 가족의 사적인 영역이 변화를 겪기 시작한다. 무엇보다도 공적인 일이 항상 앞섰다. 서구의 퍼머넌트나 루주를 통속화의 상징으로 여겨 통제할 만큼 여성의 문화도 전쟁과 연결되었다. 김경일,『여성의 근대, 근대의 여성』, 푸른역사, 2004, 57쪽.

일본은 1930년대 후반기, 침략 전쟁의 와중에 화장품 광고를 내선일체의 홍보 수단으로 사용했다. 이때의 광고 카피를 보면 "銃後의 여성으로 ! 비상시외다! 일층 몸을 건강케하야 총후의 수호를 굳게 합시다." "애국화장이란? 시국은 경제의 화장을 요합니다." "마음 고운 총후의 화장 이때! 비상시! 가장 경제적이오. 또 순간의 마음 고운 애국화장이야말로 전일본의 여성층…" 등 여성들의 미의식을 침략 전쟁을 동조하는 데 이용하고 있다.『동아일보』, 1937. 9. 17.

일본화하는 데 이용하였다. 그렇기 때문에 화장품을 사용하는 당대 신여성들은 무의식적으로 정신적 식민화가 되어갔다. 후각적 근대화를 통해서 여성들은 무의식적으로 일본에게 개인의 자아와 사회적 자아를 통제당했다고 볼 수 있다.

이런 현실에서 기생의 화려한 외형과는 달리 내면은 우울할 수밖에 없다. 외형과 내면의 정서적 불일치는 근대와 전통의 실존성을 모두 비진정성으로 남게 한다. 이러한 비진정성은 개인에게서 그치는 게 아니라 당대인들의 실존적 양상을 보여준 것이다. 따라서 기생에 대한 오장환의 후각적 지각은 근대적 개인의 위기감을 이념화한 것인 동시에 우리의 정체를 지키려는 자기 보존의 욕구라 할 수 있다.

이러한 근대적 개인의 위기감이 이상 시에서는 아내를 통해서 지각된다. 이상 시에서 아내는 냄새라는 기표의 변환을 통해 부정한 여성, 부도덕한 여성이라는 의미를 획득하고 있다.[49] 이러한 부정적 의미가 시에서 근대적 정체성으로 표상되고 있다.

> 안해는 정말 鳥類였던가보다…(중략)…그제야 처음房안에 鳥糞내음새가 풍기고 날개퍼덕이던 傷處가 도배위에 은근하다 헤뜨러진 깃부시러기를 쓸어모으면서 나는 世上에도 이상스러운것을얻었다 散彈 아아안해는 鳥類이면서 염체 닫과같은쇠를삼켰더라 그리고 주저앉았었더라 散彈은 녹슬었고 솜털내음새도 나고 千斤무게더라 아아
>
> — 이상, 「紙碑」 부분[50]

---

49 유재천, 「이상시 연구」, 연세대학교 대학원 석사학위 논문, 1986, 45쪽 참조.

50 이승훈 편, 『이상문학전집 1』, 문학사상사, 2006, 198~199쪽(『중앙』, 1936. 1).

안해를즐겁게할條件들이闖入하지못하도록나는窓戶를닫고밤낮으로꿈자리가사나워서가위를눌린다. 어둠속에서무슨내음새의꼬리를逮捕하야端緖로내집내未踏의痕迹을追求한다. 안해는外出에서돌아오면房에들어서기전에洗手를한다. 닮아온여러벌表情을벗어버리는追行이다. 나는드디어한조각毒한비누를發見하고그것을내虛僞뒤에다살짝감춰버렸다. 그리고이번꿈자리를豫期한다.

— 이상, 「追求」 전문[51)]

근대적 자아에 대한 이상의 지각은 남성 화자인 '나'를 통해서 의식화된다. 이상은 「紙碑」에서 아내 몸에서 나는 가시적인 냄새와 비가시적인 냄새의 지각을 통해서, 두 개의 정체성으로 갈등하는 아내의 내면을 이념화한다. 아내의 몸에서 풍기는 "粉냄새"는 실재적 냄새이지만 "鳥糞내음새"는 심리적인 냄새의 지각이다. 평소에 시적 화자가 원하는 아내의 실존성은 조롱 속의 새이다. 아내가 "粉을 바를 때"마다 오히려 내가 "鳥籠을 느끼"는 심리는 존재의 전환을 꾀하는 아내를 믿고 싶지 않기 때문이다. 하지만 시적 화자는 아내가 사라진 뒤에야 아내의 내면에 두 개의 자아가 충돌하고 있었다는 걸 알게 된다. 아내의 근대적 자아는 아내가 사라진 뒤에 남긴 "鳥糞내음새"를 통해서 지각된다. 아내가 떠난 자리에 현실을 탈피하려고 몸부림친 흔적이 천근 무게의 "솜털내음새"로 남아 있다. 제도적 족쇄의 잔해라 할 수 있는 "산탄" 내음새가 묻어 있다. 이러한 정황을 통해 시적 화자는 두 개의 실존성이 만들어내는 괴리가 엄청난 고통이라는 것을 알게 된다. 이를 통해 이상은 근대 여성들이 전통과

---

51 이승훈 편, 『이상문학전집 1』, 77쪽(『조선일보』, 1936. 10. 4).

근대의 실존성 사이에서 갈등했다는 것을 보여준다. 이러한 갈등 양상을 아내의 또 다른 감정으로 보여준 것이 이상의 또 다른 시 「追求」라 할 수 있다.

이 시에서도 이상은 전통과 근대를 아우르는 혼종적 정체성을 아내를 통해서 지각하고 있다. 이러한 지각은 "어둠속에서무슨내음새의꼬리"를 통해서 발화된다. 아내는 세수하는 행위를 통해 "닮아온여러벌表情"과 분 냄새를 독한 비누 냄새로 지워버린다. 여기서도 분은 자연적인 존재성을 바꾸는 인위적인 요소라 할 수 있다. 후각적 차원에서 독한 냄새로 어떤 존재를 치환하는 것은 그 대상을 부정으로 규정한 것이다. 아내의 이런 행동은 근대적 실존성을 추구하면서도 스스로 그것을 은닉하고자 하는 양가적 감정의 표출이다. 하지만 이러한 양가적 감정은 아내에게만 있는 게 아니다. 시적 화자 또한 아내의 행위를 "내 虛僞 뒤에다 살짝 감춰버"림으로써 아내의 갈등을 외면해버린다. 이것은 근대적 정체성에 대한 욕망이 아내에게만 있는 게 아니라, 시적 화자에게도 있다는 것을 의미한다. 시적 화자의 태도는 결국 혼종과 타락의 양상으로 치닫는 근대적 현실을 감지하면서도 그것을 외면하는 가부장적 태도의 표출이다. 이러한 이상의 시적 태도에는 여성의 변화된 실존성을 인정하지 않으려는 마음과 그것으로 인한 상황을 책임지려고 하지 않는 무책임성이 수반되어 있다. 이것은 곧 상징적 아버지의 부재로, 개인의 실존적 방향을 잡아주는 구심점이 없다는 것을 의미한다. 이 시는 근원의 부재 속에서 근대적 혼란을 겪는 개인의 실존적 자아를 냄새의 정체성으로 드러냈다고 할 수 있다.

3. 사회적 실존을 통한 집단의 정체성 추구

후각적 차원에서 집단의 사회적 지위를 보여주는 정체성 추구는 주로 냄새의 차이에 의해서 결정된다.[52] 집단의 정체성은 정치 · 경제적 요인이나 계급이나 인종적 차이 아니면 세대나 성차(gender), 성애(sexuality)나 지역의 차이, 빈부의 계층, 좋은 사람과 나쁜 사람 등 다양한 측면에서 구성된다.[53] 그 계층이 특징적으로 향유하고 있는 향기나 주거 환경이 만들어내는 냄새나 음식 문화, 일상생활의 다양한 냄새 차이가 집단의 정체성을 규정한다. 이러한 정체성의 규정은 타자에 대한 개인의 후각적 지각이 구성원 간에 동질감이 형성되어 생긴 것이다. 그런 만큼 집단의 정체성에는 집단의 이데올로기가 개입되어 있다. 특히 집단 간의 정체성 변별은 그 사회의 권력관계의 구성 요소와 무관하지 않다. 사회 중심부들은 자신의 후각적 정체성을 유지하려고 하는 반면 사회 주변부들은 자신의 후각적 규범을 옹호하거나, 아니면 그들에게 부여된 악취를 인정하지 않고, 사회 중심부를 향해 후각적 도전을 한다.[54]

시에서 집단의 정체성은 식민지 일본인과 피식민지 조선인이라는 인종적 대립 관계에 있다. 이 대립적 성격은 일본과 조선이라는 두 개의 나라와 인종적 정체성을 규정하는 것에 국한되지 않는다. 경술국치 이후 일본의 제국주의적 정책은 사회의 계층화뿐만 아니라, 소소한 집단의 성

---

52 라이얼 왓슨, 앞의 책, 74쪽

53 강내희, 『한국의 문화변동과 문화정치』, 문학과과학사, 2003, 121쪽 참조.

54 콘스탄스 클라센 · 데이비드 하위즈 · 앤소니 시노트, 「냄새와 권력—냄새의 정치」, 213쪽 참조.

격까지도 변화시켰다. 특히 계층구조를 재편성하는 과정에서 일본인은 사회적 지위를 확고히 하는 사회 중심부에 위치하고 있었으며, 조선인은 사회 주변부로 밀려나게 되었다.[55]

1930년대 시의 후각 이미지로 의식화된 각 집단의 사회적 실존 양상은 시대적 문제에 대한 시인들의 인식이다. 그런 만큼 시에 나타나는 집단의 정체성은 민족의 사회적 실존으로 많이 지각되고 있다.

1) 공동체 기억의 보존과 민족 냄새

공동체가 가지고 있는 신화적 기억은 구성원들의 정체감을 드높이는 일종의 집단의식이다. 이는 주로 '고향세계'를 중심으로 형성되는데, 인간의 잠재의식적인 애착은 친숙함과 편안함, 양육과 안전의 보장, 소리와 냄새에 대한 기억, 오랜 시간 동안 축적되어온 공동의 활동에 대한 기억으로 각인되어 있다.[56] 융에 의하면 한 집단이 공유하고 있는 집단의식은, 시간과 공간을 뛰어넘는 인류 보편적인 행동 유형인 집단무의식과는 다르다. 집단의식은 어떤 특정 집단에만 전승되어오는 사고방식이다. 따라서 그 집단의 교육이나 정치적 이념으로, 의식적으로 전승되는 일종의 이데올로기이다.[57] 하지만 이러한 이데올로기도 인간이 가진 생

---

55 김영모, 「식민지시대 한국의 사회계층」, 『변혁시대의 한국사』, 동평사, 1980, 204쪽 참조.

56 이-푸 투안, 앞의 책, 255쪽.

57 임진수, 『환상의 정신분석 : 프로이트, 라캉에서의 욕망과 환상론』, 현대문학, 2005, 97쪽.

물학적인 요소가 세대성을 가지면서 형성된다. 공동체와 관련된 기억들은 혈통을 통해 전승되는데, 이는 신체의 습관성이나 자동성, 무의식성과 같은 자연적 능력에 의해서 의식화된다

그러므로 한 민족이 공유하고 있는 기억을 말살한다는 것은 민족을 단절한다는 의미이다. 일본이 식민지 기간 동안 체계적으로 역사를 왜곡하고, 조선의 향토성을 일본 한 지역으로 왜곡한 것은 조선인이 공유하고 있는 민족적 기억을 말살하기 위한 것이다. 그래서 1930년대 시의 후각 이미지에서 공동체의 기억을 담지하는 냄새는 사회적 실존을 정립하려는 민족적 정체성의 추구와 관련되어 있다.

이런 맥락에서 윤곤강은 조선의 흙냄새가 가진 전통성과 경험적 정서를 의식화하여 민족적 정체성을 견고히 하고자 한 시인 중의 한 사람이라고 할 수 있다.

> 흙내음새가 그립고,
> 굴속같은 방구석에 웅크리고 앉었기는
> 오히려 광이를 잡고 주림을 참는것만도 못하여-
>
> 地上의온갓것을 네품안에 모조리 걷어잡고
> 참을수없는기쁨에 곤두러진 大地야!
>
> …(중략)…
>
> 그곳에 永遠한 大地의教訓이 있다!
>
> — 윤곤강, 「大地」 부분[58]

---

58 윤곤강, 『大地』, 풍림사, 1937, 16~19쪽.

윤곤강은 조선 민족의 기억 속에서 내재되어 있는 향토적 신화를 통해서 집단의 정체성을 추구한다. 윤곤강이 지각하는 조선의 "흙내음새" 속에는 토종의 풀과 나무의 냄새와 거름 냄새뿐만 아니라, 다양한 생명체의 체취가 묻어 있다. 자기 나라의 흙냄새를 기억한다는 것은 단순한 땅의 냄새를 기억하는 것이 아니라, 살아있는 유기체로서의 존재성을 기억하는 것이다. 때문에 흙냄새의 환기에는 민족의 터전과 공통체적 삶의 기억이 내재되어 있다.

이러한 기억은 생물학적 세대성을 통해서 전승되는데, 집단 간의 공유성으로 인해서 정체성으로 형성된다. 이것은 또한 문화적 의미의 축전지로 발전되어,[59] 그 집단을 표상하는 상징체계가 된다. 그런 점에서 흙냄새를 통해서 경험되는 민족의식과 무의식은 집단이 가진 역사성으로 인해서 신화화된다. 이러한 향토적 정서의 신화화는 슈츠의 말대로 문화유형들이 보유한 비장의 무기들, 즉 '처방(전)'이나 '조리법'이라 부르는 심리적 안정의 기제로 작용한다. 이런 기제들은 세대에서 세대로 전승되면서, 그런 토대 위에서 살아온 민족의 정신적 토대가 된다.[60]

그렇기 때문에 윤곤강 시에서 조선의 흙냄새는 "地上의 온갖" 생명을 자라나게 하는 정신적 토대로 볼 수 있다. "흙내음새"의 향수와 함께 연상되는 "줄뿌리"는 민족 간의 연대성을 견고히 하는 끈이다. 정신적인 휴식처로서 "행복의 배아"[61]인 것이다. 하지만 이것을 역설적으로 보면 집

---

59 조경식, 「문화적 기억과 망각」, 『독어교육』 28집, 독어교육학회, 2003, 참조.

60 김광기, 「이방인의 현상학」, 『철학과 현상학 연구』 제33집, 한국현상학회, 2007. 5, 52쪽, 54쪽.

61 바슐라르, 『대지 그리고 휴식의 몽상』, 정영란 역, 문학동네, 2005, 28쪽.

단의 부재를 의미한다. 공동체의 부재는 민족적 정체성의 회복 불능성을 말하는 것이다. 때문에 윤곤강은 "핏줄이 끊어"지려는 현실을 극복하기 위해 "大地의 教訓"으로 새겨진 공동체의 기억을 환기하는 것이다. 조선의 흙냄새는 심리적 안정 기제로서 처방전인 셈이다.

이러한 후각적 지각은 결국 1930년대 사회에서 민족적 존재가 상실되어간다는 것을 의미한다. 이런 현실에 대한 염려가 조선 민족의 근원을 찾는 자기 보존의 욕구로 나타난 것이다.

'민족 고유의 정체성 지키기' 문제는 민족 공동체가 가진 실존성이 무엇인가 하는 고민으로 연결된다. 이것을 민족이 가진 문화적 습관 체제를 통해서 찾고자 한 것이 백석이다. 백석은 공동체가 가진 문화적 기억을 냄새로 지각하여 민족의 정체성이 재정립되기를 기원한다. 백석은 민족이 갖는 문화적 '신화' 중에서도 음식 문화와 관련된 냄새를 통해 민족의 실존 양상을 이념화한다. '세계-향(world-scents)'을 대변하고 있는 음식 문화는 집단이 가진 가치체계와 아주 밀접히 관련되어 있다.

> 얼굴에별자국이솜솜난 말수와같눈도껌벅걸이는 하로에베한필을 짠다는 절하나건너집엔 복숭아나무가많은 新理고무 고무의딸 李女 작은李女 …(중략)…
>
> 배나무접을잘하는 주정을하면 토방돌을뽑는 오리치를잘놓는 먼섬에 반디젓담그러가기를좋아하는 삼춘 삼춘엄매 사춘누이 사춘동생들이그득히들 할머니할아버지가있는 안간에들 여서 방안에서는 새옷의내음새가 나고
>
> 또 인절미 송구떡 콩가루차떡의 내음새도나고 끼때의두부와 콩나물과볶은잔디와 고사리와 도야지비계는 모두 선득선득하니 찬것들이다 …(중략)…
>
> 그래서는 문창에 텅납새의그림자가치는아츰 시누이동세들이 욱

적하니 홍성거리는 부엌으론 샛문틈으로 장지문틈으로 무이징게 국을끄리는 맛있는내음새가 올라오도록잔다.

— 백석, 「여우난곬족」 부분[62]

인용 시에서 음식의 냄새에는 고향이라는 장소의 특징과 민족의 이데올로기가 함께 결부되어 있다. 일반적으로 우리 민족이 명절이나 제삿날에 봉헌하는 공동체 음식은 여러 가지 민속적 의미를 갖고 있다. 첫째로 신이나 조상에게 봉헌하는 음식으로서 육체적 기능의 보존과 정신적 가치의 재생산 기능이 함께 작용한다. 봉헌할 때 음식은 실재보다는 냄새가 신에게 봉헌되기 때문에 제사 때의 향(香)과 같은 역할을 한다. 둘째로 공동체의 음식과 냄새는 가족이나 부락, 민족의 공동체 의식을 높이는 데 기여한다. 음식 냄새가 내재하고 있는 문화적 기억은 공동체의 정신적 가치를 높이는 것이다.

일반적으로 공동체의 정신적 가치는 관습이나 규율, 행동이건 간에 평소에는 자연스럽게 이루어지는 습관 체계로 존재한다. 이런 습관을 우리는 어기거나 변화시킬 수는 있지만, 사회적 습관의 체계 전체로부터 벗어나는 일은 불가능하다. 그렇기 때문에 그 사회가 가지는 습관 체계에 문제가 생겼을 때는 심리적으로 강력한 저항을 하게 된다. 본래의 습관 체제를 유지해야 된다는 맹목적인 의무감을 갖게 된다. 습관은 그 사회의 체제를 유지하는 하나의 세계와 관계 맺고 있는 것이다.[63]

이런 맥락에서 민족 고유의 습관 체계를 환기시키는 백석 시의 명절

---

62 이숭원 주해, 이지나 편, 『백석 시집』, 깊은샘, 2006, 42~47쪽(『조광』, 1935. 11).
63 메를로 퐁티, 앞의 책, 207쪽, 217쪽 참조.

음식 냄새는 민족 공동체의 기억이 제공하는 자기애적 만족을 통해 같은 문화권 내부에서 일어나는 불평등을 보상해주는 힘이라 할 수 있다.[64] 우리 민족 내부의 분열을 억제하고 서로 간의 유대감을 강화시켜야 한다는 의무감을 후각적으로 이념화한 것이다.

민족적 습관 체계를 유지해야 한다는 백석의 의무감은 시에서 먼저 정갈한 마음과 행동가짐을 상징하는 "새옷의 내음새"로 환기된다. 할아버지 할머니에게서 비롯되는 그 자손들 "고무 고무의 딸 李女 작은 李女", "큰곬고무 고무의 딸 洪女 아들 洪동이 작은 洪동이", "삼춘 삼춘엄매 사춘 누이 사춘 동생들" 등이 앉아 있는 방 안에서 나는 새 옷 냄새는 집단의 정체성을 추구해야 할 필요성을 환기시켜준다. 한 집단의 혈통이 갖고 있는 끈질긴 생명성과 집단성은 음식 냄새와 옷 냄새를 통해서 가족의 단위를 넘어 세대성을 가진 집단의식으로 전이된다. 명절 때마다 조상에게 봉헌하는 "인절미 송구떡 콩카루차떡 내음새" 등의 냄새를 통해서 현재 있는 구성원뿐만 아니라, 죽은 조상들과도 결속력을 다지는 것이다.

이러한 결속은 가족 단위의 혈통이 다른 구성원 간의 화합으로도 이념화된다. 그것은 다른 집안에서 시집온 부녀자의 화합으로 보여주는데, 이들은 음식을 만들면서 구성원으로서의 동질감을 갖는다. "시누이동세

---

64 지그문트 프로이트, 『문명 속의 불안』, 김석희 역, 열린책들, 1997, 177쪽.
문화적 이상은 서로 다른 문화권 사이에 불화와 증오를 낳는 원인이 된다. 이것은 민족의 경우에 가장 뚜렷이 드러난다. 하지만 문화적 이상이 제공하는 자기애적 만족은 자신들 문화에 대한 적의를 억제할 수 있는 힘으로 작용한다. 다른 문화권에 속하는 사람을 경멸할 수 있는 권리가 자기 문화권 안에서 당하는 부당한 대우를 보상해주기 때문이다.

들이 욱적하니 흥성거리는 부엌"에서 풍기는 "무이징게국을 끓이는 맛있는 내음새"는 부엌에 있는 여자들의 연대감을 형성한다. 부엌은 여성만의 공간이라는 장소성과 함께 냄새가 어우러지면서 혈통이 서로 다른 이들이 결속감을 갖게 되는 곳으로 표상된다.

이렇듯 백석의 시는 고향과 명절 음식 냄새에 내재되어 있는 민족의 신화를 통하여 집단의 정체성을 정립하고 있다. 명절은 어떠한 목적에서든 결산이나 새로운 출발을 의미한다. 우리 민족이 명절에 행하는 제의와 음식 냄새, 옷 냄새는 그런 의미에서 민족의 사회적 실존을 새롭게 정립하려는 의지라고 할 수 있다. 민족을 보존하려는 집단적 차원의 욕구인 것이다.

음식 문화가 갖는 공동체 기억을 환기하여, 민족의 사회적 실존을 견고하게 하려는 의지는 오장환의 시에서도 볼 수 있다.

> 고향 가차운 주막에 들려
> 누구와 함께 지난날의 꿈을 이야기하랴.
> 양구비 끓여다 놓고
> 주인집 늙은이는 공연히 눈물지운다
>
> 간간히 잿내비 우는 산기슭에는
> 아즉도 무덤 속에 조상이 잠자고
> 설레이는 바람이 가랑잎을 휩쓸어간다.
>
> 예 제로 떠도는 장꾼들이어!
> 상고(商賈)하며 오가는 길에
> 혹여나 보셨나이까.

전나무 욱어진 마을
집집마다 누룩을 듸듸는 소리, 누룩이 뜨는 내음새……

— 오장환, 「고향 앞에서」 부분[65]

오장환에게 후각적으로 지각되는 공동체의 기억은 집집마다 풍겨오는 "누룩이 뜨는 내음새"라고 할 수 있다. 제목이 말하듯이 고향세계를 대표하는 이 냄새는 민족이 가진 집단의 정체성을 표상한다고 할 수 있다. 인용 시를 보면 조상은 무덤 속에 잠자고 있고, 시적 화자는 지금도 떠돌이 생활을 하고 있다. 시적 화자가 오가는 장사꾼들에게 고향 마을 "집집마다 누룩을 듸듸는 소리, 누룩이 뜨는 내음새"를 본 적이 있냐고 묻는 것은 민족적 정체성에 대한 환기라고 볼 수 있다. 누룩이 갖는 발효의 냄새를 통해 새로운 존재로 거듭나고자 하는 의지를 보이는 것이다.

누룩은 술을 만드는 효소의 곰팡이를 곡류에 번식시킨 것이다. 누룩은 밀을 갈아 가루를 골라낸 후, 거친 밀기울만 물에 반죽하여 만든 발효제이다. 밟는 정도에 따라 누룩은 곰팡이가 속속들이 고루 피고 향긋한 냄새가 난다. 누룩을 정성껏 힘 있게 밟아 단단하게 만들어 잘 뜨면 술맛이 좋다고 전해지고 있다. 하지만 현실에서 발효의 향기를 내뿜는 누룩 냄새는 "지난날의 꿈"일 수밖에 없다. 그래서 환기되는 것이 누룩의 뜨는 냄새인 것이다. 후각적 차원에서 이런 냄새의 숙성은 영혼의 숙성 과정으로 여긴다.[66] 그런 점에서 오장환 시의 누룩이 뜨는 냄새는 공동체가

65 김학동 편, 『오장환전집』, 국학자료원, 2003, 115~116쪽(『인문평론』, 1940. 4).
66 콘스탄스 클라센 · 데이비드 하위즈 · 앤소니 시노트, 「냄새의 세계」, 140쪽, 145쪽 참조.

갖는 기억의 숙성을 통해서 민족적 정체성을 정립하려는 의지를 의식화한 것이라 할 수 있다. 민족적 차원에서 정체성을 보존하고자 하는 욕구의 반영인 것이다.

2) 식민지 수탈의 증언과 농촌 냄새

민족적 차원의 정체성 불안을 구체적으로 보여준 것이 식민지 수탈의 상황을 증언하는 농촌의 냄새라고 할 수 있다. 이는 우리 조상이 땅을 삶의 근원으로 삼는 민족이라는 것과 관련이 있다.

1920년 이후 세계의 공황과 만성 불황은 일본의 자본주의에도 타격을 입힌다. 일본은 만성 불황이 가져온 경제적 위기를 모면하고자 대륙 침략 전쟁을 도발하고, 식민지 수탈을 더욱 강화하게 된다. 1930년대 전반기 식민지 조선은 일본으로부터 세계공황의 타격을 그대로 전가받은 시기라 할 수 있다. 특히 노동자 · 농민 · 소상인 · 소공업자 등 식민지 민중은 이중 삼중의 수탈로 인하여 생존권조차 위협받는 처지에 놓이게 된다.[67] 이 시기 일제는 농촌 지배를 강화하게 되는데, 이로 인해 농촌은 황폐화되고, 농민은 삶의 터전을 버리고 도시나 북방의 유랑민으로 떠돌게 된다. 이는 곧 농촌을 근거로 하는 민족의 신화가 와해되었다는 것을 의미한다.

이러한 농촌과 농민의 현실을 몇몇 시인들은 소와 관련된 냄새의 기억

---

67 정연태, 「1930년대 일제의 식민농정에 대한 재검토」, 『역사와 현실』 제4권, 한국역사연구회, 1990, 119쪽.

을 통해 이념화한다.

> 집에는 언제나 센개같은 게산이가 벅작궁 고아내고 말같은 개들이 떠들썩 짖어대고 그리고 소거름 내음새 구수한 속에 엇송아지 히물쩍 너들씨는데
>
> 집에는 아배에 삼춘에 오마니에 오마니가 있어서 젖먹이를 마을 청능 그늘밑에 삿갓을 씌워 한종일내 뉘어두고 김을 매려 다녔고 아이들이 큰마누래에 작은마누래에 제구실을 할때면 종아지물본도 모르고 행길에 아이 송장이 거적뙈기에 말려나가면 속으로 얼마나 부러워 하였고 그리고 끼때에는 붓두막에 박아지를 아이덜 수대로 주룬히 늘어놓고 밥한덩이 질게 한술 들여틀여서는 먹였다는 소리를 언제나 두고 두고 하는데
>
> 일가들이 모두 범같이 무서워하는 이 노큰마니는 구덕살이같이 욱실욱실한 손자 증손자들 방구석에 들매나무 회채리를 단으로 쩌다두고 딸이고 싸리갱이에 갓진창을 매여 놓고 딸이는데
>
> — 백석, 「넘언집 범같은 노큰마니」 부분[68)]

백석은 '소거름 냄새'로 농촌과 농민의 실존성을 이념화한다. 이것은 송아지가 농민의 재산이자 동반자이며, 농사의 도구라는 정서의 자각에서 비롯된 것이다. 조선의 농촌에서 송아지는 농사의 수단으로서 풍요로움과 평화의 상징이다. 그런 맥락에서 백석은 농촌의 곳곳에서 풍기는 "소거름 내음새"를 "구수한" 것으로 지각한다. 하지만 시에서 "소거름 냄

---

68 이승원 주해, 앞의 책, 159쪽.

새"의 지각은 풍요로움과 평화로움의 환기가 아니라, 소가 사라진 농촌의 현실, 즉 농촌의 피폐하고 수탈된 현실을 증언한다. 소와 관련된 냄새의 상실은 그동안 농촌을 통해 구현되어오던 민족적 공동체의 기억이 상실해버린 것을 말한다. 냄새의 상실은 곧 집단적 차원에서 농민의 정체성의 상실이다. 농촌의 현실은 끼니를 때울 수 없을 정도 처참하게 형상화되어 있다. "아이 송장이 거적때기에 말려나가"는 것이 부러울 만큼 농촌의 현실은 생존의 위기에 처해 있다. 차라리 죽는 것이 굶는 것보다 편안한 것이다.

밥은 우리 민족의 주식인데도 일제강점기에는 부재의 냄새였다. 식민지 시대에 흰쌀밥을 먹을 수 있는 집단은 봉건 지주나 식민 자본주의의 혜택을 입어 돈을 번 일본인이었다. 일본이 정책적으로 미곡을 수탈해 가는 상황에서 조선인이 흰쌀밥을 먹는 일은 그리 많지 않았다. 1931년 3월에 나온 대중잡지 『별건곤』을 보면, 1930년대 우리 민족에게 밥의 의미가 어떤 건지를 알 수 있다.[69] 책에 나온 내용을 보면 벼 한 섬이 6원이고, 모든 물가가 내렸는데도 조선인은 너무 가난해서 굶어죽을 지경이라는 것이다. 이것은 일본의 '대조선미곡정책' 때문이라 할 수 있다. 일본은 조선의 좋은 쌀은 일본으로 수탈을 해가고, 본토의 북해도 쌀을 조선에 들여왔다. 이 때문에 조선의 쌀값은 폭락하고, 싼 쌀값으로 인해 소작인들은 세금도 내지 못할 정도로 궁핍한 처지로 전락했다.[70]

---

69 대담 좌담, 「살인적 물가폭락의 원인은 무엇인가? 만인필독의 당면한 경제상식 제일과!」, 『별건곤』 38호, 개벽사, 1931. 3. 1, 6~8쪽.

70 김영모, 앞의 글, 216쪽 참조.

이런 궁핍한 농촌의 현실에서 소가 없는 "소거름 냄새"는 농사와 관련된 공동체 기억을 상실한 것이라 할 수 있다. 농사 수단이 없는 농민은 곧 농민이 아닌 것이다. 이러한 사회적 실존성은 농민에게 도시와 만주로 떠돌아다니는 유랑적 정체성을 부여한 원인이다. 조선 농민의 정체성이 일제의 의해 변질되고 있는 것이다.

소 냄새를 농촌과 농민의 정체성이라 지각하는 의식은 이용악의 시에서도 볼 수 있다. 이용악은 수탈을 견디지 못해 텅 비어버린 농촌의 모습을 소가 없는 외양간의 "초라한 내음새"와 동일시하고 있다.

재를 넘어 무곡을 다니던 당나귀
항구로 가는 콩실이에 늙은 둥글소
모두 없어진지 오랜
외양간엔 아직 초라한 내음새 그윽하다 만
털보네 간 곳은 아모도 모른다.

…(중략)…

〈털보네는 또 아들을 봤다우
송아지래두 불었으면 팔아나먹지〉
마을 아낙네들은 무심코
차그운 이야기를 가을 냇물에 실어보냈다는
그날밤
저릎등이 시름시름 타들어가고
소주에 취한 털보의 눈도 한층 붉더란다.

…(중략)…

그가 아홉살 되던 해
사냥개 꿩을 쫓아단이는 겨울
이 집에 살던 일곱 식솔이
어대론지 사라지고 이튿날 아침
북쪽을 향한 발자옥만 눈우에 떨고있었다.

더러는 오랑캐령 쪽으로 갔으리라고
더러는 아라사로 갔으리라고
이웃 늙은이들은
모두 무서운 곳을 짚었다.

— 이용악, 「낡은집」 부분[71]

이용악은 조선의 농민 집단이 갖는 사회적 실존성을 늙은 소마저 없어진 "초라한 냄새"로 지각하고 있다. 이용악 시에서도 풍요로운 농촌 공동체를 상징하는 냄새는 상실하고 없다. 이러한 지각은 일본에게 토지와 곡식을 모두 수탈당해버린 농민의 실정을 우회적으로 이념화한 것이다. 외양간에서도 나지 않는 소의 체취는 핵심적인 농사 수단의 상실, 그 존재성을 상실한 농촌의 현장을 이념화한 것이다. 농토와 농사 수단이 없는 농민은 농촌을 떠나 유랑하는 신세가 될 수밖에 없었다. 농민의 상징적 정체성을 잃어버린 그들은 안정을 갖지 못하고 불안에 떨게 된다.

인간은 현실에 만족하지 못하면, 생물학적 행복감으로 도피하려는 경향이 있다. 이럴 때 지향하는 것이 환각이나 미래를 의식하지 않는 현실 도피적 감각[72]이다. 어디서 유랑하는지도 모르는 털보네 가족과 "소주에

---

71 이용악, 『分水嶺』, 삼문사, 1937, 27~28쪽.

72 홍성하, 「꿈의 현상학」, 『철학과 현상학 연구』 제23집, 한국현상학회, 2004. 11,

취한 털보의 눈"은 희망을 가지지 못하는 농민의 사회적 실존성을 은유한 것이다. 현실을 도피하려는 농민들의 실존성을 후각적으로 보여준 것이다. 이러한 도피적 실존성은 자신들의 과거마저 거부하기 때문에 민족의 와해로 이어진다. 농민들은 그들이 가꾸어오던 터전을 버리고, 도시나 낯선 이국땅인 아라사나 오랑캐의 나라로 떠나버리는 것이다.

이런 농촌의 현실이 오장환 시에서는 북방으로 향하는 기차를 타고 있는 농민의 냄새로 지각되고 있다.

> 눈덥힌 鐘路는 더욱이 싸늘하엿다
> 소반귀퉁이 옆에 앉은 農군에게서는 송아지의 냄새가 난다
> 힘없이 우스면서 車만 타면 北으로 간다고
>
> 어린애는운다 철마구리울듯
> 車窓이 고향을 지워버린다
> 어린애가 유리窓을 쥐여뜻으며 몸부림친다.
>
> — 오장환, 「北方의 길」 부분[73)]

인용 시에서 조선 농민과 "송아지 냄새"는 동일시되고 있다. "車만 타면 北"으로 가는 농민에게서 "송아지 냄새"가 나는 것이다. 오장환은 오랜 생활을 통해 몸에 배어 있는 냄새로 그 사람의 정체성을 지각하고 있

111쪽.

73 윤여탁 편저, 『한국현대시사자료집성』 34권, 서울 : 태학사, 1988, 486~487쪽(『獻詞』, 1937. 7).

다. 오장환은 고향을 떠나는 농민의 처절한 심정을 철마구리같이 우는 어린애의 울음으로 치환하고 있다. 고향을 애써 지워버리듯이 우는 아이의 울음은 다름 아닌 농민의 심정인 것이다.

당시 북으로 이주하는 농민의 실존 양상은 경작할 땅이 없어 타지로 이주하는 경우도 있지만 일본에 의해 정책으로 유도된 집단 이주도 있다. 일제는 남만주 지역 개간지에 식량 수급과 미질 확보를 위해서 영구안전 농촌을 만들어, 조선인을 수용하기 위한 곳이라고 허위 선전을 하였다.[74] 이러한 만주의 농토는, 조선에 경작할 땅이 없는 농민에게 일종의 유토피아로 인식되었다. 북간도로 가는 농민은, 토지를 소유할 수 있을 거라는 희망을 가졌지만[75] 그것은 일제의 사기이며 허위였기 때문에 이중 삼중의 수탈을 당했다고 할 수 있다.

이렇게 몇몇 시인의 시에서 소와 관련된 냄새가 농촌과 농민의 실존적 정체성으로 지각되고 있다는 것을 알 수 있다. 그런데 이 지각은 농촌과 농민의 정체성 상실과 변질로 이념화된다. 이것은 삶의 터전으로서 기억을 제공해줄 수 있는 고향세계가 상실했다는 것을 의미한다. 이는 곧 농경민족으로서의 조선의 정체성이 와해되어가고 있다는 것을 말한다. 시인들의 이러한 염려는 농촌과 농민이 민족 공동체를 이루는 근간이라는 점에서 집단적 정체성 추구라 할 수 있다.

---

74 김주용, 「만주 지역 한인 '안전농촌' 연구」, 『한국근현대사연구』 제38집, 한국근현대사학회, 2006. 9, 116~118쪽 참조.

75 김미란, 「'낙토' 만주의 농촌 유토피아와 공간 재현 구조」, 『상허학보』 33집, 상허학회, 2010, 127쪽 참조.

3) 식민지 문명화의 부작용과 인공 냄새

민족의 문제와는 상관없이 도시와 도시인의 실존적 양상은 대체로 혼종성과 인위성을 갖고 있다. 하지만 1930년대의 도시는 식민지 근대화 속에서 형성되었다는 점에서 다른 의미를 갖고 있다. 세계공황으로 인한 일제의 경제적 위기 전가는 조선의 농촌뿐 아니라, 도시에도 적용되었다. 식민지 자본주의의 수탈 속에서 팽창한 조선의 도시는 도시인의 정체성을 혼종으로 몰아넣었다. 1930년대 도시는 전통과 근대의 집합지일 뿐 아니라 민족 자본과 식민지 자본이 대립되는 공간이었다.

1930년대 시의 후각 이미지에서 가장 두드러지는 도시의 실존성은 문명화로 인한 인위성과 악취라고 할 수 있다. 식민지 문명화로 인한 인위성 추구는 주로 일본인과 지주들 그리고 자본가 계급 같은 사회 중심부에게서 지각되는 반면, 악취는 이들의 도덕과 이데올로기에 의해 규정된 사회 주변부를 통해 지각된다. 하지만 이 둘 다 시인들이 식민지 문명화로 인한 부작용을 후각적으로 지각한 것이라는 점에서 동일한 의미를 갖는다.

〈콩크리-트〉田園에는草根木皮도없다 物體의陰影에生理가없다.

— 이상, 「破帖」 부분[76]

돌집, 헤드라이트, 몬지, 綠燈, 狂人, 거지, 號外, 라디오, 여자빰
우에베니, 午砲소리에열리는변도뚝겅, 대패로민듯한 軌道, 골목을

76 이승훈 편, 앞의 책, 205~207쪽.

꼬매는만주장사의북소리, 징소리, 수채구녁은 행낭으로뚤렸느니,
물조개젓드렁사려, 썩은생칠틈으로벌이보인다고오막사리어린아
이들은손벽을친다……

이 어수선한 파노라마를
젊은 맘있는 設計者가 본다면
혀를 차고 돌아서 새파랗게 질리리라
그리고 改築餘地를 發見치못하고
다시 白紙우에 鉛筆을 알리리라

우선 새設計圖 우엔
한구퉁이에 共同墓地를 커다랗게 만들어
그나마도 墓標를 세우고,
한구퉁이엔 커다란 쓰러기통을 만들어
멋갈없이 썩혀버리고

— 조벽암, 「새設計圖」 부분[77]

이상과 조벽암 시는 1930년대의 근대 도시가 어떠한 양상인가를 단적으로 말해준다. 「破帖」을 보면 이상은 도시를 "〈콩크리-트〉田園"으로 지각하고 있다. 시 제목 '깨어져 못 쓰게 된 기록부'라는 의미를 통해서도 알 수 있듯 도시는 풀과 나물들이 자라지 않고, 생명성을 잃은 곳으로 형상화되고 있다. 이것은 도시 자체의 정체성이 물질성으로 변화되었다는 것을 의미한다. 그런데 아이러니한 것은 국가적 차원에서 근대 도시는 냄새를 관리, 통제하면서 무취 현상으로 나아가고 있는데, 빈민가는 악

77 조벽암, 『鄕愁』, 이문당서점, 1938.

취를 풍기는 쓰레기통으로 변해간다는 사실이다.

이것의 원인을 조벽암은 온갖 사람들이 모여드는 도시의 혼종성 때문이라 보고 있다. 그는 「새設計圖」에서 도시의 구성 요소들을 다양한 물질과 다양한 인종이 사는 것으로 지각하고 있다. 그는 도시가 가진 혼종성을 "공동묘지"와 "쓰레기통"으로 지각하는 것으로 보아, 도시 자체의 속성이 악취를 내뿜는다고 본다. 조벽암이 지각하는 악취는 빈민가에서 나는 냄새가 아니라, 자연적인 존재성을 인정하지 않는 물질문명의 속성을 말한다. 이 속성이 사회의 악(惡)으로 지칭되는 사회 주변부들을 더욱 더 혼종적인 존재로 만든다고 본다.

이와 같이 자연적 존재성을 상실해가는 근대 도시인의 혼종성은 여러 가지 측면에서 해석을 할 수 있다. 거듭 말하지만 식민 제국주의는 정치와 문화, 문명이 가진 모든 전략을 동원해서 피지배자를 혼종적 존재로 만들어나간다. 농촌이라는 지역은 의식과 생활의 변화가 거의 없다는 점에서 이를 쉽게 받아들이지 않지만, 도시인은 이러한 변화에 발 빠르게 적응한다는 점에서 혼종적 현상을 쉽게 받아들인다. 그런데 근대 도시인의 내 · 외적인 혼종성은 도시 내에서 사회 주변부보다는 사회 중심부를 중심으로 많이 나타난다. 이것은 아마도 근대 식민 자본주의의 혜택을 사회 중심부들이 많이 누리고 있었기 때문일 것이다. 두 집단 간의 이것은 단지 정체성의 문제가 아니라, 서로를 차별화하는 후각적 이데올로기로 확산되어 간다.

김기림은 근대 도시에서 사회 중심부들의 후각적 정체성이 어떻게 형성되고 관리되는지를 자본주의 상징인 백화점을 통해 보여준다.

百貨店의 屋上庭園의 우리속의 날개를드리운〈카나리아〉는 〈니히리스트〉처럼 눈을 감는다 …(중략)… 건물회사는 병아리와같이 敏捷하고 〈튜립〉과같이 新鮮한 공기를 방어하기위하야 大都市의 골목골목에 75센티의 벽돌을 쌓는다. 놀라운 戰爭의때다. 사람의 先祖는 맨첨에 별들과구름을거절하였고 다음에大地를 그러고 최후로 그자손들은 공기에 향하야 宣戰한다.

거리에서 띠끌이 소리친다.『都市計劃局長閣下무슨까닭에 당신은 우리들을 〈콩크리-트〉와 舖石의 네모진 獄舍속에서 질식시키고 푸른 〈네온싸인〉으로 漂泊하려합니까? 이렇게 好奇的인 洗濯의 實驗에는 아주 진저리가났습니다. 당신은 무슨까닭에 우리들의 飛躍과 成長과 戀愛를 질투하십니까?』그러니까 府의 撤收車는 때없이 太陽에게 선동되어 〈아스팔트〉우에서 叛亂하는 띠끌의 밑물을 잠재우기위하야 오늘도 쉬일새없이 네거리를 기여댕긴다. 사람들은 이윽고 溺死한 그들의魂을 噴水池속에서 건저가지고 분주히 분주히 乘降機를 타고 제비와같이 떨어질게다.

— 김기림, 「屋上庭園」 부분[78]

근대 도시의 감각적 인식은 자본주의 문화와 소비문화에서 비롯된다. 1930년대 도시에서 농업인구의 비율이 85% 이상을 차지[79]하였다는 것을 감안하면, 백화점 물건을 소비할 수 있는 계층은 아주 극소수라 할 수 있다. 특히 백화점은 당대 소비 욕망의 흐름을 제일 먼저 간파할 뿐 아니라, 중산계층의 열망을 창조해낸다는 점에서 근대 도시인의 표상적인 삶을 대변하는 공간이다. 백화점은 전략적으로 "계급적 차이를 확고히 하는 동시에 그 차이를 희석시키는 상품의 미학화를 지향한다. 그리고 새

78 김기림, 앞의 책, 41~43쪽.

79 김영모, 앞의 글, 211쪽.

로운 라이프 스타일을 주도적으로 판매하는 역할"[80]을 하는 곳이다.

백화점이 전략적으로 만들어내는 근대 도시인의 정체성을, 김기림은 "공기"의 통제성으로 지각한다. 냄새의 통제와 감시 전략은 가장 근대적인 특징 중의 하나로 볼 수 있다. 게오르크 짐멜은 문명화가 진행되면 도시의 인구 밀집은 가속화되고, 나와 다른 타인의 냄새에서 쾌와 불쾌를 지각하는 감정이 극도로 예민해진다고 한다.[81] 이러한 냄새의 지각은 개인주의와 사회의 계층화를 형성할 뿐 아니라, 타 집단을 판단하는 도덕적 이데올로기로 발전한다. 이렇게 형성된 사회 중심부의 이데올로기를 김기림은 백화점이 가진 공기의 통제성으로 풍자한다. '屋上庭園의 우리 속'에 있는 "카나리아"의 "니히리스트" 눈은 다름 아닌 근대 시민계층을 보는 김기림의 의식이다. "新鮮한 공기를 방어하기 위하여 大都市의 골목골목에 75센티의 벽돌을 쌓는" "놀라운 戰爭"의 상황을 연출하는 백화점의 전략을 비판하고 있다. 백화점을 통해 자본주의 생활양식을 구축하는 도시인을 김기림은 인위적인 공기의 통제성을 가진 백화점과 동일시한다. 이러한 비판적 인식은 특정 계층에만 한정된 게 아니라, 문명화된 인간 전체로 확산된다. "先朝는" "별들과 구름을 거절하였고" "다음에 大地를 그리고 최후로 그 자손들은 공기"를 통제하는 것으로 이어져 종래에는 '자연의 죽음'을 초래할 것이라 본다. 언젠가는 추락할 물질문명의 실존성을 시에서 "昇降機를 타고 제비와 같이" 추락하는 형상으로 알레

---

80 서지영, 「소비하는 여성들 : 1920-30년대 경성과 욕망의 경제학」, 『한국여성학』 제26권 1호, 한국여성학회, 2010. 3, 146쪽.

81 게오르크 짐멜, 앞의 책, 170~173쪽.

고리화하고 있다.

근대 자본주의 사회에서 "상품은 물리적 영역을 넘어 지식, 권력, 교양 등의 사회적 의미를 함축하는 기호"[82]이다. 이런 것을 아우라로 삼는 백화점의 전략은 도시인에게 계층적 상승의 환상을 심어준다. 애덤 스미스 말처럼 "눈에 보이지 않는 거대한" 손에 조종당하는 근대 도시인의 실존성을 김기림은 공기의 통제성으로 이념화한 것이다.

이 시는 모더니스트인 김기림이 도시 문명과 자본주의 생산 양식에 대한 비판적 인식을 후각 이미지로 주제화한 거라는 점에서 의의를 가진다. 냄새의 정체성이 내포하고 있는 계층적 현상과 이데올로기로 인해서 이 시의 의미는 문명 비판 이외의 것을 넘어서고 있다. 근대 도시의 물질문명 비판과 자본주의 양식이 갖는 교활성뿐 아니라, 이로 인한 근대 도시인의 인간성 상실 문제, 식민지 근대인으로서의 민족의 실존적 정체성까지 내포하고 있다. 또한 후각적 신분이 만들어내는 계층 간의 갈등 도 함축하고 있으며, 나아가서는 우주 공동체의 일원인 자연인으로서의 인류의 미래까지 보여주고 있다. 후각 이미지들은 당대 사회의 현실 문제뿐 아니라, 식민지 근대인의 실존성까지 보여주는 역사성을 담지하고 있다.

이와 같이 김기림이 사회 중심부의 사회적 실존성을 공기의 인위성으로 이념화했다면 오장환은 도시 주변부의 사회적 실존성을 신체의 냄새를 통해서 이념화한다. 오장환은 자본주의의 생산 양식이 도시인의 후각적 정체성을 변별화한다고 본다.

---

82 서지영, 「소비하는 여성들 : 1920-30년대 경성과 욕망의 경제학」, 146쪽.

1930년대 초에 시행한 일제의 '조선 공업화 정책'은[83] 도시 발달을 촉진시키는 기제가 된다. 식민지 지배 정책의 일환으로 전개된 조선의 도시화로 자본주의의 잉여가치 생산과 축적은 이루어졌지만 전통과 민족적인 것은 모두 파괴되었다. 일본인은 대자본가로 성장하고, 조선인은 노동력을 제공하는 도시의 주변부로 살아가게 된다.[84] 일제의 왜곡된 산업 구조는 도시를 뚜렷한 생산 기반이 없는 식민지 소비도시로 전락시키고 말았다. 이러한 식민지 산업구조 아래서 사회 주변부로 살아가는 집단의 정체성은 악취로 규정되고 있다.

> 溫泉地에는 하로에도 몇 차례 銀빛自動車가 드나들었다. 늙은이나 어린애나 점잖은 紳士는, 꽃같은 게집을 飮食처럼 실고 물탕을 온다. 젊은 게집이 물탕에서 개고리처럼 떠 보이는것은 가장 좋다고 늙은 商人들은 저녁상 머리에서 떠드러댄다. 옴쟁이 땀쟁이 가진 各色 드러운 皮膚病子가 모여든다고 紳士들은 두덜거리며 家族湯을 先約하였다.
>
> — 오장환, 「溫泉地」 전문[85]

> 장판방엔 곰팡이가雨期 木花송이 피듯 피어났고 이 방 主人은 막버리꾼. 지개목바리도 훈김이 서리어 올랐다. 방바닥도 눅진 눅진하고 배창사도 눅진눅진하여 空腹은 헌겁오래기처럼 쉬여져 나오고 오그르르 와그르르 숭얼거리어 뒤ㅅ간 문턱을 드나들다 고이

---

83 배성준, 「1930년대 경성지역 공업의 식민지적 이중구조」, 『역사연구』 제6호, 역사학연구소, 1998. 12, 15쪽.

84 김경남, 「1930년대 일제의 도시건설과 부산 시가지계획의 특성」, 『역사문화학회』, 역사문화학회, 2004. 11, 154쪽.

85 김학동 편, 앞의 책, 26쪽(詩人部落, 1936. 11).

를 적셨다.

— 오장환, 「雨期」 부분[86]

오장환은 도시 주변부의 실존 양상이 어떤 것인가를 보여준다. 그는 도시 주변부의 정체성이 주로 악취로 규정된다고 본다. 그가 다른 시에서 다루고 있는 기생이나 항구도시의 노동자들이 모두 악취와 관련지어 형상화되는 것도 이 때문이라 할 수 있다. 특히 사회 주변부로서의 기생은 이중적 성격을 가지고 있는데, 후각적 신분으로는 '악취'로 규정되면서도 사회 중심부들의 쾌락적 도구라는 점에서는 '향기'로 규정된다. 「溫泉地」를 보면 기생은 사회 주변부이면서도 사회 중심부들인 점잖은 신사나 늙은 상인들과 어울린다. 하지만 "옴쟁이 땀쟁이" 각종 "피부병자"로 지각되어 있는 사회 주변부들은 그들과 어울려서는 안 되는 대상으로 규정되고 있다. 같은 도시 내에서도 각기 다른 정체성을 가지고 있는 것이다. 오장환의 「雨期」에서 보듯 막벌이꾼이나 지게꾼들의 사회적 실존은 "장판방"에서 피는 곰팡이 냄새로 이념화되고 있다. 방바닥의 눅진함과 "배창사"의 눅진함을 동일시하고 있다.

이렇듯 식민지 문명화는 도시인의 정체성을 혼종적으로 만든다. 사회 중심부의 인위성은 물질문명의 혜택으로 인한 것이지만 사회 주변부의 악취는 물질문명의 부작용으로 인한 것이다. 특히 주변부적 정체성은 주로 우리 민족에게 해당되는 것이다. 이러한 것의 시적 의식화는 혼종화되어가고, 주변화되어가는 민족의 사회적 실존성을 염려한 것이다.

86 위의 책, 52쪽(『詩人部落』, 1936. 11).

제4장

권력에의 저항과 냄새의 정치성

정치성을 내포하고 있는 냄새들은 개인의 사회적 자아들이 모여 어떤 이데올로기를 이룬 단계이다. 냄새의 정치성은 근대국가의 성립과 상호보완적인 관계로 발전했다는 점에서 가장 근대적 의미를 갖고 있다.[1] 국가에 의해 냄새의 관리와 통제가 이루어지고, 냄새가 사회 중심 계층의 이데올로기와 연결되면서 후각은 계층화가 된다. 이로 인해 냄새는 사회 중심 계층과 하위 계층 간의 갈등을 야기하는 권력의 구성 요소가 된다.

그런 의미에서 정치의 구성 요소가 되는 냄새의 의식화에는 유전자적인 요소나 무의식적 요소보다는 의도적으로 이념화된 사회 이데올로기가 많다. 이런 냄새들은 이미 사회적으로 이데올로기화된 것이지만, 권력과의 관계 속에서 갈등을 야기하고, 본능을 충동질한다는 점에서 직접적 행동성을 많이 보인다. 이런 후각의 특성은 냄새가 문학적 정치 수단으로 사용되는 이유이기도 하다. 특히 이 직접적 행동성은 자신이 처한 사회의

---

1 최은아, 「감각의 문화사 : 시각과 후각을 중심으로」, 148쪽.

질서가 무너진다고 지각하는 본능적 충동에서 비롯된다. 본능적 충동에서 유발된 저항 의식은 자신의 사회를 지켜야 한다는 지성과 상호작용하면서 표면으로 표출된다. 후각적 감각만큼 저항성을 내포하고 있는 감각은 없다. 이 장에서 카프 시인들의 시가 많은 것도 이와 관련이 있다.

1930년대 시의 후각 이미지에서 권력의 구성 요소를 나타내는 냄새는 인종적 계급 관점과 자본주의 계급 관점의 이중구조하에 놓여 있다. 일제강점기의 계층화 현상은 식민지 지배계급(ruling class)[2]이 주도한 것이다. 앞 장에서도 말했지만 일제의 문화 제국주의는 의도적으로, 일본인은 상위 계급으로, 조선인은 하위 계급으로 만들어나갔다. 일제는 식민지 통치를 위한 수단으로 계층 현상을 조작하여, 이것을 제국주의적 약탈을 하는 근거로 삼았다. 조선의 봉건적 신분구조를 식민지 계층구조로 재편성하는 데 이용하여 그들의 지위를 확고히 하였다.[3] 이러한 계급구조는 자연스럽게 식민지 자본주의 계급에도 적용되었다. 또한 계층화의 조작은 후각적 차원에서도 시행되었다. 일본은 조선의 도시를 위생 관리와 통제의 대상으로 삼는 동시에 조선인을 차별화하였다.[4] 단적인 예로 일본에 의해 주도된 도시들의 문명화 현상만 봐도 그렇다. 도시의 인구 밀집이 가속화되면서 일본인들은 자신의 개인 생활을 보호하기 위해 조

---

2 신마르크스주의자들은 착취를 함축하는 의미로 자본가 계급을 말하고 그리고 정치적 힘이 경제적 힘과 경계를 같이한다는 점을 함축하는 의미로 지배계급(ruling class)을 말한다. 스테판 에젤, 『계급사회학』, 신행철 역, 한울아카데미, 1993, 86쪽 참조.

3 김영모, 앞의 글, 1980, 204쪽.

4 조선총독부, 「조선시가지계획령」 제1조 제령 제18호, 『조선시가지계획령병관계법규집』 1934. 6. 20(김경남, 앞의 논문, 156쪽 재인용).

선인을 배척했다. 빈부의 차이에 따른 위생 관념, 악취의 문제 등 감시와 통제, 관리할 필요성에 의해 조선인의 냄새는 배척되었다. 이런 일본의 후각적 차별로 인해 조선인은 주로 사회 주변부나 부정적 의미의 후각적 신분을 가질 수밖에 없었다. 그런 만큼 후각의 계층화도 지배와 저항이라는 정치적 요소가 개입되어 있다.[5] 조선인은 사회 주변부적인 지위에서 벗어나고자 일본에 대한 저항성을 가질 수밖에 없었다. 이런 저항성을 후각 상징으로 활용한 것이 시에 나타난 후각 이미지라 할 수 있다.

1. 식민지 지배/피지배계급의 대립과 민족적 투쟁

식민지 근대의 형성은 민족주의 계급투쟁과 관련이 있다. 민족주의는 집단의 구성원들을 그 공동체의 소속이라고 확인시켜주는 애착 감정이라 정의된다.[6] 후각적 차원에서 민족의 냄새는 공동체가 가진 물질과 정신적 가치와 그 존재성을 의미한다. 1930년대 시에서 보이는 투쟁의 냄새는, 이(異)민족에 대한 배타성이라기보다 지배자인 일본의 배타성으로부터 우리 민족을 보호하려는 저항적 본능이다. 이 저항적 본능은 민족을 근거로 하는 개인의 의식에서부터 비롯되는데, 이때 개인의 의식은 민족의 실존적 위협으로 지각되는 본능적 충동과 이를 지켜야 한다는 지성의 상호작용으로 형성된다. 개인의 본능적 지각이 사회적 자아로 이어지고, 구성원들 간의 연대감을 형성하여, 당대의 투쟁적 이데올로기로

---

5 고모리 요이치, 앞의 책, 9~10쪽 참조.

6 스테판 에젤, 앞의 책, 164쪽.

구축된다.

1930년대 시의 후각 이미지에서 보이는 투쟁적 이데올로기 구축은 1920년대에 이어 1930년대 초까지 성행했던 집단적 저항운동과 관련이 있다. 대중잡지 『삼천리』에 나오는 춘곡의 논설을 보면 당시 민족적 계급투쟁의 속성을 잘 알 수 있다.[7] 그 글은 1932년 3월 1일에 발표된 것이다. 당시의 계급투쟁 양상은 지배자와 피지배자의 관계에서 생기는 민족주의 계급운동을 바탕으로 하고 있다. 춘곡은 계급 개념을 자본주의 계급과 인종 간의 계급 두 가지로 보고 있다. 계급투쟁의 양상은 상황에 따라서 다른데, 선진국의 민족운동이 파시즘적 운동과 연관된다면, 식민지의 민족운동은 사회주의 이상과 영합하면서 민족의 생존과 번영에 관계한다. 당시 식민지 조선의 계급투쟁 역시 사회주의와 민족주의가 연대하면서 민족의 문제들을 해결해나갔다고 할 수 있다.

시의 후각 이미지에서 보이는 저항성과 민족적 지위의 투쟁 의지 또한 이런 시대적 문제들이 이념화된 것이다. 그것이 시에서 보이는 탈식민지화를 촉구하는 꽃향기와 지배계급을 타도하는 피 냄새, 내선일체화를 거부하는 공기 냄새의 이념화라 할 수 있다.

1) 탈식민화의 촉구와 꽃향기

인종 간의 대립을 나타내는 민족적 투쟁의 촉구는 주로 향기가 가진 긍정적 기능을 통해서 이념화된다. 후각적 차원에서 향기의 사회적 기능

---

7 춘곡, 「民族과 階級關係의 究明」, 『삼천리』 제4권 3호, 1932. 3. 1, 8~17쪽.

은 주로 사회 구성원을 통합하는 데에 있다. 향기의 정치적 사용은 중세 시대 종교에서 이용되었다. 중세의 기독교는 개인의 향기 사용을 금지하고, 기독교의 의식의 '성덕의 향기'만을 허용한다. 향기가 가진 정치적 상징체계는 후대에 전통적 민간의 믿음과 결합된다. 향기는 우주론의 강력하고 새로운 혼합체를 창조[8]하는 상징이 된다. 향기는 어떤 원시적인 에너지, 즉 '투쟁의 열정'을 내포하고 있다.

향기가 가진 시원적인 에너지를 투쟁의 열정으로 이념화한 시인이 윤곤강이라 할 수 있다.

싸흠이여!
피끓는 情熱을 사랑할때,
너는 피어나는 꽃송이처럼
달콤한 香내를 뿜었다.

싸흠이여!
피끓는 情熱에 실증을 낼때,
너는 어름ㅅ덩이처럼
차듸찬 感覺을 뿜었다.

싸흠이여!
피끓는 情熱에 背反할때,
너는 능구리의 毒牙처럼
죽음같은 恐怖을 뿜었다.

— 윤곤강, 「三部曲」 전문[9]

---

8 콘스탄스 클라센, 「고대의 향기들」, 75쪽.

9 윤곤강, 『大地』, 61쪽.

인용 시에서 윤곤강은 투쟁적 의지를 "달콤한 香내"로 은유하고 있다. "피끓는 情熱을 사랑할때," "꽃송이처럼/달콤한 香내"를 뿜을 수 있다고 말하는 것은, 투쟁을 해야 민족의 앞날이 보장된다는 것을 의미한다. 이 시에서 말하는 삼부곡이란 세 부분으로 이루어진 악곡을 말한다. 제목과 관련해서 보면, 이 시는 투쟁에 관한 세 가지 노래이다. 윤곤강은 투쟁의 열정을 "향(香)내"로 이념화하고, 열정이 식었을 때는 "얼음덩이" 같은 "感覺"으로, 그리고 투쟁의 열정을 "背反할 때"를 "능구리의 毒牙"로 이념화한다. 이러한 노래를 통해서 윤곤강은 "향내"를 민족적 투쟁을 촉구하는 수단으로 삼고 있다. 향기가 가진 긍정적인 기능을 통해 민족의 결속력을 다질 뿐 아니라, 민족적 차원에서 집단의 이데올로기로 삼고 있다.

감각적 차원에서 이런 의식은 우리 민족의 정신적 가치와 존재성이 와해될 때 생기는 본능적 자아라 할 수 있다. 이때 나타나는 것이 민족을 바로 세워야 한다는 지성적 의식인데, 그 의식 때문에 저항해야 할 때 저항하지 않는 태도를 능구리의 독 이빨이라고 비판하는 것이다. 민족의 위기 앞에서 투쟁하지 않는 태도를 죄악시하는 이런 태도는 본능적 저항성에 대응해서 나타난 시인의 지성이라 할 수 있다.

향기를 민족적 투쟁 이데올로기로 삼는 윤곤강과는 달리 조벽암은 향기를 지배자의 이데올로기로 보고 있다. 이럴 때 지배자가 내세우는 것이 이성적 감각을 마비시키는 것인데 그것을 조벽암은 "독한 火酒"로 보고 있다.

독한 화주(火酒)에 시드는 발악의 품이나

나어린 매춘부에게 안기는 향락의 꼴이나
네거리에서 춤추는 광인의 해여진 조소이나
저울추같이 고개를 떨어뜨리고 걷는 무리의 주저하는 한숨이나

다같이
영겁(永劫)을 자랑하는 태양도
곪은 닭알같이 설익어 뵈이고
무원(無願)한 하늘빛도 상여 뚜껑처럼 펄렁이네

아 이 침울한 곳에
몬지도 냄새도 일대로 저려
신비로운 전통의 칠현금(七絃琴)마자 앗어진
이 땅의 목쉰 노래여—그대는 애달푼 폐허의 고민이다

— 조벽암, 「고민」 전문[10)]

인용 시는 1934년에 『중앙』에 발표한 것이다. 조벽암은 이 시기 민족적 현실을 "폐허의 고민"으로 비유한다. 이것은 당시의 민족적 현실이 회복할 수 없을 만큼 절망적이라는 것을 의미한다. 조벽암의 저항적 본능은 우선 현실도피적인 민족의 태도를 통해서 촉발되는데, 식민지 문명과 향락에 젖은 우리의 모습에 와서 최고도로 고조된다.

그런 점에서 이성적 감각을 마비시키는 제국주의 물질문명과 정책인 "독한 火酒"는 민족이 저항해야 할 대상이다. 화주는 말 그대로 불타는 술로, 알코올의 도수가 높은 술이다. 처음에는 달콤하지만 결국에는 광기의 현실로 몰아넣는 마약 같다. 일본이 우리 민족에게 제시하는 정책

---

10 이동순 편, 『조벽암시전집』, 도서출판 善, 2003, 151쪽(『중앙』, 1934. 1).

들은 우리로 하여금 "발악"을 일으키게 할 만큼 위험한 요소인 것이다. 이러한 위험은 민족의 생명성을 포기하게 하고, 향락에 젖어들게 할 뿐 아니라, 광인이 되어 거리를 유랑하거나, 좌절하여 무기력한 존재로 전락하게 하는 요인이다. 제국주의 정책이 제공하는 환락적 요소는 이 땅을 "폐허"로 몰아넣는 주범이다. 조선을 폐허로 몰아넣는 일제의 이데올로기를 조벽암은 「弔悼曲」에서는 "麝香의 연기"로 지각하고 있다.

> 붉은 오로라을 끄라는 어리석은 그들은 麝香의 연기 속에서 악쓰며 졸고 있노라
>
> 苦戰과 慘鬪의 피눈물의 십여 성상 역사를 가진 이땅의 종소래
> 鬱悶과 挹愁와 의분 속에서 깨어오는 黎民의 은막이 되던 그대가
> 저무는 태양이 길게 그림자를 남기고 넘어가듯 향기롭고 찬란한 피흔적을 남기고 지내온 그대가
> 생의 전율을 부르며 輓歌的 자멸의 구렁텅이에 들어간 줄 아는가?
> 밥부게 부러가는 바람은 모순과의 암시를 일러주며 반다시 오고 말 암흑의 煉獄을 낙엽송 잎사귀에 매달고 흔들여 있노라
>
> — 조벽암, 「조도곡(弔悼曲)」 부분[11]

인용 시에 나오는 "사향(麝香)의 연기"는 "독한 화주"와 유사한 의미로 이념화되어 있다. 이 두 냄새의 자극은 그 어떤 냄새보다 유혹적 의미를 갖고 있으며 본능과 관련되어 있다. 원래 사향은 성적 대상을 유혹하는

---

11 위의 책, 43~44쪽(『전선』, 1933. 1).

데에 많이 이용되지만, 이 시에서는 환각적 욕망을 촉발시키는 타자의 냄새로 지각된다. 환각적 냄새들이 갖고 있는 생명력은 결과적으로 현실적 삶을 파괴하는 요인이라 할 수 있다. 그렇기 때문에 이 냄새들은 조벽암에게 '유혹자'나 '파괴자'로 지각되고 있다. 민족적 현실이 이런 타자의 냄새로 인해서 이미 "생의 전율을 부르며 輓歌的 자멸의 구렁텅이"에 빠져 있다. 조벽암은 "麝香의 연기 속에서 악쓰며 졸고 있"는 우리의 현실을 냉소적인 감각으로 의식화하고 있는 것이다. 제목이 암시하는 것처럼 죽은 자를 조문하는 노래는 죽은 조선을 위로하는 게 아니라, 민족적 자멸을 경계하고 있는 것이다. 그렇기 때문에 예전의 "향기롭고 찬란한 피흔적"즉, 피가 뿜어내는 향기는 민족적 투쟁을 촉구하는 이데올로기인 것이다.

2) 지배계급 타도와 피 냄새

인종적 계급투쟁에 나타나는 또 하나의 특징이 '피'가 가진 폭력적 제의성을 지배계급의 타도 수단으로 삼는 것이다. '피'의 폭력성은 주로 집단의 페르소나와 관련해서 나타나는 저항적 본능이다. 휠라이트는 '피'의 원형적 의미를 선과 악 두 가지로 본다. 긍정적 의미의 '피'는 혈통뿐 아니라, 상속된 힘과 권위를 포함하는 여러 형태의 권력을 말한다. 그러나 대부분의 사회 속에서 '피'는 불길한 의미로 사용되어 금기시된다.[12] 특히 후각적 차원에서 '피'는 여성과 관련해서는 생산적인 의미를 가지

---

12 필립 휠라이트, 『은유와 실재』, 김태옥 역, 문학과지성사, 2000, 121~122쪽.

지만 사회적으로는 악마적인 존재를 물리칠 때 사용되는 주술적 처방의 의미를 가진다. 이때 '피'가 가진 주술적 제의성에는 타자를 향한 적대적 폭력성이 내재되어 있다. 상대를 괴롭히는 사디즘적인 의식과 스스로를 자학하는 마조히즘적인 의식이 내재되어 있다.

이러한 '피'가 가진 제의성을 윤곤강은 현실을 극복하는 주술적 처방전으로 이념화하고 있다.

> 잇대어 일어나며 몸부림치는 어둠의 狂亂.
> 끊일줄 모르고 마를줄 모르는 슬픔의 充滿.
> 죽어넘어지는 넋두리를 움켜잡고
> 미친듯 몸부림치는 어둠이다!
>
> …(중략)…
>
> 大陸의 北쪽으로부터 달려드는 狂風아!
> 江우에 얼어붙은 슬픈 傳說아!
> 비임과 허거품의 끝없는 실꾸리야!
> 살어있는 온갖것을 얽어놓은 주검의 跳梁아!
>
> 문어진 로담밑에,
> 얼어붙은 거리우에,
> 陰달진 뒷골목에,
> 밤낮 우짖는 바닷가에,
> 밤마다 올빼미 우는 바위그늘에,
> 끊임없이 일어나는 咆哮다, 통곡이다, 吐血이다!
>
> — 윤곤강, 「얼어붙은 밤—아련한 봄노래가 그리운 사람은 제손으로 제가슴을 짚어보라!」 부분[13]

---

13 윤곤강, 『輓歌』, 동광당서점, 1938, 35~38쪽.

윤곤강은 "吐血", 즉 피의 폭력성을 현실을 극복하는 수단으로 이념화한다. 우리 민족은 "봄노래가 그리운 사람"으로 비유되고 있으며, 그들은 "어둠의 狂亂" 속에 놓여 있다. 생명이 꿈틀대고 꽃향기가 나는 봄은 일본이 침략하기 전의 조선의 모습이라 할 수 있다. 시적 화자의 눈에는 조선의 현실이 "숨통만 발딱거리는 목숨"으로 지각되고 있다. 이러한 지각이 윤곤강으로 하여금 저항 본능을 일으키는 원인이라 할 수 있는데, 이때 작용한 지성적 작용의 결과가 '피'의 처방전이라 할 수 있다. 윤곤강은 "咆哮"와 "통곡" 속에 빠져 마치 영매자들이 접신을 위해 주술을 걸듯이, "죽어넘어지는 넋두리를 움켜잡고/미친듯 몸부림치는 어둠"을 시적 언어로 풀어내고 있다.

그런 의미에서 윤곤강의 시 언어들은 '조선의 봄'을 되찾기 위한 일종의 주술적 언어라고 할 수 있다. 어두운 현실을 한탄하고, 짐승처럼 울고 난 뒤에 뱉어내는 "吐血"은 현실을 어둠으로 물들이고 있는 지배자들을 타도하려는 것이다. 이들을 물리치려는 제의적 행위의 일종인 것이다. 따라서 "吐血"은 나라를 빼앗긴 스스로에 대한 자학적 의식이며, 일본에 대한 분노와 원망의 의식화한 것이다. 일제의 검열 속에서 후각 이미지를 일본의 문학적 검열을 피해 갈 수 있는 문학적 장치로 사용한 것이다.

윤곤강의 '피'가 갖는 집단적 페르소나는 민족주의 감정을 조장하고, 존재론적 안전을 유지하는 방법 중 하나이다. 기든스에 의하면 '민족주의' 의미는 '심오한 상상'이다. 민족주의란 공간적으로 확장되고 있는 공동체에의 귀속과 세속적인 존재와의 유리(遊離)를 의미한다.[14] 인종 간의 소속감에서 피만큼 존재론적으로 가장 확실하고 안전한 지대는 없다. 윤곤강은 이 안전지대를 통해서 지배계급을 타도하고, 우리 민족을 보전하려는 의식을 보여준 것이다. '피'가 가지고 있는 원형적 이데올로기를 정치적 수단으로 삼은 것이다.

윤곤강과 달리 황순원은 지배자의 '피'를 제물로 삼는 능동적인 양상으로 이념화한다.

> 세상의 平和를 象徵 하듯키
> 넓으나 넓은 하날에서 자유로히 나래 펴는 독수리,
> 그러나, 얼마의 날즘생이 그 사오나운 발톱에 피를 흘리다
> 그 날카로운 주둥이에 골이 패워 죽엇든가.
> 날ㅅ센 몸집도 힘 잇거니와 불쏘는 눈알 더욱 무섭구나.
> 잔악한 存在여, 날즘생의 統制者여.
>
> …(중략)…
>
> 한데, 이러틋한 그에게도 슬픈때가 왔다, 그날이 왔다.
> 지나친 慾望을 채우든 그는 덧에 치우고 말엇나니
> 모든 規誡는 그에게서 온갖 自由를 빼앗어 버렷다.
> 늘어진 날갯죽지는 서리마즌 풀닙 갓히 생기를 일헛고,
> 반쯤 감은 눈ㅅ자위에서는 옛힘을 차저볼수 업구나.
> 아하, 쇠 사슬에 억매우듯이 우리 안에 자치움이어, 衰殘해진 權力者
> 의 末路여.
>
> — 황순원, 「우리안에 든 독수리」 부분[15]

---

14 존 톰린슨, 『문화제국주의』, 강대인 역, 나남출판, 1999, 161쪽, 165쪽.

15 황순원, 『방가』, 학생예술좌, 1934, 52~53쪽.

착한자, 착한자 屈服만 당할 졃은이들아,
다시 피비린내 나는 구름이 써돌고 잇나니, 우리를 부르고 잇나
니
손아귀마다 총대를 쥐고 鬱地로 달리여다고.

…(중략)…

총칼에 마저 갈비ㅅ대에서 선지피 흐르나 흐르나,
한 발자국 이라도 더 압흐로 나아 가자꾸나.
배암의 입에 물린 개고리도 마즈막 힘까지 反抗을 하거든…….
그러타 暗黑속에서 黎明을 마즈려는 무리야, 이쌍의 졃은이들아
쥐죽은 듯이 조용히 안저 기다리고만 잇을것이 안이다.
悲寥을 풀어 낼 압길의 빗, 졃은이의 새날은
썹분한 피ㅅ바다에 두둥실 써서 오리니, 두둥실 써서 오리니

— 황순원, 「졃은이의 노래 —
피, 熱이 식은 졃은이에게 보내는 詩」 부분[16]

황순원은 「우리 안에 든 독수리」라는 시에서 지배자의 '피'를 제물화하는 양상으로 이념화한다. 과도하게 흘리는 피는 죽음을 상징한다. 황순원은 민족의 존재성을 회복하기 위해서 "잔악한 存在"의 "統制者"인 일본을 어떤 제의적인 행위의 제물로 삼고자 한다. 이 시에서 독수리는 일본을 상징한다. "우리안에 든 독수리"에 대해 고현철도 독수리가 일제를 상징한다고 보고, 시적 화자는 일제가 패망한다는 신념하에 저항 의식을 드러낸다고 해석하고 있다.[17] 그런 점에서 일제의 피를 제물로 삼는 양상

16 위의 책, 64~66쪽.

17 고현철, 「황순원 시 연구—시집 '방가'에 나타난 역사의식을 중심으로」, 『한국문

은 실재적인 현실이 아니라, 저항적 본능을 변형시킨 지성적 수단의 정치성이라 할 수 있다. 이 시가 1932년의 11월에 쓴 것임을 감안한다면, 일본이 멸망한 시점은 아니기 때문이다. 그러므로 지배자의 과도한 '출혈'은 시적 화자의 마음속에 내재되어 있는 일본 타도의 욕망을 후각적으로 이념화한 것이라 할 수 있다. 이는 상상적 현실이지만 자신들을 억압하는 일본 제국주의자들이 독수리와 같이 "그 사나운 발톱에 피"가 흐를 날이 있을 것이며 "날카로운 주둥이에 골이 파여 죽"을 날이 있을 거라는 믿음이 후각적으로 의식화된 것이다.

그런데 그의 또 다른 시 「젊은이의 노래 —피, 熱이 식은 젊은이에게 보내는 詩」를 보면 지배자의 종말은 저절로 이루어지는 게 아니라, 민족의 투쟁 의지가 있어야 가능하다는 것을 보여준다. 그것은 "총대를 쥐고 彎地로 달"려가는, "젊은이의 새날"이 "피ㅅ바다에 두둥실 떠서" 온다는 말을 통해 알 수 있다. 저항에 대한 황순원의 지성적 의식은 젊은이들의 희생을 담보로 해야 지배자를 타도하고 민족을 바로 세울 수 있다고 본다. 그런 점에서 젊은이들의 '피'는 일본을 물리치는 주술적인 요소, 민족의 번영을 비는 제단의 제물과 같은 성격을 갖고 있다.

집단적 페르소나를 가진 '피'의 주술성은 감각적 차원에서, 민족을 지키지 못한 반성적 성찰과 지배자에 대한 저항적 본능이 동시에 의식화된 것이다. 그리고 저항적 의식의 바탕에는 혈통에 대한 힘과 믿음이 함께 존재하고 있다. 타 종족 사이에 있는 정치와 문화 등의 다양한 장벽은 전쟁 본능을 일으키는데, 이때 지배계급만 자신들의 힘과 종족의 우월성을

학논총』 제11집, 1990. 10, 384~385쪽.

믿는 게 아니라 피지배자들도 그것을 믿는다. 저항 의식은 결국 민족적 에너지에 대한 신뢰를 바탕으로 생긴 것이라 할 수 있다.[18)]

3) 내선일체화의 거부와 공기 냄새

후각적 차원에서 냄새 혼합은 정체성의 상실을 의미한다. 그래서인지 인종 간 냄새의 혼합은 사회적인 금기의 기능으로 자리하고 있다. 그런 의미에서 시의 후각 이미지에서 보이는 냄새의 거부나 환기는 조선인을 일본화려는 '내선일체론'에 대한 후각적 저항이라 할 수 있다.

'내선일체론'은 조선인을 일본화하려는 동화정책이다. 내선일체론의 주 목적은 조선인의 의식을 일본화하는 데에 있다. 일본은 조선적인 정조와 향토성을 일본 내의 한 지역성으로 규정하였다. 뿐만 아니라, 조선인이 민족어를 포기하고, 일본어와 일본의 생활양식을 받아들이는 것이 가장 조선적이라는 허위 논리를 주장했다. 일본은 천황을 희랍인까지 귀의하게 하는 세계의 유일신이라고 칭송하며, 세계주의 논리를 통해 조선인이 일본화되기를 강요하였다.[19)]

이런 일본화에 대한 저항 의식이 시에 나타난 공기의 환기성이라 할 수 있다. 박종화는 이런 시대적 현실을 "오살이 잡놈의 오살이 잡내"로 지각하면서 울분을 토해내고 있다.

---

18 황수영, 『베르그송—지속과 생명의 형이상학』, 237~235쪽 참조.

19 정진경, 「'삼천리'시에 함축된 문화이데올로기」, 『인문과학연구』, 강원대인문학연구소, 2010, 270~272쪽 참조.

가슴 괴로웁구나
뭇사람의 냄새 사람들의 냄새
아아 미칠 것 갓다
한울이 깨여지거나 땅이 갈너지든지 해라
답답한 이 가슴
숨이 꼭 맥혀 죽을 것 갓다
찌푸려진 한울 밋
찌는 듯한 우울의 도시
죽음보다도 더 음울한
꼭 다쳐진 목로ㅅ방에
썩은 생선뭇가티
세로가로 잡바진
오살이 잡놈의 오살이 잡내
아아 미칠 것 갓다 문을 열어라
이 방문 방문을 열니 업느냐

— 박종화, 「이 나라 젊은이들에게」 부분[20]

후각적 차원에서 박종화는 현실을 온갖 냄새가 뒤섞인 악취로 지각한다. 현실에 대한 박종화의 울분은 "오살이 잡놈의 오살이 잡내"라는 말을 통해서 알 수 있다. 이것은 실수로 사람을 죽일 것 같은 놈에게서 풍기는 잡 냄새라는 말이다. 이성적으로 통제하기 힘들 정도로 지각되는 냄새는 민족적 순수성의 오염을 말한다. 이러한 심리적 지각이 많은 사람들의 혼합된 냄새, 즉 숨막힘으로 발생하고 있는 것이다. 타개할 수 없을 정도로 답답한 민족적 현실이 지각되는 곳은 도시의 "목롯방"이다. 목로방은

---

20 한국역사정보시스템 국사편찬위원회, 『별건곤』 제36호, 개벽사, 1933. 7. 1, 11쪽.

주막집에 달린 방으로 온갖 계층의 사람들이 같이 기거하는 곳이다. 자신의 고유한 냄새를 보전할 수 없는 이런 방에서 타인과의 냄새 혼합은 어쩔 수 없다. 이 어쩔 수 없는 상황을 박종화는 "이 나라의 젊은이들이" 타개하기를 바라는 것이다. 당대 현실에서 이(異)민족 냄새의 거부는 우리 민족만의 이데올로기는 아니다.

일본 또한 조선인의 냄새를 거부의 대상으로 보고 있다. 일본은 냄새를 통해서 두 민족을 차별화하는 정치성을 보인다. 그 예가 당시 『동아일보』[21]에 게재된 「문제되는 욕장차별, 일본인 목욕탕에서 또 차별, 조선인 젼톄의 자각할 문뎨」라는 기사이다. 근대화 이후 일본에 의해 건립된 목욕탕에서 인종 간의 차별은 빈번하게 이루어진다. 그리고 『매일신보』[22] 에도 우리 민족의 냄새를 경원시하는 기사가 있다. 그것은 1938년 7월 26일에 난 기사인데 "땀 냄새가 음식에 따라 다르기 때문에 파와 마늘을 조심하고 자주 씻어라"는 내용이 그것이다. 이 내용은 조선인을 하위 계층으로 규정하는 일본인의 이데올로기가 내포되어 있다.

인종적 차원에서 냄새의 혼합은 종족의 존립을 위험하게 하는 요인으

---

21 「문제되는 욕장차별, 일본인 목욕탕에서 또 차별, 조선인 젼톄의 자각할 문뎨」, 『동아일보』, 1922. 10. 22.

22 『매일신보』에 실린 냄새와 관련된 기사. 「냄새 업세는 법」, 『매일신보』, 1938. 7. 15. 「땀냄새를 없샐나면 첫제자조 씻고 음식물을 주의할 것」, 『매일신보』, 1938. 7. 19. 「땀냄새는 음식에 싸라 달너 파, 마눌 조심하고 자조씨 슬것」, 『매일신보』, 1938. 7. 26. 「家庭 입에서 나는 냄새」, 『매일신보』, 1938. 10. 25. 「칠그릇냄새 빼는법」, 『매일신보』, 1938. 11. 26. 「숫을 잘못두면 필때에 냄새가 몹시 난다 변소엽헤두지 말것」, 『매일신보』, 1938. 12. 2. 「입에 냄새가 나는 것은 치아가 불결한 까닭 그러나 내과적 질환의 원인도 잇다」, 『매일신보』, 1938. 12. 30.

로, 어느 쪽도 허용하지 않았다고 할 수 있다. 그런 점에서 시적 화자에게 혐오감을 주는 계층이라면 냄새는 그 자체로도 위험 요소로 지목될 수 있다. 이런 위험 요소는 내선일체화에 대한 경계 의식인데, 그것이 "문을 열어라"는 반복적 어조를 통해서 강조된다.

후각적 차원에서 신선한 공기의 지향성은 "부드러운 숨결의 역동성"[23)]을 표상한다는 점에서 생명성을 이념화한다. 공기의 환기성을 통해서 일본을 타도하고, 민족적 존재성이 거듭나기를 바라는 것이다. 박종화는 이러한 소망을 "이 나라 젊은이들"이 해주기를 원한다. 따라서 시에서 타자의 냄새 거부와 환기성은 민족의 순수성을 지키고자 하는 의지라 할 수 있다.

이러한 공기의 환기성은 조벽암의 경우, 근대 도시와 도시인의 냄새를 통해서 이념화된다.

> 보얗게 화장한 메트로폴리스의 얼기설기한 백사(白蛇)
> 수많은 인간의 오고가는 적은 길 큰 길
> 도시의 혈관 흐르는 상품교환의 사이에는
> 기마대 말굽소래 돌부리에 부스러지고
> 입체적×× 항공용사(航空勇士)는 창공에 떠 전초(前哨)한다
>
> 화려하다는 이십세기 전반기의 늙어빠진 도시의 주림살에
> 가득차 흐르는 도시인의 물결
> 꾀지지 흐르는 인조견(人造絹)-분(粉)내-향수내
> 그들은 하마같이 몰려 다니는, 집씨의 무리
> 세기말 퇴폐의 흞직한 눈물들을 가졌다

23 가스통 바슐라르, 『공기와 꿈—운동에 관한 상상력』, 정영란 역, 이학사, 2008, 49쪽.

(此間一行略)
날마다 혼잡한 매키한 내음새에 호흡하며
굶주린 이리처럼 움집굴을 드나드노니
찌는 듯한 여름날
남산을 핥어나리는 적열(赤熱)의 태양아
오-너는 하로바삐 저기압을 가져 오노라

이 혼혈아의 도시의 맥박속에
수많은 박테리아-유탕(遊蕩)의 무리들은
벌집 같은 저자를 죽은 듯한 정숙(靜肅)으로 지켜야 한다
— 조벽암, 「저기압아 오너라」 부분[24)]

인용 시에서 후각적 지각은 인구가 백만이 넘는 "메트로폴리스"에서 이루어지고 있다. 조벽암이 지각하는 타자의 냄새는 "보얗게 화장한 백사(白蛇)", 즉 어떤 냄새로 상대를 유혹하는 악마로 상징되고 있다. 식민지 근대 도시에서 "人造絹-분(粉)내-향수내" 같은 인위적 냄새들은 조선의 공기를 혼탁하게 만드는 요인이라 할 수 있다.

개항과 경술국치에 따라 보급된 신식 의복과 화장품, 향수 등은 가부장적 질서에 도전하는 신여성이나 기생, 창녀 등의 하류 여성들에게서 먼저 유행[25)]하였다. 따라서 이런 것들은 당대 사회에서 '악취'로 치부되었다. 이들 여성에게 제공되는 자본주의 물결들은 "기마대"와 "항공용사" "전초"가 등가적으로 처리되어, 제국주의적 야욕이 숨겨져 있다는 것을 폭로하고 있다. 이것은 일본이 자본주의가 갖는'현대성'을 피식민

24 이동순 편, 앞의 책, 37~38쪽(『비판』, 1932. 6).
25 김희숙, 『한국과 서양의 화장문화사』, 청구문화사, 2000, 155쪽.

지 백성에 제공하여 지배자에 대한 저항 의식을 약화시키는 전략이다. 식민지 근대화는 조선인에게 생활의 문명화만 주는 게 아니라 심리적인 고유성까지 변화시킨다는 점에서 정치성을 내포하고 있다. 인간이 가진 문명적 욕구를 정치적 수단으로 삼은 것이다.

이런 이유들 때문에 조벽암은 인위적인 냄새를 환기할 필요성을 제기한다. 국가의 경제나 문화 등 주요 기능을 담당하는 메트로폴리스, 즉 수도가 혼종화되면 그 영향이 온 나라에 미친다. 민족이 "혼혈아"가 되지 않으려면 공기를 환기해야 하는 것이다. 차가운 저기압을 불러 우리의 고유 냄새를 변질시키는 "박테리아", 일본의 문화 제국주의를 처단해야 하는 것이다.

이런 문화 제국주의에 함몰되어가는 조선의 고유성을 유치환은 "山脈의 냄새"로 이념화하고 있다.

> 나는 고양이를 미워한다.
> 그의 아첨한 목소리를
> 그 너무나 敏捷한 적은 動作을
> 그 너무나 山脈의 냄새를 잊었음을
> 그리고 그의 사람을 憤怒ㅎ지 않음을
> 범에 닮았어도 범 아님을
>
> — 유치환, 「고양이」 전문[26]

> 애기-시원의 냄새의 상실
> 얼굴보다는 눈이 크고 둥그란 애기

---

26 유치환, 『청마시초』, 청색지사, 1939, 16쪽.

개아미 한 마리 기어와도 무서워하는 애기
이 애기의 성화에
젊은 어머니는 얼마나 부대끼는가.
「아가가 자니 나라가 잔다!」고
볼을 맞대니 어느듯
젖(乳) 냄새가 없어 졌고나.

— 유치환, 「애기」 전문[27]

인용 시 「고양이」에서 유치환은 혼종적인 조선인을 "고양이"로 풍자한다. 그들은 조선 고유의 순수성을 표상하는 "山脈의 냄새"를 잊은 사람들이다. 후각적 차원에서 종족의 고유 냄새를 잊은 사람들은 종족을 탄압하는 이들에 대해 "憤怒ㅎ지 않"는다. 인종 간 냄새의 혼합은 혼혈을 의미하기 때문이다. 따라서 이미 일본화된 사람들, "범에 닮았어도 범 아"닌 조선인을 비판하는 것이다.

유치환이 말하는 "고양이"는 곧 이미 내선일체화가 된 사람으로, 식민지가 제공하는 생활양식으로 인해서 신체의 변화뿐 아니라, 의식의 변화까지 된 사람이다. 감각적 차원에서 신체에서 일어나는 지각은 자연적인 자아이자 의식을 일으키는 힘이다. 따라서 감각은 자연적 능력을 통해서 개인의 경험을 재구성한 후에, 하나의 실존 양상으로 나타난다. 경험에 의해 지각되는 감각은 우리의 존재와 접촉하는 면이고, 의식의 구조이기[28] 때문에 신체에 가해지는 물리적 질서의 변화는 인간적 질서의 변화로 연결된다. 일제의 생활양식을 지향하는 것은 곧, 모든 삶의 존재론적인

---

27 유치환, 앞의 책, 17쪽.
28 메를로 퐁티, 앞의 책, 339쪽.

양상이 조선적 질서에서 일본적 질서로 바뀐다는 걸 의미한다.

그런데도 민족의식이 둔화된 사람들은 유치환 시 「애기」에서 상징되어 있듯이 깨지 않고 자고 있는 "아기"들인 것이다. 쉽게 일본화되는 사람들에 대한 유치환의 비판적 인식은 "젖(乳) 냄새"를 통해 민족의 고유성을 상실할 거라는 염려로 이어진다. 조선의 젖을 먹지 않으려는 아기들, 즉 내선일체화된 사람들로 인해 민족의 생명성은 없어지고, 나라의 해방 또한 요원해진다는 걸 지각하고 있다는 걸 알 수 있다.

2. 프롤레타리아의 계급 갈등과 경제적 투쟁

각 계층 간 계급투쟁은 근대 역사의 중요한 한 현상이다.[29] 이것은 식민지 민족운동과 관련이 있는데 피지배자의 입장에선 두 가지 측면에서 계급운동을 할 수밖에 없다. 식민지에서 부르주아지 계급은 주로 지배자가 차지하고 있기 때문에 피지배 민족은 이중적 계급 차별에 시달릴 수밖에 없다. 1930년대의 시인들은 이러한 이중적 차별이 우리 민족을 사회적 주변부로 몰아넣는 요인이라 보고 있다. 나라와 민족이 없는 개인은 결코 사회적 주체가 될 수 없다는 것을 지각한 것이다.

제임스 페트라스에 의하면 식민지 지배계급은 사회 전반을 장악하기 위해 노동계급의 분할에 역점을 둔다. 고정직 노동자와 임시직 노동자

29 안토니 기든스, 『비판 사회학』, 박영신 · 한상진 역, 현상과인식, 1983, 52쪽 참조.

간의 괴리를 조장하고, 무직자들 역시 지하경제 내에서 서로 분열하게 만든다. 이들의 정책은 노동자들로 하여금 자신이 어떤 위계질서의 일원이라고 생각하게 만든다. 이 위계질서는 자신이 당하는 불평등보다 오히려 자기 아래에 있는 사람들과의 사이에 존재하는 생활양식이나 인종 등에서의 소소한 차이를 부각시킨다.[30]

일제 또한 식민지 초기부터 제국주의적 계급분화를 시행하였다. 이것이 근대 자본주의 특징[31]과 합해지면서, 1930년대만의 프롤레타리아 계급 양상을 드러낸다고 할 수 있다. 이러한 계급적 갈등의 특성은 1930년대 시의 후각 이미지에서도 보이는데, 이것은 주로 카프 시인의 활동과 관련되어 나타난다.

카프의 활동은 정치투쟁과 경제투쟁 두 가지 관점에서 이해될 수 있다.[32] 1929년 임화를 비롯한 '무산자파'가 주도권을 잡은 2차 카프 방향

---

30 제임스 페트라스, 「20세기말의 문화제국주의」, 김성호 역, 『창작과비평』 제21권 제3호(통권 81호), 창비, 1993. 9, 350쪽.

31 안토니 기든스가 제시한 초기 산업사회에서 발생할 수 있는 몇 가지 이론들은 다음과 같다. 첫째, 산업사회에서 발견되는 가장 중요한 변동은 농업에 근거한 전통 사회에서 기계화된 상품 생산 및 교환에 기반을 둔 산업사회로의 이행이다. 둘째, 전통사회에서 산업사회로의 이행은 역사 안에서 진보적인 운동으로 나타난다. 셋째, 농업사회에서 산업사회로 이행하는 데 있어서 가장 영향력 있는 개념은 '계급 갈등의 제도화'로 종종 표현된다. 넷째, 자유 민주주의 국가의 등장은 전통에서 근대성으로서의 이행 때 수반하는 본질적인 요소이다. 다섯째, 산업사회 이론의 주창자들은 산업사회가 어디에서 출현하든 간에 그들 사이에는 본질적인 통일성이 존재한다고 가정하거나 제안하려는 경향이 있다. 여섯째, 산업사회의 개념은 '근대화 이론'과 밀접하게 관련되어 있다. 안토니 기든스, 앞의 책, 46~47쪽 참조.

32 민족문학사연구소 편, 『새민족문학사 강좌』, 창비, 2009, 161~166쪽 참조.

전환 이후부터 1931년까지 볼세비키의 강경 노선 시가 많이 창작되었지만 1931년 이후 카프의 1, 2차 검거 사건을 거치고, 1935년에 카프가 와해된 이후에는 강경 노선의 시가 사라진다.[33] 정치 · 경제적 투쟁의 와해로 인해서 카프 시가 집단에서 개인의 차원으로 변화되었다 할 수 있다. 이러한 계급문학 운동의 과정은 1930년대 시의 후각 이미지에도 유사하게 나타난다.

1) 노동자의 정치의식화와 피 냄새

1930년대 시의 후각 이미지에서 무산자 계급에게 정치의식을 촉구하는 냄새들은 마르크스[34]가 말하는 정치적 프롤레타리아의 의미를 가진다. 정치적 프롤레타리아란 노동계급의 정치적 의식이 성장하는 것을 말한다. 프롤레타리아트가 그 규모, 집중도 및 상대적 빈곤 등으로 노동 현장에서 지위가 하락하게 되면, 그들은 임금과 노동조건을 방어하고 향상시키기 위해 단합하게 되면서, 자본가와 계급 갈등을 하게 된다.[35] 이때 노동자의 정치적 인식은 주로 민족운동과 마르크스주의와 결합되면서 조직적으로 확대된다. 앞서 말했지만 우리나라 계급문학 운동이 이와 같

---

33 장석주, 『20세기 한국 문학의 탐색 1』, 시공사, 2000, 447쪽, 454쪽 참조.

34 스테판 에젤, 앞의 책, 26쪽. 마르크스는 프롤레타리아의 형성 과정에 따라서 그 의미를 사회의 프롤레타리아화(자본주의 양식에 의해 느끼는 상대적인 빈곤감)와 노동의 프롤레타리아화(노동자의 노예화 현상) 그리고 정치적 프롤레타리아화(노동자의 정치의식을 촉구)로 나눈다.

35 위의 책, 26쪽.

다고 할 수 있다. 그래서인지 1930년대 시의 후각 이미지에서 무산대중의 계급적 각성을 촉구할 때에도 피지배계급으로서의 민족적 역할과 인식을 함께 강조하는 양상으로 나타난다.[36)]

1930년 3월 『조선지광』에 발표된 권환의 시는 무산자 계급과 자본가 계급의 현실을 후각적 대립으로 알레고리화한다.

왜 너들은 못돌니나?
낡은명주카티 풀죽은
白蠟가티 하-얀
고기기름이 써러지는그손으로는
돌니지 못하겟늬?
너들게는 呂宋咽한개갑도
우리한테는 하로먹을쌀갑도 안되는 그돈쏜때문에
동녁하늘이 아즉어두운 찬새벽부터
언 저녁별이 쌘작일째까지 돌니는機械

幾萬尺비단이 바닷물가티 여기서나오지만
치운겨울 병든안해 울울써르게하는機械
가죽調帶에감겨 쌔싸지가루된 兄弟를보고도
아무말 없시눈물찬 눈물만 서로깜작이며 그냥돌니든機械

— 권환, 「停止한 機械 —
어느 工場×××兄弟들의부르는노래」 부분[37)]

권환은 자본가 계급과 무산자 계급의 현실을 '기름 냄새'를 통해서 이

36 민족문학사연구소 편, 앞의 책, 305~306쪽 참조.

37 김성윤, 『카프시전집 Ⅱ』, 시대평론, 1988, 25쪽(『조선지광』, 1930. 3).

념화한다. 자본가 계급의 "白蠟가티 하―얀/고기기름이 써러지는그손"은 노동자들이 "저녁별이 싼작일때까지 돌니는機械"를 통해서 만들어진 것이다. 부(富)를 상징하는 자본가 계급의 몸에서 흐르는 고기 기름은 공장 노동자들이 멈추지 않고 돌리는 기계로 인해서 축적된 것이다. 권환은 "怪物가튼機械"를 이중의 알레고리로 이념화한다. 먼저 그것은 자본주의가 갖는 속성을 풍자한다. 자본주의는 이윤 추구를 목적으로 하는 경제체제를 가지고 있다. 사유재산제를 토대로 하는 자본주의 체제에서는 노동력이 상품이다. 그렇기 때문에 자본가 계급은 노동자의 노동력을 최대한 착취해야만 원가를 낮추고 많은 이윤을 얻게 된다.

앞서 말했지만 1930년대 무산자 계급은 대부분 조선인들이었다. 조선인 노동자들은 인종과 사회적인 지위에서 이중적 차별을 받았다. 주로 일본인으로 구성되어 있는 자본가 계급들은 조선인 노동자를 기계와 동일시하였다. 그런 점에서 괴물 같은 "機械"는 노동자의 삶을 집어삼키는 식민지 자본주의와 자본가 계급을 풍자하는 동시에 다른 한편으로는 "가죽調帶에감겨 쌔까지가루"되고 있는 조선과 조선인 노동자의 현실을 알레고리화한 것이다. 일본과 일본인을 위해 쉬지 않고 돌아가는 기계는 조선과 조선인인 것이다. 당시의 식민지 수탈과 착취 상태가 인간이 가질 수 있는 기본적인 생존권마저 보장하지 않았다는 것을 보여주고 있다. 고기 기름 냄새와 비정한 쇠 냄새로 자본가 지배자와 무산자 노동자의 대립적 관점을 후각적으로 이념화한다.

이런 현실은 무산자 계급이 투쟁적 의지를 갖게 하는 원인이라 할 수 있다. 일본의 봉건적 지주화 정책은 많은 자본가와 노동자라는 근대적 계급을 형성시켰다. 근대적 계급의 자본가들은 거의 일본인이었다.

1911년『시사신문』의 조사에 의하면, 전국의 50만 원 이상의 자본가가 1,018명이 있었는데, 그중에서 한국인은 32명이고 나머지는 모두 일인이며, 한인은 한말의 왕실, 고관대작, 친일 인사, 그리고 관료 지주의 자손들이라고 되어 있다. 이러한 자본주의 계급의 구조는 1930년대에 와서 한층 더 심화되었다.

일제강점기 노동자 사회는 반농반공으로, 노사 관계가 다분히 온정적이고 가부장적인 성격을 가지고 있었다. 하지만 저렴한 임금과 긴 노동시간과 노동자에 대한 차별은 일본인 자본주들에 대한 저항 의식과 계급 행동을 촉발시켰다. 당시의 노동자들은 계급의식이 박약했는데도 불구하고 계급 쟁의는 매년 증가되었다. 노동쟁의는 1919년~1927년보다 1928년~1936년 사이에 거의 3배나 증가하였다. 쟁의의 참가자는 전체의 1.3%가 일본인이고 나머지 소수의 외국인을 제외하고는 모두 조선인이었다. 일본과 한국의 노동자의 비율이 1대 11이라는 것을 감안한다면 조선인 노동자의 투쟁이 많을 수밖에 없다는 걸 의미한다. 일본인의 참가가 낮은 것은 지배민족으로서 식민지 정책에 간접적 기여를 한다는 사명감과 조선인보다 2배 이상 높은 임금 때문이다. 노동쟁의의 실패로[38] 노동자의 생활만 더 비참해질 뿐이었다.

이러한 노동자 권익을 쟁취하기 위한 의식화의 수단으로 김해강은 '피'에 내재된 집단의 폭력성과 이데올로기를 이용한다.

---

38 김영모, 앞의 글, 206~207쪽, 217쪽 참조(조선총독부,『근대에 있어서 한국치안상태 1933년』).

보아라, 우리의 全身엔
멧十丈鐵壁 녹일 더운피가 돌고잇다.
火桶처럼 急迫하게 드쉬는 呼吸-
鎔鑛爐처럼 불ㅅ길을 내뿜는 가슴-
멧번이나 주먹을 들엇다 노핫드냐?
멧번이나 무쇠가튼 鬱憤을 삼켯다 배아텃드냐?

…(중략)…

보아라, 우리는 칼날을 밟고 굵은걸음으로 나아가는
그라하야 목숨을 한뜻으로 約束한 씃씃한 젊은同志들이다.

우리의 氣息은 솟는해와 갓고
우리의나아감은 탕크와 갓나니
우리에겐 오즉 굿세임이 잇을 뿐이다.

— 김해강, 「精進」 부분[39]

인용 시에서 김해강은 "멧十丈鐵壁 녹일 더운피"를 이념화하여, 노동자들이 투쟁적 의식을 갖기를 촉구한다. 여기서 더운 '피' 냄새는 민족적 단위를 표상하는 집단적 페르소나이면서 자본가 계급과 투쟁하겠다는 폭력적 의지의 이데올로기화이다. 무산자 계급의 이 의지는 계급투쟁을 하는 무산자 계급의 신체를 불을 담는 통인 "火桶" 즉, "鎔鑛爐"와 동일시하는 것을 통해서도 알 수 있다. 투쟁을 하려는 의지가 "沙漠을橫行하는 猛獸"와 같고, "폭탄이라도 삼키고 뒹"굴 수 있다는 태도로 이념화된다.

김해강은 이런 전사자적인 죽음이 현실의 고통에서 벗어날 수 있는 승리라고 부추긴다. 열사적 희생은, 즉 "우리의 氣息은 솟는해"와 같이 희

39 김성윤, 앞의 책, 42~43쪽(『大潮』, 1930. 5).

망적 미래를 보장한다고 선동한다. 기식(氣息)은 호흡하는 생물의 영혼을 암시하는 것이다. 생명은 호흡을 수반하고, 죽음은 호흡이 끊길 때 오므로, 기식은 영혼과 동일시된다. 그런 점에서 김해강은 "솟는해"를 통해서 죽음의 공포를 극복할 수 있는 신생의 욕망을 충동질한다. 그가 제시하는 신생의 세계는 어떤 의미에서든 노동자의 고통과 분노를 분출하는 카니발리즘적인 의식을 조장한다. 노동자들은 폭력적 의지를 희망적인 이데올로기로 받아들이는 것이다.

이렇게 김해강이 무산자 계급운동의 미래를 희망적으로 이념화하고 있는 반면, 안막은 구체적인 현실의 제시를 통해서 투쟁의 필요성을 이념화한다.

> 同志야! 너는 혼자가 안이다 數없는 大衆의 물결 속에
> 勇敢한 勞動者 農民 속에 잇다
> 네가 演說을 할제 ×를 뿌릴 제 놈들의 눈을 속여 가며 우리들의 印刷物을 박을 제
> 그리고 네가 몹슬 고문에 뼈와 살이 으스러질제, 다음 일을 計劃할제나
> 언제나 언제나 너는 수십만 수백만 大衆속에 잇다.
>
> — 안막, 「百萬中의 同志」 부분[40]

안막도 무산자 계급들에게 투쟁할 것을 촉구한다. 현실에서 자본가 계급의 노동력 착취는 "몹쓸 고문에 뼈와 살이 으스러"질 만큼 노동자의 신

---

40 김성윤, 앞의 책, 125~127쪽.

체를 망가뜨린다. 훼손된 신체에서 흐르는 '피 냄새'의 아우라는 다름 아닌 무산자 계급의 현실을 이념화한 것이다. 후각 이데올로기에서 피를 흘린다는 의미는 비린내를 풍긴다는 것과 냄새를 빼앗긴다는 두 가지 의미로 해석할 수 있다. 비린내는 원래 생명이 탄생하는 시기와 죽어 부패하는 시기에 풍기는 냄새이다. 생(生)과 사(死)를 연결하고 있는 지점에서 나는 냄새이다. 그리고 피 냄새의 방출은 죽음을 의미하기도 하지만 피 냄새를 통해서 상대를 물리치려는 제의적 주술성도 있다.

그러므로 시에서 피 냄새가 풍기는 노동자의 신체는 노동자의 현실을 상징적으로 보여주는 '의사소통의 매체'라고 할 수 있다. 또한 노동자 실상의 고발이면서 노동자의 투쟁 의식을 고양시키는 매개체라 할 수 있다. 이러한 후각적 아우라는 노동자들의 내면에 내재되어 있는 저항적 본능을 자극한다. 자신의 집단에 문제가 생겼다는 것을 자꾸만 자극하여서 맹목적인 의무감을 갖게 한다. 그렇게 본다면 안막의 시에서 냄새의 시적 장치는 단순히 투쟁을 촉구하는 목소리가 아니라, 노동자의 감각을 자극하여 저항 의식을 갖게 하는 이데올로기의 의식화 과정이라고 할 수 있다. 이런 의식화의 과정은 비록 개개인의 의식 속에서 촉발되지만 노동자들의 공감대가 형성되면 집단의 이데올로기로 작용한다. 그래서 안막은 투쟁은 혼자가 아니라고 선동을 할 수 있는 것이다. "수십만 수백만 大衆"이 지지하는 투쟁이라 강조하고 있는 것이다.

안막은 투쟁적 희생의 가치를 조선인 노동자의 현실을 통해서 구체적으로 보여준다. 농촌과 광산, 바다 등 조선의 모든 노동자는 자본주의 구조에 착취를 당하는 동지라는 것을 보여준다. 이러한 착취의 연결 고리는 도시에 국한되어 있지 않고, 농촌과 어촌, 광산촌까지 전 나라에서 일어나고 있다는 걸 보여준다. 뿐만 아니라, 일제의 착취와 수탈을 피해 도망간 농민들이 사는 만주까지도 자본주의 계급의 수탈을 피할 수 없다는 것이 카프 시인이 아닌 김명순의 시에서도 나타난다.

아! 불상한 푸로레타리아야
너의들의갈곳은어대잇느냐?

아들아너도每日報道되는新聞을보고도알겟지만
한줄기生命을건저내기爲하야
우리貧弱한農民들이
피땀흘녀서水畓을開拓하여놋치안엇드랫나……
그런中싸닭업시안인밥중에내여쫏츠니
아! 우리는 어대로가겟느냐?

— 김명순, 「勞動者인 나의아들아—
어느 아버지가 아들에게 보내는 편지」 부분[41]

김명순은 무산자 계급이 생산한 가치를 "피땀" 냄새로 이념화하고 있다. 그러나 조선 농촌을 버리고 만주로 이주한 농민들이 "피땀흘녀서水畓을開拓"해놓은 것은 또다시 수탈의 대상이 된다. 후각적 차원에서 노동의 대가로 흘린 땀은 진정한 삶의 보람이다. 그런데 이런 땀의 상징인 땅을 아무런 이유도 설명하지 않고 착취해버린다는 것은 마지막 희망까지 빼앗아버린 것이다. 수탈로 인한 생존권 박탈은 만주로 이주한 농민이라 해도 예외가 없었던 것이다. 이러한 만주의 수탈이 중국인에 의해

41 김성윤, 앞의 책, 96~97쪽(『批判』, 1931. 7. 10).

서도 이루어졌지만 일본에 의해서도 이루어졌다는 것은 앞에서도 언급한 바가 있다. 이러한 만주의 현실을 김명순은 만주에 있는 아버지가 아들에게 편지를 보내는 형식으로 이념화한 것이다. 당시, 무산자 계급의 수탈이 만주에까지 그 영향을 미쳤다는 것을 보여준 것이다.

권환과, 김해강, 안막과 김명순 시에서 보았듯이 냄새가 무산자 계급을 정치적으로 의식화하는 수단으로 사용되었다는 것을 알 수 있다. 조선이 가진 "지배적 상징이나 신념의 형태까지도 통제"[42]하려는 일본에 대한 저항의지를 후각적 감각으로 표상한 것이다.

2) 노동자의 노예화와 짐승 냄새

시에서 무산자 계급의 투쟁은 1935년 카프의 와해 이후에는 많이 약화되어 나타난다. 자본가 계급을 공격하거나 투쟁 의지를 촉구하는 의식은 약화되고, 무산자 계급의 현실적 문제를 제기하는 방향으로 이념화된다. 현실에서 무산자 계급이 노예화되는 실상을 이데올로기화한 냄새는 노동의 프롤레타리아화의 의미를 갖고 있다, 노동의 프롤레타리아화란 프롤레타리아트에 새로 충원된 임금노동자들이 기계나 감독, 고용주를 포함한 생산 과정에 의해서 '노예화'되는 것을 말한다. 노동자는 자본주의하에서 다른 상품들과 똑같이 취급되어 시장에서 가능한 최저가로 사고 팔리기 때문에 지위는 하락되고 개성은 인정되지 않는다.[43]

42 안토니 기든스, 앞의 책, 4쪽.
43 스테판 에젤, 앞의 책, 26쪽.

조선인 노동자를 착취하고 노예화하는 양상을 후각적으로 이념화한 것이 이찬의 「素描, 北國漁港」이다. 이 시는 1930년대 도시 중에서도 유랑자로 전락한 노동자가 가장 많은 항구도시를 그 대상으로 삼는다.

실로 砂場一面에 즐비한 鯤油工場
工場마다 數十의 蒸漁釜여 十油臺여
거기 기계처럼 매바빠 움직이는 기름투성이들
걸검은옷 검누른얼골들에 눈알만 반짝

오 반짝이는 눈알들은 무엇을 생각는고
이무 閉場가까윗것만 올해도 겨울사리 못할 회곈가
一金몇십전 밤대거리에 오늘밤도 잠안자고 빼테볼 궁린가

오오 그네야 무엇을 생각든말든
今年은 好成績 例年의數倍
바락-事務室앞마다 油桶 · 粕俵의巨獄
트럭은 끊임없이 그것을 市內로…
간간이 나타나는 紳士諸氏 場主인가 買主인가
자못 悠長한 거름씨에 내뿜는 연기도 한가롭다

이로부터 한마장씩떠러져 數日耕 논 · 밭에 列지워 널린가마스 · 가마스
그우에 뭉텅이 油粕 · 油粕
그것을 곰뱅이로 까는 女工
오 을긋붉읏 단장도 가애로운 十五 · 十六七의 娘子軍이여

오가는行人에 낯부끄러운듯 고개숙이고
그래도 가슴속 서린회포 못이기는듯 연달어 종알대며
때로 목놓아 쌍쌍이 노래하는 애련한 歌調여,

그새를 미친강아지같이 쏘대며 잔소리짖어대는 監督나으리들

— 이찬, 「素描, 北國漁港」 부분[44]

이찬은 항구라는 공간에 내재되어 있는 양면적 산업구조와 그 계층 간의 갈등을 후각적으로 이데올로기화하고 있다. 마르크스는 자본주의하에서는 두 가지 계급, 즉 생산수단을 소유한 계급과 이를 소유하지 못해 그들의 작업 능력(노동력)을 팔아야 하는 계급[45]이 존재한다고 한다. 이 시에서 이 두 계급 간의 관계는 이윤을 사이에 두고 착취와 착취를 당하는 모습으로 묘사된다. 자본가 계급의 이윤은 시간 내에 작업량이 많을수록 극대화되지만 사회적 약자인 노동자는 정당한 노동력의 대가를 받을 수 없다.

때문에 노동자들은 "一金몇십전"을 벌기 위해 잠도 자지 않는 생활을 해야 한다. 항구에 산적되는 정어리 떼의 비린내나 선박에 기름을 넣어주는 기름 냄새 따위 같은 악취를 감당하는 것은 자본가들이 아니라 노동자들이라 할 수 있다. "紳士諸氏 場主가 買主"로 표현되어 있는 자본가들은 악취를 견뎌내는 노동자들의 생활과는 상관없이 아주 한가롭게 그들의 생활을 영위한다. 노동자들은 점점 더 악취와 가까이하는 계층으로 전락하고, 그런 그들을 자본가는 더 비인간적으로 대한다. 자본가의 이윤이라는 명제 앞에서 노동자들은 더욱 열악한 작업의 수단이 되고, 비인격적인 지위로 하락하는 것이다. 이러한 노동자의 현실을 이찬은 "巨

44 이찬, 『大望』, 33~38쪽(1397. 11).

45 스테판 에젤, 앞의 책, 23쪽 참조.

獄", 즉 거대한 감옥이라 표현하고 있다.

그런데 노동자를 더욱 열악한 환경으로 내모는 것이 중간관리자라 할 수 있는 작업 감독인데, 그들은 노동자들에게 이중적 착취와 차별을 하는 사람이다. 이들은 금전적 착취뿐만 아니라, 여공들을 비인간적으로 대한다. 가마니에 끼인 기름 "油粕" 덩어리를 "곰팽이"로 까는 여공들에게 미친 강아지처럼 잔소리를 해대는 감독의 목소리는 다름 아닌 비인간적인 관리자의 표상이다.

시에서 이찬은 산업사회의 자본가들이 노동자를 더욱 냄새나는 공간으로 내몰고 있다는 것을 보여준다. 자본가들의 여유로운 삶은 노동자가 감내해내는 냄새를 토대로 하고 있다. 후각적 차원에서 볼 때, 노동자는 더욱 주변부적 지위로 전락할 수밖에 없다는 것을 보여준다.

이러한 현실은 노동자가 인간이 아니라, 짐승보다 못한 실존성을 갖게 되는 원인이 된다. 이용악은 죽은 노동자의 "피투성이 된 頭蓋骨"의 냄새를 노동자가 처한 현실로 이념화한다.

> 피투성이된 頭蓋骨을 건치에 싸서
> 눈물 업시 무더야 한다
>
> 그리고 보오얀 黃昏의 歸路
>
> 손바닥을 거울인 양듸려다고
> 버릇처럼 장알을 헨다
> 누우런 이빨을 내맨채
> 밀러빠진 즘생처럼 방바닥에 늘어진다

어제와 갓흔 필림을 풀러
오늘도 어제와 갓흔 이 길을 걸어가는 倦怠-

— 이용악, 「오늘도 이 길을」 부분[46]

이용악은 산을 허물고 바위를 뜯어 길을 내는 토목 현장에서 죽은 노동자의 "피투성이 된 頭蓋骨"의 냄새를 무산자 계급의 현실로 이념화한다. 당시의 노동 현장에서는 옆에 있는 동무가 죽어나가도 눈물을 흘릴 여유조차 없다. 하루 일과가 끝나면 짐승처럼 방바닥에 드러누워 잠을 자고, 일만 매일 하는 반복적 생활에 지쳐 있다. 이런 노동자의 현실에 의식이 있을 수 없다. "피투성이 된 頭蓋骨"은 철저하게 와해되어버린 인간의 의식을 후각적으로 보여준 것이다. 노동자의 육체를 자본 가치로 보고 있는 자본가 계급의 철저한 착취의 작태를 보여주는 후각적 표상이다. 감각조차도 작용하지 않는 죽은 신체가 곧 노동자의 현실인 것이다. 이러한 육체의 가치마저 노동 능력을 상실하고 나면 삼등 화장장으로 버려진다는 사실을 이순업의 시는 보여주고 있다.

그러나 사랑하는 영철아
옛날이라는 어린 나이로 힘에 벅찬 대장간 풀무질과 망치질에
하루에 십 오리 길을 멀다않고 걷던 네가
몸이 여윌 대로 여위고 해할 대로 해하여 끝내 늑막염에 약조차
시원히 못써보고……
오오 그만 금창이 메인다

---

46 이용악, 앞의 책, 38~39쪽.

이름이나마 형 된 내로서
너의 몸을 장사치를 돈이 없어
이곳저곳 동무들의 동정을 받어받어 나흘 된 오늘에야
지루무꼴 삼등화장장으로 너를너를……
생각하면 할수록 뜨거운 눈물이 양볼을 적신다

— 이순업, 「深夜의獨白 — 담배를 피여물고」 부분[47]

이순업이 지각하는 노동자의 현실은 이용악과 별반 다르지 않다. 이용악이 부스러진 노동자의 "피냄새"를 자본주의계급의 잔인성으로 이념화한 것이라면, 이순업의 "화장장" 냄새는 소모품적인 노동자의 현실을 이념화한 것이다. 시에서 보는 것과 같이 1930년대의 현실은 어린아이까지 노동의 현장으로 내몰 만큼 참혹하였다.

1930년대 후반기는 일제의 침략 전쟁의 확대로, 전기화학공업을 중심으로 하는 군수공업이 발전하였다. 이로 인한 조선의 공업화는 공업 노동자를 대량으로 창출하였을 뿐 아니라, 노동 과정의 변모와 제국주의 자본과 토착 자본의 관계를 변화시켰다. 공업화로 인한 새로운 분업 제도와 기계의 도입은 남성 노동자와 여성 노동자뿐만 아니라, 어린 노동자까지 노동 현장에 투입하게 하여, 실업 및 임금의 하락을 초래했다.[48]

당시의 자본가 계급들은 어린아이의 노동력까지 착취의 대상으로 삼은 것이다. 시를 보면 어린아이의 노동량이 "대장간 풀무질과 망치질"에 비유될 만큼 참혹하다고 할 수 있다. 이러한 지각은 대상을 가리지 않고 무분별

47 『낭만』, 1936. 11.
48 김경일, 「일제하 고무노동자의 상태와 노동운동」, 『일제하의 사회운동』, 문학과 지성사, 1987, 79~92쪽.

한 생산성을 지향하는 지배계급과 자본가 계급을 비판하는 것이다. 쇠를 담금질하는 것처럼 노동자의 육체를 끝도 없이 산화시키는 노동력의 착취 상황을 이념화한 것이다. 그런데도 노동자는 생산의 잉여가치를 갖는 게 아니라, 정신과 육체의 병으로 피폐해진다. 노동 현장의 일선에는 일본 제국주의 경제 논리가 성행하고, 그다음은 노동자를 통해 이익을 극대화하려는 자본가들, 그리고 그들을 감시 감독하는 관리자들이 있다. 이러한 연쇄적 착취 구조는 조선을 착취하려는 일본 경제정책과 관련이 있다.

당시 일본의 경제정책은 선진국에 대한 의존성과 후진국이나 종속국에 대한 침략성이라는 두 가지 성격을 갖고 있었다. 종속국으로서 조선에 대한 일본의 경제정책은 제국주의에 의해서 주도되었다. 조선으로 들어온 일본 자본은 첫째, 제국주의 자본으로서 조선의 통치권을 강탈하였을 뿐 아니라, 조선의 경제를 총체적으로 지배하였다. 둘째, 어떠한 민족자본의 성장도 용납하지 않았다.[49] 셋째, 한국의 봉건적 제(諸) 요인을 보호 · 육성하였다. 특히 봉건적 질서의 의식은 일본이 경제적 수탈의 정당성을 보장받는 수단이 되었다. 노동 현장에서 착취 또한 맹목적인 복종 의식의 구조를 강요했다. 넷째, 일본의 영세 자본이 조선의 중소공업, 중소상업 및 자유업을 장악하였기 때문에 중간계층 조선인의 발전을 저해하였을 뿐 아니라, 소규모의 민족자본의 존립까지도 위협하였다.[50] 이렇듯 식민지 자본주의가 일본의 제국주의에 의해서 주도되었기 때문

49 이러한 일본 자본의 요구를 충족시키기 위한 제도가 1905년의 조선광업령, 1910년의 조선회사령, 1930년대 이후에 실시된 각종 산업통제령이다.

50 안병식, 「한국에 침입한 일본자본 성격」, 『변혁시대의 한국사』, 동평사, 1980, 192쪽, 194쪽 참조.

에 조선인 노동자의 현실이 더 비극적이었다고 할 수 있다.

3) 계층 간 차별의 사향 냄새와 땀 냄새

자본주의가 생성해내는 계급적 차별과 투쟁은 노동 현장과 노동자에게만 국한된 것이 아니었다. 자본주의 생산 양식의 결과는 계층 간 부(富)와 빈곤의 양상을 상대적으로 느끼는 사회의 프롤레타리아로도 나타난다고 할 수 있다.[51] 이때 자본가 계급을 통해서 상대적 빈곤감을 느끼는 노동자 계층의 의식은 정치적 힘과 경제적 힘의 의미를 같이 함축하고 있는 지배계급에 대한 것이라 할 수 있다. 이것은 당대 현실에서 정치와 경제를 장악하고 있는 사회 중심부에 대한 비판의식이다. 때문에 계층 간의 차별을 보여주는 냄새는 행동적이기보다는 심리적인 측면의 이념화라고 할 수 있다. 감각적 차원에서 이런 비판적 의식은 보통 사회적 자아를 추구하기는 하지만 집단적 이데올로기는 형성하지 못한다.

시에서 이것은 주로 각 계층이 갖고 있는 냄새의 차이를 통해서 보여지는데, 임화와 허민 그리고 김기림이 지각하는 지배계급의 비판적 인식이 이러한 면을 보여준다.

> 너는 내 方法으로 내어버린 벤또를 먹는구나.
>
> 〈젓갈이나 거더 가주 올게지……〉
> 혀를 차는 네 늙은 아버지는

51 스테판 에젤, 앞의 책, 26쪽.

자리가 없어 일어선채 부채질을 한다.
글세 옆에 앉은 점잔한 사람이 수건으로 코를 막는구나.

아직 멀었는가 秋風嶺은……
그믐밤이라 停車場 標말도 안 보인다.
답답워라 山인지 들인지 대체 지금 어디를 지내는지?

나으리들뿐이라, 누구한테 엄두를 내어
물을수도 없구나.

다시 한번 손목時計를 드려다보고 洋服장이는 모를말을 지저귄다.
아마 그 사람들은 모든 것을 아나보다.

되놈의 땅으로 농사가는줄을 누가 모르나.
面所에서 준 표紙를 보지, 하도 지척도 안뵈니까 그렇지!

— 임화, 「夜行車 속」 부분[52]

임화는 서로 다른 계층 간의 후각적 정서를 음식 냄새를 통해서 의식화한다. 후각적 장벽에는 하층계급을 도덕적 · 육체적으로 혐오스럽게 생각하는 부르주아지의 이데올로기가 더 많이 작용한다. 그런 점에서 중심 계층이 공유하고 있는 냄새는 당당한 반면 하층 계층이 공유하고 있는 냄새는 수치로 여긴다. 시에서도 냄새는 "벤또를 먹는" 아이의 "늙은 아버지"에 의해서 먼저 지각된다. "옆에 앉은 점잔은 사람"이 나중에 "수건으로 코를 막"기는 하지만 하층 계급이 먼저 자신이 공유하고 있는 음식 냄새에

52 임화, 앞의 책, 136~139쪽.

대한 수치심을 먼저 자각한 것이다. 이것은 중심 계층들이 자신의 냄새를 혐오스럽게 생각하는 사회적 이데올로기를 의식했기 때문이다. 자신의 냄새에 대한 수치심은 곧 그가 처해 있는 사회적 지위가 약자임을 말한다.

이러한 계층 간의 정경 묘사는 지배계급들을 비판하기 위한 전주일 뿐이다. 임화에 눈에 보이는 "나으리"는 감히 질문조차 할 수 없는 존재일 뿐 아니라, 세상 모든 것을 다 아는 체하는 존재로 인식되고 있다. 하지만 지위가 높고, 세상의 모든 것을 통제 관리하는 그들은 정작 조선 농민이 국경을 넘어 만주로 농사를 지으려 가는 현실이 어떤 건지도 모른다. 임화가 "面所에서 준 表紙를" "지척"에서도 보지 못하는 사람들이라고 비꼬는 그들은 주로 관료들이나 돈 많은 자본가일 것이다.

임화의 후각적 지각은 단순히 계층 간의 냄새 차이로만 규정되지 않는다. 후각적 의식은 두 계층 간의 심리적 거리를 의식화한 것일 뿐 아니라, 하층 계층에게 상대적인 빈곤감과 수치심을 주는 지배계급에 대한 비판으로 나아간다. 하층 계층의 삶을 이해하지 못하는, 아니 의도적으로 그들의 존재를 멸시하는 중심 계층의 도덕적 가치를 후각적 이데올로기를 통해 비판하고 있는 것이다. 시에서 계층 간에 좁혀지지 않는 후각적 장벽은 다름 아닌 현실의 여러 장벽인 것이다. 이러한 임화의 시적 의식은 정치적인 성향을 벗어나긴 했지만 계급운동의 성격을 여전히 가지고 있다. 계급운동의 이념을 우회적으로 이념화하는 데 후각 이미지가 기여했다고 할 수 있다. 임화의 비판은 감각적 측면에서 개인의 의식화라 할 수 있다. 하지만 시적 대상들에게 작용하는 후각적 이데올로기가 이미 사회화된 이데올로기이기 때문에 후각적 의식이 사회적 자아로 연결될 수 있는 것이다.

이러한 계층 간의 소통 부재와 상대적 빈곤감을 허민은 더 신랄하게 비판하고, 풍자한다.

> 금니 박은 이 옆에서 말을 하면
> 코를 흔들며 눈살을 찌푸리더라.
> 당신네들은 사향내를 피우지만
> 없는 우리는 땀 짠내 피우지 뭘
> 허 참 억궂다 별사람 있는가?
>
> 살진 저 양반 양궐련 피우면서
> 허연 연기엔 머리를 흔들더라.
> 오줌 누려면 길가에 누면서도
> 똥오줌 냄새 피하려 하는가 흥
> 허 참 억궂다 별사람 있는가?
>
> — 허민, 「허 참 억궂다」 전문[53)]

계층 간의 문제를 바라보는 후각적 태도에서 허민은 임화와는 반대의 양상으로 지각한다. 임화가 하층 계층의 냄새를 수치심으로 지각했다면, 허민은 오히려 이를 옹호하면서 당당한 입장을 표방한다. 일반적으로 후각적 도전 양상은 두 가지로 나타난다. 자기에게 부여된 악취를 부정하거나 아니면, 그것을 인정하고 당당하게 사회 중심부를 향해 저항을 하는 것이다. 후자의 경우에 후각적 태도는 자신에게 부여된 냄새의 정체성을 인정하고 당당하게 중심 계층을 향해 도전을 하는 것이라 할 수 있다.

---

53 박태일 편, 『허민전집』, 현대문학, 2009, 251쪽(1934. 11. 17).

허민은 계층 간의 후각적 정서와 태도를 "사향내"와 "땀 짠내"의 대립적 지각을 통해서 이념화한다. 사회의 부(富)를 모두 차지하고 있는 중심 계층은 "사향내"로 표상된다. 후각적 차원에서 사향은 유혹자이거나 파괴자이거나 아니면 쾌락적 실존성을 생산하는 주체이다. 자신들의 도덕적 타락은 인식하지 못하고, 사회 주변부의 냄새가 그들의 영역에 침범하는 것을 용납하지 못한다. 허민은 사회 주변부의 가장 표상적인 냄새라고 할 수 있는 "땀 짠내"와 "똥오줌냄새"를 통해서 하층 계층의 생명성을 당당하게 보여준다. "땀 짠내"는 사회 중심부에게 자랑해도 되는 노동의 진정한 가치이며, 배설적 의미를 지닌 "똥오줌냄새"는 중심부들의 억압과 착취에도 굴하지 않는 강한 생존력을 의미하는 것이다.

이와 같이 임화와 허민이 중심 계층과 하층 계층에게 내재된 후각적 이데올로기를 후각적 대비로 보여주었다면, 김기림은 지배계급과 자본주의 계급은 그 자체가 악취라고 강력하게 비판하는 양상으로 이념화한다.

> 쓰레기통의 설비가 없는 까닭에
> 마나님들은 때때로 쓰레박기를 들고 이속으로 나옵니다.
> 오후가 되면 하누님은
> 절대로 필요치 않은 第六日의 濫造物들을
> 이 쓰레기통에 모아놓고는 歎息을 되푸리하는 習慣이 있습니다.
>
> — 김기림, 「파고다공원」 전문[54]

김기림의 시에서 계층 간의 후각적 이데올로기는 근대 도시의 중심라

54 김기림, 앞의 책, 147쪽.

고 할 수 있는 '파고다 공원'이나 '광화문'에 모여드는 여성들에게서 지각되고 있다. 파고다 공원은 서울 시민이 가장 모이기 쉬운 곳으로서 주변에 장시가 서는 곳이다. 공원이 개설될 때 고종은 공원에서 민의가 수렴되는 등 언론의 장이 되기를 바랐다고 한다. 또한 이 공원은 3 · 1운동의 발상지로 여겨지며, 이곳에서 학생들이 독립선언서를 낭독하고 독립만세를 외친 곳이다. 그리고 광화문통은 경복궁의 정문인 광화문 앞으로 뻗어 있는 길을 지칭하는 데서 유래되었다. 그런 만큼 이 길은 조선 시대에는 육조거리 또는 육조 앞이라고 불리었으며, 한성부 대로(大路)로 가장 넓은 길이었다. 이런 맥락에서 '파고다 공원'은 우리 민족의 민의를 상징하는 곳이며, '광화문'은 정치와 상업의 중심지로 표상된 곳이라 할 수 있다.

김기림은 이곳에 모여드는 사람들, 특히 근대 여성들의 실존성을 '악취'로 표방하면서 상대적인 박탈감을 드러낸다. 집에 쓰레기통이 없어 파고다 공원에 "쓰레박기"를 들고 나오는 "마나님들"을 "절대로 필요치 않은 第六日의 濫造物들"이라 풍자한다. 기독교의 창세기 신화에서 제6일은 기타 동물과 이를 지배하는 인류를 하느님의 형상을 따서 만든 날이다. 근대 자본주의가 만든 부르주아지들은 하느님도 인정치 않을 존재라고 풍자하고 있다. 자본주의 물결에 함몰된 여성들을 사회에 병폐를 감염시키는 병균으로 치부하고 있는 것은 곧 부르주아지 계급들에 대한 정치적 알레고리라 할 수 있다.

이렇듯 시의 후각 이미지에서 냄새는 당시의 관료들이나 부르주아지들을 비판하거나 풍자하는 매개체로 지각되고 있다.[55] 이는 주로 사회

---

55 안토니 기든스는 산업사회를 이해하기 위해서는 역사적, 인류학적 그리고 비판

주변부적 입장에서 지각되고 있으며, 그 태도는 수치감과 당당함의 두 가지로 나타난다. 후각적 이데올로기를 통해 당시의 계층적 차별에 대한 비판과 저항 의식을 보여준다.

3. 가부장 질서의 식민지화와 젠더적 차별

일반적으로 성차별이란 생물학적인 성(sex)과 사회적인 성(gender)을 기반으로 여성을 차별하는 태도나 신념, 정책, 법, 행동 등으로 사회적 관습에 의해 강화되고 있는 경향을 말한다. 생물학적인 성과 사회적인 성의 구분은 자연적인 것이 아니라, 부권제 강화로 이어진 사회를 통해서 형성된 것이다. 이러한 성차별의 의미는 사회적, 역사적 맥락에 따라 다르게 구성되어왔다.[56] 역사적으로 여성의 지위는 남성의 아래 있었지만 근대의 노동 여성은 "가정적이어야 한다는 이데올로기"와 노동계급의 하위라는 '이중의 차별'[57]을 받았다. 젠더적 관점에서 여성의 차별에는 어느 것이든 간에 남성의 정치성이 내포되어 있다.[58]

젠더적 차별은 여성의 후각적 신분에도 적용된다. 남성이 규정한 여성

적 감수성이 필요하다고 하였다. 안토니 기든스, 앞의 책, 1983, 30쪽.

56 허혜경 · 박인숙, 『사회변동과 성역할』, 문음사, 2010, 325~326쪽 참조.

57 안토니 기든스, 앞의 책, 138~139쪽 참조 .

58 조세핀 도노번, 『페미니즘 이론』, 김익두 · 이월영 역, 문예출판사, 1993, 17쪽. 래디컬 페미니스트인 파이어스턴은 여성 억압의 물질적인 토대가 경제가 아니라 생물학이라고 주장한다. 여성의 생식 기능은 부권제, 부권제 통치 이데올로기, 성차별주의를 구축하는 토대로 본다. 이에 반해 고전주의 페미니즘을 주창한 마르크스는 물질적 생산 양식의 구조에 따라 남녀의 성차가 규정되었다고 본다.

의 후각적 신분은 또 다른 의미의 계급 갈등이라 할 수 있다. 특히 1930년대의 여성들은 가부장적 질서를 식민지화한 일제의 지배와 남성의 지배라는 이중적 정치성 속에 놓여 있었다.

제국주의 일본은 조선인의 사고를 통제하기 위해 일본의 가부장제를 정책적으로 왜곡하고 강화했다. 일본은 1898년 일본 명치민법에 규정되어 있는 호주제를 도입하면서 조선의 것이라 왜곡 선전하였다. 일본이 만든 호주제로 인해서 조선의 가부장제는 더 강화되고, 여성의 위치는 조선시대보다 더 하락하였다. 여성을 사회적 노동에 동원하고 이용하면서도 가부장제 이데올로기는 법률적으로 정착시켰다. 일본은 호주제를 통해, 지배자와 피지배자 간에 복종 관계를 형성하는, 권위주의 문화를 강화시켜나갔다. 또한 남존여비의 문화적 편견과 가부장적 구조를 여성이 운명론적 삶을 받아들이는 데 이용하였다.[59] 이러한 일본의 가부장적 질서의 식민지화는 일부 시인들이 신여성을 '근대성의 표상'으로 해석하는 것과도 관련이 있다. 당대 사회에서 여성의 지위는 조선의 지위와 유사하였기 때문이다.

1930년대 시에 나타난 후각 이미지에도 앞의 두 가지 양상이 나타나고 있다. 후각적 차원에서 성차별은 가부장적 질서로 강요되는 여성의 이데올로기와 근대성 소환 이미지로서의 여성의 악취로 나타난다. 시에 나타난 성차별은 주로 남성 시인들에 의해 의식화되었다는 점에서 가부장적 이데올로기가 무의식적으로 표출된 것도 있지만 일제에 의해 형성되는 근대적 여성에 대한 시인들의 염려도 내포되어 있다. 그것은 시인들이

59 허혜경 · 박인숙, 앞의 책, 329쪽, 332쪽.

근대의 타락을 표방하는 데 주로 여성 이미지를 사용하는 것을 보면 알 수 있다.

1) 남성 이데올로기로 본 여성의 향기

젠더적 차원에서 여성을 하위 계급으로 보는 남성의 성적 차별은 여성의 몸에서 나는 냄새를 중심으로 주로 이념화된다. 성적 기능의 측면에서 지각되는 여성의 몸은 정절 이데올로기와 관련되는데, 남성은 그것을 통해 여성을 억압하거나 아니면 가부장적 질서에 도전하는 여성들을 비판한다.

이에 저항하는 대표적 여성 시인이 김명순이다. 근대 여성 지식인인 김명순은 당대 남성들의 이데올로기에 의해 '불순한 피'[60]로 매도되어 고통을 겪었던 시인이다. 후각적 차원으로 보면 당대 남성들에게 '악취'로 규정된 여성이다. 그 예로 김동인은 「김연실전」(『문장』 1939~1941)에서 김명순, 나혜석, 김원주 등 조선 여류 문사 제1기생들을 비판했는데, 작품 없는 문학 생활을 하고, 남성 편력을 일삼은, 성적으로 타락한 신여성

---

60 김명순은 당대 사회에서 불순한 피로 매도된 시인이다. 김명순 피의 불순성은, 가문을 표상하는 혈통의 문제에서부터 야기되었다. 기생 출신의 소실인 어머니의 천한 혈통은 김명순의 피와 동일시되었다. 이에 일본 유학 중에 강간 사건이 터지면서, 김명순의 섹슈얼리티에 작용하는 남성 지배의 권력 체계를 계속적으로 양산하게 된다. 이로 인해 김명순은 혈통의 순결성을 인정받지 못하고 여성으로서의 정체성을 잃게 된다. 김명순의 피는 그녀가 남녀평등을 지향하고, 정신적 소통을 원하는 자유연애를 지향할수록 남성들의 공격 대상이 된다. 정진경, 「김명순 시에 나타난 '피'의 상징성 연구」, 『부경어문』 제5호, 부경어문학회, 2010, 355~366쪽.

이라고 악의적으로 매도했다. 하지만 그들 중 그 누구도 작품이 없는 문사는 없었다. 또한 김기진은 『신여성』(1924. 11)에 실은 「김명순 · 김원주에 대한 공개장」에서 그들의 문학을 매도하면서, 김명순을 부정한 혈액을 지닌 히스테리 여성으로 인신공격을 했다.[61]

신여성에 대한 남성의 가부장적 태도가 여성의 삶을 어떻게 운명론적으로 만드는지 김명순은 시를 통해서 보여준다.

정밀한 꽃밭으로 나를 인도하는 그는
올맺은 보조로 미치는 세상도 바로 하리라

…(중략)…

7세로부터 婦道를 닦어오든 조선 여자
자라지도 않어서는 악을 징계받었다
淑女 二君을 섬기지 말 것이라고
추상같은 가풍에는 從順만이 婦道이니
절조 높은 士夫의 가문을 욕 안뵈이려고
서약의 劍을 가삼에 안든 것이다.

– 나 열 두 살에 눈을 감고
가마 타고 시집 갓더라오
연지 곤지로 단장한 얼굴을
눈물로 적시면서 親庭을 떠낫지오
그 화관이야말로 무거웁듸다
그 칭찬이 더 무서웁듸다 –

---

61 송명희, 『김명순 작품집』, 지식을만드는지식, 2008, 14~15쪽.

– 나 열 여섯에 처녀 과부 되었지오
죄인의 베옷을 입고 집행이 집고
상여 뒤를 걸어서 걸어서
멀리 멀리 무덤까지 갔었지요, 그리고
산, 각씨의 상대역이든 이름뿐인 낭군을
깊이 깊이 묻어버리었지요 –

— 김명순, 「石工의 노래」 부분[62]

이 시는 김명순이 1938년 대중잡지인 『삼천리』에 발표한 것이다. 이 시에서 한 남편에게 일부종사를 하는 여성상은 '향기'로 상징된다. 남성 정치성이 개입되어 있는 '향기로운 신화'가 전통적인 여성들을 "꽃밭으로" "인도"한다고 보는 것이다. 남성의 정치성에 순종하지 않는 여성의 경우 악취가 난다고 인식될 위험이 있다. 남성은 불쾌한 냄새를 풍겨도 그 정체성을 잃지 않지만, 여성은 순결을 잃거나 남성 이데올로기에 저항하면 정체성을 잃게 된다. 경멸의 대상이 된다. 그런 점에서 전통적인 여성의 결혼은 '향기'가 내포되어야 그 가치를 인정받을 수 있다. 하지만 이때 향기는 전통적인 여성의 운명을 받아들이지 못하는 입장에서는 부정적인 함의가 될 수 있다. 김명순은 남성이 강요하는 '향기로운 신화'에 갇힌 여성의 삶을 위선적이라 본다.

시에서 향기의 지각을 통해서 이념화된 전통적 여성은 "7세로부터 婦道를 닦아오"다가 "열 여섯에 처녀 과부"가 되었으면서도, 16세에 죽은 "이름뿐인 낭군"을 비석까지 세워, "높은 곳"에 두고 우러러보면서 사는

62 김명순, 「석공의 노래」, 『삼천리』 제10권 8호, 1938. 8. 1, 248~258쪽.

존재로 형상화된다. 여성이라는 이유만으로 “죄인의 베옷을 입고” 죽은 남편을 떠받들고 살아야 할 숙명을 감수하는 것이다. 이러한 여성의 운명론적인 실존성은 자의적인 것이 아니라, 타자의 의해서 강요된 것이다. 결혼과 동시에 여자에게 씌워놓은 “화관”과 주변의 “칭찬”은 순응적 삶을 강요하는 억압으로 작용한다.

이런 순응적인 삶은 미첼이 『친족의 기본구조』에서 말했듯이, 혼인할 때 여성을 교환가치로 생각하는 특성이 사회에 자리 잡았기 때문이다. 여성을 물질화하는 이런 사고는 가부장적인 사회에서 세대 전승되고, 무의식을 통해 재생산되면서 가부장적 이데올로기의 강화로 이어졌다. 이런 심리적인 재생산은, 가부장적 질서를 지속시키는 기능으로 작용하는 존재들을 창조한다.[63] 뿐만 아니라, 남성과 여성의 관계는 근본적으로 양립될 수 없다는 정서를 만들어나간다. 김명순은 여성에게 부여된 순결과 정절의 ‘향기로운 신화’를 여성을 남성의 하위 계급으로 만들기 위한 이데올로기라 보고 비판하고 있다.

가부장적 권력이 작용한 여성의 정절 이데올로기는 오장환의 시에서도 나타난다. 유교사회인 조정에서 상으로 내리는 정문(旌門)과 관련된 여성 이데올로기를 오장환은 “똥냄새”로 이념화한다.

> —廉洛 · 烈女不敬二夫 忠臣不事二君
>
> 烈女를 모셧다는 旌門은 슬픈 울 窓살로는 음산한 바람이 숨이

63 조세핀 도노번, 앞의 책, 190~200쪽, 203쪽 참조.

여들고 붉고 푸르게 칠한 黃土내음새 진하게 난다. 小姐는 고흔 얼골 房 안에만 숨어 앉어서 색시의 한 시절 三綱五倫 朱宋之訓을 본받어왔다. 오- 물레 잣는 할멈의 珍奇한 이야기 중놈의 過客의 火賊의 초립동이의 꿈보다 鮮明한 그림을 보여줌이여. 식거믄 사나이 힘세인 팔뚝 무서운 힘으로 으스러지게 안어준다는 이야기 小姐에게는 몹시 떨리는 食慾이엿다. 小姐의 新郎은 여섯 해 아래 小姐는 시집을 가도 自慰하였다. 쑤군 쑤군 짓거리는 시집의 소문 小姐는 겁이 나 病든 시에미의 똥맛을 할터보앗다. 오- 孝婦라는 소문의 펼쳐짐이여! 양반은 죄금이라도 상놈을 속여야 하고 자랑으로 눌으려 한다. 小姐는 열하홉. 新郎은 열네살 小姐는 참지 못하야 목매이든 날 양반의 집은 삼엄하게 交通을 끈코 젊은 새댁이 毒蛇에 물리랴는 郎君을 求하려다 代身으로 죽엇다는 슬픈 傳說을 쏘다내엇다. 이래서 생겨난 孝婦烈女의 旌門 그들의 宗親은 家門이나 繁華하게 만들어 보자는 旌門의 光榮을 붉게 푸르게 彩色하엿다.

— 오장환, 「旌門」 전문[64]

인용 시에서 정문은 열녀를 기리는 문이다. 오장환은 정문의 "붉고 푸르게 칠한 黃土내음새"를 허위적인 정절 이데올로기로 알레고리화하고 있다. 정문의 채색은 일종의 화장과 같은 것이다. 여성의 정절을 상징하는 건물의 화려함은 역설적으로 진실을 왜곡할 가능성을 시사한다. 이 시 또한 가부장적 질서가 여성의 정절을 어떻게 만들어가고 왜곡하는가를 보여준다.

이 시는 시어머니가 또 다른 기호로 상징되는 가부장적 권력자라는 것을 보여준다. 여성이 유일하게 권력자가 되는 건 모권을 통해서이다. 인

---

64 김학동 편, 앞의 책, 271쪽(『詩人部落』, 1936. 11).

류학적으로 볼 때, 모권사회는 생명 · 긍정 · 평화주의 · 창조적인 세계관 등 평화의 기술이나 공동사회를 결합시키는 사회적 이데올로기를 가지고 있다.[65] 하지만 이러한 것들은 파괴와 폭력, 전쟁을 원천으로 하는 가부장적 사회로 넘어오면서 소멸한다. 이런 남성적 질서의 사회화는 여성들이 권력자의 위치에 서는 경우 유사하게 작용한다.

오장환은 시어머니와 며느리의 관계를 통해서 가부장적 질서가 강요하는 여성적 삶의 허위성과 욕망을 보여준다. 갓 결혼한 "小姐"는 어린 신랑으로 인해 욕구 충족이 되지 않자 자위를 한다. 자신의 행위에 대해 "쑤군 짓거리는 시집의 소문"에 "小姐는 겁이 나 病든 시에미의 똥"을 핥아 먹는다. 이것을 상놈들에게 가문의 위치를 높이는 칭송 수단으로 이용한다. 이후 소저가 자살을 하자 "새댁이 毒蛇에 물리려는 郎君을 求하려다 代身으로 죽었다는 슬픈 傳說"로 조작을 하여 열녀문을 세운다.

소저가 시어머니의 똥을 핥는 마조히즘적 행위는 어린 시절부터 훈육되어온 가부장적 이데올로기로 인한 처방전이라 할 수 있다. 프로이트는 사디즘은 남성적인 습성과 관련이 있고, 마조히즘은 여성적인 습성과 관련이 있다고 한다.[66] 스스로를 자학하는 이런 처방전으로 소저는 자신을 정당화한다. 이것은 어떤 면에서 사회적인 가치관에 감각적으로 대응하는 처사라 할 수 있다. 가부장적 이데올로기인 사회적 기호를 비기호화된 신체의 언어로 표현하는 것이다. 어머니 배설물이 가부장적 질서의 허위라면 그것을 핥는 소저의 행위는 그 허위에 대한 절대적인 복종을

65 조세핀 도노번, 앞의 책, 80~81쪽 참조.

66 위의 책, 172쪽.

의미하는 것이다. 이런 복종의 체재 아래서만 소저가 나중 시어머니가 되었을 때 그 또한 며느리의 권력자로 군림할 수 있다. 남존여비의 사회적 제도가 며느리에게 운명주의적 삶을 강요한 것이다. 그런 점에서 며느리가 핥는 "똥맛"은 가부장적 경계 안에서 행해지는 폭력성에 대한 두려움이다. 이 폭력성을 피하기 위해 며느리는 스스로 그들의 하위 계급이 되는 운명주의적 삶을 택한 것이다. 이러한 전통적 인습은 여성들을 타의적으로 희생시킨다. 그런 점에서 소문의 수단이 되는 "똥냄새"는 가부장적인 이데올로기의 허위적인 실체인 것이다.

조선은 개화기 이후에 여성의 권리와 평등에 대한 변화가 있었다. 하지만 여성의 지위 변화는 혼인과 가정을 전제로 한 자유와 평등이지 인격체로서 여성은 아니었다.[67] 남성에 순종하지 않는 여성을 사회의 악으로 보는 시각은 여성을 남성의 하위 계급으로 보는 무의식이 내재되어 있다.

여성을 하위 계급으로 보는 남성 이데올로기는 이상의 시를 보면 알 수 있다.

> 記憶을맡아보는器官이炎天아래생선처럼傷해들어가기始作이다.
> 朝三暮四의싸이폰作用. 感情의忙殺.
> 나를넘어뜨릴疲勞는오는족족避해야겠지만이런때는大膽하게나서서혼자서도넉넉히雌雄보다別것이어야겠다.
> 脫身. 신발을벗어버린발이虛天에서失足한다.
>
> — 이상, 「賣春」 전문[68]

---

67 김경일, 『여성의 근대, 근대의 여성』, 푸른역사, 2004, 39쪽.
68 이승훈 엮음, 『이상문학전집1』, 87쪽.

이상은 가부장적 질서에 순응하지 않는 여성상을 신체의 부패로 신랄하게 비판하고 있다. 시에서 '매음녀'는 재생산 기능을 하지 않을 뿐 아니라, 순결성을 잃어 전통적인 여성성이 상실된 존재이다. "매춘"하는 여성의 실존적 양상을 "器官이 炎天아래 생선처럼 傷해들어"가는 냄새로 지각하고 있는 것이다. 이러한 것들을 이상은 사회적으로 남성들을 파멸시키는 "感情의忙殺"로 보고 있다. 여기에서 이상은 남성의 감정적 파괴를 신체의 언어로 대치하고 있다. 후각적 차원에서 여성을 덜 진화된 물질적 존재로 보고 남성을 사회화된 존재로 보고 있다. 남성의 이런 의식의 구조는 남성이 여성을 지배해야 할 정당성으로 자리 잡는 것이다. 여성의 쾌락적 기능은 그들이 필요로 하면서도 동시에 죄악시하는 모순을 보이고 있는 것이다.

여성을 남성의 하위계급으로 생각하는 의식은 젠더적 차원에서 최초의 계급투쟁이 남성과 여성 사이에서 일어난 것과 관련 있다. 마르크스에 의하면 물질적 생산 양식의 구조에 따라 남녀의 성차가 규정되었다고 한다. 모권사회에서 남성과 여성은 거의 동등한 존재였다. 그런데 남성이 사냥을 하고 가축을 키우면서 잉여가치가 생성되고, 부(富)가 축적되면서 남성이 우위에 서게 된다. 소유한 물질의 양이 여성보다 많은 남성은 사회적 주체가 되고 여성은 하위 계급이 되었다. 첫 번째 계급투쟁과 탄압도 일부일처제를 깨는 남성과 여성의 사이에서 일어났다.[69] 남성들은 계급투쟁의 승리를 유지하기 위해 부권제를 강화하였고, 젠더적 차원에서 여성 위치는 계속 하락되어왔다. 여성의 젠더적

---

69 조세핀 도노번, 앞의 책, 140쪽

차별은 그것이 무엇이든 간에 사회가 만들어왔으며, 남성의 정치성이 개입되어 있다.

2) 근대성 소환 이미지와 여성의 악취

시에서 여성이 '근대성'이라는 의미로 해석이 될 때는 훨씬 복잡한 정치적 양상을 띠게 된다. 식민 자본주의 사회에서 여성은 단순히 여성의 문제에만 한정되는 게 아니라, 정치 세력들이 사회변동의 방향성을 예측하는 정치적 견해나 전망으로 상징된다. 식민지 사회에서 신여성의 사회적 의미는 여성과 남성의 관계를 넘어서서, 민족 간의 정치성을 함축하고 있다.[70] 이런 맥락에서 여성이 근대의 표상으로 이념화될 때는 자본가 계급이나 지배자 계급의 하위 계급으로 상징화된 것이다.

1930년대 시에서 오장환과 이상 시의 기생이나 매음녀가 근대 자본주의 타락이나 식민지 근대화의 무질서로 해석되는 것도 이 때문이다. 하지만 시인들이 여성의 이미지를 근대의 무질서나 타락으로 표상한다는 것 자체가 일본이 왜곡한 가부장적 질서를 무의식적으로 수용했다고 볼 수 있다.

어쨌든 이상은 타락한 여성의 몸이 자본 가치로 재생산되는 것을 식민 자본주의의 타락상으로 이념화하고 있다. 교환가치로서의 여성의 몸은 자본주의 구조에서도 하위 계급에 있다는 것을 보여준다.

---

70 김수진, 앞의 책, 25쪽.

이내 어린애 똥 같은 우엉과 문어요리와 두 병의 술이 차려져 왔다.

활약근-이를테면 항문 따위-여자의 입은 활약근인 모양이다. 자꾸 더 입을 오므리고 있다. …(중략)…

거름냄새가 푸욱 맡혀 왔다. …(중략)…

다만 세상의 여자들이 왜 모두 매음부가 되지 않는지 그것만이 이상스러워 못견디겠다. 나는 그녀들에게 얼마간의 지폐를 교부할 것이다. …(중략)…

나는 손을 허공에 내저으면서 바보 같은 비명을 울렸다. 말(馬)의 체취가 나를 독살시킬 것만 같다.

놀랐던 모양이다. 여자는 비켜났다. 그리고 지금의 것은 구애의 혹은 애정에 보답하는 표정이라는 것을 나에게 말했다. …(중략)… 여자는 환상 속에서 고향의 복장을 하고 있었다. 말한테서는 坐土와 거름냄새가 났다.

— 이상, 「哀夜—나는 한 매춘부를 생각한다」 부분[71]

시에서 매춘부는 성적 유흥 문화의 상품으로 인식된다. "얼마간의 지폐를" 받고 몸을 파는 매춘부는 물질화되어 있다. 자본주의 사회에서 상품화된 몸은 언제든지 사고 팔 수 있는 교환가치를 갖고 있다. 신프랑스 페미니스트인 미첼에 따르면 계획적인 여성 교환이 인간 사회를 규정하는 특성이라 한다. 여성의 아이덴티티, 즉 신분은 '교환물로 문화적 이용'에 의해 결정된다고 한다.[72] 여성이 자본 가치로 인식된다는 말은 젠더적 차원뿐만 아니라, 자본주의 구조에서도 여성이 하위 계급이라는 것

71 송기석 펴냄, 이상, 『오감도』, 동하, 1991, 88쪽.

72 조세핀 도노번, 앞의 책, 199쪽, 200쪽.

을 의미한다.

여성 '몸의 물질성(corporeal reality)'은 매춘부의 "입"에서 연상되는 "거름냄새", 악취를 통해 타락화된다. 입이 "항문"에 연결되어 있는 "활약근", 즉 괄약근을 변형한 이미지이기 때문에 입에서 풍겨 나오는 "거름냄새"는 물질문명의 찌꺼기라 할 수 있다. 이는 곧 식민지 자본주의 구조하에서 왜곡되어가고 있는 조선의 근대적 표상이다.

여성의 몸을 교환가치로 생각하는 일은 근대만의 문제는 아니다. 윤락을 통한 여성의 육체 자본은 아주 오랜 옛날부터 있어온 자본의 형태이다. 이것은 부르디외가 노동계급이 지배계급보다 교환가치가 떨어지는 육체 자본을 생산한다고 주장한 것[73]과 상통한다. 이상이 여성의 육체 자본을 비문명화의 현상으로 본 것은 그들을 자본주의 구조의 하위 계급으로 보기 때문이다. 남성들에 의해 사회의 악으로 규정된 매춘부들은 "환상 속에서"만이 "고향의 복장"을 할 수 있는, 회복 불능성의 생명성을 가진 존재로 인식된다.

이것은 매음녀가 모성 원형을 상실했다는 것을 의미한다. 고향의 이정표로 표상되는 여성성이 없는 여성으로 보고 있다. 남성들이 쾌락적 상품을 선호하는 구매자이면서, 여성들을 사회악으로 규정하는 이중적 가치를 이상은 냄새를 통해 보여준다. 이러한 남성의 편협한 시각과 정치성은 이상의 다른 시 「狂女의 告白」에서도 볼 수 있다.

> 잔내비와같이웃는여자의얼굴에는하룻밤사이에아름답고빤드르

---

73 크리스 실링, 앞의 책, 199쪽.

르한赤褐色쵸콜레이트가無數히열매맺혀버렸기때문에여자는마구대고쵸콜레이트를放射하였다. 쵸콜레이트는黑檀의사아벨을질질끌면서照明사이사이에擊劍을하기만하여도웃는다. 웃는다. 어느것이나모두웃는다. 웃음이마침내엿과같이걸쭉하게찐덕거려서쵸콜레이트를다삼켜버리고彈力剛氣에찬온갖標的은모두無用이되고웃음은散散이부서지고도웃는다. 웃는다. 파랗게 웃는다. 바늘의鐵橋와같이웃는다. 여자는羅漢을밴(孕)것인줄다들알고여자도 안다. 羅漢은肥大하고여자의子宮은雲母와같이부풀고여자는돌과같이딱딱한쵸콜레이트가먹고싶었던것이다. 여자가올라가는層階는한층한층이더욱새로운焦熱氷結地獄이었기 때문에 여자는즐거운쵸콜레이트가먹고싶지않다고생각하지아니하는것은困難하기는 …(중략)… 死胎도 있다. 여자는古風스러운地圖위를毒毛를撒布하면서불나비와같이날은다. 여자는이제는이미五百羅漢의불쌍한홀아비들에게는없을래야없을수없는唯一한아내인것이다.

— 이상, 「狂女의 告白」 부분[74)]

인용 시에서 이상은 혼종적인 정체성을 가진 신여성을 "초콜릿"으로 지각하고 있다. "초콜릿"은 서구의 음식을 대표하는 기호품이다. 그런 점에서 여자가 "쵸콜레이트를放射"하는 행위는 서구의 물질문명에 젖어 있다는 것을 의미한다. 서구 문화를 향유하는 신여성들은 당대 사회에서 옹호받기보다는 지탄의 대상이 되었다. 전통 사회가 요구하는 여성성을 상실한 신여성들은 남성 사회의 질서에 도전한다는 의미를 갖고 있다.

남성의 이러한 지각은 1930년 7월 1일자로 발표된 『별건곤』의 박로아

---

74 이승훈 편, 『이상문학전집 1』, 135쪽.

글을 보면 알 수 있다.[75] 이 글에서 박로아는 1930년대 신여성의 활동을 "생산의 무정부 상태로 말미암아 주기적으로 폭발하는 자본주의 사회의 한 가지 특징"인 공황(Crisis)에 비유한다. 공황은 경제적인 불안 요소를 지칭하는 것이다. 생산과 소비, 수요와 공급의 부조화에서 생기는 신용의 파괴, 물가의 폭락, 투자의 실패, 생산 과잉 등의 사회 내 경제적 사변을 혼란스러운 신여성의 활동에 비유한 것이다. 또한 그는 "직업 부인이나 여류 운동자 가운데서 건실한 의식과 확고한 자각"이 없다고 보고 있으며, 융통성과 이해력이 없고 시건방지다고 보고 있다. 조선의 여성들이 근대화에 따른 중심을 잡지 못하고 혼란에 빠져 있다고 보는 것이다. 그는 이러한 신여성들의 현상을 신 · 구 경제조직의 전환기에서 생기는 사회적 현상이라고 보고 있는데, 이는 당대 남성들이 신여성을 어떻게 인식하는가를 보여주는 측면이다. 1930년대 후각 이미지 시에서, 신여성이 근대 자본주의의 타락으로 표상되거나 민족의 자화상으로 표상되는 것도 이런 시대적 인식과 관련되어 있다. 일제의 가부장적 이데올로기가 여성을 하위 계급으로 보도록 하는 데 기여했다고 할 수 있다.

특히 낯선 세계와의 후각적 혼합은 가부장적 이데올로기에서 금기시되는 일이다. 냄새의 혼합은 민족이나 개인, 어떤 대상의 고유성을 훼손한다는 점에서 그 존재성을 배타적으로 본다. 이러한 측면에서 이상은 근대성을 "死胎", 즉 죽은 아이로 상징하고 있다. 또한 이상은 근대 여성의 자긍심을 "羅漢"의 잉태로 표현하고 있다. 원래 나한은 깨달음의 윗자리에 있는 자로서, 이것은 신여성이 스스로 깨닫는 자의식의 위치라 볼

---

75 박로아,「여성공황시대」,『별건곤』제30호, 1930. 7. 1, 63쪽.

수 있다. 하지만 이상은 나한을 매개로 하는 여성의 계층적 상승을 "한층 한층이 더욱 새로운 焦熱氷結地獄"으로 가는 길이라 표현한다. 신여성의 자의식은 "낙태"로 인해서 추락을 하고, "五百羅漢의 불쌍한 홀아비"들의 "아내"가 되어 있는 것이다. 이상은 신여성이 지향하는 정신적 가치를 계층적 상승이라 보지 않는다. 가부장적 이데올로기의 불통제성으로 인해서 여성의 지위가 오히려 매춘화된다고 보고 있다. 근대 여성에게 악취의 혐의를 씌우고, 그것을 육체적 · 도덕적 타락과 연관시켜 위험한 존재로 낙인을 찍고 있는 것이다.

이렇듯 시에서 매춘부를 자본 가치화하는 것은 근대성을 소환하는 이미지로 이념화된 것이라 할 수 있다. 이는 남성들이 여성을 근대성이 야기한 사회경제적 변화에 대한 수단으로 삼거나, 자본주의 비판을 여성 혐오증적 태도와[76] 동일시하는 것과 무관하지 않다. 여성 이미지를 사회 변화의 부정성에 쉽게 차용하는 것 자체가 성적 차별인 것이다. 이것은 젠더적 차원에서 여성을 부정적으로 보는 인식과도 연결되어 있다. 따라서 매춘부의 몸에서 방사되는 "초콜릿" 냄새는 식민지 자본주의가 갖는 부정성을 서구의 냄새로 이념화한 것이다. 이는 나아가 식민지 자본주의 속에서 타락해가는 조선의 모습을 표상한 것이다. 그런 점에서 이 시는 이상이 평소에 추구하던 자본주의 문명의 특징과 그 위기의 징후를[77] 냄새로 이념화했다는 데 의미를 가진다.

---

76 리타 펠스키, 『근대성의 젠더』, 김명찬 · 심진경 옮김, 자음과 모음, 2001, 65~166쪽 참조.

77 이승하 외, 앞의 책, 115쪽.

제5장

문화의 혼종성과 냄새의 심미성

문화를 통해 정신적 가치를 드러내는 냄새의 심미성은 감각의 의식화에서 가장 승화된 사회화의 단계이다. 한 사회의 다양한 문화적 측면과 관련 있는 후각 의식은 다른 감각들과 마찬가지로 현실 초월적인 정신지향점을 가지고 있다. 다른 것이 있다면 후각적 정신 가치는 현실을 바탕으로 그 체계가 성립된다는 것이다. 그런 점에서 후각 이미지를 통해서 나타나는 문화적 정신 지향성은 당대 현실을 가장 잘 반영한 측면이라 해도 무방하다.

냄새의 심미성은 주로 후각 상징을 통해서 이념화된다. 오랜 시간을 통해 형성된 냄새의 상징성은 매우 주관적인 정신 가치로서, 개인이나 집단에 따라 차이가 난다. 후각 상징들은 인간의 사고와 문화의 다양한 영역 속에 있는 도덕적 위기의 문제와 관련되어 있다. 또한 인간에게 내재되어 있는 유전적인 면과 비합리적이고 무의식적인 사고도 공존하고 있으며, 구성원들을 한데로 묶어주는 통합 기능을 가지고 있다. 이런 냄새의 미의식은 시간이 지나면서 그 사회의 정신적 가치를 표상하는 문화적 상징이 된다. 후각적 행위가 세대 전승되어 한 사회의 문화적 관습으로 상징화되면서, 집단의식이나 원형 상징으로 자리 잡는다. 이렇게 한 사회의 가치체계로 자리 잡은 냄새들은 구성원의 도덕적 잣대나 정신적 가치가 되어 그 의미가 쉽게 바뀌지 않는다. 현실의 체계에 문제가 생겼을 때에 그 집단의 주체성을 대변하는 정신적 가치나 도덕성의 잣대로 부각된다.

1930년대 시의 후각 이미지에서 보이는 냄새의 정신 지향성은 당대 현실의 여러 문제들이 반영된 시인들의 정신적 가치라 할 수 있다. 1930년대는 그 어떤 때보다 문화적인 혼란기였다. 일본이 강요하는 문화적 이상과 조선 문화가 가진 이상의 충돌, 그리고 식민지 근대화로 인한 문명화의 혼란까지 가중되었다. 이로 인해 당대 시인들은 문화적 주체성에 대한 혼란과 상실의 염려를 많이 했다. 이러한 염려는 문화를 통해 조선인의 의식을 지배하려는 문화 제국주의가 가진 속성을 보면 더 잘 알 수 있다.

한 집단이 갖는 문화적 이상은 이(異)민족 사이에 많이 나타나는데,[1] 지배자와 피지배자의 관계에서 그 격차는 더 심하다. 제국주의자는 그들 계급의 이익에 부응하도록 피지배자의 가치나 행태 · 제도 · 정체성 등을 재편한다. 그 전략 중 하나가 민중 계급(popular classes)의 문화생활에 침투하여 지배를 하는 것이다.[2] 그래서 그들은 문화 단위를 둘러싼 다양한 투쟁을 불러올 뿐 아니라, 이데올로기적인 미디어 재현의 생산과 소

---

1 지그문트 프로이트, 앞의 책, 177쪽.

2 제임스 페트라스, 앞의 글, 351쪽.

비 등 지배국의 여론과 담론을 조종한다. 그리고 그것을 통하여 피지배자의 정신을 지배하고 자신들의 이익을 추구한다.[3] 또한 그들은 식민지 문화 의식을 통제하기 위해서 '전통'과 '근대성'의 개념을 적절하게 이용한다. 제국주의 입장에서 자신들의 전통이나 종교는 신격화하지만 피지배자의 전통과 문화적 관습은 '야만'이나 '저발전'의 원인으로 지칭하여, 파괴의 대상으로 삼는다.[4] 문화 제국주의는 식민지국의 문화적 관습을 와해하여, 공동체의 연대감을 깨뜨린다. 또 하나의 전통적인 관습의 와해 양상이 피지배자가 '현대성'을 숭배(the cult of modernity)하도록 만드는 것이다.[5] 이는 자본주의 이데올로기를 적절히 이용하는 것인데, 피지배자가 현실로부터 도피할 메커니즘을 자본주의 양식으로 제공하는 것이다.[6] 공동체의 유대보다는 개인의 삶을 더 지향하는 자본주의 문화는 집단을 와해시키는 좋은 수단이 된다.[7]

어떤 특정 문화를 집단의 와해 수단으로 삼는 정책에 대해 인류학자들에 의하면 문화적 특징이 생득적인 것이 아니라 습득된 것이라는 점, 문화의 다양한 측면은 상호 연관되어 있다는 점, 한 군데를 건드리면 문화

---

3 에드워드 사이드, 『문화제국주의』, 60쪽, 69쪽, 104쪽.

4 위의 책, 251쪽 참조.

5 단적인 예로 제국주의 입장에서 자신의 전통이나 종교를 신격화한 것이 일본의 내선일체론이나 황국신민화이다. 그리고 피지배자의 전통적 와해는 조선 문화와 언어 말살 등으로 나타난다. 일본은 서구 제국주의가 한 것처럼 '세계화', '국제화', '휴머니즘'과 같은 용어를 조선인을 일본인화하는 속임수로 사용했다.

6 C. Flora and J. Flora(1978), *Fotonovela as a Tool for Class and Cultural Domination*, Latin American Perspectives, Vol. 5(2), pp.134~50(존 톰린슨, 앞의 책, 189쪽 재인용).

7 존 톰린슨, 위의 책, 183쪽.

의 다른 면이 모두 영향을 받는다는 점, 한 집단의 문화적 공유는 다른 집단들과의 사이에 경계를 의미한다는 점을 노린다.[8] 인간의 문화는 일단 습득되고 나면 그 행동 양식이나 습관적 반응, 교제 방식 등이 정신의 표층 아래로 가라앉아 심층으로부터 인간을 통제하게 된다. 문화적 무의식은 무의식과 마찬가지로 인간의 행동을 통제하는 것이다.[9]

따라서 1930년대 시의 후각 이미지에 나타나는 냄새의 심미성은 문화를 통해 형성되는 정신적 가치의 중요성을 깨닫고 그것을 지키려는 시인들의 노력으로 보인다.

1. 근대 문명의 거부와 원초성 지향

문화화되지 않은 존재의 순수성은 모든 생명의 존재론적인 출발점이라는 점에서 원형 상징이다. 원초성 지향의 냄새는 식민지 근대화가 제공하는 문명화 현상을 거부하는 시인들의 비문명화 전략으로 볼 수 있다. 본능에 충실했을 당시 인간은 문화에 대한 욕구가 없었다. 후각이 퇴화하면서 인간은 도덕적인 판단을 하는 고차원적인 존재로 발달했다.[10] 따라서 후각적 퇴화는 욕구 문화를 형성하는 과정이며, 도덕적 판단의 문화를 만드는 과정이라 볼 수 있다.

---

8 에드워드 홀, 『문화를 넘어서』, 최효선 역, 한길사, 2003, 39쪽.

9 위의 책, 19쪽, 77쪽 참조.

10 알베르트 수스만, 앞의 책, 131쪽.

본능적 냄새를 지향하는 이런 심리는 문명이 억압하고 있는 본능[11]으로 돌아가고자 하는 의식인 동시에 현재의 제도나 문화를 거부하는 의식이다. 그런 점에서 원초성 지향의 냄새는 문명화되기 이전의 본능 상태로 되돌아가려고 하는 무의식적 지각으로서, 사회화되기 이전의 순수한 생물학적인 존재성을 미학적 가치로 삼은 것이다. 인간이 가진 모든 문화를 제거하고, 존재의 출발점에서 스스로의 내면을 성찰하려는 시인들의 의도이다.

1) 문화적 반기와 페로몬 냄새

원초적 가치를 지향하는 페로몬(pheromone) 냄새는 에로티시즘과의 관련선상에서 이해된다. 페로몬은 본능적으로 성적 행위를 유발하는 냄새로 의식화된다는 점에서 생명의 출발점에 있다. 생명의 잉태를 촉진시키는 페로몬은 에로티시즘이 지향하는 내적 삶의 양상과 연결된다. 에로티시즘은 육체성과 관련된 의식을 포함하는 것으로, 단순한 성행위와는 구분된다. 존재의 가장 내밀한 곳을 건드릴 뿐 아니라, 인간의 일상적 질서에 무질서를 개입시킨다.[12] 그런 점에서 에로티시즘에 내재되어 있는 신성은 축제의 시간인 동시에 금기를 위반하는 시간이다.[13] 그런 맥락에서 시적 의식으로 나타난 페로몬 냄새는 식민지 근대화에 반기를 드는

---

11 프로이트, 앞의 책, 178쪽 참조.

12 조르주 바타유, 『에로티즘』, 조한경 역, 민음사, 2008, 9~31쪽, 270쪽 참조.

13 위의 책, 288쪽.

후각 언어라 할 수 있다. 페로몬은 본능적 순수성을 정신 가치로 삼는다는 점에서 문화화와 반대의 개념인 것이다. 페로몬적 냄새를 통해 식민지 근대화를 거부하는 대표적인 예가 서정주 시이다.

돌 팔매를 쏘면서, 쏘면서, 麝香 芳草ㅅ길
저놈의 뒤를 따르는 것은
우리 할아버지의안해가 이브라서 그러는 게 아니라
石油 먹은 듯……石油 먹은 듯…가쁜 숨결이야.

바눌에 꼬여 두를까부다. 꽃다님보단도 아름다운 빛…
크레오파투라의 피먹은양 붉게 타오르는 고흔 입설이다……슴여라! 베암.
우리 순네는 스믈 난 색시, 고양이같이 고흔 입설……슴여라! 베암.

— 서정주, 「花蛇」 전문[14)]

서정주는 "石油"와 "麝香과 薄荷" 등 성적 에너지를 유발하는 페로몬적 냄새를 통해 식민지 근대화에 대한 거부 의식을 드러낸다. 이성을 유혹하는 최음제인 "사향"과 수태음경과 수궐음경에 작용하는 약인 "박하"는, 신체에 생명력을 주는 공기의 호흡과 관련해서 볼 때 원초적인 생명을 추구하는 것이다. 성적인 에너지를 통해서 후각적 호흡을 촉진시키는 이 시는 관능적이고 탐미적이며, 꿈틀거림을 통해서 존재론적인 출발점으로 간다.

---

14 『한국현대시사자료집성』 11권, 687~690쪽(서정주, 『화사집』, 남만서고, 1941).

후각적 차원에서 존재론적인 출발점에 있는 이 시는 원시적인 생명력을 강조하고 있는 보들레르의 악마성과 서정주의 원초적 생명의 지향성이 조화를 이루고 있다. 이 시는 서정주가 1936년 12월『시인부락』제2호에 발표한 초기 작품에 속한다. 원초적인 생명에 대한 외경은 서정주와 유치환을 위시하여『시인부락』지를 거점으로 삼았던 김동리 · 오장환 · 함형수 · 윤곤강 · 신석초 등 생명파를 지칭하는 이들을 중심으로 탐구되었던 것이다. 이들은 생, 혹은 생명현상의 본질에 대한 구경적 탐구 의식을 바탕으로 시를 창작하였다. 지성보다는 내면에서 울려 퍼지는 본능적 감성에 기댄 직정(直情) 언어의 세계에 기대어, 생의 구경에서 부딪치게 되는 인간 한계와 그것에 대한 초극에의 의지를 펼쳐 보였다.[15] 그런 점에서 서정주의 이 시는 후각적 본능이 갖는 감성을 미적 가치로 삼아 현실의 문제들을 극복하려고 한 것이다. 식민지 질서를 깨뜨리는 수단으로 페로몬적 냄새를 이용한 것이다.

라이얼 왓슨은 여성의 페로몬 효과는 남성의 두뇌에서 무의식적으로 작용을 하지만, 존재와 발원지를 알려주는 표지 냄새가 없어 익명성이 유지된다고 한다.[16] 시에서 존재론적인 출발점이 이브에서 다시 시작하여, 클레오파트라에서 순이로 이어지면서, 식민지적 질서를 위협하는 존재가 될 수 있는 것은 생물학적 익명성을 가진 페로몬 때문이라 할 수 있다. 지배자들이 문화적인 것은 통제할 수 있지만 자연적인 힘은 통제할 수 없기 때문이다. 이러한 점은 후각적 언어의 힘과 관련이 있다. 후

---

15 이승하 외, 앞의 책, 22~23쪽.

16 라이얼 왓슨, 앞의 책, 259쪽.

각적 감각은 감각 중에서도 첫 번째 감각으로서 가장 본능적이고 원초적인 특성을 드러낸다. 또한 문화화된 인류의 영원한 지향점이자 원형 의식이라는 점에서 무한한 상징적 의미를 갖고 있다. 이 상징적 의미가 식민지 근대화를 거부하는 에너지인 것이다. 상대를 유혹하는 페로몬적 냄새들은 인간의 에로티시즘에 내재되어 있는 보이지 않는 에너지이자 사회의 저항 수단인 것이다. 그래서 최초의 여성인 이브와 최후의 여성인 순이가 스스로 '화사'가 되어 기존의 질서를 대적하는 주체가 될 수 있는 것이다.

이것은 서정주가 타락한 인간의 역사를 인정하지 않고, 새로운 질서를 만들려는 의지의 표출이다. 그런 이유에서 페로몬적 냄새가 가진 욕망의 매개성은 상대를 파괴시키는 동시에 나의 생명을 재생시키는 수단이라 할 수 있다. 이러한 생명의 재생에 대한 갈망은 "芳草ㅅ길", 석유가 뿜어내는 냄새를 통해서 가속화된다. "석유 먹은 듯 가쁜 숨결"은 호흡을 통해 전달되고 호흡을 통해 흡입되면서, 연소성을 가진다. "마찰되는 모든 것, 불타는 모든 것, 전기를 일으키는 모든 것은 생식"[17]으로 이해될 수 있다. 석유 냄새로 가속화되는 에로티시즘의 갈망은 존재를 억압하는 문화적 질서에 반기인 것이다.

1930년대는 이미 상당 부분 일본이 조선 민족문화를 통제하여, 조선인의 의식을 지배했다고 볼 수 있다. 그것은 3장에서 보았듯이 개인과 집단의 실존성이 많은 부분 혼종성으로 나타나는 것과도 관련이 있다. 서정주는 훼손당한 민족의 정신적 가치를 문화화되지 않은 냄새를 통해

---

17 가스통 바슐라르, 『불의 정신분석』, 김병욱 역, 이학사, 2007, 59~60쪽 참조.

서 회복하고자 한 것이다. 그런 점에서 서정주가 반기를 드는 문명적 질서란 식민지 근대화의 물질문명도 있겠지만 제국주의가 만드는 문화적 통제에 대한 거부 의미가 더 클 것이다. 이러한 거부 의미는 「대낮」에서 더 강렬한 금기의 위반 행위로 이념화된다.

따서 먹으면 자는 듯이 죽는다는
붉은 꽃밭 사이 길이 있어

핫슈 먹은 듯 취해 나자빠진
능구렁이 같은 등어릿길로,

님은 다라나며 나를 부르고……

强한 향기로 흐르는 코피
두 손에 받으며 나는 쫓느니

밤처럼 고요한 끌른 대낮에
우리 둘이는 웬몸이 달어 ……

— 서정주, 「대낮」 부분[18]

에로티시즘에서 행복한 열정은 아주 격렬한 무질서를 야기한다. 일반적으로 육체적 에로티시즘은 어느 정도 에고이즘에 묶이는 반면에 심정적 에로티시즘은 비교적 구속이 없다고 할 수 있다. 시에서 성적 행위는

18 『한국현대시사자료집성』 11권, 692~693쪽.

심정적 에로티시즘이라 할 수 있다. 시에서 남녀의 성적 결합은 고통을 상징한다고 할 수 있는데, 그 증거가 "强한 향기로 흐르는 코피"라고 할 수 있다. 출혈은 "그 자체가 이미 파열이며, 넘침이며, 질서의 파괴"[19]를 상징한다. 대낮이라는 빛의 가시성으로 인해 향기(생명력)가 지니고 있는 휘발성은 강렬해지고 에로티시즘은 가속화된다. 에로티시즘이 가속화될수록 거부의 의지는 강렬해진다. 이것은 또한 생명을 잃은 민족의 "연속성에 대한 향수"[20]로 해석할 수도 있다. 바타유는 운명적으로 불연속의 존재성을 가진 인간은 항상 연속성에 대한 향수를 지니고 있고, 이러한 향수의 심정이 에로티시즘으로 전환되는 것[21]이라고 한다. 따라서 에로티시즘을 가속화시키는 페로몬 냄새는 현실의 가능태가 아니라, 내면에 태동해 있는 현실적 욕구라 할 수 있다. 사회적 질서의 일탈을 환기시키는 아편의 일종인 "핫슈"와 남녀의 성적 행위는 동일한 것이라 할 수 있다. 따라서 어떠한 권위적 질서나 관념에 의해 구속되지 아니하며 언제나 본능과 개성, 자유의 상태를 유지하려 한다. 때문에 성은 고정화되거나 완결된 세계를 거부하고 항상 변화와 창조의 세계를 지향하는 전복적 힘을 갖고 있다.[22] 일제의 문화에 대응해서 원초적인 생명성을 정신적 가치로 삼은 시적 이념화라 할 수 있다.

---

19 조르주 바타유, 앞의 책, 19쪽, 58쪽.

20 위의 책, 23쪽.

21 위의 책, 15쪽.

22 김경복, 「현대시에 나타난 생명의 성(性) 고찰」, 『한국 현대시의 구조와 의식 지평』, 박이정, 2010, 99쪽.

2) 문명 정화로서의 자연 냄새

순수성을 간직한 자연의 세계는 모든 생명체의 역사가 시작되는 존재론적인 출발점이자 인간성 회복의 원형 상징이다. 특히 인류의 원형 상징 공간인 에덴동산은 문화화되지 않은 세계의 표상이라 할 수 있다. 에덴동산에서 인간은 사회화될 필요가 없었다. 그곳에서는 나와 타자를 경계하고 구분짓는 의식이 없었기 때문이다. 그렇게 본다면 인간의 사회화란 결국 순수성을 훼손하면서 시작되는 것이다. 인류의 역사 또한 그렇게 시작되었다고 할 수 있다.

1930년대 시에 나타나는 후각 이미지에서 태초의 냄새나 자연의 냄새를 미학으로 삼은 것은 당대 사회의 문명이나 문화를 오염되었다고 보았기 때문이다. 그런 점에서 인간의 순수한 자아가 갖는 의식 지향성은 자기동일성을 확보하고, 의사소통을 하며, 자신과 다른 사람, 사회 공동체, 다른 역사와 전통을 지닌 문화를 진정으로 이해할 뿐 아니라, 새로운 삶을 창조하는 이성적 존재로서의 주체[23]를 회복하고자 하는 의식과 관련이 있다. 이육사의 「鴉片」과 오장환의 「할렐루야」는 에덴동산이 갖는 질서를 미학으로 삼아 문명을 정화하고, 인간성 회복을 꾀하고자 한다.

> 나릇한 南蠻의 밤
> 蟠祭의 두렛불 타오르고
>
> 玉돌보다 찬 넋이 있어

---

23 에드문트 후설, 『순수현상학과 현상학적 철학의 이념들 1』, 38쪽, 44~45쪽 참조.

紅疫이 만발하는 거리로 쏠려

거리엔 〈노아〉의 洪水가 넘쳐나고
위태한 섬우에 빛난 별하나

너는 고 알몸둥아리 香氣를
봄바다 바람실은 돛대처럼오라

무지개같이 恍惚한 삶의 榮光
죄와 곗드려도 삶즉한 누리.

— 이육사, 「鴉片」 전문[24)]

에덴동산은 인간의 죄가 시작된 지점이다. 인류의 원조인 아담과 이브의 타락으로 인간은 원죄의 무의식을 세대 전승하게 되었다. 원죄 의식은 인류 문명의 발전이 곧 죄의 발전이라는 인식으로 이어진다. 심미적 차원에서 순수한 자연의 지향은 죄를 정화해야 문명이 정화된다는 논리로 이어진다.

이육사는 "위태한 섬우에 빛난 별하나"를 "알몸둥아리 香氣"로 지각한다. 여기서 "별"과 "알몸둥아리 香氣"는 동일시되어 문화적으로 타락하지 않은 순수성을 상징한다. 이때 "별"이 간직하고 있는 존재의 순수성은 근대의 물질성에 대응하는 '전통적 숭고'의 의미를 가지고 있다. 나아가 이것은 "恍惚한 삶의 榮光"을 기원하고자 하는 것인데, 이러한 의식 지향성은 성경에 나오는 '노아의 방주'를 인유하여 이념화한 것이다. 타락한

24 『新撰詩人集』, 시학사, 1939, 119~120쪽.

세계는 멸망하고 새로운 세계로 거듭난다는 의미로 변주되고 있다. 화자가 보는 "거리엔 〈노아〉의 洪水가 넘쳐"난다. 시적 화자가 인식하는 현실은 욕구의 문화들로 가득 차 있고 도덕적으로는 타락해 있다. 도덕적인 행위나 의식의 근원은 후각에서 그 뿌리를 찾을 수 있다.[25] 후각의 퇴화는 순수성의 오염을 말한다. 따라서 후각적 원초성은 존재론적인 출발점에서 다시 도덕적 타락을 회복하려는 의지라고 할 수 있다. "알몸둥아리 香氣"가 타락한 세계를 구원하는 "홍수"와 동일시되는 것도 이 때문이다. 따라서 현실의 욕구 문화들을 무자비하게 정화하는 파괴자의 의미이다. 이것은 시적 화자의 의지가 그만큼 강하다는 것을 의미한다.

역사성을 갖고 있는 "문화란 시간이 뿌리내린 관습"이다.[26] 인류에게 부여된 도덕적 타락의 습관성은 문명화될수록 사회적 질서로 자리 잡아간다. 따라서 인간의 원죄를 환기하는 태초의 냄새는 인류의 역사가 만든 모든 것이 죄업이라는 논리로 귀결된다. 태초의 자연이 갖는 순수성이나 노아의 방주는 근대 문명에 대한 자기반성과 성찰을 지각한 것이다. 문화적 욕구들로 타락하고 왜곡되어가는 현실의 정화와 반성을 촉구하는 것이다. 심미적 차원에서 태초의 냄새는 문명화되지 않은 세계를 미적 가치로 삼은 것이지만 좀 더 근원적인 측면에서 보면 근대 문명과 문화에 대응하는 인간성 회복이자 역사의 재생적 의지를 후각적으로 이념화한 것이다.

이러한 근대 문명의 비판과 문화적 주체성에 대한 재생 의지는 청록파 시인인 박목월의 시에서 볼 수 있다.

---

25 알베르트 수스만, 앞의 책, 114쪽.

26 존 톰린슨, 앞의 책, 58~59쪽.

江 나루 건너서
밀밭 길을

구름에 달 가듯이
가는 나그네

길은 외줄기
南道 三百里

술 익는 마을마다
타는 저녁 놀

구름에 달 가듯이
가는 나그네

— 박목월, 「나그네」 전문[27)]

박목월은 식민지 근대화로 혼종화된 조선 문화의 정화를 전통적 자연 냄새를 통해 이념화한다. 강나루를 건너서 나타나는 "밀밭"의 풋풋한 냄새는 우리나라와 민족이 처한 현실을 매개하는 후각 상징이라 할 수 있다. 밀은 뿌리의 생명력이 강하여 수분과 양분의 흡수력이 강할 뿐 아니라, 가뭄이나 척박토에 잘 견디는 식물이다. 그런 식물이 풍기는 존재성의 냄새는 안주하지 못하는 "나그네", 즉 우리 민족의 현실적 어려움을 위안해주는 정신적 표상이라 할 수 있다.

---

27 박두진 외, 『청록집』, 을유문화사, 1946, 114쪽.

이러한 표상은 "술 익는 마을"을 지향하는 의식으로 이어진다. 일반적으로 술을 만드는 과정에서 생기는 발효의 냄새는 숙성과 환각의 두 가지 의미를 가진다. 특히 발효는 숙성의 과정을 가진다는 점에서 새로운 존재론의 생성처로 표상된다. 그런 맥락에서 나그네의 여정으로 보여주는 "밀밭"에서 "술 익는 마을"로의 이동 경로는 시적 자아의 내적 지향성이라고 볼 수 있다. "풋풋한 밀밭", 즉 강인한 자연의 순수성만이 성숙한 세계를 만들 수 있다는 것이다. 박목월의 "술 익는 마을"의 의식 지향성은 에덴동산과는 다른 의미의 문화 정화라고 할 수 있다. 에덴동산이 인간의 사회화를 무조건적으로 배척한다면 "술 익는 마을"은 사회화되는 인간의 태도를 수용하는 것을 전제로 한다. 어차피 인간은 문화적인 존재이기 때문에 스스로의 성숙을 통해서 문화가 정화되기를 원한 것이다. 이러한 갈망을 박목월은 전통적 자연의 순수한 냄새를 통해서 이념화한 것이다.

전통의 냄새를 정신적 가치로 삼은 박목월의 이 시는 제국주의가 제공하는 물질문명과 소비문화에 대응하는 전통적 메커니즘이다. 박목월이 조선의 자연에 내재되어 있는 민족적 집단의식과 전통 언어를 통해서 문화적 주체성을 재정립하고자 하는 것도 이 때문이다. 이러한 측면은 청록파가 시문학파가 이루어놓은 순수 서정의 토양 속에서 자라났다는 것과도 무관하지 않다. 시문학파가 순수성을 옹호하고 전통적인 서정성을 회복하려고 한 것은 우리 문화의 주체성을 지키려고 하는 의도다. 따라서 1930년대 후반기에 우리 시단에 등장한 청록파의 자연친화적 세계는[28] 우리 민족이 가진 자연과 전통적 정서, 집단의식을 식민지 근대화

---

28 이승하 외, 앞의 책, 125~130쪽 참조.

의 대응체로 사용한 것이라 할 수 있다. 감각적 차원에서 경험적 체험에 의해 세대 전승된 향토적 냄새를 적절히 활용한 것이다. 따라서 이 시의 "밀밭"과 "술 익는 마을"은 식민지 근대 문명과 문화적 착종 현상을 거부하는 민족의 전통적 정신적 가치라 할 수 있다. 시에서 자연의 냄새는 정신화된 우리 민족의 '신화'로서, 공동체의 정서적 연대감을 유발할 뿐 아니라, 문화적 주체성을 지켜주는 표상으로 미학화되어 있다. 우리 민족만이 지각할 수 있는 후각 상징으로써, 향토적 자연 속에 내재되어 있는 민족의 정신적 가치를 냄새의 미학으로 승화시킨다.

3) 물질문명 거부와 살(肉)냄새

이성적 존재로서의 자연의 냄새는 긍정적 관점이냐, 부정적 관점이냐 따라 그 의미가 달라진다. 특히 인간의 신체는 생물학적 측면에서 자연인으로서 순수성으로 표상되기도 하지만 때로는 의식이 없는 이성적 존재로서, 육체가 물질로 표상되어 비판의 수단으로 이념화된다. 원시적 역사에 대한 재생 의지는 신체가 가진 물질 그 자체의 원초성에 의해서도 이념화된다. 정신 지향성이 없는 인간의 신체는 그 자체로 하나의 물질이라 할 수 있다. 시에서의 이러한 지각은 곧 사유하는 인간으로서의 지위에서 본능에 반응하는 동물적 존재성의 하락을 의미한다. 따라서 사고하지 않는 인간의 신체는 문화나 문명이 없는 원초적 상태지만 그 의미에 있어서는 태초의 냄새나 자연의 냄새와는 다르다고 할 수 있다.

윤곤강은 물질화된 육체의 살냄새를 물질문명을 거부하는 의식으로 이념화한다.

금방 이세상이 끝이나 날듯이
人魚를 닮었다는 계집들의 고기내음새에
넋두리와 쓸개를 톡톡 털어놓고

얼굴은 猩猩이를 흉내고
거름은 갈지字를 그리면서
네그리 종각앞에 오줌을 깔기고,

입으로는 떼카단스를 외우는 무리가
아닌밤중의 도깨비처럼 싸대는 밤-

쇼-윈도-의 검정 휘장에
슬쩍 제얼굴을 비춰보고
고양이처럼 지나가는 거리의 아가씨야!

어대선지
산푸란시스코의 내음새 풍기는 째스가
술잔속에 규라소-를 불어넣는구나!

香氣없는 造花.
紫外線없는 人造太陽.

— 윤곤강, 「夜陰花」 부분[29]

윤곤강은 근대 여성들의 실존성을 "고기내음새"로 지각하고 있다. 근대 여성의 육체를 인육적 상상력으로 펼쳐나가는 윤곤강의 후각적 의식은 여성들 자체를 비인간적으로 보고 있다. 몸의 동물화는 원초적인 존재

29 윤곤강, 『輓歌』, 95~97쪽.

론을 표상한다. 윤곤강의 시적 대상들은 이성적이기보다는 욕망에 충실하는 삶에 치우쳐 있다. 그런 맥락에서 윤곤강은 시적 대상의 신체를 '살냄새'로 지각한다. 당시의 상황으로 볼 때, 자본주의 욕망에 충실한 삶은 타 문화를 수용한다는 의미일 것이다. 시적 대상들은 이미 일본의 문화적 침투가 완전하게 이루어진 존재들이라 할 수 있다. 타자에 의해 문화적 통제를 받는 여성들은 문화적 자주 의식이 없을 뿐 아니라, 민족의 정신적 가치도 상실하고 없다. "夜陰花"라는 제목에서 말하듯 그들은 밤과 같은 음지에서 피는 꽃이다. 이는 쾌락을 지향하는 신여성들을 일컫는 말로써, "人魚를 닮았다는 계집들"의 "고기내음새"와 동일시되고 있다.

근대사회가 가진 욕망의 생산성을 "계집들"의 "고기내음새"로 이념화한 것은 식민지 사회의 여성 문제가 단순히 여성에게 국한된 게 아니라는 데에 있다. 근대의 여성은 식민지 사회의 방향성을 가늠하거나 지배자와 피지배자 간의 정치적 견해를 나타내는 기준이다. 그러므로 여성 신체의 물질화는 여성과 남성의 관계를 넘어서 민족의 물질화, 즉 민족정신의 상실을 의미하는 것이라 할 수 있다. 이런 측면에서 윤곤강은 전통적 질서를 무너뜨리는 주체가 여성이라고 본다. 문화적 현상에서 여성이 타자의 이데올로기에 쉽게 빠져든다는 것을 후각적으로 이념화한 것이다.

당시의 서울은 조선과 일본의 문화 이데올로기가 각축을 벌이는 표상적 공간이었다. 물질적, 정신적인 가치를 놓고 대립하는 양자의 문화정치는 메커니즘의 장악을 놓고 벌어지는 투쟁으로 발전할 수밖에 없었다. 윤곤강은 조선 문화의 투쟁적 허약성의 원인이 근대 여성에게 있다고 비판하고 있다. 1930년대 사회에서 급진주의자들이 사랑과 성에 관한 주장과 행동으로 여론의 주목을 받았던 것과 대조적으로 신여성들은 낭비와 사치, 허영의 상징이 되어갔다.[30] 퇴폐적이고 향락적인 근대 문화의 상징인 여성의 "고기내음새"는 '전통적 숭고'의 오염으로 의식화되고 있는 것이다. 이는 곧 식민지 자본주의에 대한 비판이자 문화 주체성을 지키지 못하는 스스로에 대한 자기반성이라고도 할 수 있다.

타락한 근대 여성을 전통문화의 오염인자로 보는 시각은 윤곤강의 「酒寮」에서 더 신랄한 풍자로 나타난다. 여성을 무감각의 "고깃덩이", 문화 주체성을 잃은 존재로 이념화하고 있다.

> 모도,
> 술취한 紳士들이다,
>
> 새새 틈틈히
> 끼여앉은것은
> 그들의
> 작난을 위해
> 태어난 肉塊들이오,
>
> 냄새도 없고
> 철도 아닌 꽃들이
> 봄철인양 만발하고,
>
> — 윤곤강, 「酒寮」 부분[31]

인용 시에서 "술 취한 紳士"들의 "장난을 위해/태어난 肉塊"라는 지각

---

30 김경일, 앞의 책, 52쪽.

31 윤곤강, 『輓歌』, 134~144쪽.

은 앞의 시와 동일한 맥락에서 이해될 수 있다. 이것은 근대 여성을 보는 남성들이 가진 의식이다. 근대 여성의 정신적 가치를 "산푸란시스코의 내음새" "香氣 없는 造花", "紫外線 없는 人造太陽"이라 풍자한 것도 이와 같은 이유 때문일 것이다.

이렇게 인간의 육체와 정신이 물질화되고 자연의 향기가 소멸된 사회에는 전통과 민족적 자의식이 사라지고 없다. 민족에 대한 문화적인 기억과 유대감, 신화로서의 '고향세계'가 타자의 문화에 의해서 해체되어 가고 있는 것이다. '고향세계'를 잃은 당대의 사람들은 귀속 의식의 부재로 인해 심리적인 불안까지 안고 있다. 그 불안이 도리어 자본주의적 가치를 부채질한다고 할 수 있다. 윤곤강은 문화화되지 않은 냄새의 미적 가치를 식민지 근대화로 치닫는 현실을 풍자하는 데 사용한 것이다.

2. 타락한 현실의 치유와 제의적 의식

향기를 정신적 가치로 삼는 제의적 의식은, 오랜 세월 세대 전승되면서 인간의 내면과 상호작용을 한다. 그것은 시간이 흘러가도 그 의미가 쉽게 바뀌지 않는 상징으로 존재한다. 미르치아 엘리아데가 "상징적 사고가 인간 존재와 공존"[32]한다고 한 말도 상징은 심리적 현실에서 결코 사라지지 않으며, 외관은 바뀔 수 있지만 기능은 그대로 존재한다는 것을 의미한다.[33] 그래서 상징성을 갖고 있는 사회의 의례들은 집단의 이

32 미르치아 엘리아데, 『이미지와 상징』, 이재실 역, 까치, 2005, 15쪽.
33 위의 책, 20쪽.

데올로기나 어떤 원형으로 남는다. 그 원형은 조상들에게 물려받은 가정적 · 사회적 · 민족적 · 종교적인 차원의 모든 관습과 의식으로 전해 내려온다.[34] '세속적' 활동이라 표현하는 행위들, 즉 사냥, 낚시, 농사, 놀이, 결혼, 분쟁, 성행위, 투쟁, 분쟁, 전쟁 등의 반복적인 실현들은 의례적인 명분과 기능을 갖고 있다.[35] 이런 상징들은 인간의 사고와 문화의 다양한 영역 속에 있는 도덕적 위기의 문제와 관련되어 있다. 또한 인간에게 내재되어 있는 유전적인 면과 비합리적이고 무의식적인 사고와 공존하고 있으며, 구성원들을 한데로 묶어주는 통합 기능을 한다.

1930년대 시의 후각 이미지에서 이런 기능들은 공동체의 귀속성을 근거로 하고, 해체되어가는 민족의 통합력을 지향하는 표상으로 이념화되어 있다. 이는 당대의 시인들이 우리의 전통적 의례가 갖는 정신적 가치와 민족적 이데올로기, 그에 내포된 집단의 무의식을 통해서 민족의 문화주체성을 지키겠다는 의지를 후각적으로 이념화한 것이다. 이것은 앞서 말한 식민지 문명화에 대응하는 '전통적 숭고'의 한 방편이다. 민족의 정신적인 '신화'를 후각 상징이나 원형을 통해서 찾으려는 의식이다.

1) 불안한 내면 치유와 훈증(薰蒸)

후각적 차원에서 질병에 대한 치유(향기 요법, Aromatherapy)는 대개 초자연적인 존재에 근원을 두고 있다. 치료에 이용되는 냄새는 실제 효

---

34 A. van Gennep, *Tabu et totemisme a Madagascar*, Paris, 1904, p.27 sq(미르치아 엘리아데, 『영원회귀의 신화』, 심재중 역, 이학사, 2005, 33쪽 재인용).

35 미르치아 엘리아데, 위의 책, 40~41쪽 참조.

과도 있지만, 상징적인 효과도 있어 심리적인 질환을 치유하는 역할을 한다.[36] 특히 코로 치유하는 향기는 영혼에 좀 더 직접적으로 작용한다고 알려져 있기 때문에 영혼의 혼돈 상태를 치유하는 데에 최고의 수단으로 생각한다.[37] 자기 정화와 치유에 관한 의식은 그것이 실재든 심리적이든 간에 현실의 부패와 위험에 대한 인식에서부터 비롯된다.

시인들이 후각적으로 지각하는 치유와 훈증의 요소들은 식민지 근대화와 문화적 감염에 대한 불안에서 비롯될 뿐 아니라, 이러한 현실을 만든 민족의 도덕적 자각에서 오는 불안 심리에서 비롯된다. 그런 측면에서 이 냄새는 집단에 대한 도덕적 본능의 촉발을 이념화한 것이라 할 수 있다. 문화적인 습관 체계가 깨질 때 가지는 저항적 본능이자 민족의 문화를 보호하려는 도덕적 가치의 발로를 냄새의 심미성으로 이념화한 것이라 할 수 있다.

현실 불안에 대한 내면적 치유를 김조규는 '담배'가 가지는 훈증의 기능을 통해서 이념화한다.

> 담배를 피워라 여윈 손까락이다
> 나의 壁을 貫通하는 허이연 두줄기 軌道

---

36 일반적으로 향기의 치유 방식은 흡입과 마사지, 음용뿐 아니라, 나아가 향기로운 노래를 부르는 행위까지도 치료법이라고 정의한다. 이는 화학적 효과를 의미하는 약학적 작용과 신체 시스템에 영향을 끼치는 물리적 작용, 즉 개인의 심리적 감각을 의미하는 심리적 작용과 천연 오일에 반응하는 신체의 모든 모습을 의미하는 종합적 기능으로 나누어 볼 수 있다. 송인갑, 앞의 책, 169쪽.

37 콘스탄스 클라센, 「향기를 따라서—중세에서 현대까지」, 콘스탄스 클라센 외, 앞의 책, 86쪽.

이제 남은 것은 喪失當한 나의 存在
憤怒도 설음도 水晶이 되었다
나의感情이 葉綠素 같이 퍼지든 밤
너는 네얼굴을 네온으로 彩色하여 돌아갔거니

내生活의 적은 이 餘白이 웨이리 孤獨하뇨?
오늘도 層層階에서 病든 나의思想을 보았다
擴大鏡속에서 꼬리 저었는〈볼티셀라〉의 群像,
올으고 나리고……가고 오고……
(부서라. 깨트려라. 담배를 던진다
허나 風船의 倫理다 남는것은 또하나의 自嘲)

오오 都府는 默然이 瞑目하는데
나의 넥타이가 海澡처럼 疲勞웁고나

— 김조규, 「疲한 風俗」 부분[38)]

밤이면 室內 毒蛇와 같이 웅쿠리고 담배를 피우는 것이 나의불상한 習慣이다. 젊은 나의 들은 밤한울을 우러러 流星觀測을 하는데 紫煙이 꼬불 꼬불 올으는 室內에서 머얼리 가까이 찬氣流가 흘으는 들窓밖을 들여다본다

假裝하고 지나가는 밤의行列 떼드마스크를쓴 深夜의物象들, 아아 나의 顚覆된 感性은 이슬픈歷史의浪費를 瑤池鏡속에서 世界旅行을 하든 아름답든 나의過去보다도 享樂하노니……

— 김조규, 「猫」 부분[39)]

훈증은 향기를 태워 질병이나 부패를 가져오는 나쁜 악령들을 물리치

---

38 『新撰詩人集』, 앞의 책, 54~55쪽.

39 위의 책, 60~62쪽.

는 주술적 행위이다. 이런 주술적 행위를 김조규는 "담배"가 가진 심리적 훈증성과 동일시한다. 후각적 차원에서 "흡연은 오락이자 훈증 소독 수단"[40]으로 통용된다. 흡연은 유희적 의미도 있지만, 불안한 심리를 진정시키고 자신을 되돌아보게 하는 자기 정화의 의미도 가지고 있다.

김조규는 「疲한 風俗」에서 당대 사회의 일상적 생활이나 습관들을 정화해야 할 대상이라고 보고 있다. 이는 "憤怒"와 "설음"이 "水晶"이 된다는 말을 통해서 알 수 있는데, 시적 화자에게 피곤한 풍속으로 인식되고 있는 현실을 담배를 피우는 행위로 정화한다. 그에게 현실은 "病든" "思想"을 촉발하는 원인이자 바람 부는 대로 흘러가는 윤리로서 "自嘲"라고 할 수 있다. 시적 화자가 당대의 군중을 폐수에서 번식하는 종벌레의 일종인 "볼티셀라"에 비유하는 것만 봐도 알 수 있다. 김조규는 당대의 풍속을 폐수로 보고 있고, 그러한 문화를 향유하는 주체들을 "볼티셀라"로 보고 있다. 당대의 현실과 군상을 '폐수의 존재성'으로 지각하고, 이를 "담배"가 가진 기능을 통해서 훈증하고 정화하는 양상으로 이념화한다. 감각적 차원에서 이것은 의식화 작용이라기보다는 이미 의식화된 감각의 불안을 심리적 안정으로 이끄는 것이다. 정서적인 부정성을 긍정성으로 이끌어내는 것이다.

훈증이 가진 정서적인 긍정성은 김조규의 또 다른 시 「猫」에서도 나타난다. 이 시는 어둠을 관찰하는 고양이의 실존성을 표현하고 있다. 여기서 "담배"를 피우는 행위는 "슬픈 歷史의 浪費"를 지각하는 행위이다. 현실을 "떼드마스크를 쓴 深夜의 物象들"로 지각하는 화자에게 담배를 피

40 콘스탄티 클라센, 「향기를 따라서—중세에서 현대까지」, 95쪽.

우는 행위는 죽음의 현실에 대한 반성적 성찰과 자기정화의 시간을 인식하는 노력이다. 훈증과 정화의 수단, 즉 심리적인 안정과 정신적 의지력을 통해서 사회와 개인의 실존성이 재생하기를 바라는 것이다.

그리고 향의 기능을 정서적 긍정성으로 이념화한 것이 유창선의 시라 할 수 있다.

> 마돈나, 이렇듯 그윽한 黃昏의香氣가 살아지기전에
> 빨리 우리들의 마음동산 높은등대에도 불을부칩시다.
>
> 숲을에 들리는 가마귀울음도 평화롭게들리고
> 길손이 곤한다리를 샘물가에쉬며 故園의노래를생각하는때,
> 애기들이 어머니품에서 자장노래를 꿈결속에듣는때,
> 이때야말로 우리의마음동산에 피는 靈魂의꽃이
> 참된香氣를 피이는때입니다.
>
> 마돈나, 黃昏은 영혼의띠끌을 씨처주는香水-
> 自然과 人生의 아름답게調和된 피리소래입니다.
> 造物은 밤과낮의 明暗이있기전의
> 에덴의 복욱한꿈을 人生에게 맛보이시며
> 이렇게 날마다 黃昏의 엷은 이불을
> 꿈노래로 고요히 덮어주는것이아닙니까.
>
> — 유창선, 「黃昏」 부분[41]

인용 시에서도 향기는 시적 화자에게 긍정적인 정서를 불러일으키고

---

41 『新撰詩人集』, 앞의 책, 96~98쪽.

있다. 향기는 우리의 감각 중에서도 가장 다루기 힘들고 신비스러운 후각과 관련되어 있기 때문에 강렬한 감정이나 특별한 경험의 원천이 될 수 있다. 최악으로부터 신성함에 이르기까지, 향은 우리의 욕망과 열정을 자극하고, 개발되지 않은 감성의 영역과 잃어버린 기억 속의 낙원으로 우리를 이끈다.[42)]

유창선의 "향수"가 가진 치유적 기능도 이와 유사하다. 인간에게 "황혼"은 인생의 마무리 단계이다. 생의 잣대로 볼 때 이 시기는 희망을 갖기보다는 우울과 체념의 시기라 할 수 있다. 이러한 시기에 "향수"의 정화는 "영혼의 티끌"을 씻어주고 "자연과 인생"의 "조화된 피리소리"을 들을 수 있게 하는 심미적 요소가 되고 있다. 시적 화자의 내면을 긍정적인 정서로 바꾸어놓은 것이다.

향기는 인간의 감성을 자극하는 가장 중요한 요소로, 자란 환경에서 맡은 냄새의 기억은 성격 형성에 영향을 미친다. 살아 있는 것들에게는 그 특유의 냄새가 존재하기에, 내면에서 미의식으로 지각되는 향은 모든 것을 살아 있게 만든다. 과거의 기억을 현실화시키며, 죽어 있는 것에 생명을 불어넣는다. 특히 향수는 기대되는 냄새와는 다른 효과를 일으키는 복합적인 메시지를 갖고 있다. 향의 기능과 특유한 문화의 산물로 그 가치를 창조한다. 향수는 때로 의식적인 통제를 벗어나 무의식적 영역에서 사용된다. 무의식적 목적의 향수 사용은 타인의 감각을 혼란시켜 사회질서를 혼란에 빠뜨리기도 한다. 그래서 어떤 때는 향수가 가진 미적 가치는 의식의 불안뿐 아니라, 무의식적 불안까지 치유해주는 역할을 한다.

---

42 송인갑, 앞의 책, 19쪽, 141쪽.

유창선은 죽음을 눈앞에 두고 있는 민족의 절망을 향수가 가진 치유 기능을 가지고 회복하고자 한다. 시원적인 에너지가 넘치는 "에덴"의 꿈을 심어주려고 한다.

이렇듯 훈증과 향기의 이념화는 당대 현실의 반성적 성찰인 동시에 심리적 불안을 나타낸 것이라 할 수 있다. 밀턴 잉거에 의하면 '문화충격(culure shock)'을 받은 집단의 반응은 인격적 탈도덕화와 전통의 재수용 또는 침입문화에 대한 공격이나 문화변용 그리고 동화 등[43]으로 나타난다고 한다. 치유 기능을 미적 가치로 삼는 냄새의 이념화는 일본의 문화적 억압과 통제로 인한 민족적 인격의 탈도덕화를 방지하려는 것이라 할 수 있다.

2) 죽음과 신생의 이중성과 주검 냄새

죽음을 제의화하지 않는 문화는 지구상 어느 곳에서도 존재하지 않을 것이다. 다양한 이유에서 냄새는 장례 의식의 본질적인 요소가 된다. 시신에서 나는 냄새는 육신의 명(命)이 최후에 이르렀다는 것을 알리는 강력한 신호이다. 이는 삶과 죽음에 관한 문화적 담론의 토대가 된다. 죽음을 둘러싼 후각적 관습과 관념들은 죽음이라는 무질서로부터 문화적 질서를 만들어 내려는 다양한 방식의 노력을 보여준다. 다수의 문화권에서 송장의 냄새가 죽음과 동일시되는 반면, 생명과도 동일시된다. 육신이 부패 과정을 통해 그 모든 생명의 악취를 방출하고 나면, 영혼은 향기로

---

43 밀턴 잉거, 『종교사회학』, 한완상 역, 현대신서, 1981, 41쪽 참조.

운 바람이 된다는 것이다.[44)]

시에서 죽음에 대한 후각적 지각도 신생과 소멸이라는 이중적 사고로 이념화된다. 감각적 차원에서 죽음의 냄새에 대한 의례들은 탄생과 죽음이라는 생물학적인 세대성을 통해서 형성된 문화적 형성물이다. 이러한 문화적 형성물들은 개개의 문화권을 바탕으로 토착성을 띠기 때문에 식민지 문화에 대응하는 전통적 도피 메커니즘이 될 수 있다. 민족에게 전승되어오는 제의적 냄새를 통해서 문화의 혼종적 가치를 극복하고자 한 것이 아래 시들이다.

죽음에 관한 인식이 개인의 차원에서 지각되는 경우에는 그 이중성이 더 극명하다 할 수 있다. 이것은 어떤 면에서 사회적으로는 기대할 수 없는 공동체의 귀속감을 개인적 차원에서 찾으려고 한 것일 것이다. 노천명「輓歌」가 존재의 소멸을 또 다른 생명성으로 지각하고 있는 시이다.

> 모퉁이 藥局집 새장의 라빈도 우는데…
> 이거리로 오늘은 喪轝가 한채 지나갑니다
>
> 搖鈴을 흔들며 조용이 지나는덴 낯익은 거리들…
> 嚴肅히 드리운 검은 布帳속엔
> 벌써 屍體된 그대가 냄새 납니다
>
> 그대 喪轝머리에 옛날을 記念하려
> 흰 薔薇와 百合을 가드윽이 언저

---

44 콘스탄스 클라센 · 데이비드 하위즈 · 앤소니 시노트, 「냄새의 의례」, 200~206쪽 참조.

香氣로 내 이제 그대의 추기를 고히 싸려하오

— 노천명, 「輓歌」 전문[45)]

후각적 차원에서 송장의 냄새는 이중적 의미를 갖고 있다. 심미성 차원에서 죽음의 냄새는 존재의 소멸과 새로운 존재로 전이되는 생명으로 인식된다. 노천명은 송장 냄새가 나는 그대를 통해 존재의 소멸을 지각한다. 하지만 이러한 인식은 감상이나 슬픔의 정서로 바뀌지 않고 밝은 정서로 전환된다. "薔薇와 百合"과 같은 향기의 헌화를 통해서 그대라는 존재성이 재생할 거라는 믿음을 갖는다. 노천명의 이러한 의식은 냄새의 심미성을 통해 현실의 경계를 넘어서려는 것이다. 생명의 숨결이 육신에서 영혼으로 이동하면서 현실의 죽음이 신성의 생명성으로 전이되기를 바라는 것이다. 장례 의례에서 향의 기능은 첫째로 살아 있는 사람들에게 해롭다고 간주되는 시신의 냄새를 차단하기 위한 것이다. 둘째로는 신들을 사자와 그 남은 가족들에게 우호적이 되도록 하려는 것이다. 셋째로는 사자들에게 좋은 향기를 주려는 것이다.[46)] 노천명은 사체의 냄새를 향기로 미화함으로써 절망적 현실에 생명성을 부여하고자 하는 의지를 보인다.

죽음에 대한 노천명의 인식이 극명하게 이중성을 이념화하고 있다면 이상은 죽음의 이중성에 대한 혼란을 보여준다.

---

45 노천명, 『산호림』, 자가본, 1938, 119~120쪽.

46 콘스탄스 클라센, 「고대의 향기들」, 64쪽.

꽃이보이지않는다. 꽃이香기롭다. 香氣가滿開한다. 나는거기墓穴을판다. 墓穴도보이지 않는다. 보이지않는墓穴속에나는들어앉는다.나는눕는다. 또꽃이香기롭다. 꽃은보이지않는다. 香氣가滿開한다. 나는잊어버리고再차거기墓穴을판다. 墓穴은보이지않는다. 보이지않는墓穴로나는꽃을깜빡잊어버리고들어간다. 나는정말눕는다. 아아, 꽃이또香기롭다. 보이지도않는꽃이-보이지도않는꽃이다.

— 이상, 「絶壁」 전문[47]

이상의 죽음에 대한 인식은 향기의 지각에 천착하고 있다. 그는 향기가 만개하는 지점을 "묘혈(墓穴)"을 파는 곳이라 본다. 죽음을 심미적으로 지각하는 이상은 처음에는 부패보다는 생명성에 더 근접해 있다. 하지만 사후의 재생성에 대한 믿음은 "꽃이 보이지 않는다"는 말을 통해서 알 수 있듯이 확신을 가지지 못한다. 이상은 죽음이라는 존재의 전환을 통해 어떤 희망적인 지점을 발견하고자 하지만 결과는 여전 오리무중이다. 심리적 상상의 반복은 결국 현실적 생명성은 '가능하지 않다'로 귀결된다.

이러한 시적 전개는 이상의 현실에 대한 인식이라 할 수 있다. 이상은 우리 민족이 새로운 존재로 거듭나기를 바라지만, 그럴 희망이 없다는 것으로 결론을 짓는다. "絶壁"이라는 제목이 암시하듯 이상이 지각하는 1930년대의 현실은 극한상황에 처해 있다는 뜻일 것이다.

이런 이상의 인식과는 달리 박두진은 「墓地頌」에서 죽음을 향기로운 유토피아로 보고 있다.

47 이승훈 편, 『이상문학전집 1』, 80쪽.

北邙이래도 금잔디 기름진 데 동그만 무덤들 외롭지 않으이
무덤 속 어둠에 하이얀 촉루가 빛나리 향기로운 주검의 내도 풍기리
살아서 섧던 주검 죽었으매 이내 안 서럽고, 언제 무덤 속 화안히 비춰 줄 그런 태양만이 그리우리
금잔디 사이 할미꽃도 피었고, 삐이 삐이 배, 뱃종! 뱃종! 멧새들도 우는데, 봄볕 포근한 무덤에 주검들이 누웠네

— 박두진, 「墓地頌」 전문[48]

후각적 차원에서 내면의 진정성은 세계를 우주적 질서로 지각하는 경향이 많다. 박두진의 후각적 지각 또한 이러한 질서 속에 있다. 박두진은 "무덤 속"의 "향기로운 주검의 내"를 맡는다. 무덤은 향기로운 공간으로 인식되는 순간 매혹적이고 아름다운 공간이 된다. 그런데 이러한 인식은 "살아서 섧던 주검", 즉 살아서 고통을 받던 사람의 몸이라고 할 때 신체는 이중적 역설을 갖게 된다. 고통받는 현실의 삶은 죽음이고 고통 없는 죽음 이후의 세계는 "태양"을 기다리는 희망적 시간이라는 것이다. 이러한 역설적 의미의 유토피아는 박두진이 죽음을 진정한 유토피아로 생각하기보다는 현실의 어려움을 강조하기 위한 것이라 보아진다. 그래서 무덤의 꽃향기와 멧새들, 후각과 청각이 어우러지면서 죽음을 찬양할수록 내면의 슬픔은 오히려 배가된다.

이러한 박두진의 후각적 인식은 죽음의 의미가 가진 영원불멸성, 즉 생명의 재생성에 기댄 것이다. 이것은 어떤 면에서 기독교적인 영생을 의미

48 박두진 외, 앞의 책, 59쪽(『文章』 제5호, 1939. 6).

한다. 김승희가 그의 시에 나오는 자연의 공간을 지배자와 피지배자의 대립구도를 넘어선 메시아적 재림의 공간으로 해석한 것은 그가 기독교인이기 때문이다.[49] 박두진의 죽음 의식에는 기독교적 종말 의식과 구원 의식이 내포되어 있다고 할 수 있다. 죽음에 대한 재생 의미가 무엇이든 간에 이것은 죽음의 두려움을 극복하려는 인류의 원형적 무의식과 연결되어 있다.

후설은 영생과 같은 영혼적인 지각은 체험의 흐름을 통해서 축적된다고 본다.[50] 인간에게 장례 의식은 가장 신성한 문화적 형성물 중 하나이다. 이 의식에는 인간이 삶을 의식적으로 연장시키려는 연결 고리로서의 의미가 내재되어 있다. 사체에 향료를 뿌리고 꽃을 봉헌하여 향기를 풍김으로써 죽음을 의식적으로 미화하는 것이다. 죽음을 심미적으로 인식하는 것은 사후 세계를 희망으로 보려는 의도이다. 한 개인의 감각적 두려움에서 의식화된 인류의 체험들이 세대성을 가지면서 영원불멸성이라는 사후 세계의 의미로 원형화된 것이다. 신생과 소멸이라는 죽음의 이중적 사고는 새로운 존재로 거듭나고자 하는 민족의 갈망이자, 죽음이 주는 무질서적인 순환성을 통해 현재를 극복하고자 하는 의지의 이념화이다.

3) 현실 구원의 갈망과 제향 냄새

인간은 해결할 수 없는 문제가 생길 때 어떤 초월적인 힘에 기댄다. 일

---

49 김승희, 「청록집과 탈식민지화의 저항」, 『한국문학이론과 비평』 제33집, 한국문학이론과 비평학회, 2008, 164, 177쪽.

50 에드문트 후설, 『순수현상학과 현상학적 철학의 이념들 2』, 135쪽.

본의 식민지 정책이 조선의 사회를 해체할 지경에 이르렀다면, 우리 민족은 정신적으로나마 기댈 어떤 힘이 필요해진다. 일본의 통제를 피해 어떤 사람은 탈도덕화의 심리 속으로 도피하고, 또 다른 이는 일본에 동화되어가는 상황에서, 전통 문화를 환기하는 의식은 민족적 귀속감을 재생하는 데 아주 유효한 것이다.

이러한 것에 관한 시인들의 지각이 현실 구원을 갈망하는 제향 냄새라 할 수 있다. 구성원끼리 같은 향을 공유하고 냄새를 맡는다는 것은 의식에 참석한 자들 사이의 일체감을 형성한다. 향을 통한 공동체의 결속력은 우리 민족이 건국 초기부터 행해온 일이다.[51] 이런 후각 의식 또한 문화적 형성물을 통해 전승되는 한 집단의 의식과 인류의 보편적인 종교의식인 원형에 근거해 있다. 후각적 의례가 오랜 세월을 지나는 동안 집단적 무의식과 집단 이데올로기로 문화화된 것이다.

하지만 이런 전통적 가치도 타 문화와 접촉하면 변화된다. 타 문화의 접촉은 전통적 생활양식만을 바꾸는 게 아니라, 종교적 관념이나 신화,

---

51 『三國遺事』에 기록되어 있는 고조선 편을 보면 나라를 세운 환웅천왕(桓雄天王)은 태백산 꼭대기(지금의 묘향산)를 첫 근거지로 정했다. 우리 고유의 냄새를 연구한 송인갑은 민족의 첫 근거지가 태백산 신단수 아래라면, 그것이 제사 터만을 의미하는 것은 아니라고 한다. 『帝王韻紀』에는 단(壇)이 단(檀)으로 쓰인 것으로 보아, 단(壇)과 단(檀)은 하나의 의미로서, 박달나무인 자단, 백단의 향나무를 말하며, 단향(檀香)을 뜻한다. 그렇다면 단군왕검이나 그가 사용한 단궁(檀弓)은 모두 향나무에서 나온 것으로, 당연히 우리 민족의 시작 터인 묘향산(妙香山)은 향나무의 향기에 뒤덮여 있었을 거라고 한다. 특히 환웅이 사람이 되기를 기원하는 곰과 호랑이에게 준 쑥과 마늘 냄새는 세대 전승되어 현재까지도 우리 민족을 표상할 수 있는 냄새로 남아 있다. 송인갑, 앞의 책, 147쪽.

의례나 접신술 등 전통이 가진 정신적 가치까지 변화시킨다.[52] 1930년대 시인들이 제향 냄새를 식민지 문화의 대응체로 삼은 것도 이 때문이라 할 수 있다. 박용철 또한 후각적 제의를 통해 민족적 문화의 주체성을 찾으려고 한 시인 중의 한 사람이다.

> 맑게틘 옥향로에 귀한향을 사루나니
> 한줄 푸른연기 하날로 오릅니다
> 내마음 또한그윽히 찾어한분 뵙니다.(그대)
>
> 애끼는 몸과맘을 애낌없이 내맡기는
> 믿는이 곻은뜻을 맏드는맘 떨리나니
> 얼골로 어엽비보든맘 붓그러워 집내다.
>
> — 박용철, 「玉香爐」 부분[53]

인용 시를 보면 시적 화자는 "옥향로"에 향을 피워서 어떤 절대자와 소통하고자 한다. 향의 봉헌을 향화(香火), 즉 향불이라 한다. 예로부터 향(香)은 제사나 의식에도 사용되었지만, 삶의 안녕과 복을 빌고, 어떤 초월적인 현상을 상징하는 데에도 사용되었다.[54] 예로부터 우리 민족은 향기가 가진 영혼과 철학을 정신적 가치로 삼았다. 박용철 또한 제의적 기능을 통해서, 현실의 어려움을 해결하는 절대자가 등장하기를 원한다.

일반적으로 제의성을 가진 신화는 감각적 증거를 통해 쉽게 증명할 수

---

52 미르치아 엘리아데, 앞의 책, 31쪽.

53 박용철, 앞의 책, 140~141쪽.

54 일연, 『삼국유사』, 최호 역해, 홍익신서, 1993, 216~218쪽 참조.

있는 것은 아니지만,[55] 집단 구성원 간의 기억을 통해서 형성된 귀속감의 표상이다. 이 귀속감은 향의 심미성이 갖는 '낙관적 사고'에 근거해 있다. 이 귀속감은 현실에서뿐만 아니라, 세속을 초월하는 의식으로까지 확산되어 있기 때문에 존재의 과거와 현재, 미래까지도 포괄하고 있다. 향이 의미하는 시간과 공간의 포괄성은 조상이나 종교적 봉헌에 향을 사용할 때 더욱 명확하게 나타난다. 대체적으로 제의에서 냄새는 신성의 중심부에서 행해진다. 신의 제단에 향기를 봉헌하는 행위는 희망과 공포, 즉 신의 인정과 도움을 향한 욕망, 신의 거부와 부상에 대한 두려움, 사회적 · 신체적 한계에 대한 염려 등을 표현하고 재현하는 것이다.[56]

이런 맥락에서 박용철의 초인은 하이데거가 말하는 어려운 현실을 해결해줄 재림, 즉 "기다림(Harren)"의 형식[57]을 가진 메시아적 욕망을 이념화한 것이다. 신들의 냄새가 가지고 있는 불멸성을 향을 피워서 연결하여 현세의 영생을 기원한 것이다. 이러한 초인적인 존재가 유치환 시에서는 "香爐" 즉 원시적인 에너지의 충족을 갈망으로 이념화되고 있다.

쫓기인 카인처럼
저희 오오래 어두운 슬픔에 태었으되
어찌 이 환난을 즘생이 되어선들 겪어나지못하료.
저 머언 새벽날 未開의 種族이
어느 岩上에 활과 살을 팔장에 끼고 서서

---

55 이-푸 투안, 앞의 책, 142쪽.

56 콘스탄스 클라센 · 데이비드 하위즈 · 앤소니 시노트, 「냄새의 의례」, 176쪽.

57 김재철, 「하이데거의 종교현상학」, 『철학과현상학 연구』 제17집, 한국현상학회, 2001. 6, 53쪽, 67쪽 참조.

큰악한 香爐인양, 紫雲속에 밝아오는 連巒을 우르러
念願하야, 저들의 隆盛을 盟誓하고 여기 萬年.
日月星辰은 저희와 함께 있었고
風霜은 오로지 좋은 試鍊이 되었거늘
오늘 슬아린 忍苦의 鬱血 속에 오히려 脈脈히
그 情悍 하던 저희 發祥의 거룩한 피를 記憶하고
그날 山巓에 嚠喨히 노래하던 野性의 翹望이
저희의 귀에 다시금 맹아리처럼 새로웁도다

— 유치환, 「頌歌」 부분[58]

유치환의 「頌歌」는 제목을 그대로 풀이하면 공덕을 기리는 노래이다. 유치환은 현실의 어려움이 종교적인 기원으로 해결되기를 원한다. 그는 인간이 원죄로 인해서 환난의 짐승과 같은 실존성을 갖게 되었다고 본다. 카인은 『구약성서』 「창세기」에 등장하는 아담과 이브의 장자이다. 농부인 카인은 자신이 바친 보리의 첫 수확물이 가납(嘉納)되지 않고, 동생 아벨이 바친 제물만 가납된 것을 질투하여 동생을 살해한다. 신의 저주를 받은 카인은 이마에 낙인을 찍히고 에덴의 동쪽 노드 땅에 산다(4장 16절) 최초의 살인자로 불리는 카인의 죄가 인간에게 내재되어 있다고 본다. 그는 인간이 가진 악마성이나 환난의 짐승과 같은 실존으로부터 벗어나기 위해서 피가 정화되어야 한다고 본다. 유치환은 어떠한 문명이나 문화도 갖지 않은 순수한 "미개의 종족"을 "香爐"로 은유하고 있다. 이는 곧 어떠한 역사나 인격이 개입되지 않은 순수한 인간성만이 현실적

58 유치환, 『청마시초』, 청색지사, 1939, 60~61쪽.

어려움을 푸는 해법이라 보는 것이다. "日月星辰", 즉 해의 신과 달의 신, 한 쌍의 별의 신의 힘을 빌려 잘못된 인간의 역사를 바로 잡으려는 것이다. 범우주적 순리 속에서 인간이 다시 거듭나기를 바라는 것이다.

유치환이 갈망하는 "거룩한 피"는 원시적 본능과 사회적 본능을 동시에 일으키는 후각적 지각이다. 이것은 종교적 측면에서 '순수한 정신'을 상기시키는, 훼손되지 않은 민족의 정신을 표상한다. 따라서 후각적 민족으로 환기되는 인간의 순수성은, 현실에서 정화해야 할 문명이나 문화를 말한다고 할 수 있다.

제향 냄새가 가지는 이런 종교적 표상은 어떤 면에서 샤머니즘적인 요소를 가지고 있다. 고통의 체험을 통해서 제단에 향불을 피우는 김용호의 시가 그렇다고 할 수 있다.

> 굶주리고 헐벗은 내 청춘이
> 이윽고 막다른 골목에서 피를 토하면
> 나는 서슴지 않고 臨終을 불러
> 생명의 제단 위에 향불을 피우리니
>
> 호젓한 주검이 이끄는 성문 위에
> 영혼의 세례를 알으키는 종소리
>
> 내 눈은 빛나는
> 하늘의 아들이였거니
> 다시 돌아가
> 귀여운 재수ㅅ덩이 샛별이 될터이고
>
> 내 귀는 밤마다 벌어지는 장엄한 노래를 들으려

향긋한 森林에서

토기의 習性을 배우리니

— 김용호, 「無題」 부분[59]

이 시는 김용호가 1935년 『시원』에 발표한 것이다. 김용호의 제의적 향불은 순환론적인 관점의 세계에서 신생하는 지점을 이념화한다. "막다른 골목에서 피를 토"한 후 제단에 향불을 피우는 행위는 영매에 들기 전의 상태를 후각적으로 표상한 것이다. 샤머니즘 세계에서는 영매에 들기 위해서는 고문이나 약물 주입 그리고 매질 등의 제의적 죽음을 체험하기도 하지만, 후각적 환각을 통해서 우주적 질서를 경험하기도 한다.[60] 이때 영매자가 경험한 우주적 질서는 세속으로 돌아왔을 때 집단을 위해서 사용해야 할 의무가 있다. 따라서 김용호 시에서의 향불은 일종의 후각적 주술이다. 종교적 체계는 다르지만 주술의 체계는 그 원리와 실천이 모든 시대, 모든 장소에서 똑같기 때문이다.[61]

이렇듯 김용호가 "臨終을 불러" "생명의 제단 위에 향불을 피"우는 것은 샤머니즘적 요소를 통해서 현실을 극복하고자 하는 것이다. 이러한 후각적 주술은 "영혼의 세례" 즉 영혼의 순수성을 회복하는 과정이기도 하다. 그가 신생의 세계를 획득하기 위해 "향긋한 森林"이나 "토기의 習性" 같은 "자연 체계의 원시적 복원을 통해서"[62] 현실을 회복하려는 것도

---

59 김용호, 『김용호 시전집』, 대광문화사, 1983, 43~44쪽.

60 미르치아 엘리아데, 『샤머니즘』, 이윤기 역, 까치, 2007, 52~53쪽, 96쪽 참조.

61 제임스 조지 프레이저, 『황금가지』, 이용대 역, 한겨레출판(주), 2006, 113쪽.

62 남송우, 「문학 속에 나타난 생명지역주의의 한 모습」, 『문학과환경』 통권 3, 문학과환경학회, 2004. 10, 9쪽.

이 때문이다. 자연 체계의 복원이란 자연 생태계의 활성을 유지하여 모든 것이 지탱 가능하도록 하는 것이다. 이것은 곧 현재의 죽음은 자연의 정화력으로 인해서 언젠가는 신생할 거라는 믿음을 바탕으로 한다.

어떤 면에서 김용호의 시에서 신생의 의미는 생태학적 상상력을 바탕으로 하고 있다. 어떤 자연적인 힘을 통해서 공생을 하고 스스로 회복하기를 바라는 것이다. 물질에 집착하는 인간의 탐욕과 이기심을 버리고 영혼의 순수성을 회복하면 "하늘"과 "森林"과 "바다" 등의 자연이 가지는 정화력이 현실을 구원해줄 거라는 믿음을 갖고 있다. 따라서 생명의 제단 위에 피우는 향불은 자연적, 우주적 섭리에 대한 믿음이라 할 수 있다.

앞의 세 시인이 이념화한 향불은 신이 가진 창조적인 힘을 빌려 현실을 극복하려는 메시아적 욕망의 이념화라고 할 수 있다. 어떤 절대적 존재자를 기다리는 이 욕망은 어려운 현실은 물러가고, 이상 사회의 도래가 가까워지기를 바라는 후각적 갈망이다. 그것이 가시적이든 비가시적인 존재든 간에 신과 같은 영감을 얻어서, 신의 창조적인 의욕을 충족하고, 그들이 가진 영생의 힘을 빌려 어려운 현실을 극복하고자 하는 내면적 갈망을 냄새의 심미성을 통해 드러낸 것이다.

3. 무취 문화(無臭文化)의 비판과 후각의 환상성

후각적 이데올로기에서 이상적인 사회는 주로 두 가지로 나타난다. 악취가 제거된 무취 사회를 지향하거나 환각 냄새로 비가시적인 세계를 지향하는 것이다. 이 두 측면은 심리적 현실을 지향한다는 점에서 모두 현실 부정을 뜻한다. 후각적 관점에서 이런 비현실적 세계에는 냄새의 특성이나 차이로 인한 개체 간의 변별이나 집단의 경계는 없다. 개체의 특성을 알 수 없는 후각적 세계에서는 모든 존재가 평등할 뿐 아니라, 정신적 가치관도 자유롭다. 이런 측면에서 이 세계의 지향은 후각적 유토피아의 일종이다. 이런 유토피아는 현실을 떠나 있는 상상적인 곳이며, 정치적으로나 사회적으로 완전한 곳이다. 따라서 시에서 비가시적인 세계를 지향하는 것은 기존 사회에 대한 비판일 뿐 아니라, 질서에 대한 도전을 의미하는 것이다.[63]서구 근대사회에서 냄새를 통제의 목적으로 삼는 무취 문화의 지향성은 유토피아 사회의 한 특성으로 언급되기도 하지만 무취 문화는 환경만 청결하게 개선하는 게 아니라, 인간의 감정, 즉 존재성까지 바꾼다. 자연적인 냄새의 소멸은 인간성 상실로 이어진다.

식민지 근대사회에서 무취 문화의 지향성은 근대적 여러 문제들과 관련이 있기는 하지만 민족의 정신적 가치를 변화시키려는 일본의 지배 이데올로기와 관련이 있다. 당시 냄새의 통제는 민족의 특성을 없애는 차원에서 이루어졌기 때문에 당대의 후각적 감각에 예민한 시인들이 이를 비판하고 나선 것이다.[64] 무취적 현상으로 나아가는 식민 소비문화가 조선적 특성을 없애는 일본의 지배 이데올로기라는 걸 시인들이 간파한 것

---

63 임철규, 『왜 유토피아인가』, 민음사, 1995, 12~13쪽.

64 C. Flora and J. Flora(1978), *Fotonovela as a Tool for Class and Cultural Domination*, Latin American Perspectives, Vol. 5(2), pp.134~50(존 톰린슨, 앞의 책, 189쪽 재인용).

이다. 그런 점에서 시에서 문화적 가치의 상실과 혼종화를 나타내는 냄새의 심미성은 그것에 대한 거부와 저항의 의지이다.

1) 식민 소비문화의 비판과 무취 냄새

Ⅲ장에서 언급한 김기림의 「옥상정원(屋上庭園)」은 근대 도시인이 추구하고 있는 인공 낙원을 비판하고, 그들의 문화가 어떻게 소외 계층을 만드는지를 구체적으로 보여준 시이다. 이 시에서처럼 1930년대에 문화적 특권을 누릴 수 있는 계층은 소수의 봉건 지주나 일본인이었다. 근대 자본주의 문화는 조선의 특권층에게 또 다른 계급적 지위를 부여하면서 민중과의 괴리를 조장했다고 할 수 있다. 식민지 근대화가 제공한 소비문화는 일반 민중이 결코 다다를 수 없는 영역이었다. 이 또한 민중에게는 충족할 수 없는 허상의 이미지이자 문화적 권력자로 존재할 뿐이었다. 그런 점에서 식민지 소비문화가 지향하는 무취 현상은 시인들에게 비판의 대상이 될 수밖에 없었다. 근대 도시의 무취 냄새는 곧 물질문명과 인간성 상실을 말하는 것이며, 조선적 가치의 상실이라 말할 수 있기 때문이다.

이와 관련해서 이상은 근대 도시가 가진 무취 문화를 이념화하여, 인간성이 상실된 삶의 가치를 비판한다.

> 人民이 퍽죽은모양인데 거의 亡骸를남기지않았다. 悽慘한砲火가 은근히 濕氣를부른다. 그런다음에는 世上것이發芽치않는다.그러고夜陰에夜陰이繼續된다
> 猴는 드디어 깊은 睡眠에 빠졌다 空氣는乳白으로化粧되고

나는?

사람의屍體를밟고집으로돌아오는길에皮膚面에털이솟았다. 멀리 내뒤에서내讀書소리가들려왔다.

…(중략)…

市廳은法典을감추고散亂한處分을 拒絕하였다.
〈콩크리-트〉田園에는草根木皮도없다 物體의陰影에生理가없다.

— 이상, 「破帖」 부분[65]

이상의 시 제목 「破帖」은 깨어져 못 쓰게 된 기록부라는 의미를 갖고 있다. 이상은 해체성을 가진 근대 도시의 역사성을 이런 제목에 빗대어 풍자하고 있다. 이상은 문화적 접변자로서의 지식인이나 사회의 중심부들(이 시에서 "후(猴)"로 지칭)을 남을 흉내 내는 원숭이처럼 이미 문화적으로 동화되어 침묵을 지키고 있는 자들이라 비판하고 있다. 이상은 후각적 차원에서 자본주의를 "空氣"를 "乳白으로 化粧"것으로 알레고리화하고 있다. 젖의 빛깔로 하얗게 화장을 하는 것은 "〈콩크리트〉 田園"과 같은 말이다. 이는 곧 근대 도시가 지향하는 물질문명, 즉 자연의 냄새를 없애고 인공적인 도시를 건설해나가는 사회를 후각적으로 비판한 것이다. 자연적 냄새의 상실은 무취적 현상이다. 자연스런 공기의 소멸로 인해서 도시는 "사람의屍體"가 넘쳐나고 있는데도 "市廳은 法典을 감추고" 외면하고 있다. 이상은 무취 사회를 초근목피가 없는 "〈콩크리트〉田園"이라

65 이승훈 편, 『이상문학전집 1』, 205~207쪽.

비판하고 있는 것이다. 그런 이유에서 이상이 지각하는 근대 도시는 "物體의 陰影에 生理가 없"는 세계로 빛이 들지 않는 어둠의 세계이다. 이상은 무취 문화의 지향성을 자연의 죽음으로 지각하고 있는 것이다.

아래 이상의 또 다른 시들은 무취 문화가 지향하는 세계의 결과가 어떤 것인지를 보여준다.

6

模型心臟에서붉은잉크가엎질러졌다. 내가遲刻한내꿈에서나는極刑을받았다. 내꿈을支配하는者는내가아니다. 握手할수조차없는두사람을封鎖한巨大한罪가있다.

— 이상, 「詩第十五號」 부분[66]

웃음소리가요란하게나더니自嘲하는表情위에毒한잉크가끼얹힌다. 기침은思念위에 그냥주저앉아서떠든다. 기가탁막힌다.

— 이상, 「行路」 부분[67]

봄은 오월 화원시장을 나는 獚을 동반하여 걷고 있었다 완상화초종자를 사기 위하여……

獚의 날카로운 후각은 파종후의 성적을 소상히 예언했다 진열된 온갖 종자는 불발아의 불량품이었다.

허나 獚의 후각에 합격된 것이 꼭 하나 있었다 그것은 대리석 모조인 종자 모형이었다

나는 獚의 후각을 믿고 이를 마당귀에 묻었다 물론 또 하나의 불

66 이승훈 편, 앞의 책, 48쪽.

67 위의 책, 63쪽.

량품도 함께 시험적 태도로

— 이상, 「獚의 記 작품제2번」 부분[68]

들여다 보아도 들여다 보아도
조용한 世上이 맑기만 하고
코로는 疲勞한 香氣가 오지 않는다.

— 이상, 「明鏡」 부분[69]

무취 문화를 지향하는 세계의 미래가 「詩第十五號」에서 "붉은 잉크가 엎질러"지는 "模型心臟"으로 함축된다. 자연의 냄새를 상실한 세계는 그것이 생명이든 비생명이든 간에 인위적으로 숨을 쉬게 하는 "模型心臟"을 가진 존재로 표상되고 있다. 자연의 냄새를 상실한 세계는 인공적인 생명성을 지향하는 사회라는 것이다. 이들은 자신의 꿈조차 자신의 지각하에서 꾸는 게 아니라 누군가의 지배에 의해 통제받고 있다. 이것은 현실적 자아와 이상적 자아와의 괴리가 되는 원인이기도 하지만 감각적 차원에서 이것은 자연적 존재와 문화적 존재의 충돌이다. 인간의 사회화가 자연의 순리대로 의식화되는 게 아니라, 자본주의가 조종하는 물질화의 순리대로 의식화되는 것이다.

이상이 근대 도시인의 "自嘲하는 表情 위에 毒한 잉크"(「行路」)를 끼얹는 것도, "후각에 합격된 것이" "대리석 모조인 종자 모형"(「獚의 記 작품제2번」) 하나뿐이라고 말하는 것도 물질화의 순리대로 의식화된 인간을 비판하고 조롱하는 것이다. 자연의 분주한 생명력과 존재감을 표지하는

68 이상, 『한국현대시인선—이상 시집』, 동하, 1991, 99쪽.
69 이승훈 편, 앞의 책, 72쪽.

"疲勞한 香氣가"(「明鏡」) 이런 세계에서 지각되지 않는 것도 자본주의 문화가 만든 인위적인 질서 때문이라 할 수 있다.

이렇게 이상이 자본주의 문화를 비판적으로 보는 것은 문명의 발전이나 악취의 야만이나 다름없다는 의식에 있다. 문명의 발전은 도덕적 공허함 때문에 혐오감을 주고, 야만의 악취는 추악함 때문에 혐오감을 준다.[70] 이상은 무취 사회의 공허함이 악취 사회의 야만과 동일하다고 본다. 감각적 차원에서 이것은 둘 다 비인간화의 지향이기 때문이다.

자본주의 문화는 물질로 인간의 감성을 말살한다. 물질적인 궁핍은 감성을 둔하게 하고, 분업화된 자본주의적 구조는 형식화된 사고를 구축하여, 감성을 타성적으로 만들어나간다. 마르크스는 인간의 감성이 역사와 사회 속에서 만들어진다고 한다. 문명인의 무생물화는 결국 역사와 사회의 무생물화로 이어질 위험이 있다. 맥루언의 말대로 과학과 기술의 발달로 인한 지각 세계의 인공화가 '감각 마비'와 '감각 폐쇄'[71]를 초래한 것처럼 말이다. 자본주의 문명과 문화가 자연적 감각의 의식화를 저해하고, 무의식을 통제하고 있는 것이다. 문화적 존재로서의 욕구만 발달하게 되어 자연적인 능력은 상실하게 되는 것이다.

이런 일본식 자본주의 감성의 주입은 조선적 특성과 감성을 말살하고, 우리 민족 스스로가 감각적으로 일본화를 지향하게 만드는 것이다. 그런 점에서 일본이 제공하는 자본주의 문화의 편리성과 혜택은 당대 시인들

---

70 콘스탄스 클라센 · 데이비드 하위즈 · 앤소니 시노트, 「냄새와 권력—냄새의 정치」, 236쪽.

71 나카무라 유지로, 앞의 책, 157쪽 참조.

이 결코 간과할 수 없는 문제였다 할 수 있다.

2) 현실도피의 추구와 환각 냄새

식민지 소비문화의 지향성이 스스로 일본화되어가는 현상이면 환각적 물질로 현실도피를 추구하는 냄새는 이런 세계에 대한 거부라고 할 수 있다. 거듭 말하지만 식민지 소비문화는 하층 계급이 향유할 수 있는 문화는 아니었다. 이런 현실에 대한 괴리감을 쉽게 해소하고, 거부하며, 도피할 수 있는 수단이 환각 물질이다. 그런 점에서 환상성을 추구하는 냄새는 문화의 혼종적 갈등을 또 다른 측면에서 이념화한 것이다.

일반적으로 후각적 환상성은 사고의 제도화에 저항하는 수단이라는 점에서 기존 질서에 대한 도전을 의미한다. 앙리 미송은 환각을 본질적인 존재를 찾기 위한 메커니즘으로 본다. 환각은 정신적 권위에 대한 불경한 도전, 사회적 금기에 대한 반항, 인간 조건의 존엄성에 대한 혁명의 차원이라 본다. 이러한 환각의 의미는 제도화된 사회의 사고가 본래의 본성을 제어한다는 데서 기인한 것이다. 사고가 고착화되어서 의도적으로 혹은 관습적으로 사고의 본질을 제한해버리는 것에 대한 저항이다.[72]

시의 후각 이미지에서 보이는 환각 냄새는 이러한 맥락에서 이해될 수 있다. 식민지 질서에 순응하지 않겠다는 시인들의 의지를 후각적으로 이념화한 것이다. 아래 이찬과 정지용 시는 후각적 이상향을 통해서 현재

---

72 우찬제, 「후각 환각, 그 감각의 탈주」, 『문화과사회』 제21권 제3호, 2008. 8, 227쪽, 232쪽 참조.

의 문화적 질서를 거부하고 있다.

내마음 울울할 때ㄴ
휘ㅅ바람 불며 불며 더듬어 가고 싶다
멀-ㄹ니 赤道의 中心 熱帶의 그 나라로-

바람도 잠자는 오렌지ㅅ빛 하늘 밑
늘어진 椰子樹 조으는 그늘 속에
가림없는 알몸둥이ㄹ 거림낌없이 내던지고
빠나나 · 코코아 · 올니브 · 파인애플의 훈훈한 향기에 싸혀
그으-ㄱ한 無我의 꿈을 맺어보고 싶다.

아 페플色 黃色이 蒼白한 달밤을 갖어오면
多恨한 슬라이 · 키-타 미끄러지는 음율에 젖어
깜둥이 게집아이의 뜨거운 헤ㅅ바닥을 핥으며
자즈러지는 포옹과 미칠듯한 춤으로
맘껏 내 靑春을 불태워보고 싶다

아하 내 마음 울울할 때
휘ㅅ바람 불며 불며 더듬어 가고픈 곳
머언-熱帶의 나라
그리운 그리운 地域이여.

— 이찬, 「그리운 地域」 전문[73)]

이찬은 후각 이미지가 갖는 ‘원환상(Urphantasien)’을 통해서 문화화되

---

73 이찬, 『분향』, 한성도서주식회사, 1938, 303~304쪽(1938. 7).

지 않은 인간의 순수성을 이념화한다. 프로이트에 따르면 '원환상'은 개인의 경험과는 상관없이 조직되는 환상으로서 모든 사람들에게 보편적일 뿐만 아니라, 계통발생적으로 전해지는 유산이다. 그것은 어떤 기원에 관한 본능적인 의문과 연결되어 있으며, 그것은 시간과 공간을 뛰어넘는 인류의 원형과 관련이 있다.[74)]

이찬은 에덴동산과 같은 낙원 원형을 현실을 도피하는 미적 가치로 삼는다. 인류의 정신적인 핵인 낙원 의식은 미래에 놓여 있는 게 아니라, 현재와 함께 자라고 있는 태고의 역설적 과거, 즉 '영원한 현재'라 할 수 있다.[75)] 심미적 차원에서 이찬은 과일 향기가 지니고 있는 긍정성을 통해 현실을 고통이 없는 곳으로 정화하고자 한다. 이찬이 "빠나나 · 코코아 · 올니브 · 파인애플의 훈훈한 향기"로 표상하는 후각적 이상향은 영원한 안식처의 표상이다. 그가 에덴동산과 같은 이상향에서 구현하고 싶은 것은 "無我의 꿈"이다. "無我"란 '나를 소유하지 않은 것'인데, 이것은 어떤 세계도 영구불변하지 않다고 보는 것으로, 자연적 질서의 순환론적인 관점이다. 현실도 영원하지는 않을 거라는 지각은 자연의 순리에 의해 현실이 구원될 거라는 희망으로 이어진다. 그런 면에서 이찬의 후각적 이상향은 무신론(無神論)의 입장에 있다. 그래서 문화화되지 않은 순수한 세계를 미적 지향성으로 삼은 이찬의 후각적 이상향은 현실 부정의 의미를 갖고 있다.

시를 이념화하는 양상은 다르지만, 정지용의 시 또한 후각적 이상향을

---

74 임진수, 앞의 책, 188~243쪽 참조.

75 임철규, 앞의 책, 14쪽.

통해 현실을 부정하고 있다.

石壁에는
朱砂가 찍혀 있오.
이슬 같은 물이 흐르오.
나래 붉은 새가
위태한데 앉어 따먹으오.
山葡萄 순이 지나갔오.
香그런 꽃뱀이
高原꿈에 옴치고 있오.
巨大한 죽엄 같은 莊嚴한 이마,
氣候鳥가 첫번 돌아오는 곳,
上弦달이 살어지는 곳,
쌍무지개 다리 드디는 곳,
아래서 볼때 오리옹 星座와 키가 나란하오.
나는 이제 上上峰에 섰오.
별만한 힌꽃이 하늘대오.

— 정지용, 「絶頂」 부분[76)]

정지용의 시에서 "石壁"에 위태로이 앉아 있는 "붉은 새"는 시적 화자의 존재성을 말한다. 시적 화자의 위태로운 내면 상태는 "香그런 꽃뱀이" "옴치고 있"는 "高原꿈"을 지향하는 의식으로 변주된다. 이때 "香그런 꽃뱀"은 현실에서 고통받을수록 이상향을 지향하게 되는 심리적 욕구를 말한다. "香그런"이라는 후각적 형용사가 "꽃뱀"의 실체인 이상향을 더욱

76 이승원 주해, 『원본 정지용 시집』, 깊은샘, 2007, 92~93쪽(『학생』 2권 9호, 1930. 10).

간절하게 소망하는 공간으로 만든다. 이 시에서 냄새의 상태를 말해주는 형용사가 심리적인 깊이와 넓이를 증폭시키고 있는 것이다. 현실을 도피할 수 있는 비가시적인 세계의 지각이 후각 이미지에서 기화되어 "高原꿈"으로 승화되는 것이다.

프로이트는 꿈을 억압하는 것과 억압받는 것이 서로 상충되면서 분출되는 의식이라 본다. 이것은 욕망의 움직임에 의해 일어나는 충동인데, 욕구 충족의 요청과 지각 재현의 욕구가 동시에 제기되는 심적 활동을 말한다.[77] 그런 점에서 정지용이 상상하는 "氣候鳥가 첫번 돌아오는 곳", "上弦달이 살어지는 곳", "쌍무지개 다리 드디는 곳"은 현실의 절망을 변형한 심리적 세계라고 할 수 있다. 자신이 처한 세계의 고통과 모든 문제들을 해결할 수 있는 공간, 기존의 사회를 부정하는 상상적 세계인 것이다. 이러한 후각적 이상향의 지향성은 인간 신체의 지각을 사물의 현상이 아니라, 정신의 표현이며 정신의 기관으로 보는 데 있다.[78] 따라서 정지용이 지각하고 있는 후각적 이상향은 그의 심적 특유성에 의해서 왜곡되거나 변형된 심미적 차원의 세계라 할 수 있다.

하지만 심리적 위안을 주는 비가시적 세계는 시간이 흐를수록 광기를 정당화한다. 이 정당성은 자신을 피폐하게 만들 뿐 아니라, 그가 속해 있는 사회까지 황폐화시킨다. 때문에 식민지적 이데올로기는 오히려 이런 것을 지향하고 방치하는 전략을 편다. 감각의 마비는 곧 의식화의 단절로서 저항 의식을 없애기 때문이다. 환각은 저항과 도피처로서의 긍정성

---

77 임진수, 앞의 책, 25쪽, 241쪽.

78 에드문트 후설, 『순수현상학과 현상학적 철학의 이념들 2』, 140쪽.

을 갖고 있기는 하지만, 동시에 스스로의 정체성까지 파괴시키는 위험성을 안고 있다. 이러한 현실의 반복은 욕동, 즉 욕망의 움직임이 없는 나르시시즘을 양산하게 된다. 병리적 나르시시즘은 자기 확신이 결여되어 있으며, 정직함, 품위, 가치에 대한 신념 면에서 '공적 이미지'를 관리하지 않는다.[79] 자신을 사랑하지 않고 자포자기하게 만든다.

윤곤강의 시를 보면 자신을 버리고, 맹목적으로 환각을 지향하는 병리적 나르시시즘을 볼 수 있다.

> 아편처럼
>
> 커지는 등불……
>
> 사람들은
>
> 불나비의 넋으로
>
> 불나비의 넋으로 보여든다
>
> — 윤곤강, 「茶房」 전문[80]

병리적 나르시시즘은 주체로부터 밀려난 '위성적 존재'[81]라는 자각에

---

79 오토 갠버그, 『경계선 장애와 병리적 나르시즘』, 윤순임 외 역, 학지사, 2008, 287쪽.

80 윤곤강, 『빙화』, 한성도서주식회사, 1940, 680쪽.

81 오토 캔버그, 앞의 책, 288쪽.

서 비롯된다. 인용 시에서 보이는 군상들은 불빛만 보면 맹목적으로 몰려드는 불나비같이 환각을 지향하는 사람들이다. 원래 다방은 차나 음료수를 마시면서 이야기를 하는 곳이다. 그런데 이 다방에 모여드는 사람들은 "불나비" 같은 실존성을 갖고 있다. 환각적 세계로의 지향이 저 죽을 자리인지도 모르고 희망의 불빛으로 지각한다. 이들이 지향하는 세계에서는 민족의 이데올로기 같은 것은 보이지 않는다. 죽음과 연결된 세계인데도 죽음이 갖는 신생의 의미는 보이지 않는다. 존재가 소멸해도 아무런 상관이 없을 만큼 현실이 더 절망적인 것이다. 이런 상황에서 그들은 아편이 생성해내는 상상적 세계를 통해서 현 질서 밖에 존재할지도 모를 인공 낙원을 추구할 수밖에 없다. 환각제를 섭취함으로써 생기는 공감각적인 감각, 즉 감각의 혼융 상태에서 얻어지는 경험 속에서, 현실에서 결핍되는 요소들을 충족할 수밖에 없는 것이다.

아편에 대한 맹목적인 지향성은 이찬 시에서 좀 더 구체화되어 있다.

> 음침한 방
> 캐다분한 내음새
>
> …(중략)…
>
> 담배는 먹음직히 살진 꽈꼬로 가시나 손끝에
> 알맹이　다 느러났다 알맹이졌다……
>
> 이윽고 한가픠 석냥불 끝에
> 꾸루룩 꾸루룩 길다란 설대의 괴이한 음향이여
>
> 받어물고 一分 二分

숨도 못돌리고 一分 二分

오 몽롱한 연기ㅅ속에
희미해가는 감각을 어루만지며

나는 비로소 알았노라
세상에 죽엄을 원하는 이들의 그윽한 그 마음을

— 이찬, 「阿片處」 부분[82]

시적 화자는 아편을 스스로 흡입하여 "세상에 죽음을 원하는 이들"의 심정을 경험한다. 일제의 억압과 물질문명이 생성해내는 상대적인 빈곤감, 개인과 민족의 자존감 상실 같은 것은 환각적 세계에는 존재하지 않는다. 그곳은 모든 이에게 열려 있으며, 모든 이에게 평등한 세계이다. 사회적 질서가 아닌 그들만의 세계, 우주적 본질이 가진 존재론적인 면을 보여준다. 시적 화자는 몸이 타서 죽어도 좋을 만큼 유혹적인 세계라는 것을 경험을 통해 자각한다. 그만큼 당대 사회에서 환각은 암울한 현실을 잊을 수 있게 하는 도피적 메커니즘이라는 걸 알 수 있다. 이는 곧 식민지화된 문화만이 성행하고, 민족의 정신적 가치를 지탱시켜줄 문화는 결여되었음을 의미한다.

이러한 비가시적인 세계의 추구는 개인의 의지에 의해 자유롭게 상상되는, 이념 없이 작동하는 사회의 추구라고 할 수 있다. 현실에서 주는 정신적 가치들이 그 의미를 가지지 못 할 때, 스스로 만족할 수 있는 환

82 이찬, 앞의 책, 66~67쪽(『풍림』, 1937. 2).

상적 사고 시스템인 것이다. 그러나 환상의 자유는, 자유에 대한 상상이라는 점에서 위험성을 본질로 하고 있다. 자칫하면 현실과 결별되어버리는 것이다. 이러한 환상의 지향은 정신분석학에서 두 가지로 설명된다. 하나는 욕구와 욕망의 표출이고 다른 하나는 부재와 결핍에서 요구되는 환상의 동기화이다.[83] 하지만 비가시적인 세계의 지향은 초자연적인 존재들이나 창조 신화가 구현되어 있는 모습, 사후 세계 등 시각적 세계를 넘어선 지식을 인간에게 제공해주기도 한다.[84]

이러한 비가시적 세계의 지향성이 이찬이나 조벽암, 윤곤강 등과 같은 카프 시인들에게서 많이 나타나는 것은 우연은 아니다. 앞에서도 말했지만 카프 시인들은 1930년대 이후 사회적 저항운동을 내면화하였다. 이런 시인들의 현실 부정과 저항 의식이 상상적 세계를 표상하는 냄새로 이념화된 것이다.

---

83 이창민, 「환상시론의 이론적 실제」, 『돈암어문학』 제16집 , 돈암어문학회, 2003, 46쪽.

84 콘스탄스 클라센 · 데이비드 하위즈 · 앤소니 시노트, 「냄새의 의례」, 210쪽 참조.

제6장

후각 이미지의 사회 · 문화적 의의

1930년대 시에 나타난 후각 이미지에는 당대 사회와 문화의 여러 층위의 문제들이 반영되어 있다. 후각적 관점으로 보았을 때, 이것은 인간이 가진 자연적 능력과 사회화된 환경이 동시에 작용하여 표출된 시대의식이었다. 이는 진보와 진화, 미래지향적이고 종합적인 사고력을 토대로 하는 시각이나 정신적 가치를 통해 초월적 경지를 추구하는 청각, 그리고 식사 예절을 통해 문화적 존재로 거듭나려는 미각과는 사뭇 다른 양상이다. 인간이 가진 첫 번째 감각으로서, 원초적이고 개방적이며, 직접적으로 반응하는 의식과 행동 양식을 가진 후각적 특성은, 1930년대 현실 문제들을 타 감각과는 다른 양상으로 보여준다. 시로 이념화된 후각 의미가 현실 부정이나 비판, 도피나 자기방어의 기제에서 출발되어 과거나 근원으로 퇴행했다는 것은 민족의 목소리가 허용되지 않은 현실을 잘 보여준 것이다. 이런 맥락에서 1930년대 시에 나타난 후각 이미지들은 다음과 같은 몇 가지 사회 · 문화적 의의를 갖는다.

첫째, 1930년대 시에 나타난 후각 이미지들은 한국 근대시사의 전개

과정에서 또 다른 시작의 계기를 마련하였다. 당대 사회와의 관련성을 지니는 근대적 전개에 탄력을 부여했다. 이러한 평가는 1920년대 초 우리나라에 수용된 상징주의, 낭만주의, 퇴폐주의 등의 문예사조가 주로, 감각을 통해 주제를 형성했다는 사실에서 이해될 수 있다. 당시의 문단은 김억의 상징주의 이론 소개로, 감각은 곧 음악성이라는 인식을 하고 있었다. 1920년대의 시에 예전과는 다른 후각 이미지들이 등장했는데도 그것을 주목하지 않았다. 특히 계급문학 운동을 하는 시인들이 활용한 후각 이미지의 정치적 차용은 주목할 만한 것이었다. 카프 시인들이 1930년대 중반 이후까지 꾸준히 후각 이미지를 계급 문제를 이념화하는 수단으로 사용한 것은 현실 속에서 직접 반응하는 후각적 행동성과 후각적 메타포 때문이라 할 수 있다.

그리고 카프 시만큼 아니지만 다른 경향의 시에서도 후각 이미지들이 꾸준히 보이고 있다. 이것은 식민지 근대화가 가져온 외형과는 달리 일본의 군국주의화가 가시화됨에 따라 정치와 경제, 문화 등 모든 면에서 억압과 통제에 시달려야 했던[1] 당대 현실의 영향이라 할 수 있다. 민족적 여론이 허용되지 않았던 만큼 이러한 문제들은 개인에게로 내면화되었다고 할 수 있다. 후각은 생명의 내부를 지각하는 감각이므로, 시인들이 의도했든 의도하지 않았든 1930년대 시에서 후각 이미지가 많이 나타나는 것은 이런 연유에서라고 할 수 있다.

그런 점에서 1930년대 시에 나타난 후각 이미지들은 1920년대의 연장선상에 있다. 하지만 내용 면에는 확연히 다르다고 할 수 있다. 1930년

---

1 위의 책, 82~92쪽 참조.

대의 시에 나타나는 후각 이미지의 의식은 여전히 식민지 민족의 문제를 표출하고 있긴 하지만, 계몽적 성격에서 벗어나 다양한 의식으로 확산되었다. 개인적 차원의 실존성뿐만 아니라, 식민지 정치와 근대화의 제반 문제들, 그리고 타 문화에 대응하는 가치관 등이 시적 인식으로 표출되었다는 점에서 한층 더 심화되고 발전된 양상을 보여주고 있다. 그러므로 1930년대 시에 나타나는 후각 이미지들은 우리 시사에서 현실을 지각하고 표출하는 시의 한 통로로서 중요한 역할을 했다고 할 수 있다.

둘째, 1930년대 시에 나타난 후각 이미지는 우리 민족의 실존성과 사회 현실과 문화를 직간접적으로 폭넓게 대응했다는 점에서 현실적 감각이 뛰어난 것으로 평가된다.

일반적으로 감각적 차원에서 평가되는 시들은 현실과의 대응력이 약하다는 평가를 받는다. 1930년대의 시각 중심의 모더니즘이 내용이 없는 '기교주의'의 논쟁[2]에 휘말린 것도 이와 무관하지 않을 것이다. 하지만 시각 이미지들은 현상을 다루는 근간이 된다는 점에서 어떠한 형태로든 현실에 대응하고 있다고 보아진다. 특히 후각적 감각이 반영하고 있는 현실은 생물학적 존재성과 사회학적 실존성을 동시에 내포하고 있다는 점에서 시적 의식의 깊이와 넓이를 증폭하는 데 기여하고 있다. 특히 후각 이미지가 다양한 경향의 시에서 나타났다는 것은 그만큼 현실에 대응할 수 있는 범주가 넓다는 것을 의미한다.

여러 경향의 시에서 후각적 감각의 현실 대응력은 타 감각과는 조금

---

2 오형엽, 「1930년대 기교주의 논쟁 연구」, 『논문집』 제23호, 수원대학교 출판부, 2005, 32쪽, 34쪽 참조.

다른 특징을 보인다. 현실에 대응하는 직접적인 행동이나 과거로 퇴행하는 의식의 이념화를 통해 사회 · 생물학적인 존재성을 드러내는 것이 후각만의 특징이다. 이러한 측면의 현실 지각은 당대 시인들의 내면 깊숙이 자리한 본능적 생존 감각의 표출이다. 당대 시인들이 근원적인 생명성에 집착하고, 개인이나 민족의 사회적 실존성을 염려했다는 것은 그만큼 개인이나 민족의 상황이 절망적이었다는 것을 의미한다. 근원적인 존재론을 환기시키는 이런 측면들은 감각의 의식화 작용이 진화하는 것만 아니라 퇴화될 수 있다는 것을 보여준다. 이는 곧 사회적 존재로서의 인간의 역사가 퇴화되는 것을 의미한다. 이를 다른 말로 표현하면, 감각적 존재로서의 인간은 사회적 존재로서의 문제가 생길 때는 원점으로 되돌아가, 사회화나 문화화되지 않은 상태에서 다시 시작하려는 성향을 가졌다는 것을 말해준다.

그런데 주목할 것은 시의 후각 이미지가 당대 사람들의 감각을 자극하고, 의식화하여, 당대의 이데올로기를 만들어나가는 데 기여했다는 것이다. 이것은 곧 후각적 감각이 단순히 당대의 사회 · 문화적인 현상을 반영하는 것만이 아니라 사회 · 문화적인 현상을 만들어나간다는 것을 의미한다. 시에서 후각 이미지들이 사회의 문제들을 해결하는 지성의 수단으로 활용되고 있는 것이다. 또한 후각적 특성만큼 당대 문화적인 현상 속에 내재되어 있는 시인들의 도덕성과 가치판단을 심도 있게 보여주는 감각은 없다고 할 수 있다. 후각 의식은 그 무엇보다 시대적 고민이 반영된 정신적 가치라는 점에서 타 감각과는 다른 의미를 가진다. 그동안 후각적 감각은 한국시사에서 지성화된 감각으로 인정받지는 못했지만, 당대 사회의 여러 현실과 문화적 현상에 대한 대응력을 충분히 함축하고 있다.

셋째, 1930년대 시에 나타난 후각 이미지들은 형식적 측면에서 미학적 가치를 획득할 뿐 아니라, 상징이 함축하는 의미로 인해 사회 · 문화적인 의미의 진폭을 넓혀주고 있다.

이는 먼저 후각 이미지들이 '우리 근대시사에서 어떤 미학성을 획득하는가?' 하는 문제와 연관되어 평가될 수 있는 부분이다. 한국시사에서 1920년대와 1930년대는 감각을 통한 세계의 구현을 지향한다. 근대시에서 감각은 근대적 패러다임을 지각하는 주체(자아)라 할 수 있다. 형식적인 측면에서는 기성의 문학적 관습을 벗어난 새로운 경향의 상징이며, 내용적인 면에서는 유교적 이데올로기 같은 보편적 공리의 반대 개념으로 해석된다.[3] 1930년대 시에 나타나는 후각 이미지 또한 상징주의와 낭만주의적 특성이 갖고 있는 감각의 주체화 방식이 보인다. 프랑스 상징주의가 지향하고 있는 후각의 문학적 정치성과 후각적 작용의 주체화 방식을 갖고 있다. 이 두 가지 측면의 상징주의의 특성은 시에서 후각 이미지만의 미학을 생성한다고 할 수 있다. 시에서 후각 이미지들은 형식으로 주제화하기보다는 후각 특질이 가진 의미를 통해서 주제화한다고 할 수 있다. 시에서 후각 이미지들이 민족의식과 사회 · 문화적인 현상을 심도 있게 보여줄 수 있었던 것은 현실 속에서 직접적으로 반응하는 감각이자 정신이기 때문이다. 후각이 갖고 있는 의식의 포괄성을 상징으로 이념화했기 때문이다. 시의 미적 가치 측면에서 후각은 '정신적 존재

---

3 고봉준, 「근대시에 나타난 '감각'의 양상」, 『한국시학회 제25회 전국학술발표대회』, 한국시학회, 2010. 4, 57쪽.

의 고리'로서의 상징성과 사회 · 문화적으로 형성된 이데올로기로서 상징체계를 획득하고 있다. 후각 언어의 미적 가치보다는 의미의 범주에서 공명하는 울림의 진동이 문학의 미적 가치를 생성한다. 다층적인 의식의 환기를 통해 인류의 역사와 문화뿐 아니라, 우리의 의식 층을 뒤흔들어 놓는 것이다.

이것은 상징이 갖고 있는 힘의 무한성으로 인해서 가능하다. 카시러는 "상징적 표현, 곧 감각적인 기호와 그림을 통해 얻은 '정신적인' 표현은 넓은 의미에서 포착"[4]할 필요가 있다는 것을 언급한다. 이는 곧 정신적인 생성이 철학적으로 이해되고 파악되는 한 시는 존재의 형식으로 끌어올려진다는 것을 의미한다. 시에서 후각 이미지들이 상징으로 사용됨으로써 존재의 문제들을 이념화한다. 또한 일본의 문학적 검열을 피해 갈 수 있는 문학적 장치로 사용되어 주제를 증폭시켜주는 역할을 한다.

이는 곧 우리 근대시사에서 후각이 상징주의의 한 경향으로서 미학을 획득했다는 것을 의미한다. 그런데도 그동안은 후각이 본능적 감각이라는 고정관념에 갇혀서 철학적 관점으로 응시하지 않았다. 이 논문이 시에 나타난 후각 이미지를 연구 대상으로 한 것도 후각적 감각을 당대 사회가 표출하는 존재의 양식으로 보았기 때문이다. 1930년대 후각 이미지들은 어떤 시적 경향과 상관없이 시인의 내면과 현실의 문제를 심도 있게 표현할 수 있는 수단으로 활용되고 있다. 따라서 시에서 후각 이미지는 그것이 개인의 차원이든 집단의 차원이든 간에 시적 미학과 내용을 증폭시켜주는 역할을 하고 있다. 이는 1920년대 청각이 음악성을 통

4 카시러, 『인문학 구조 내에서 상징형식 개념 외』, 책세상, 2002, 19쪽.

한 '전통 지향성'으로 평가되고, 1930년대의 '시각'이 유교적 이데올로기에 반대하는 근대적 패러다임으로 평가되는 것과 변별되는 고유의 특성이다.

이러한 1930년대 시에 나타나는 후각 이미지 의의는 한국시사에서 후각 이미지가 가진 의미를 재발견하는 일이며, 감각적 차원에서의 가치를 재평가한 것이라 할 수 있다. 그리고 이것은 1930년대 이후 50년대, 60~70년대, 80년대, 90년대 시에 나타나는 후각 이미지를 총체적으로 정리해서 연구해야 할 당위성으로 이어진다.

제2부

해방 이후 시에 나타난 후각 이미지의 사회 · 문화적 의미

제7장

생존 위기와 심리적 불안 냄새

— 1950년대

1. 자기 보존 욕구와 생명의 냄새

1950년대 시의 후각 이미지에서 보이는 생존 감각과 생명성 갈망의 냄새는 생물학적 존재성이 모두 위협받은 1950년대의 상황이 반영된 것이라 볼 수 있다. 6 · 25전쟁은 민족의 생물학적 존재성을 파괴했을 뿐 아니라, 전쟁 후에도 지속되는 남과 북의 이데올로기 대립으로 인간으로서의 존엄성이나 그 존재성을 위협했다. 이런 상황은 시인들로 하여금 차분히 현실을 바라보는 이성적 목소리를 내게 하기보다는 생존의 절박함을 즉각적으로 표출하는 직관적 반응에 매달리게 했다.

생존의 위기를 느낄 때 자기를 보호하려는 본능적 욕구는 후각적 감각에서 신체의 냄새를 통해 표출하거나, 냄새의 자극을 받은 야콥슨 기관이 뇌와 상호작용하여 무의식이나 경험적 기억을 환기하는[1] 방식으

---

1 콘스탄스 클라센 · 데이비드 하위즈 · 앤소니 시노트, 「냄새의 세계」, 155쪽.

로 표출된다. 주로 유전자적인 냄새를 통해서 표출되는 자기 보존 욕구는 후각적 차원에서 가장 본능적인 사회학적 행동이다. 냄새를 통해서 사회적 존재성을 표출하는 양상은 미시적으로는 개인의 자아나 정체성을 대변하지만 거시적으로는 집단의 정체성을 대변한다. 정체성을 대변하는 후각적 지각은 개인에서 집단으로 나아갈수록 본능에서 멀어지는데,[2] 생물학적 존재로서의 정체성은 신체의 냄새로 표지(標識)되지만 사회적 존재로서의 정체성은 사회 구성원 간에 공유하고 있는 냄새나 후각적 환경 등에 의해서 표상된다.[3] 그것은 이들의 냄새가 동종 간의 정서와 정보를 교류하는 네트워크로 작용하여 구성원 간의 연대를 형성하거나, 분리하는 역할을 하기 때문이다. 따라서 존재의 위기를 지각하는 생존 감각은 "저차원의 무의식적 본능이라도 항상 타자나 세계로 향해 있으며 근본적으로 '사회적' 내지 '상호 주관적' 성격을 지닌다."[4] 이런 '상호 주관성'으로 인해 한 사회의 제도와 문화적 의식이 형성된다는 점에서 메를로퐁티는 감각이 재구성해낸 의식 그 자체를 '사회적인 의사소통의 매체'로 보기도 한다.[5]

이런 후각적 기능들은 시에서 생물학적 존재성의 위기를 지각하는 냄새와 근원적인 생명성을 갈망하는 냄새의 양상으로 나타난다.

---

2 라이얼 왓슨, 앞의 책, 74쪽 참조.

3 콘스탄스 클라센 · 데이비드 하위즈 · 앤소니 시노트, 앞의 글, 156쪽, 158쪽 참조.

4 이남인, 앞의 책, 38~63쪽 참조.

5 메를로 퐁티, 앞의 책, 522쪽

1) 생물학적 존재 위기와 피비린내

생물학적인 존재로서의 자기를 보존하려고 하는 욕구는 시에서 주로 존재의 죽음이나 위기를 인식하는 냄새로 나타난다. 이런 냄새들은 유전적인 요소를 통해 표출된 것인데, 그것이 신체 내에 있는 비린내 나는 '피 냄새'이다. 콘스탄스 클라센은 피나 정액, 젖 냄새 등을 비린내를 풍기는 생명력의 특징적인 냄새로 본다.[6] 일반적으로 신체에서 풍기는 비린내는 최초의 경험 기억으로 잠재되어 있는 생명성의 표상이다. 그런데 이들은 몸 안에 있을 때는 냄새가 나지 않지만 몸 밖으로 나오면 비린내를 풍긴다는 공통의 특징을 가진다. 비린내는 몸 밖으로 나올 때 생명력 의지를 강하게 부각시킨다. 하지만 피비린내는 생명을 키우거나 잉태시키는 젖이나 정액과는 달리 생명의 신체에 상처를 입혀야 발산된다는 점에서 부정적인 함의로 더 많이 통용되고 있다.

시에서도 '피비린내'는 주로 부정적인 함의로 지각이 되는데, 아래 시들을 보면 '피비린내'가 민족 간에 서로를 살육하는 동족상잔의 현장에서 지각된 것인 걸 알 수 있다.

> 모진 바람이 분다
> 그런 바람 속에서 피비린내 나게 싸우는 나비 한 마리의 생채기.
> 첫 고향의 꽃밭에 마지막까지 의지하려는 강렬한 바라움의 향기였다.
> …(중략)…

6 콘스탄스 클라센 · 데이비드 하위즈 · 앤소니 시노트, 앞의 글, 139쪽.

벽, 벽……처음으로 나비는 壁이 무엇인가를 알며 피로 적신 날개를 가지고도 날아야만 했다. 바람은 다시 분다 얼마쯤 나르면 아방(我方)의 따스하고 슬픈 철조망 속에 안길,

— 박봉우, 「나비와 鐵條網」 부분,
『전봉건 시전집』, 2008(『문학예술』, 1956)

외로운 목숨들이
검은 그림자를 밟고
피비린내 나는 뒷거리에
陰謀와 罪惡이 젖어 흐른다

— 이설주, 「石像의 노래」 부분 , 『受難의 章』, 1950

갈라진 강토에선 오늘도 피가 흐른다
할미꽃 보다 더 짙은 피가 흐른다
어늬 문서에 있는 죄몫 이기에-

이런 청년의 벽력만 없다면
하필 탄환 재며 피 비린내 피울거냐
달 속의 계수나무 비치는 우물에선 아내가 물을 깃는
못 잊을 村落을 뒤에 두고
戰場으로 달림은 누구보다 평화를 사랑하는 연고로
유식한 사람들 하나같이 전쟁을 미워하는 世代에
누구는 싸움이 좋을건가
꽃같은 청춘들을 누구는 싸움터로 보내고 싶을 거냐

— 노천명, 「祖國은 피를 흘린다」 부분, 『별을 쳐다보며』, 1953

위의 시를 보면 시인들은 피폐한 민족적 현실과 그로 인해 죽음에 직

면해 있는 우리 민족을 '피비린내'로 의식화하고 있다. 생물학적 생존의 위기 상황으로 지각하고 있는 것이다.

박봉우는 「나비와 鐵條網」에서 '피비린내'를 생물학적 존재의 위기를 환기하는 매개체로 사용한다. "피로 적신 날개로" "피비린내 나게 싸우는 한 마리 나비"는 전쟁이 끝난 뒤에도 "철조망"을 사이에 두고 여전히 민족 간에 반목을 하고 있는, 좀 더 나아가면 민족적 존재와 사회적 현실을 후각적 감각으로 의식화한 상징적 의미로 여겨진다. 이런 사회적 현실을 이설주는 「石像의 노래」에서 "피비린내 나는 뒷거리에"서 흐르는 "陰謀와 罪惡", 즉 동족상잔을 가져오는 이데올로기를 국민을 통제하고 검열하는 수단으로 이용하는 남북 정치권의 행태를 비판하고 있다. 생존의 위기를 본능적으로 감지한 시인의 직관이라 할 수 있다. 이러한 비판은 노천명의 시 「祖國은 피를 흘린다」에서 더욱 구체화되는데, 그는 이데올로기 대립을 해소하는데 "하필 탄환 재며 피 비린내 피"웠어야 하냐고 반문한다. 이념적 갈등 때문에 우리 "강토에 피가 흐르고" "꽃 같은 청춘들을" "싸움터"로 내몰았던 현실을 후각적 감각으로 비판하고 있는 것이다. 이들은 '피비린내'라는 후각적 감각을 통해 동족 간에 금기되어야 할 전쟁의 참상이나 이데올로기 대립의 결과로 피폐해진 사회적 현실이나 존재의 위기를 표출하고 있다.

이런 '피비린내'의 의식화는 후각적 감각이 가진 특성으로 인해 생물학적 존재뿐만 아니라, 사회적 존재성의 위기성으로 동시에 표상된다. 일차적으로 신체의 피는 밖으로 흘러나왔을 때 단순히 '피비린내'로 지각된다. 하지만 야콥슨 기관은 뇌가 기억하고 있는 피비린내에 대한 기억과 경험 그리고 학습된 의미들을 환기시켜 연결을 한다. 자연적 물질로서의 피 냄새는 생물학적 존재를 대변하지만 사회학적 의미로서의 피는 집단의 힘이나 권력적 페르소나를 대변한다는 것을 기억해내는 것이다.[7] 과도하게 흘린 피는 집단의 권력이나 힘의 상실을 뜻한다는 것을 환기하는 것이다. 또한 후각적 감각은 시각적 감각에서처럼 죽은 생명만을 환기시키는 게 아니라 죽음의 공포를 공간적으로 확산시키면서 집단적으로 전염시킨다. 후각적 심리에서 건강하지 못한 냄새는 야콥슨 기관에 인지되는 순간 뇌에 저장되어 있는 좋지 않은 기억과 무의식을 자극하여 공포와 불안을 배가시킨다. 시각적 지각보다는 후각적 지각이 내면의 의식을 더 강도 깊게 전달하는 것이다. '피비린내'로 지각되는 공포와 불안이 민족 내에서 의사소통되면서 생존의 위기라는 집단의식으로 고착화되는 동시에 생물학적 존재의 위기의식으로까지 나아간 것이다.

하지만 '피비린내'를 매개체로 하는 시인들의 위기감 속에는 생명의 가능성이 담지되어 있다. 그것은 '피 냄새'를 굳이 '피비린내'로 의식화한 것이다. 원래 비린내는 생명성을 표상하는 냄새이지만 몸 밖으로 나왔을 때 오히려 생명적 존재성을 더 강하게 환기한다. 때문에 비린내는 생명이 태어나거나 생명이 부패되기 시작할 때 더 강한 냄새를 풍긴다. 비린내를 풍긴다는 것은 썩은 냄새를 풍기는 죽은 생명과는 달리 소생할 가능성을 내포하고 있는 것이다. 그런 점에서 시에서의 '피비린내'는 민족적 존재의 건강한 생명성에 대한 희망을 포기하지 않은 것이다. '피비린내'는 인간으로서의 존재성 위기라는 코드로 정보화되어 있는 지각의 수단으로서 신체의 '사회적 의사소통의 매체'이다. 당대 민족의 생존 상황

7 필립 휠라이트, 앞의 책, 121~122쪽.

을 신체의 후각적 감각으로 보여주는 메시지이다. 6·25전쟁 때 과도하게 흘린 피 냄새의 경험과 사회학적 의미가 결합되어 감각화된 1950년대 사회의 한 특징이라 할 수 있다.

2) 생존 본능의 추구와 배설물·흙냄새

민족과 개인의 내상을 감지한 시인들의 위기의식은 강한 신체의 냄새로 존재성을 표시하거나 근원적인 생명성을 환기하는 냄새로 제 존재성을 드러낸다. 이런 후각적 의식은 시에서 '배설물'과 '흙냄새'로 지각되는데, 단순한 배설물이 아닌 냄새의 방출은 '나'와 '타자'의 존재와 영역을 구분하는 사회학적 행위의 경계 표지(標識)로 작용한다. 같은 동족 간의 정서적 동질감을 주는 배설물 냄새에는 사회적 존재로서의 위치나 계층, 그 영역의 권력 구조 등과 같은 정보가 내재되어 있다. 그래서 장 자크 루소는 최초의 배설 행위를 사회학의 근원이자 문명의 창시로도 보고 있다.[8] 또한 어떤 '흙냄새'의 체험적 기억을 떠올리는 생명력의 냄새이다. 인류의 역사와 함께 경험해온 환경적 요소로서의 흙은 우주적 질서에 의해 생명을 키워내는 터전이다. 생명에 대한 경험적 기억이 '흙냄새'를 통해 환기된 것이라 할 수 있다.

아래 김동명의 시는 1950년대 서울의 현실을 "똥과 오줌과 가래침" 같은 배설물 냄새로 알레고리화하고 있는데, 이것은 우리 민족의 사회적 존재성을 후각적 감각으로 의식화한 것이다.

---

8 라이얼 왓슨, 앞의 책, 72~73쪽.

쓰레기와 市長 閣下가
단판 시름 하는 거리

歸屬財産을 파먹고
구데기처럼 살이 찐 謀利꾼의 거리

어디 없이 널린 똥과 오줌과 가래침이 실은
貪官汚吏 못지 않게 질색인 거리
소매치기 패도 제법
〈빽〉을 자랑한다는 거리

거리도 곳잘
中間波 행세를 하는 거리

〈감투〉市長은 여전히 흥성거려
거간군도 忠武路 金銀商 못지 않게 한 몫 본다는 거리

늙은이들이 하 망영을 부려
주춧돌이 다 흔들거린다는 거리

— 김동명, 「서울 素描」 부분, 『目擊者』, 1957

산허리에 반사하는 일광
BAR의 연사.
비둘기의 똥냄새 중동부전선.
나는 유효거리권 내에 있다.
나는 0157584다.

— 전봉건, 「0157584」 부분,
『전봉건 시전집』, 2008(『신천지』, 1954)

김동명은 시에서 "똥과 오줌과 가래침" 등과 같은 신체에서 나온 배설물들을 1950년대 민족의 존재성을 알려주는 냄새 표지로 사용하고 있다. 시에서 이들 배설물은 우리 민족의 존재적 위치를 알려주는 후각적 알레고리이다. 그는 "똥과 오줌과 가래침"이 널려 있는 서울의 거리를 "貪官汚吏"에 비유하고 있다. 누구라 할 것 없이 탐욕적으로 발동되는 생존 감각은 그만큼 당시의 삶과 현실이 생존을 보장하지 못할 만큼 열악하다는 것을 말해준다. 생존이 위협되는 현실, 즉 서울은 "市長 閣下"는 "쓰레기"와 "시름"을 하고 있으며, 서울의 거리는 "歸屬財産을 파먹고" 살이 찌는 "謀利꾼"들로 가득하며, 남의 것을 훔치는 "소매치기 패"의 "〈빽〉"이 오히려 자랑이 되는 공간이다. 1950년대 서울에서의 삶은 인간으로서의 정신이나 고귀함 같은 것은 찾아볼 수도 없는 나라의 "주춧돌이 다 흔들"릴 만큼 불안하고 혼란스러운 생존적 본능만이 통용되는 사회이다. 때문에 "똥과 오줌과 가래침" 같은 배설물을 통해 자신의 존재를 타자에게 인식시키는 이런 행위는 한 인간으로서의 생물학적 존재성에 위기를 느꼈다는 것을 말하며, 나아가 사회적 실존성마저 최하위에 머물러 있다는 것을 본능적으로 드러낸 것이다. 기본적인 삶이 보장되지 않은 상태에서 인간은 누구나 본능적인 생명 의식을 드러내기 마련이다.

전봉건의 시 또한 생물학적 존재성의 위기 앞에서 강한 생존 감각을 드러낸다는 것을 후각적 감각으로 보여주고 있다. 시적 화자는 군번이 "0157584"인 군인으로 총알을 맞으면 죽는 "유효거리권 내"에 있다. 언제 죽음을 맞이할지 모르는 이런 상황에서 시적 화자는 전쟁터를 "비둘기의 똥냄새"로 지각하고 있다. 전쟁터를 동물의 배설물 냄새로 지각하는 것은 그곳이 인간으로서의 존재성은 배제된 동물적 감각만이 필요로 하는 생존 현상이라는 것을 의식화한 것이다. 이것은 곧 우리 민족의 존재적 위치가 생물학적인 존재성조차 보전하기 힘든 상황이라는 것을 암시한 것이다.

전쟁이라는 비생명적 현실 앞에서 본능적으로 발동되는 생명적 감각은 배설물로도 나타나지만 경험적 기억을 통해서 근원적인 생명성을 환기하는 '흙냄새'의 의식화를 통해서도 표출된다.

여기 피비린 玉樓를 헐고
따사한 햇살에 익어가는
草家三間을 나는 짓자.

없는 것 두고는 모두다 있는 곳에
어쩌면 이 많은 외로움이 그물을 치나.

虛空에 박힌 화살을 뽑아
한자루 호미를 벼루어 보자
풍기는 흙냄새에 귀 기울이면
뉘우침의 눈물에서 꽃이 피누나

— 조지훈, 「흙을 만지며」 부분, 『역사 앞에서』, 1950

같은 祖國의 山河
네 고장의 흙냄새가 바로 이러하리라.

아 이는 원수이거나 한 핏줄 겨레가 아니거나 다만 그대로
살아 있는 人間의 尊嚴한 愛情

— 조지훈, 「여기 傀儡軍戰士가 쓰러져 있다」 부분,
『역사 앞에서』, 1950

「흙을 만지며」에서 "흙냄새"는 "피비린 玉樓", 즉 처참한 민족 현실을 떠올리는 매개체로 작용한다. 후각적 차원에서 '냄새'의 촉발로 어떤 상황을 떠올리는 것을 '마들렌 효과'[9]라고 하는데, 이것은 어떤 냄새가 무의식이나 내면적 욕구 등과 같은 원초적 욕구를 일깨워 환기시키는 것을 말한다.[10] 시에서 또한 "흙냄새"는 생태적 질서가 가진 생명적 에너지를 떠올리는 매개체라 할 수 있다. 흙냄새의 이미지는 오랜 환경적 경험을 통해서 인류에게 내재되어 있는 흙에 대한 기억들, 우주의 생명을 키우는 대지, 유기체의 모태라는 경험적 기억을 환기한다. 이런 근원성의 환기는 심리학적 실재성은 없지만 '존재론적 의미'를 가진다. 이때의 존재론적 의미는 현실에서는 찾을 수 없는 인간의 존재성을 우주적 일원으로서의 존재성을 통해 찾으려는 것이다. 이는 역사성을 가진 인간의 질서를 부정하는 것인 동시에 우주적 질서가 가진 순환적 생명성에 대한 신뢰를 보내는 것이다. 지금은 민족이 위기에 처해 있지만 우주적 질서가 가진 순환성에 의해서 다시 생명성을 회복할 거라는 믿음을 감각적으로 표출한 것이다. 현실을 종합적인 사고력을 통해 판단하는 시각적 감각이 사회적인 실존성에 많이 치우쳐 있다면 후각적 감각은 과거지향적인 행동의 특성을 가지고 있다는 점에서 좀 더 생물학적인 존재론을 지향한다. 때문에 여기서 생물학적 존재론의 지향은 우주적 존재로서의 뿌리 의식을 환기하는 것이다.

이러한 뿌리 의식의 환기는 「여기 傀儡軍戰士가 쓰러져 있다」라는 시

---

9 라이얼, 왓슨, 앞의 책, 240쪽.

10 다이앤 애커먼, 앞의 책, 65쪽 참조.

에서도 나타나 있다. 우주적 존재로 태어난 한 개체라도 무리를 이루면 같은 집단이 된다. 이 집단의 성향, 즉 우리 민족의 성향을 조지훈은 같은 환경에 태어난 생물학적 존재성의 특징이라 보고 있다. 그것을 환기하는 것이 남한과 북한이 동시에 공유하고 있는 "흙냄새"이다. 비록 지금은 이데올로기 대립으로 서로가 싸우고 있지만 국군에게나 인민군에게나 "祖國의 山河"는 같은 "고장의 흙냄새"를 환기시키는 민족 고유성의 냄새이다. 남북한의 민족에게 같은 고향세계를 환기시키는 "흙냄새"는 민족에게 정신적 지표가 되는 신화인 동시에 민족 간에 공유한 경험을 환기시키는 매개체이다. 결국 두 시에서 조지훈이 추구하는 근원적인 생명성의 환기는 생물학적인 존재성을 통해 민족적 존재성을 회복하려는 본능적 욕구의 표출이라 볼 수 있다.

이와 같이 1950년대 시의 후각 이미지는 6 · 25전쟁과 당대 사회 현실을 반영한 후각적 감각을 통해 민족을 보존하려는 양상이 나타난다는 것을 알 수 있다. 유전자적인 요소의 신체의 냄새로 본능적 생존 감각을 표출하거나 냄새로 체험한 기억을 환기하는 양상으로 의식화되어 있다. 현실 문제를 해결하는 방식에 있어서 과거에 회귀하여, 생물학적 존재성의 탐색 양상으로 나타나는 것은 후각이 뇌의 원초적인 부위와 상호 소통을 하는 감수성과 무의식에 더 근접에 있는 감각이라는 점 때문이다. 이 점이 현실을 미래지향적으로 극복하려는 시각적 지각과는 다른 면모이다. 또한 후각적 감각이 보여주는 사회적 존재성의 거부와 퇴행 현상은 당시 인간으로서의 실존성과 민족적 실존성의 질이 퇴보했다는 것을 의미한다. 1950년대 민족의 상황이 생물학적 세대성을 염려할 만큼 위기에 처해 있었다는 것을 말해준다.

2. 변질된 정신 가치의 비판과 문명 냄새

1950년대 시의 후각 이미지에서 보이는 실존적 불안과 서구 문명에 대한 냄새는 개인과 민족의 사회적 실존성과 문화 주체성에 대한 시인들의 정신적 가치가 반영된 것이라 볼 수 있다. 1950년대는 파시즘적 문화와 무분별하게 유입된 미국 문화로 인해서 민족문화는 좌절을 겪었고, 전쟁 이후에도 여전히 지속적인 이데올로기의 대립으로 야기된 문화적 통제와 혼란은 민족적이고 주체적인 문화를 정립하는 것을 방해했다. 이런 현실로 인해서 시인들은 감각적으로 인간다운 실존성과 문화적 주체성을 정립할 필요성을 느꼈을 것이다.

후각적 감각의 정신 지향성은 감각의 의식화 과정에서 가장 승화된 사회화의 의식인데, 주로 인간의 사고나 다양한 사회 · 문화적 영역 속에 내재되어 있다. 그렇다고 이런 후각적 의식들이 감각화의 과정을 거치지 않는 것은 아니다. 오랜 세월을 거치면서 감각화의 과정은 패턴으로 굳어지고, 이런 패턴들은 사회 · 문화적으로 통용되는 후각적 상징으로 작용한다. 때문에 후각적 이데올로기나 상징 속에는 생물학적 존재가 체험한 감각화의 과정과 세대를 거치면서 전승된 유전적 사고나 원형뿐 아니라, 한 사회 내에서 사상으로 자리 잡은 집단의식이 내포되어 있다. 때문에 이미 이데올로기화되거나 상징화된 후각적 의미라 하더라도 그 의미 속에서는 시간이라는 역사성 속에서 형성된 신체와 정신의 상호 관계성이 내포되어 있다. 이것은 신체의 현상학에서 문화를 생물 · 사회학적 존재성의 결합물로 보는 것과도 맥락이 닿아 있다. 순수 현상학자인 에드문트 후설에 의하면 모든 자연은 문화적 의미를 갖고 있으며, 문화는 자연적인 능력으로 대변되는 생물학적 역사를 통해서 이루어진다고 한다.[11] 때문에 문화적 의미에는 인간의 신체성이 가진 본능과 세대성(Generativitat : 탄생과 죽음)이나 습성[12] 등이 내포되어 있다. 문화는 문화로서 정신화된 주위 세계의 총체적 경험인 것이다.[13]

이런 후각적 기능들은 1950년대 시에서 실존적 불안을 치유하고 사회현실을 정화하려는 냄새와 문화적 현상을 비판적으로 성찰하는 냄새의 양상으로 나타난다.

1) 실존적 불안 치유와 담배 연기

현실 불안을 해소하고 인간다운 존재성을 회복하려는 후각적 감각의 정신 지향성은 현실을 정화하여 내면을 치유하려는 냄새로 나타난다. 이런 냄새들은 후각적 의례의 양상으로 표출되는데, 그것이 '담배 연기'이다. 후각적 차원의 이런 의례들은 그것이 실재든 심리적이든 간에 현실 불안과 존재성 위기에 대한 인식에서부터 비롯된다. 질병에 대한 치유(향기 요법, Aromatherapy)는 실제 냄새의 효과를 이용하기도 하지만 대개는 초자연적인 존재의 힘을 빌려 내면을 치유하려는 의례적 상징 행위이다.[14] 희망과 공포, 즉 초월적인 힘에 기대려는 인간의 묵시적인 욕망과 사회적 신체적 한계에 대한 인간의 불안을 해소해보려는 심리[15]의 상

---

11 에드문트 후설, 『순수현상학과 현상학적 철학의 이념들 1』, 44~45쪽 참조.
12 박인철, 「상호문화성과 윤리」, 44~45쪽, 400쪽.
13 박인철, 「현상학과 문화」, 38쪽.
14 송인갑, 앞의 책, 2000, 169쪽 참조.

징이다.

이런 후각적 의례는 1950년대 시에서 당대 사회의 실존적 불안과 허무를 훈증 기능으로 해소하려고 하거나 혹은 순수한 후각적 유토피아의 추구로 세계를 회복하려는 양상으로 나타난다. 그러면 훈증(熏蒸, fumigation)의 기능을 통해서 묵시록적인 현실을 정화하려는 김규동과 박인환의 시를 보자.

江에는
죽은 사람들의 얼골이 감추어져 있다.

소리 없는
사람들의 理念과 歷史를 低流에 지니고
엷은 남빛의 파라솔에 싸인
여름을 스쳐
江은 老鍊한 軍隊의 進駐처럼
서둘러지도 않고
그러나 게을르지도 않게 가고 있다.

마음의 空白에
담배 연기를 흘리며 砂場에 누우면/肉體에 밀려드는 그리운 노래가 있고,

— 김규동, 「2號의 詩—江의 抽象」 부분,
『나비와 廣場』, 1953

군인이 피워 물던
물뿌리와 같은 연기의 印象과

15 콘스탄스 클라센, 「향기를 따라서—중세에서 현대까지」, 86쪽 참조.

위기에 가득찬 세계의 邊境
이 回想의 긴 溪谷 속에서도
列을 지어 죽음의 비탈을 지나는
서럽고 또한 幻想에 속은
어리석은 영원한 殉敎者
우리들.

— 박인환, 「回想의 긴 溪谷」 부분, 『박인환시선집』, 1955

김규동과 박인환의 시에서 담배를 피우는 행위는 훈증 기능의 성격이 강하다. 어떤 냄새로 무엇인가를 쫓아낼 수 있다고 믿는 훈증은 악령처럼 존재의 침입을 막는 의례에 사용될 뿐 아니라 사회질서나 우주 질서를 어지럽히지 않도록 통제하는 의례 수단으로 사용된다. 이때의 냄새는 물리적 차원, 초자연적인 차원, 심리적인 차원의 치유 기능을 갖는데,[16] 그 영향력은 연기의 냄새가 가지는 공간 확장과 수직 상승의 속성을 통해서 확산된다.[17] 시에서 담배 연기는 시각적 대상이 아닌 코로 흡인되는 대상으로서의 냄새 지각이며 그 행위를 말한다. 때문에 시에서 담배를 피우는 행위는 그 자체로 심리적 치유를 목적으로 하고 있기도 하지만 한편으로는 나쁜 냄새, 즉 정신적 · 도덕적으로 타락한 사회 현실을 정화하려는 의식이다. "담배 연기를 흘리"는 행위는 "마음의 空白"을 치유하는 것, 즉 현실 불안에서 오는 실존적인 허무를 치유하려는 공간 확장 개념의 후각적 의례라고 볼 수 있다. 냄새가 상처받은 사람들의 후각

16 콘스탄스 클라센 · 데이비드 하위즈 · 앤소니 시노트, 「냄새의 의례」, 167쪽.
17 라이얼 왓슨, 앞의 책, 198쪽.

을 직접적으로 자극함으로써 치유가 되는 방식이다.

김규동의 시에서 '담배 연기를 흘리는' 행위는 묵시록적인 현실에서 오는 실존적 불안을 해소하고, "그리운 노래"로 비유되고 있는 심리적인 안정 기제라고 할 수 있다. 여기서 불안한 실존성이란 전쟁으로 "죽은 사람들의 얼골이" 살고 있는 터전 곳곳을 통해 끊임없이 환기되고, "理念과 歷史를" 정신적 트라우마로 "低流에 지니고" 있는 "사람들"의 실존성일 것이다. 감각적 차원에서 이것은 본능적 냄새 지각으로 인한 의식화 작용이 아니라 이미 시각적으로 감각화된 불안을 그동안 사회에서 통용되는 후각적 의례를 통해서 해결하려는 것이다. 현실을 이성적 사회가 만든 장치로 해결하지 않고 감각적으로 의례화된 신념에 더 기댄다는 것은 인간이 만든 사회적 실존성을 부정한다는 것을 의미한다. 1950년대 사회는 냉전 체제가 낳은 이데올로기적 왜곡과 편향 그리고 문화적 검열과 통제를 하는 지배 체제로 인해서 불신과 환멸이 만연한 시대였다. 시인들은 이러한 시대에 대한 부정으로 관념적 세계에 기대 현실의 문제들을 해결하려는 경향성을 보이거나 외부 세계를 직관적으로 인식하는 실존주의에 주목했다.[18] 이것 또한 앞 장에서 말한 바와 같이 생물학적인 존재성이 보장되지 않은 상황에서 등장할 수밖에 없는 의식이다.

어쨌든 시인들이 현실을 직관이나 감각적으로 지각하는 것은 사회적 실존성이 갖는 힘을 믿지 않는 것이라 볼 수 있다. 이러한 감각적 지각은 박인환의 시에서도 유사하게 나타난다. 박인환 또한 '담배 연기'를 심리

18 한수영, 「식민지, 전쟁 그리고 혁상의 도상에 선 문학」, 민족문학사연구소 엮음, 『새민족문학사강좌』, 창비, 2009, 291~300쪽 참조.

적 안정 기제로 사용하고 있지만 그 원인을 해결하는 방식에서 있어서는 추상적인 세계를 지향한다.

박인환은 당대의 사회를 "위기에 가득찬 세계"로 보고 있으며 동시대에 사는 사람들을 "列을 지어 죽음의 비탈을 지나는" "殉教者"로 보고 있다. 이러한 현실에 대응하는 심리적 방어기제로 "군인이 피워 물던" 담배를 "물뿌리와 같은 연기"로 의식화한다. 그런데 박인환은 훈증의 기능에 "물뿌리"를 접목하고 있는데, 이는 물이 가진 재생성을 훈증 기능에 더한다는 점에서 더 강한 치유 기능을 표출한 것이라 할 수 있다. 바슐라르의 말처럼 인간의 존재가 흐르는 물의 운명을 가지고 있으며, 생명의 질료라 본 것이다.[19] 때문에 여기서는 훈증 기능이 치유만 하는 게 아니라 새로운 사회적 실존성을 추구하는 현실 탈피의 욕망도 작동하게 하고 있다. 사회를 정화하려는 박인환의 훈증 기능이 김규동보다 더 능동적인 태도를 보인다고 할 수 있다. 그런데 여기서의 능동적인 태도는 더 강한 현실 부정을 의미한다.

냄새가 갖는 훈증 기능을 통해 새로운 사회적 실존성을 획득하려는 능동적인 태도는 장만영의 시에서도 볼 수 있다.

> 나는 담배를 피우며 생각한다. 우리가 살던 그 마을에 어느덧 꽃은 피었을가. 羊치는 머슴과 그의 아내처럼 그 때 우리는 아무 슬픔도 모르고 살던 것을-. 우리가 사랑은 하고, 그랬길래 우리에게 괴롭던 마을…. 記憶은 한줄 연기처럼 슬픔으로 피어……. 피어 오르는 슬픔 속에 마을 風景이 괴이려니 떨린다. 아아 맑은 하늘, 푸

19 가스통 바슐라르, 앞의 책, 18쪽.

른 하늘, 따뜻한 하늘에 구름은 바람에 쫓기어 돌아 다니고. 보리 종달새 우짖고. 어딜 가나 꽃향기 풀향기 숨막히게 풍기는 곳. 그 곳을 이제 우리 찾아 가리라.

— 장만영, 「抒情歌」 부분, 『밤의 抒情』, 1956

장만영이 훈증 기능을 통해 욕망하는 것은 후각적 유토피아이다. 여기서 훈증 기능은 사람에게 낙관적인 사고를 증대시켜 내면의 트라우마를 긍정적인 정서로 바꾸어놓는다. 코로 지각되는 냄새를 통해 심리적 건강성이 회복되고, 새로운 사회적 실존성을 갖고자 하는 의지가 후각적 유토피아로 구체화된다. 새로운 사회적 실존성은 새로운 세계를 통해서 이루어지는데, 장만영은 그 세계를 타락한 현실과 정신에 대한 대응체로서 문화화되지 않은 세계의 순수성을 간직하고 있는 '원환상(Urphantasien)'[20]의 세계로 보여준다. 시에서 말하는 "우리가 살던 마을", 즉 "어딜 가나 꽃향기 풀향기 숨막히게 풍기는" 장소로 생동적인 향기로 가득 찬 후각적 유토피아가 새로운 사회적 실존성을 만들어나갈 수 있는 곳이다. 향기의 지향성은 사회 · 제도의 계급적 차원에서나 정신적 차원에서 그 지위를 높이려는 의도를 내포하고 있으므로, 민족의 사회적 지위와 실존성을 높이려는 후각적 감각이라 할 수 있다. 에덴동산과 같은 낙원 원형인 이런 '원환상'을 현실 회복의 근거로 삼는다는 것은 장만영이 그만큼 현재의 실존성을 절망적으로 보고 있는 것이다.

시에서의 훈증 기능은 단순히 실존적 불안을 치유하고자 하는 심리 기

20 임진수, 앞의 책, 188~243쪽 참조.

제만이 아니라 당대의 실존적 현실을 동시에 보여주는 감각적 표출이라 할 수 있다.

2) 문화적 존재의 비판적 성찰과 서구 냄새

당대 문화적 현상을 비판적으로 성찰하는 후각적 감각의 정신 지향성은 이(異)민족의 냄새로 나타난다. 이런 냄새들은 이미 사회적으로 형성되어 있는 이데올로기를 통해 표출되는데, 그것이 우리 민족의 냄새와 변별되는 '서구 냄새'이다. 오랜 시간의 역사와 문화를 통해서 형성된 민족의 고유성을 대변하는 냄새는 구성원 간의 정서적 동질감으로 통용되어 그들 간에 긴밀한 연대감을 갖게 할 뿐 아니라, 민족적 주체성과 동일시된다. 때문에 타 민족 간의 지위가 대립적 위치에 놓이게 될수록 상대 민족의 냄새를 혼합하는 것을 금기로 하고 있으며, 그에 대한 비판적 성찰이 강해진다. 서로의 존재적 지위를 확보하기 위한 후각적 대립은 식습관, 위생, 향료, 일상생활, 환경 등의 냄새로 이데올로기화되어 표출된다.

이런 후각 이데올로기는 시에서 민족의 주체성을 변질시키는 냄새로 의미화되는데, 그것이 일상적인 생활 문화와 음식 문화로 표상되는 '서구 냄새'와 '음식 냄새'이다. 전봉건과 조향은 해방 이후 무분별하게 수용된 서구의 물질문명이 우리 민족의 문화적 주체성을 어떻게 변질시키는가를 비판적으로 성찰하고 있다.

얼룩진 시트의 냄새가 풍기는 능선
나는 콧등을 눈으로 문질러대고 싶다

대공표식 위에서 여태 곤한 계집의 눈초리와도 같이 맴도는 정
찰기.
나는 문득 소리지른 토일렛 페이퍼를 생각한다.
구겨진 토일렛 페이퍼 같은 얼굴에서 구겨진 토일렛 페이퍼 같
은 얼굴로 옮겨가는 위생병
장총이 거꾸로 꽂힌 800야드에 얼룩진 찢겨진 흩어진 슈미즈 모
양으로 얼어붙은 강.
나는 오줌이 마렵다

— 전봉건, 「0157584」 부분,
『전봉건 시전집』, 2008(『신천지』, 1954)

불현듯이 SARA의 몸냄새가 나를 덮치면서
SARA의 젖무덤을 내손가락이 환각한다.
무수한 SARA가 내 앞을 행진한다.
방글거린다 훌쩍거린다 성을 낸다 깔깔깔 웃어댄다.
나는 도무지 박수하지 않는다.

— 조향, 「SARA DE ESPERA」 부분,
『조향전집 1』, 1994(『문학세계』, 1952)

전봉건은 물질의 이질적인 냄새를 통해 문화적 주체성을 지각한다. 미군정 수립 이후 유입된 미국 문화는 상호 소통에 의한 것이 아니라 미군정과 미군병사에 의해서 일방적으로 들어온 것이다. 전쟁으로 인해 무분별하게 수용된 서구의 물질화 현상을 우리나라의 "능선"에서 풍기는 "시트의 냄새"로 의식화한다. 시트는 서구의 물건인 침대를 아래위로 덧씌우는 흰 천을 지칭한다는 점에서 민족문화를 혼란에 빠트리는 서구 문화의 표상이다.

일반적으로 한 민족이 공유하고 있는 공간은 그 민족의 정서와 정체성 등의 특징을 부여한다.[21] 오랜 세월 전승되어오면서 민족적 존재와 정신의 '공통의 핵'으로 표상되는 민족만의 경험적 기억은 사회 전반에 내재해 영향을 끼친다.[22] 때문에 민족적 공간에서 풍기는 서구의 냄새는 단순한 이민족의 냄새가 아니라 혼합되지 말아야 할 사회적 금기로서의 지각이다. 때문에 서구의 냄새로 지각되는 민족적 공간은 이미 민족적 주체성과 정신을 상실했다는 것을 비판적으로 성찰하고 있는 것이다. 그런 점에서 전봉건은 민족적 냄새의 변질을 민족정신의 변질로 보고 있다. 한국전쟁이 동족 간의 전쟁이 아니라 강대국들이 점령지의 주도권을 장악하려는 헤게모니 전쟁이라는 것을 후각적으로 지각하고 있다. 그는 강대국의 헤게모니 쟁탈전이 우리 민족을 희생시킨다고 보고 있는데, 한국전쟁의 주도권을 가진 "대공표식"은 "정찰기"를 가진 미국이다. 강대국들이 만들어낸 "장총"에 의해 민족의 공간은 "얼룩진 찢겨진 흩어진 슈미즈 모양"이 되어간다.

이러한 문화 주체성 잠식에 대한 강한 거부 의식이 "오줌이 마렵다"는 후각적 감각의 발동이다. 앞 장에서 말했지만 배설물 표지의 본능은 타자에 대한 경계 의식이자 나의 영역을 견고히 하고자 하는 심리적 정치성이라 할 수 있다. 이민족과의 대립에서 우위를 차지하려는 후각적 심

21 이-푸 투안, 앞의 책, 28~30쪽 참조.

22 후설은 한 민족에게 내재되어 있는 신화 세계를 정신을 형성하는 '공통의 핵'으로 본다. 이를 토대로 현상학자인 메를로 퐁티나 현상학적 사회학자 알프레드 슈츠 그리고 베르그송 등은 민족신화를 그 사회의 가치 체계나 도덕 체계를 형성하는 근원으로 보고 있으며, 사회 · 문화적인 해석의 토대로 삼는다. 김광기, 앞의 논문, 2005, 64~69쪽 참조.

리인 것이다. 한편으로 이것은 문화라는 것이 정신적 향유가 아니라 인간이 가진 생물학적 존재성과 사회학적 존재성이 어떻게 상호작용하면서 현실을 반영하고, 우리에게 체화(體化)되는지를 후각적 감각으로 보여준 것이다.

서구 문화에 대한 비판적인 성찰은 조향의 시에서도 나타난다. 조향은 이미 혼종화되어버린 문화 주체성을 후각적 감각으로 보여준다. 조향은 "SARA"라는 서구의 상징적 이름을 통해 문화적 존재성이 어떻게 변질되었는가를 의식화한다. 시에서 서구적 존재성으로 상징화된 "SARA"의 "몸냄새"는 아주 유혹적인 주체로 형상화된다. "SARA"의 냄새가 "나를 덮치면" "SARA의 젖무덤을" "내 손가락이 환각한다". 이것은 서구적인 실존성이 당대 개인에게 얼마나 매혹적이었는가를 보여주는 측면이다. 시에서 "SARA의 젖무덤"은 서구 문화의 쾌락을 제공해주는 여성적 몸과 모태의 젖줄이라는 이중의 함의를 갖고 있다. 서구의 물질문명은 그것이 어떠한 측면이든 민족적 존재성을 위협하는 대상인 것이다. 때문에 시에 나오는 "무수한 SARA"는 서구의 문화와 물질문명에 의해 민족의 고유성을 상실한 사람들이다. "무수한 SARA"들에게 "박수"을 보내지 않는 조향의 의식은 이런 문화적 주체성에 대한 현실을 비판적으로 성찰한 것이라 할 수 있다.

문화적 존재성에 대한 시인들의 비판적 성찰은 음식 문화에 내재된 민족적 가치를 의식화하는 양상으로도 나타난다.

찐득찐득하다
진한 內出血 · '커피' 냄새
밤이 뭉게뭉게 내 입
에서 기어나온다

나의 餘白이 까아맣게/沈沒해 간다

이끼가 번성하는 계절
늪地帶에는 송장
들의 눅눅한 향기

— 조향, 「綃色 椅子가 앉아 있는 '베란다'」 부분,
『조향전집 1』, 1994(『자유문학』, 1957)

骸骨이 分泌하는 칼피스의 내음.
미끈거리는 하늘에 피어오르는
저 煙氣들은
땅뒤에서 산다는 뭇 짐생들의
憂鬱한 百日咳 기침이 아닌가.

— 김상화, 「自殺日記」 부분, 『計算器가놓여있는診察臺』, 1952

후각적 차원에서 음식 냄새에는 집단의 가치 체계가 반영될 뿐 아니라, 사회적 이해관계가 개입되어 있다.[23] 조향은 서구의 기호 식품인 "커피 냄새"를 서구 민족의 정신적 가치체계로 보고 있다. 서구의 음식 문화가 우리의 음식 문화를 파괴하고 나아가 우리의 신체와 정신을 변질시키고 있다고 본다. "커피 냄새"가 "진한 內出血"과 동질한 의미[24]로 읽히는 것은 이 때문이다. 전통 음식의 미각을 잃고 서구 미각에 길든다는 것은

---

23 콘스탄스 클라센 · 데이비드 하위즈 · 앤소니 시노트, 「냄새의 세계」, 148쪽.

24 내출혈과 커피 냄새 사이에는 가운데 점이 있어 동질한 의미를 내포하고 있는 것으로 본다. 문법 기호에서 가운데 점은 두 대상이 동등하거나 병렬, 밀접한 관계를 나타날 때 쓴다.

단순히 음식의 선택이라는 차원으로만 해석해서는 안 된다. 맛으로 길들여진 감각적 경험과 관습은 일상적인 문화로 고착되면서 집단의 정신까지 서구적으로 바꾼다. 미각의 변질은 문화적 존재성의 변질이자 정신의 변질인 것이다.[25] 현상학자의 말대로 인간의 신체는 과거로부터 이미 결정된 문화이다. 조상에게 물려받은 우리의 신체는 세대를 거치면서 전승되어온 문화와 영혼이 감각화된 실체이다. 따라서 신체를 통해 받아들이는 음식 문화 속에는 그 종족만의 과거와 현재, 미래가 내포되어 있다. 그렇기 때문에 "진한 內出血"을 촉발하는 '커피 냄새'는 민족의 문화적 주체성을 파괴시키는 주범인 것이다. 문화 주체성의 파괴가 민족의 미래를 암울하게 만든다는 것을 "이끼가 번성하는 계절"이나 "늪地帶에는 송장", "들의 누누한 향연" 같은 말로 구체화하고 있는 것이다.

이러한 인식은 김상화 시에서도 같은 양상으로 감각화된다. 김상화는 그것을 "칼피스의 내음"으로 의식화하는데, 칼피스는 우유를 가열하여 살균시킨 뒤, 이것을 냉각하고 발효한 뒤 당액(糖液)과 칼슘을 넣어 만든 음료수로, 일본의 한 회사가 만든 음료의 이름에서 유래된 것이다. 시에서 전통 음료가 아닌 외래의 음료는 "骸骨이 分泌하는" 대상으로 형상화되고 있다. 이를 보듯 김상화 또한 타 문화가 우리 민족의 존재성과 정신적 가치를 변질시킨다고 보고 있다. 이것은 곧 타 민족의 냄새를 배척함으로써 내 민족의 고유성을 지키려는 것이다. 민족의 실존적 상태와 문화적 혼란을 반영한 후각적 감각을 통해 당대 사회와 서구 문명을 비판한다는 것을 알 수 있다. 현실의 문제를 초월적인 힘에 의하고자 하는 후

---

25 알베르트 수스만, 앞의 책, 132쪽, 151쪽 참조.

각적 의례나 문명의 냄새를 비판하는 양상으로 의식화되어 있다. 현실의 문제를 후각적 의례와 같은 관념적 세계에 기대어 해결하려고 하거나 문명의 냄새를 배척하는 것은 이성적 사회에 대한 강한 부정 의식이다. 또한 이것은 우리 민족이 만든 사회적 실존성에도 문제가 있지만 역사적 상황이 만든 문화 주체성이 더욱 문제가 있음을 드러낸 것이다. 이런 후각적 지각은 생물학적 존재성이 보장되지 않는 사회에서 필연적으로 등장할 수밖에 없는 심리이다. 사회적 실존성은 최하위이며, 서구 문화가 민족문화를 얼마나 심각하게 위협했는가를 보여주는 측면이다. 때문에 문명적 후각 이미지는 당대의 실존적 상황과 문화적 가치관에 대한 감각적 지각을 냄새의 정신 지향성으로 보여준 것이라 할 수 있다.

이러한 후각적 의미를 시각적 감각에서 보자면 민족적 힘의 상실이자 냉엄한 문화적 현실의 패배라 단언하겠지만 후각적 감각에서는 그것을 생래적인 인간으로서의 본능적 존재성과 사회적인 실존성을 폭넓게 아우르는 신체적, 정신적, 역사적 사실을 동시에 보여준다. 1950년대 시인들은 이것을 의식했든 안 했든 간에 후각적 감각 속에는 당대의 사회·문화적인 현실이 반영되어 있다. 이 중 자기 보존 욕구와 문화적 주체성의 혼란과 같은 후각적 특징들은 30년대와 유사한 면모를 보인다. 이것은 해방 후에도 여전히 역사적 주체로 서지 못한 민족의 현실이 감각화된 것이다. 하지만 이에 대응하는 우리 민족의 태도는 후각적 특징에서 사뭇 다른 양상으로 나타난다. 역사적 주체로 서기 위한 우리 민족의 태도가 30년대에는 저항적 의지로 나타난 반면 50년대는 허무와 실존의 불안 양상으로 나타난다. 역사적 주체로서의 민족적 현실이 30년대보다 50년대에 더 혼란스러웠다는 것을 의미한다.

제8장

사회 전복 의지의 후각적 메타포

— 1960~70년대[1]

1960년대는 1950년대와는 달리 남북한의 대립은 약화되고, "한국 역사상 최초로 민(民)의 힘으로 국가 최고 지도자를 끌어내린 사건인 4 · 19"[2]와 군부가 정권을 장악한 5 · 16 등으로 인해서 대중의 사회적인 공감대가 형성되기 시작한 시대였다. 대중의 사회적 공감대 의식은 군부의 독재로 이루어지는 사회와 문화, 경제적 문제로 인해 1970년대의 정치운동과 노동운동으로 심화되어나간다.

"50년대 이후 빠른 산업화로 인한 사회의 유동성은 계급적 이해보다는 민족이나 사회정의와 같은 말에 더 민감한 대중을 만들었다".[3] 산업

---

1 이데올로기를 강요하던 1950년대와는 달리 1960년대는 군부 독재와 산업화로 인한 사회적 공감대가 요구되는 시기였다. 1970년대 또한 이러한 특징의 연장선상에 있다는 점에서 1960년대와는 차별성을 갖기 못하기 때문에 두 연대를 묶어서 논의하기로 한다.

2 이상록, 「1960~70년대 민주화운동 세력의 민주주의 담론」, 『역사와현실』 77, 한국역사연구회, 2010. 9, 45쪽, 46쪽 참조.

3 이홍석, 「민중의 재구성과 1960~1970년대 탄광 노동자」, 『실천문학』 110, 실천

화는 1960년대 후반부터 노동자, 농민, 빈민 등의 사회적 약자들의 현실과 고통을 사회적 문제로 양산했는데, 이로 인해 대중들은 자본주의 구조에 대한 본질적 성찰과 조국 근대화 정책의 파행 원인이 박정희 정권이라는 인식을 갖게 되었다.[4] 그럼에도 불구하고 개인의 자유와 행복보다는 민주주의 발전에 더 관심이 있었다. 이런 정치적 상황과 산업화에 따른 자본주의 사회의 모순은 1960~70년대 시의 후각적 감각에서도 보인다.

후각적 감각이 사회제도로서의 현실적 가치와 도덕성을 판단하는 수단이 된 것은 근대에 들어서이다. 이전에도 후각적 감각이 사회 · 문화적인 기호 체계로 통용되어오기는 했지만 사회계층과 정치성으로 세분화된 것은 인구 밀집으로 인한 위생과 관련되면서부터이다. 냄새가 계층의 도덕성과 정신적 이데올로기와 연결되면서 각종 사회적 의미뿐 아니라, 계층 간에 도덕적 판단을 하거나 저항을 하는 정치적 요소로 발전하게 된다.[5] 후각적 감각에 대한 사회적 이데올로기의 확산은 이후 신경 · 생리학의 관점에서도 연구하게 되는 계기로 작용하면서 인간의 후각적 감각이 외부에서 지각되어 의식을 형성하기도 하지만 역으로 심리적 상태에 따라 신체의 냄새가 달라지거나 지각할 수 있다는 사실을 알게 된다.

이런 후각적 기능은 시에서 사회적인 실존성을 지각하는 '악취'와 군부독재의 전복을 위한 정치적 메타포로서의 '향기'나 '물 냄새' 그리고 이런

문학사, 2013. 5, 115쪽.

4 이상록, 앞의 논문, 64쪽 참조.

5 최은아, 앞의 논문, 150쪽, 160쪽, 169쪽 참조.

현실로 인해 좌절된 혁명 의식을 드러낸 '쓴 냄새' · '포르말린 냄새'의 양상으로 나타난다.

1. '악취'와 사회적 실존성 하락

민족과 개인의 사회적인 실존성의 지각을 악취로 의식화한 것이 1960~70년대 시의 한 특징이다. 이것은 후각적 혐오감과 나쁜 냄새의 양상으로 의식화된다. 후각적 혐오감은 실제의 냄새인 경우도 있지만 다른 대상에게 작용하는 이데올로기가 후각의 영역으로 전이되는 경우가 많다.[6] 후각적 의식에서 고유한 존재의 냄새는 개인이나 사회적 자아와 정체성뿐 아니라 타자와의 관계를 대변하는 성격을[7] 가지고 있다. 때문에 다른 존재의 냄새는 악취로 규정되고 있으며, 인종 간의 냄새 혼합은 사회 금기로 자리하고 있다. 또한 존재나 집단 간의 냄새 변별은 계층적인 정보나 지식, 그들의 권력 구조, 사회의 가치나 선악을 판단하는 '냄새의 네트워크'로 작용한다. 그리고 악취와 같은 나쁜 냄새에 대한 지각은 불쾌한 감정이나 악(惡), 하층 계급이나 사회적인 타락을 상징하는 이데올로기로 통용되어왔다.[8] 사회에서 악취는 부패된 사회의 도덕성을 지칭하거나 정치적 권력 요소를 만드는 '후각적 신분'으로

---

6 콘스탄스 클라센 · 데이비드 하위즈 · 앤소니 시노트, 「냄새와 권력—냄새의 정치」, 218~224쪽 참조.

7 콘스탄스 클라센, 「고대의 향기들」, 74쪽.

8 위의 글, 55쪽.

규정되어 왔다.

1960~70년대 시에서 다른 인종을 혐오하는 후각적 이데올로기와 산업사회에 대한 현실의 지각은 민족과 개인의 사회적인 실존성을 지각한 것으로 보인다. 역사와 경제적 현실로 인한 민족적 지위의 하락을 후각적으로 감각한 시인들의 도덕적인 가치판단이 의식화된 것으로 보인다.

이양하는 1960년대 초반 사회적 혼란의 원인을 후각적으로 지각되는 공기 속 이(異)민족 냄새와 그로 인해 환기되는 역사적 관계성을 통해서 지각한다.

> 하늘은 아따 푸르기만 하다. 이 먼
> 지는 웬 먼지 이 냄새는 웬 냄샌고 이 아
> 우성은 또 무슨 아우성인고 아뿔사 발을
> 헛디디며 地獄에도 된구멍에 빠졌나보다
>
> 노랭이 껌둥이 흰둥이……꽃의 빨강 노
> 랑 파랑처럼 이 世上 아름답게 하려는 하
> 느님의 뜻이라나. 모두들 하는 말이나 오
> 늘은 흰 꽃 된 것이 단연(斷然) 자랑스럽다.
>
> …(중략)…
>
> 허나 그제는 되놈 어제는 왜놈 오늘은 코…
> 백이, 사내로선 비위(脾胃)가 뒤틀린다. 내일(來日)은
> 또 어떤놈일까 가다 팔짱 걷고 허영(虛榮)도 부
> 려보나 사내인즉 지지리 못난 사내로다.
>
> — 이양하, 「미국병정」 부분, 『마음과 풍경』, 민중서관, 1962.

이양하는 위기에 빠진 민족의 실존적 상황을 다양한 인종의 냄새가 섞여 있는 '먼지 냄새'로 의식화한다. 냄새는 원래 화학적으로 지각되는 요소이지만 야콥슨 기관으로 인해 사회성에 유용한 감각 기능으로 존재해 있다. 때문에 시에서 다른 인종에 대한 냄새의 지각은 야콥슨 기관과 뇌와 상호작용을 통해서 이루어지는데, 그동안 화자가 겪었던 후각적 경험과 기억들을 융합하여 현재 상황에 대한 판단을 내린다. 역사적 경험과 타 인종에 대한 후각 이데올로기의 융합은 나의 존재성을 위협하는 정보로[9] 지각되고, 때문에 여러 민족의 냄새가 혼합된 '먼지 냄새'는 민족의 사회적 실존성을 진단하는 '냄새의 네트워크'로 작용한다. 공기 속에 포진하고 있는 타 인종의 냄새 지각은 점차 "아우성"이나 "地獄"의 의미로 변주되는데, 이것은 다른 인종의 냄새가 민족의 실존을 위협하는 후각적 정보로 지각되기 때문이다.

외세의 침략이나 통치로 인한 혼란을 경험한 우리로선 이민족의 통치라는 치욕적인 '집단 기억'을 갖고 있다. 생존의 위기에 대한 기억이 낯선 인종과 또다시 같은 공기 속에서 호흡해야 하다는 불안으로 다가온 것이다. 이것은 어떤 면에서 집단에 대한 낮은 자존감을 후각적으로 감각한 것이다. 화자가 자신을 "지지리 못난 사내"로 지칭했듯이 인종적 계급의 차원에서 우리 민족은 역사적으로 항상 피지배자의 입장에 있었다. 때문에 화자에게 지각되는 타 인종의 냄새는 일제강점기와 해방 후 미군정의 신탁통치 등의 여파에 시달리는 민족적 실존에 대한 후각적 비판이기도 하다. 역사적으로 경험한 이민족에 대한 분노가 후각적 혐오감으로

---

9 라이얼 왓슨, 앞의 책, 182쪽.

전이된 것이라 하겠다. 이양하는 현 사회의 문제는 다른 민족의 개입이 그 원인이며, 이로 인해 민족과 개인의 실존성이 위기에 처해 있다고 보는 것이다.

이러한 1960년대의 사회적 실존성은 군부 정치와 재벌 중심의 산업화의 가속화로 인해서 민족과 개인의 사회적 실존성을 하락시키는 상황으로 나아간다. 경제개발 위주의 사회에서 희생되는 개인의 인권과 권력자들의 부패한 도덕성을 악취로 의식화한 것이 정희성이나 김명인의 시이다.

앞남산 뒷남산 다 버리고
이골물 저골물 합수하라
기름내 똥내 비린내 한데 어울어져
흉흉하게 흘러가는 저놈의 강만 보면
꼭 내 꼬라지를 보는 것 같애
언제고 한 번 속뒤집혀 으르렁퀄퀄
왼갖 잡것 다 쓸어내고 새땅 열리는
시원한 꼴 한 번 보리라

— 정희성, 「언제고 한번은 오고야 말—통일을 위하여」 부분,
『저문 강에 삽을 씻고』, 창작과비평사, 1978

공장과 폐수와 진창 바닥 움켜쥔 채 너는 변두리 길목 흙 먼지 뿌연 그 속에 앉아 있었다. 시계를 고치면서, 기다리지 않겠다 않겠다고 흘러가 버릴 시간을 되살려 놓으면서, 비추고/또 비추어도 외눈박이 확대경 속은 고장난 세상.

…(중략)…

> 등 뒤에선, 더 오래 치고 때릴 겨울 바람이 남겠지만, 제 등짐이 내뻐 버린 중량천 그 물 소리에도 따라 흘러야 할 젊음 두고 맡는 네 몸에선, 역겹고 퀴퀴한 냄새가 났다. 희망이 있느냐? 그래도 건너가야 할 어둠 속에 무엇이 오래 박혀 저렇게 우는지
>
> — 김명인, 「逆流」 부분, 『동두천』, 문학과지성사, 1979

정희성은 1970년대 산업사회의 문제성을 "기름내 똥내 비린내"라는 후각적 감각으로 의식화한다. 여기서 "기름내"와 "똥내" "비린내"는 1970년대 산업사회가 만들어낸 무분별한 물질문명의 결과물이다. 이 냄새들은 모두 생명적 존재성이 상실된 것들이다. "기름"은 죽은 생명체의 몸에서 나오는 기름인 석유를 가공한 것으로, 물질문명을 만들어나가는 에너지원이다. 물질문명이란 자연적인 존재를 가공해서 만들어지는 것으로 순수한 존재성의 상실을 담보로 한다. 또한 "비린내"는 생명의 잉태와 소멸이라는 이중적 의미를 갖고 있는데, 여기서는 생명의 소멸로 해석된다. 즉 산업화로 인한 부패물들이 인간으로서의 실존성을 죽음으로 몰아넣고 있다고 지각한 것이다. 그런 점에서 "똥내" 또한 죽은 존재들이 뒤섞여서 풍기는 악취라 할 수 있는 것이다.

이러한 악취로의 의식화는 당대의 민족과 개인의 실존성이 사회 주변부적 위치로 하락하였다는 것을 보여주고자 한 것이다. "기름내 똥내 비린내 한데 어울어져" "흉흉하게 흘러가는" "강"이 시대적 현실이며, 그런 시대를 사는 "내 꼬라지" 또한 주변부적 위치에 있다는 것을 보여준 것이다. 확장해서 보자면 이것은 곧 조국 근대화란 미명하에 생태 환경과 노동자의 인권은 무시되고 재벌과 정치적 이익만을 극대화하는 현실적 상황을 악취로 의식화한 것이다. 부패한 권력자들이 만들어내는 사회적 실

존성이 개인의 실존성으로 이어진다는 것을 그가 같은 시집에서 발표한 또 다른 시에서도 알 수 있는데, "썩은 물"에 "삽을 씻고" "먹을 것 없는 사람들의 마을로"(「저문 강에 삽을 씻고」 부분) 돌아가야 하는 현실에 처해 있는 것이 노동자들의 실존성이라는 것을 보여준다. 이런 시대적 문제가 후각적 감각으로 나타나는 것은 그 어떤 감각보다 후각이 현실적인 경험을 근거로 하는 감각 작용일뿐더러, 이를 근거로 사회의 도덕성과 가치를 판단하며, 직접적 행동으로 대처하는 특성 때문이다. 후각적 감각은 종합적인 사고력을 토대로 하는 시각이나 초월적 경지를 추구하는 청각의 정신적 가치와는 달리 생물학적 존재성을 토대로 하는 인간의 본래적 위치에서 현실을 판단하고 비판하기 때문일 것이다.

산업사회의 부패한 현실에 저당 잡힌 노동자들의 실존성을 김명인 또한 하락한 악취로 의식화하고 있는데, 그 또한 사회적 실존이 개인의 실존과 연계되어 있다는 것을 보여준다. 위 시가 상재되어 있는 김명인의 『동두천』은 1960~70년대를 고통스럽게 통과한 젊은이들의 내면과 사회를 개조하려는 정치권의 무모성을 묘사한[10] 시집이다. 이런 시대적 특징을 위 시에서도 보여주고 있는데 산업화가 만들어내는 "공장과 폐수"는 젊은이들의 미래를 절망으로 몰아넣는 원인이다. 산업사회로 인한 결과물과 구조적인 부패는 개인의 실존성을 오염시킨다. 젊은이들 몸에서 나는 "역겹고 퀴퀴한" 냄새는 현실에서 그들의 지위가 사회 주변부로 전락해 있음을 '후각적 신분'으로 말한 것이다. 이러한 주변부 냄새의 의식화

---

10 이승하, 「4 · 19혁명 이후 우리 시의 유형과 특징」, 이승화 외, 『한국현대시문학사』, 소명출판, 2005, 269~270쪽.

는 국민들의 사회적 지위를 하락시키는 원인 제공자이면서도 그들을 오히려 도덕적 · 육체적으로 혐오스럽게 생각하는 부르주아지나 정치권력자들[11]에 대한 비판이라 할 수 있다. 이것은 그동안 드러난 사회의 구조적인 모순과 노동자, 농민, 빈민 등의 사회적 약자들이 희생된다는 사실을 알게 되었을 뿐 아니라,[12] 이들의 생존권과 쟁의권을 국민적 차원에서 책임을 져야 한다는 의식의[13] 반영이라 할 수 있다.

이러한 사회적 문제를 양산해내는 시대를 "고장난 세상"으로 은유하고 있는 데서 알 수 있듯 김명인은 이런 산업사회와 정치의 결탁이 만들어 나가는 현실을 악취로 의식화한 것이다. 정치권이나 권력자들의 도덕성을 후각적 감각으로 비판하고 이로 인해 민족과 개인의 사회적 실존성이 하락되었다는 것을 말해주는 것이다.

2. '향기' · '풀 냄새'와 사회 전복의 정치적 메타포

후각적 의미에서 향기에 목소리를 부여하는 것은 정치적 억압에 대한 반항의 수단[14]이다. 문학에서 냄새로 사회 개혁을 주장하고 저항하는 후

---

11 콘스탄스 클라센 · 데이비드 하위즈 · 앤소니 시노트, 「냄새와 권력—냄새의 정치」, 221쪽.

12 권영민, 『한국현대문학사 2』, 민음사, 2009, 192쪽 참조.

13 이상록, 「1960~70년대 민주화 운동 세력의 민주주의 담론」, 『역사와 현실』 77, 한국역사연구회, 2010, 65~66쪽 참조.

14 콘스탄스 클라센, 「향기를 따라서—중세에서 현대까지」, 122쪽.

각적 정치성은 이전부터 있어온 것이다. 이것은 냄새가 갖는 상징성이나 이데올로기를 문학적 정치 수단으로 사용하는 것인데, 냄새가 가진 무정형의 특성을 주로 정치적 메타포로 활용한다. 때문에 정치적 메타포로 사용된 후각적 감각 속에는 사회적 인간으로서의 시인의 가치판단과 생존적 위협에 대한 본능적 방어로서의 집단에 대한 책임감이 내포되어 있다.[15)]

1960~70년대 시에서 정치적 현실에 대응하기 위한 메타포로서의 후각적 감각은 '향기'와 '풀 냄새'로 의식화된다. '향기'는 우주론의 강력한 힘이나 투쟁의 열정으로 의미화되고,[16)] '풀 냄새'는 생명이 가진 끈질긴 저항성으로 의미화되어, 사회의 전복을 통해서 건강한 사회를 구현하려는 정치적 메타포로 많이 쓰인다. 이들 냄새가 가진 긍정적인 심리의 기능이 '나'를 '우리'라는 구성원의 소속감으로 바꾸어준다.

이런 후각적 정치성이 1960~70년대 시에서 보이는 것은 이때가 사회적 현실을 대중과 함께 인식하고 참여하는 사회적 공감대의 시기였기 때문일 것이다. 1950년대 이후 빠른 산업화는 자본주의적 계층 분화보다는 민족이 가진 공통의 감수성을 통해 사회 대중을 이끌어나갔다는 사실[17)]과 "4 · 19가 8 · 15나 6 · 25와는 달리 우리 역사 내부의 힘에 의해 형성된"[18)] 민간 주도의 혁명이라는 사실의 영향으로 보인다. 현실 참여의

---

15 피트 브론 · 안톤 반아메롱겐 · 한스 데 브리스, 앞의 책, 149쪽 재인용.

16 콘스탄스 클라센, 「고대의 향기들」, 75쪽.

17 이홍석, 「민중의 재구성과 1960~1970년대 탄광노동사」, 『실천문학』 110, 실천문학사, 2013, 115쪽.

18 이현석, 「4 · 19혁명과 60년대 말 문학담론에 나타난 비-정치의 감각과 논리 :

시대적 현실이 시인들의 시에 반영되었다고 볼 수 있다.

조태일과 정현종의 시는 '향기'의 이데올로기를 통해 민족과 개인에게 희망적 미래를 제시하고, 이에 대한 대응책으로서 현실 참여의 열정을 가지기를 촉구한다.

> 땀흘리는 시간을 엮어 이마에 동여매고
> 날카로운 깨우침을 이마에 동여매고
> 제 몸이 뜨거워 향기로와
> 내 몸을 어르면서 불씨들이 엉엉 운다.
>
> 서러운 마음들을 깎아
> 곧음을 영원에 세우고
> 썩음을 향해 훤한 날카로움으로 우는 저것은
> 각하의 적인가 성가신 개새낀가
> 나의 각하인가 형제인가.
>
> 우리네 궂은 하늘엔 한도 많고
> 메마른 벌판엔 불씨도 많아
> 내 땅 밝히겠네, 깃발이 되겠네.
>
> — 조태일, 「대창」, 『아침 船舶』, 나남, 1965

> 불행이 내게 와서
> 노래부르라 말한다
> 피 흘리는 영혼 내게 와서

소시민 논쟁과 리얼리즘 논쟁을 중심으로」, 『한국현대문학연구』 35, 한국현대문학회, 2011. 12, 241쪽.

노래부르라 말한다.
내 인생은 비어 있다, 나는
내 인생을 잃어버렸다고 대답하자
고통이 내게 와서 말한다–
내 그대의 뿌리에 내려가
그대의 피가 되리니
내 별 아래 태어난 그대
내 피로 꽃 피우고 잎 피워
그 빛과 향기로 모든 것을 채우라.

…(중략)…

고통의 별 아래 태어난 우리들,
한국을 사랑하는 것은
그 별빛을 사랑하는 것입니다

— 정현종, 「술잔을 들며—한국, 내 사랑 나의 사슬」 부분,
『나는 별아저씨』, 문학과지성사, 1978

인용 시들에서 '향기'는 사회를 개혁하려는 신체 내부의 혁명적 열정이나 이로 인한 희망적 미래로 의식화된다. 다른 의미에서 이것은 억압적 현실을 타파하고 새로운 사회를 정립하려는 현실 참여의 의지로 그 목적은 사회를 전복하는 것이다. 이들 시에서 현실 참여의 의지를 상징하는 "향기"는 현실의 절망을 희망으로 바꾸는 "불"이나 "빛"으로 귀결되는데 이는 현재의 억압적 정치 현실을 극복하여 자유로운 민주주의가 실현되는 사회를 만들어야 된다는 것을 의미한다. 이런 사회를 만들기 위해서는 민중들이 혁명적 열정을 가지고 "각하의 적"이니 "성가신 개새끼"니 하는 권력층들을 타파하고 전복해야 하는데, 그렇게 되기 위해서는 "땀 흘리는 시간을 엮어 이마에 동여매고" 스스로 "내 땅 밝히"는 "깃발이" 되

어야 한다는 것이다.

원래 인간의 본성은 권력과의 관계 속에서 갈등이 야기될 때 자신이 몸담은 사회를 지키려는 지성과 본능이 동시에 작용을 하는데,[19] 우리의 신체는 본능적 감각으로 현실이 지각되지만 뇌와 상호작용을 하는 과정을 거치면서 비판적 지성이 형성된다. 때문에 정치적 메타포로 사용된 시에서의 냄새 또한 현실적 위협을 습관적으로 방어하는 본능과 이로 인해 형성된 현실적 가치판단이 동시에 작용한 것이다. 사회적 인간으로서의 시인의 억압적 현실에 대한 가치판단이 이를 개선해야 한다는 사회적 책임감으로 전환한 것이다. 이 사회적 책임감의 수단이 현실 참여의 의지를 촉구하는 정치적 메타포인 '향기'인 것이다.

정현종 또한 개인의 의지와 열정을 "향기"로 메타포하여 현실의 문제를 해결할 것을 의미화한다. "고통"스러운 현실을 희망으로 바꾸기 위해 내 근원을 파고들어가 "피로 꽃 피우고 잎 피워" "빛과 향기로" 거듭나야 된다고 말하는 것은 향기가 갖는 긍정성과 낙관적 사고를 정치적 메타포로 사용하며 대중들에게 사회 개혁을 위한 의지를 갖기를 촉구하는 것이다. 후각적 심리에서 향기와 같은 좋은 냄새는 성스러운 쾌감과 함께 세속적인 쾌감을 동시에 제공한다. 감수성의 긍정성을 통해 소극적인 '나'를 능동적인 '우리'로 전환을 시킨다.[20] 향기가 주는 긍정성이 현실에 좌절하고 있는 개인에게 희망을 불어넣어 사회적 자아로 나아가게 하는 동력이 되어준다.[21] 정현종은 모든 국민이 하나가 되어야 희망적인 나라가

---

19 황수영, 『베르그송—지속과 생명의 형이상학』, 202쪽.

20 라이얼 왓슨, 앞의 책, 222쪽, 223쪽 참조.

21 다이앤 애커먼, 앞의 책, 98쪽.

될 수 있다는 것을 향기라는 정치적 메타포로 촉구하는 것이다.

이것은 1960년대의 정치적 운동이나 1970년대의 민주화 운동이 개인의 경제적 이익 추구나 자유보다는 공동체 속에서 실현되는 자아와 자유를 목적[22]으로 했다는 것과 무관하지 않다. 공동체의 안녕 속에서 개인의 행복을 추구하려는 의식은 '풀 냄새'를 정치적 메타포로 사용한 시에서도 볼 수 있다.

> 사월은 돌멩이들도 가슴을 펴
> 빛을 있는 대로 한껏 쏟아내지.
>
> …(중략)…
>
> 슬픔 너머 내일 보이네,
> 죽음 너머 자유 보이네,
> 멈추었던 하늘도 바람도
> 쑥냄새, 진달래 향기 자욱한 땅도
> 덩실덩실 춤을 추나니
> 내 것일세
> 내 것일세.
>
> — 조태일, 「돌멩이들의 꿈」 부분, 『아침 船舶』, 나남, 1965

> 저 땅밑에 決死의 레지스땅스가 있다.
> 어두운 지하 비밀 루트,
> 암호로 陰刻된 통로의 벽면과

---

22 이상록, 앞의 논문, 65쪽.

흐릿한 불빛으로 한결 멀어지는 밀실,
-낯선 인물을 차단하라!
무성한 잡초를 줄기채 힘껏 뽑고 뽑아도
결코 저들의 組織 베일을 탄로시키지 않는
거친 풀들의 끈질긴 流血의 저항, 흩어지는 풀냄새,
땀 흘리며 진저리치며 싸우는 여름날의 풀뽑기.

— 이수익, 「풀뽑기」 부분, 『이수익 시전집, 그리고 너를 위하여』, 문학과 비평사, 1988

인용 시들에서 '풀 냄새'는 민중이 가진 오랜 시간성을 토대로 하고 있다. 조태일은 우리 민족이 가진 오랜 후각 이데올로기를 정치적 메타포로 사용한다. 존재가 가지고 있는 특정한 냄새는 그 집단의 도덕적 규범이나 가치관에 따라 다른 후각적 의미를 가진다.[23] 우리 민족에게 "쑥"은 건국신화와 관련되어 있는 것으로, 『삼국유사(三國遺事)』의 고조선 편에 나와 있듯이 신단수에 내려온 환웅이 인간이 되라고 준 풀이다.[24] 때문에 "쑥"으로 환기되는 냄새는 우리 민족에게만 통용될 수 있는 민족적 정체성과 본질로 지각되는 후각적 감각이다. 이런 것을 후설은 문화로서 정신화된 민족의 신화라고 한다. 신화는 민족에게 "하나의 공통된 핵"[25]인 민족정신으로 작용하여, 민족이나 개인의 정체성을 형성하는 토대가 된다. 조태일은 세대성을 기반으로 하는 민족의 후각 이데올로기를 정치적 메타포로 사용하여 실의에 빠진 개인의 자아를 능동적인 사회적 자아

---

23 콘스탄스 클라센 · 데이비드 하위즈 · 앤소니 시노트, 「냄새의 세계」, 137쪽.
24 송인갑, 앞의 책, 147쪽.
25 에드문트 후설, 『순수현상학과 현상학적 철학의 이념들 3』, 436쪽.

로 일으켜 세우고자 한 것이다. 역사적 주체로서의 민족적 의지를 일깨워 사회를 변화시키고 안녕을 추구하려고 한 것이다. 오랜 세월 어려운 환란 속에서도 꿋꿋하게 역사를 지탱해온 민족적 냄새를 환기시켜 현실적 "죽음 너머 자유"가 온다는 희망을 주는 것이다.

그리고 이수익은 풀이 가진 끈질긴 생명성을 사회를 전복하는 정치적 메타포로 사용한다. 그는 사회적 약자로서 권력적 현실에 저항할 수밖에 없는 민중의 속성을 "풀 냄새"로 의식화하는데, 후각적 의식에서 풀은 긍정적인 향기로 인식되는 생명체 중 하나이다.[26] 풀은 지천으로 널려 있는 질긴 생명력을 가졌다는 점에서 그 냄새 또한 고난 속에서 살아온 민중을 상징하는 후각적 감각으로 통용된다. 피지배자에 위치에 있는 민중의 저항성은 권력적 현실이 부각될 때마다 봉기하였으며, 끝없는 탄압 속에서 살아남는 강인한 의지를 가졌다. 생존하기 위해 현실과 투쟁할 수밖에 없는 민중은 지배자들이 탄압해도 잡초와 같은 생존의 근성을 가지고 있기 때문에 자멸되지 않고 살아남는다. 때문에 민중의 터전으로 치환되어 있는 현실적 공간에서 민중은 늘 권력에 대항하는 "決死의 레지스땅스"일 수밖에 없으며, "줄기채 힘껏 뽑고 뽑아도" "끈질긴 流血의 저항"을 하는 "잡초" 같은 존재로 살 수밖에 없는 것이다. 권력자들에게 억압받는 때일수록 더 강하게 풍기는 "풀 냄새", 즉 사회적 문제가 생길 때마다 봉기하는 민중의 사회적 전복 의지를 정치적 메타포로 사용하고 있다. 정치적 자유를 추구하여 권력자들을 타파하고 올바른 민주 사회를 건설하고자 한 의식들이 후각적 감각으로 나타난 것이라 할 수 있다.

---

26 콘스탄스 클라센, 「고대의 향기들」, 24쪽 참조.

3. '쓴 냄새' · '포르말린 냄새'와 혁명 의식의 좌절

1960년대 사회는 현실 참여의 공감대가 형성되기는 했지만 군부의 독재로 인해서 진정한 국민의 혁명은 성공하지 못했다. 민중을 억압하는 주체가 이승만 정부에서 박정희 정권으로 대체되었을 뿐이다. 이에 따른 국민들의 혁명 의식의 좌절과 사회적 자아의 상실감은 시에서 심리에 따라 다르게 반응하는 후각 생리학의 현상으로 의식화된다. 후각 생리학에서 신체의 냄새는 정신이나 감정 상태에 따라서 다른 냄새를 풍길 뿐 아니라, 맡기도 한다.[27] 그 예로 정신분열증 환자는 보통 사람과는 다른 고약한 냄새를 만들어낼 뿐 아니라, 특정 냄새의 지각에 예민해진다. 외부에서 지각된 냄새가 신체의 호르몬 활동을 조정하거나 심리나 생리에 영향을 끼친다는 것은 이미 과학적으로도 해명된 사실이다.[28] 현대사회에서 냄새는 스트레스를 줄이거나 정신을 집중시키고, 사고와 감정을 조절하는 '아로마콜로지(Aromacology)'로 이용한다.[29] 후각적 감각은 본능적으로 의식화되기도 하지만 역으로 정신을 통제하고 조절하기도 하는 것이다.

시에서는 이러한 후각 생리학은 내면의 불안으로 인해 본능적으로 분비되는 냄새의 양상으로 의식화된다. 이는 1960년대 초반 4 · 19혁명의

---

27 다이앤 애커먼, 앞의 책, 43쪽, 93쪽 참조.
 예를 들어 스트레스를 받은 식물은 에틸렌을 분비한다. 식물들은 상처를 받으면 최면제를 분비하고 모든 정상적인 신진대사를 늦춘다. 이를 통해 공기 중으로 전파되는 어떤 신호가 이웃한 식물의 변화를 유도하기 때문에, 서로 떨어져 있는 나무들이 의미 있는 방식으로 교류할 수 있다. 라이얼 왓슨, 앞의 책, 160쪽.

28 위의 책, 138쪽.

29 일본취기대책연구협회 편저, 앞의 책, 155쪽.

좌절과 경제부흥을 위한 경제개발 수행이라는 명목하에 자행되었던 지속적인 군부 세력의 자유 박탈과 억압으로 인한 사회 전반적인 "사회적 실어증"[30]으로 인한 신체의 현상학이라 여겨진다. 외부로 토로하지 못하는 시대적 목소리가 내면으로 침잠되어 무력감과 상실감으로 전환된 것이 후각적 신체 현상으로 나타난 것으로 보인다.

이런 시대적 좌절감이 후각 생리학으로 의식화된 것이 김수영과 오규원의 시이다.

革命은 안 되고 나는 방만 바꾸어버렸다
나는 인제 녹슬은 펜과 뼈와 狂氣-
失望의 가벼움을 財産으로 삼을 줄 안다
이 가벼움 혹시나 歷史일지도 모르는
이 가벼움을 나는 나의 財産으로 삼았다

革命은 안되고 나는 방만 바꾸었지만
나의 입속에는 달콤한 意志의 殘滓 대신
다시 쓰디쓴 냄새만 되살아났지만

방을 잃고 落書을 잃고 期待를 잃고
노래를 잃고 가벼움마저 잃어도

이제 나는 무엇인지 모르게 기쁘고
나의 가슴은 이유없이 풍성하다

— 김수영, 「그 방을 생각하며」, 『거대한 뿌리』, 민음사, 1974

---

30 이명찬, 「1960년대 시단과 『한국전후문제시집』」, 『독서연구』 26, 한국독서학회, 2011. 12, 481쪽.

어제 저녁 관념의 마을에 가서
나는 보았다
몇 사람이 주먹을 움켜쥐고
벽 뒤에 숨어서
남의 일생을 훔치는 것을.
空地에 쌓여 썩어가는
대화 속에서 남몰래 언어들이 탈출하는 것을.

…(중략)…

시간의 질긴 근육이
두서없이 잘리는 그곳,
병이 깊은 그곳에서 나는 보았다
죽음에는 한약 냄새가 나는 것을

…(중략)…

거부의 근엄한 표정은, 오 육감을
하나씩 거두어들이고 있다.

— 오규원, 「김씨의 마을」 부분,
『오규원 시전집』, 문학과지성사, 2002

김수영은 현실의 좌절감에서 오는 감정의 상태를 후각 생리학으로 지각하고 있다. 그는 억압적 현실로 인해 상실된 사회적 자아를 "녹슬은 펜과 뼈와 狂氣"로 은유하고 있는데, 4 · 19혁명은 성공했지만 군부 세력에 의해 진정한 "革命"이 성립되지 못했다는 것을 보여준다. 민중을 억압하는 권력적 주체들은 "방만 바꾸어" 다른 이들로 대체되었다. 군부 세력의 통제로 인해 사회 · 문화적인 모든 영역은 제 목소리를 낼 수 없는 실어증에 걸려 있다. 혁명의 공허함과 억압적 현실에 대한 자괴감은 민족적 미래에 대한 좌절과 사회적 자아의 상실로 이어지고, 이런 시대적 실어증과 울분은 내부로 침잠되어 "입속"에서 "쓰디쓴 냄새"를 풍기게 하는 신체의 현상학으로 나타난 것이다. 사회적 존재로서의 위협이 상대적으로 생물학적 존재성의 감각으로 표출된 것이라 할 수 있다.

김수영과 달리 오규원은 쓴 냄새를 죽음을 환기하는 냄새로 의식화한다. 오규원은 한 나라를 한 마을로 상징하고 있으며 또한 의인화하고 있는데, 제목 "김씨의 마을"과 부제목 "산과 주저앉은 바다"에서 유추할 수 있듯 "몇 사람"의 음모에 의해서 다수의 사람들이 "일생"을 도둑질당하고 나라의 산하(山河)는 피폐한 현실에 처해 있다. "시간의 질긴 근육이/두서없이 잘리는" 나라에서 역사는 무력해지고 "병"은 깊어진다. 권력층들이 자행하는 "거부의 근엄한 표정은" 국민들의 "오 육감을/하나씩 거두어들"여 감정을 표출하지 못하는 죽은 실체로 만들고 있다. 사회로 향해야 할 "언어들이" 내면으로 "탈출"해야만 하는 침묵이 강요되는 나라, 사회적 실어증으로 인해 비판적 지식인들은 정신 병리의 증세에 시달리고 있다. 건강하지 못한 정신의 병을 오규원은 감각의 마비라는 신체의 현상학으로 보여주고 있으며, 이를 치료해야 할 수단인 "한약 냄새"조차 나라를 살리지 못하고 있다는 사실을 환기한다. 회복 불능의 증세를 가진 존재를 환기하는 냄새로 감각화된다.

이런 시대적 지성의 좌절이 정희성의 시에서는 의식의 박제 감각으로 나타난다. 독성을 지닌 무색의 자극적 냄새인 '포르말린 냄새'로 지식인의 트라우마와 정신 상태를 의식화한다.

나의 잠은 불편하다
나는 안다 우리들 잠 속의 포르마린 냄새를
잠들 수 없는 내 친구들의 죽음을
죽음 속의 꿈을
그런데 꿈에는 압핀이 꽂혀 있다

…(중략)…

신화와 현실의 어중간
포르마린 냄새나는 꿈속 깊이

사월에, 내 친구는 사살당했다
나는 기억한다 초등학교 시절
그가 책 읽던 소리,
그 죽은 지 십여년
책을 펴면 포르마린 냄새가 난다
학생들에게 책을 읽히면
죽어서 자유로운 그의 목소리
그런데 여기엔 얼굴이 없다

— 정희성, 「不忘記」 부분,
『저문 강에 삽을 씻고』, 창작과비평사, 1978

정희승은 심각한 정신장애로 지각되는 후각적 감각을 "포르마린 냄새"로 의미화한다. 정신장애가 있는 환자들은 냄새를 맡을 수 있는 능력이 고양되어 있을 뿐 아니라, 심리적으로 스트레스가 심하거나 불안하면 독한 냄새를 만들어내어 발산하기도 한다.[31] 화자 또한 4 · 19혁명의 좌절과 그

31 위의 책, 179~180쪽 참조.

때 희생된 사람들에 대한 기억으로 불안한 심리 상태를 갖고 있는데 이로 인한 상실감과 분노, 허무감과 고통의 감정들로 인해 독한 냄새를 지각하고 있다. 정신병리학에서 "고통의 기억은 일종의 트라우마로 작용"[32)]하는데, "사월에" "사살당"한 친구에 대한 경험적 기억은 현재의 불안을 조장하는 원인이다. 이것은 다름 아닌 4 · 19혁명 때 희생된 사람들일 것이다. 이들의 희생에도 불구하고 지금의 현실은 죽은 그들이 오히려 "자유로운" 상태이고 산 사람은 박제되어 있다. 시대적 정신의 박제인 것이다.

이 시를 쓴 연대가 1970년대라는 것을 감안해본다면 혁명이 끝난 뒤 10년이 지났는데도 현실은 여전히 자유를 쟁취하지 못하고 지성인들은 침묵해야 하는 억압적 상황에 놓여 있다. 여전히 이런 고통의 기억이 "우리들 잠 속의 포르마린 냄새"로 남아 있다는 말은 집단적 차원에서 기억되어 있는 고통이라는 것을 말한다. 리쾨르는 이런 집단적 기억에는 역사적 · 정치적 자아가 들어 있다고 했는데[33)] 이는 곧 당대의 역사적 · 정치적 자아가 병들어 있다는 것을 의미한다. 신체의 자연스런 능력이 감각을 의식화하고, 사회화에 기여해야 하지만 사회화의 과정이 끔직한 기억으로 차단되어 있기 때문에 의식의 소통이 이루어지지 않고 있다. 집단에게 망각되지 않는 고통을 정희성은 꿈으로까지 확장시키고 있는데, 꿈은 "깨어 있음의 변칙적 양태, 즉 실제적인 주위 세계로부터 이탈"[34)]의 갈망으로 극복할 수 없는 현실의 투사이다. 현실을 바꿀 수 없을

---

32 황수영, 『물질과 기억, 시간의 지층을 탐험하는 이미지와 기억의 미학』, 113쪽.

33 정기철, 앞의 논문, 57쪽 참조.

34 에드문트 후설, 앞의 책, 336쪽.

때 나타나는 비(非)능동적인 심리 현상이다. 사회적 자아와 역사적 자아의 마비로 인해 지각되는 책의 "포르마린 냄새"는 시대정신과 지성의 박제를 의미화한 후각적 감각인 것이다. 개인의 신체와 정신의 불균형성에 오는 후각적 정신병리[35)]는 곧 소통되지 않는 1960~70년대의 사회를 말한다고 할 수 있다.

이런 후각적 양상은 1960~70년대의 경제적 정치적 현실과 국민의 내면적 상태를 후각적 감각만의 정신적 특질로 보여준 것이다. 후각적 감각이 가지는 현실 대응력은 다른 감각과는 달리 현실적 지각 본능과 사회적 가치판단의 지성적 상호작용 속에서 의식화된 신체의 현상학이라는 것을 알 수 있다. 후각적 현상학을 통해 당대 민족과 개인의 사회적 지위와 건강한 사회적 실존성을 회복하기 위한 국민적 차원의 노력과 좌절을 보여준 것이다. 그런데 1960~70년대 시의 후각 이미지에서 특징적인 양상은 이전의 시대와는 달리 문화를 반영하는 후각적 감각이 잘 보이지 않는다는 것이다. 이것은 당대의 상황이 문화보다는 정치 · 경제적 문제에 더 많이 봉착해 있었다는 것을 말해준다. 따라서 후각적 감각은 존재의 문제 뿐 아니라, 사회 경제적 대응력을 갖고 있다는 것을 의미하며, 다른 감각과 마찬가지로 시대의 문제와 정신을 해석할 수 있는 코드가 될 수 있다는 것을 보여준다.

35 일본취기대책연구협회 편저, 앞의 책, 111쪽 참조.

제9장

계급 간 정치성과 존재 변형의 냄새

— 1980년대

1. 계급 간 정치성과 사회적 약자 냄새

1980년대 시에 나타나는 후각적 감각의 특징 중 하나가 계급 간의 정치성을 냄새로 의식화한다는 것이다.[1] 냄새가 사회 내 계급과 집단 그리고 민족이나 인종, 성 등의 권력관계 구성 요소가 되는 것은 최초의 사회화가 냄새를 변별하는 일로부터 시작되기 때문이라 할 수 있다. 태어나자마자 냄새의 감각으로부터 시작되는 '나'와 '타자'의 존재성은 점차 복

1 이것은 1980년대가 사회적 계급과 성적 계급의 변화를 모색하는 시기였기 때문인 것으로 보인다. 1980년대는 신군부의 등장과 5 · 18광주민주화운동으로 출발했을 뿐 아니라, 잘못된 역사와 체제를 바로잡고자 온 국민이 힘을 모아 저항을 했던 시기였다. 또한 1980년대는 여성의 문제에 주목했으며, 1987년 민주화 이후 젠더(gender)로서의 여성운동이 확산된 시기이다. 1980년대에 여성노동자의 문제가 부각되기는 했지만 1980년대 시의 후각적 감각으로는 이 문제가 거의 의식화되어 있지 않다. 사회문제를 의식화하기보다는 여성 내부의 문제로 많이 지각되고 있다.

잡한 사회관계의 의식으로 발전되어간다.[2] 외부에서 감각된 냄새는 코와 야콥슨 기관과 뇌의 상호작용에 의해서 성별과 생식, 지배적 위치 등에 대한 정보로 분석된다.[3] 신체의 자연적 능력에서 시작된 감각은 의식화되어 한 사회의 이데올로기나 문화적 상징체계로 자리잡게 된다. 특히 근대에 오면서 냄새는 위생 관념과 도덕성 등 대중의 정신 이데올로기와 연결되면서 후각의 사회적 계층화를 가져온다. 한 집단이 가지는 후각적 특성은 사회적인 차이를 구분하는 상징이 되며 계층 간의 권력성과 정치성으로까지 나아간다.[4]

이런 냄새의 정치성은 1980년대 시의 후각 이미지에서 냄새로 계급 간의 갈등을 표출하는 시적 메타포나 후각적 저항을 하는 양상으로 나타난다.

1) '향기'와 사회적 약자의 저항과 옹호

후각적 저항은 다른 집단이 내게 부여한 '후각적 신분'을 당당하게 인정하거나 거부하는 양상 두 가지로 이루어진다.[5] 그리고 또 하나, 냄새가 가진 상징성을 정치적 메타포로 사용하는 것이다. 이것은 냄새가 가진 무정형의 성격 때문인데, 시적 메시지를 우회적으로 전달하고자 할

---

2 라이얼 왓슨, 앞의 책, 66쪽, 77쪽 참조.

3 위의 책, 105쪽.

4 콘스탄스 클라센 · 데이비드 하위즈, 「냄새와 권력—냄새의 정치」, 215~217쪽 참조.

5 위의 글, 213쪽.

때 많이 사용하는 방법이다. 1980년대 시에 나타나는 '칡꽃의 향내', '향기' 그리고 '똥 냄새'는 사회적 강자에게 저항하거나 비판을 하기 위해 사용한 정치적 성향의 냄새들이라 할 수 있다.

후각적 의식에서 긍정의 의미를 갖는 좋은 냄새들은 쾌로, 부정적 의미를 갖는 나쁜 냄새들은 불쾌로 주로 표현한다.[6] 좋은 것으로 인식되는 냄새는 아름다움을 찾아서 즐기려는 심미적(審美的)인 경험과 관련이 있는데, 낙관적 사고에 근거한 이런 '후각적 심미성'은 개인과 관련되기도 하지만 집단과 관련해서는 구성원들을 한데로 묶어주는 통합 기능으로 통용된다.[7] 또한 신성을 통해 현실의 문제를 긍정적으로 바꾸려는 인식과 관련되어 있는데 역설적으로 이는 한 문화권의 욕망과 의지, 사회적 신체적 한계에 대한 불안의 재현이다. 반면에 나쁜 것으로 인식되는 냄새는 질병이나 사회의 악(惡), 사회 주변부 등으로 인식되고 있는데 이것들은 배척이나 금기의 의미로 통용된다. 좋은 냄새의 환경에 처해 있을수록 계층적 상위를 표상하며, 때로는 이 둘이 계급적 지위를 규정하는 권력의 구성 요소로 작용한다.

아래 최두석의 시는 '칡꽃의 향내'를 1980년대 신군부의 만행을 비판하는 민중의 저항적 의지로 메타포한다.

> 밤하늘에 횃불로 타오르다
> 쓰러져 온몸으로
> 역사가 된 형제들

---

6 송인갑, 앞의 책, 215쪽 참조.

7 콘스탄스 클라센 · 데이비드 하위즈 · 앤소니 시노트, 「냄새의 의례」, 167쪽.

죽어서도 철야 농성하는 산

적의 작전 지도에 붉은
잉크 자국 마를 날 없는 산
그 자리마다 포탄 떨어져
여기저기 웅덩이 패이고
그 위로 재빨리
칡넝쿨 기어가 뿌리박아
더욱더 무성해지는 산

그대 누워 지키는
굽이마다 고개마다
그윽이 끼치는 향내
자주 칡꽃 피어나 흔들리고
끝내 앗길 수 없는 희망 찾아
이리저리 한사코 바닥으로
포복해가는 산.

— 최두석, 「무등산」 전문, 『성에꽃』, 문학과지성사, 1990

품었던 모든 깨끗함, 빛나던 향기를 뺏어다 높은 창공에 걸어놓은 깃발의 영예를 갈갈이 찢어 버리고 싶었습니다. 장미밭도 시들고, 뜨겁던 꽃말마저 시들은 세상, 녹슨 철근이나 부러진 폐목들이 나뒹구는 땅에, 우리는 한 칸 한 칸씩 철탑을 세우고 부실한 성처 주위에는 견고한 파이프를 엮어 쉬지 않고 올라갔습니다. 그러나, 한 칸 올라가면 그만큼 높이 달아나는 저 원수의 깃발, 힘차게 나부끼는 하얀 조소. …(중략)…

오늘도 아슬한 허공에 매달린 비계공의 꿈

— 최석, 「작업일지 · 4—비계공의 꿈」 부분,
『작업일지』, 청하, 1990

최두석은 시에서 '칡꽃의 향내'가 가진 끈질긴 저항성을 가진 민중의 의지로 메타포한다. 땅속에 깊이 뿌리내려 강한 생명력을 가지고 있는 칡은 현실에서 몸에 좋은 약으로 통용된다. 일상에서 감각적으로 경험한 칡의 끈질긴 생명성과 치유적인 존재 양상이 민중의 속성과 동일시되어 '칡꽃의 향내'라는 후각적 감각으로 메타포된 것이다. 이것은 일상에서 겪은 칡꽃 향기에 대한 감각적 경험이 의식을 형성하는 출발점이며, 사회 구성원 간의 이데올로기를 형성하는 근원적 토대로 작용한 것이라 할 수 있다. 우리의 감각에 내재되어 있는 자연적 능력이 칡과 관련된 경험을 재구성한 후 민중의 속성은 곧 칡이라는 또 다른 실존 양상으로 재구성된 것이다. 이러한 칡 냄새에 대한 경험적 후각 의식이 "자주 칡꽃으로 피어나 흔들리고" 있는 "향내"로 의식화된 것이다. 시에서 칡의 존재성이 온산을 "포복해간다"는 점에서 당대 민중이 현실의 고난을 포기하지 않고 "희망"을 가지고 저항을 한다는 것을 보여준다. 이것은 1980년대 5 · 18 광주민주화운동 사건 때 희생된 민중의 투쟁 정신이 헛되지 않았으며 여전히 현실에서 계승되고 있다는 사실을 보여준 것이다. 이유도 모른 채 신군부의 총알에 "쓰러져 온몸으로" "역사가 된 형제들"이 "죽어서도 철야 농성하는 산", 즉 5 · 18광주민주화운동 때 죽은 민중들의 저항 정신은 1980년대 자유를 획득하려는 민주화운동의 횃불로 아직 타오르고 있으며, 이로 인해 자신들이 원하는 세상이 올 것이라는 희망을 놓지 않고 있다. 아마 이 결과가 1987년의 민주화일 것이라 해도 무리가 없을 것이다.

이런 사회적 약자의 저항성을 의식화한 냄새는 최석의 시에서 노동 현실의 개선하려는 노동자의 저항 의지로 메타포된다. 최석은 "품었던 모든 깨끗함"을 "빛나던 향기"에 비유하고 있는데, 이것은 현실을 극복하고자 하는 의지와 열정을 후각화한 것이다. 후각적 의식에서 우주적인 힘이나 열정 혹은 낙관적인 사고를 통해 현실의 문제를 해결하고자 하는 의미로 통용되는 향기는 인간의 감성을 자극하는 가장 중요한 요소이기 때문에 의식을 변화시키는 중요한 역할을 한다.[8)] 향기가 갖는 이런 긍정적인 기능은 노동자 의식을 개혁하여, 투쟁과 저항을 할 수 있는 실천적 행동의 원동력이 된다. 하지만 시에서 "향기"는 지나간 시간의 이상일 뿐 현실은 그런 이상조차 가질 수 없는 것으로 의미화하고 있다. 쉬이 개선되지 않은 노동 현실 앞에서 한때 불태웠던 저항적 의지를 메타포한 것이라 할 수 있다.

이렇게 최두석과 최석은 냄새가 갖는 상징성을 사회적 강자에 대한 저항적 의지로 메타포한다. 이들과 달리 고정희는 사회 주변부에게 부여된 냄새를 당당하게 인정하고 옹호하는 양상으로 후각적 저항의지를 의식화한다.

> 홍도깨비 이곳에 당도하여 사면을 둘러보니
> 도깨비불이 너울너울 하고
> 허수아비들 넓죽넓죽 절을 하니
> 보기도 좋고 기분도 좋다마는
> 내 오늘 잔칫날 불원천리 달려왔는디
> (달려왔는디.[추임새]–장고 떵쿵.)
> 아 이게 뭔 냄새여?

---

8 송인갑, 앞의 책, 141쪽.

티우 방귀 냄샌가 아민 똥 냄샌가
뭐가 이다지도 향끗혀?
(코를 쫑긋거리다가 고개를 끄덕이며)

오호, 알것다 알것어
한 상 떡벌어지게 바치라 하였는디
땀 냄새 눈물 냄새 가난 냄새렷다
칠칠맞은 여편네 속것 냄새
떼거지들 둘러앉은 궁상 냄새렷다
수년 만의 잔칫상에 합수 냄새 대접사라!
(엄하고 화난 투로)

으흐응, 이런 고얀 것들
아 이게 내 잔치라고 벌린 거여?
오냐, 두고 봐라
이 밤이 새기 전에 요절복통 내주리라
주제넘는 것들 풍지박산 만들라
(풍지박산 내주리라[추임새])

— 고정희, 「사람 돌아오는 난장판」 부분,
『초혼제』, 창작과비평사, 1983

고정희는 샤머니즘이 가지는 굿청의 형식과 화법을 통해 냄새의 정치성을 의식화한다. 사회 주변부의 현실을 개혁하려는 고정희의 의도는 시에서 형식과 내용 이중적 장치로 되어 있다. 시적 형식으로 차용한 굿청의 화법은 그 자체로 신과 소통하여 현실 문제를 해결하는 능동적인 '실천 주술'의 기능을 갖는다.[9] 또한 굿에서 샤먼이 말하는 '신성한 법어'[10] 도 일종의 주술로 현실을 변혁하려는 목적성을 갖고 있다. 때문에 후각적 언어로 구성이 되어 있는 시적 화법은 법어의 성격을 갖는다. 냄새가 가진 의미들은 현실을 변화시키는 주술적 기능을 하게 된다.

후각적 법어로 기능하는 냄새는 시에서 사회 주변부의 냄새로 인식되는 "땀 냄새 눈물 냄새 가난 냄새" "칠칠맞은 여편네 속것 냄새" "떼거지들 둘러앉은 궁상 냄새"로 구술된다. 후각 이데올로기에서 이런 냄새들은 하위 계층을 이루고 있는 사회 주변부 집단을 규정하는 냄새라 할 수 있다. 악취로 인식되는 사회 주변부의 '후각적 신분'은 낮을 수밖에 없다. 고정희는 사회 주변부에 부여된 '후각적 신분'을 당당하게 받아들이며 사회 중심부에게 저항한다. 악취가 합수된 냄새를 "향끗"한 "똥 냄새"로 지각하는 후각적 의식 속에는 사회 주변부의 피와 땀으로 "잔칫상"을 차리는 사회 중심부에 대한 비판이 내재되어 있는 동시에 사회 주변부를 옹호하는 의식이 내재되어 있다. 또한 "똥 냄새"의 화법에는 냄새의 정치성으로 사회 주변부의 힘을 키우려는 후각적 의식이 내포되어 있다. 냄새의 정치학에서 오줌이나 똥 같은 배설물은 존재의 영역이나 힘의 구조, 권력의 방향성을 가리켜주는 표지판 역할을 한다.[11] 그런 점에서 악취를 합수한 냄새를 똥 냄새로 바꾼 것은 냄새로 사회 주변부의 존재성을 강화한 것이며, 또한 그것을 향기로 바꾼 것은 향기가 갖는 기능을 통해 흩어져 있는 사회 주변부의 '개인적인' 힘을 '우리'의 힘으로 전환하려는 의지를 보인 것이다. 사회 주변부들이 긍정적인 사고를 갖게 될 때 그

---

9 김광일, 「굿과 정신 치료」, 『문화인류학』, 인류문화학회, 1972, 79~106쪽 참조.
10 위의 책, 118쪽.
11 라이얼 왓슨, 앞의 책, 65~66쪽 참조.

들의 힘은 강화되고, 사회 중심부가 부여한 '후각적 신분'에서 탈피할 수 있는 것이다.

사회적 계급 간의 냄새 정치성은 1980년대의 정치와 경제, 사회적 계층 간의 상황과 현실을 보여주는 후각적 감각이라 할 수 있다.

2) '피 냄새' · '악취' 와 여성 정체성 거부

1980년대 시의 후각 이미지에서 보이는 또 하나의 계급 간 정치성은 젠더의 문제를 냄새로 의식화한 것이다. 남성적 질서 내에서 여성은 사회적 약자라 할 수 있다. 사회적 약자로서 젠더의 정치성은 후각적 감각에서 남성적 질서에 대한 능동적 전복보다는 여성적 자아나 정체성에 눈을 뜨는 양상으로 주로 의식화된다. 이러한 의식화의 방식은 시에서 남성들이 여성들에게 부여한 생물학적 존재성을 거부하는 '피 냄새'나 창녀나 마녀 등 남성들에게 저항을 하는 여성을 '악취'로 규정하는[12] '후각적 신분'을 스스로 자처하는 양상으로 의식화된다.

아래 김승희와 김정란의 시는 여성에게 부여된 생물학적 존재성을 거부하거나 혹은 그것을 악취로 규정하면서 남성적 질서에 저항한다.

> 이런 사회적 현실은
> 인연은 재앙이니라—

---

12 후각적 의미에서 남성적 질서에 호응하는 여성들은 '향기'로 규정되고, 창녀나 마녀, 남성들에게 저항을 하는 여성들은 '악취'로 규정된다. 콘스탄스 클라센 · 데이비드 하위즈, 「냄새와 권력—냄새의 정치」, 214쪽.

뭉게뭉게 퍼져가는 암세포처럼
시시각각 외상값은 계속 불어나
강아지같이 불쌍한 내 새끼들아,
너희가 갚아야 하느니라,
맷돌을 목에 걸고 여기저기 쏘다니다
광견병 든 개처럼 맞아서 죽더라도
잔인 것은 내가 아니다
흡혈귀는–나는 아니다

고문처럼 질긴
칠천지의 사랑–
이 무슨 원한의 달콤한
피냄새–나는
아니다– 내 착한 새끼들아
사랑은 우환이니라–
인연은 우환이니라

— 김승희, 「어머니가 나에게 가르쳐주신 말」 전문,
『왼손을 위한 협주곡』, 문학사상사, 1983

5. 무덤의 꿈—엄마 뛰어넘기

사방에서 열기가 솟아오른다. 훅훅 숨막히는 더위, 그리고 사정없이 무엇인가가 썩는 냄새가 후텁지근한 공기가 떠돌고 있다. 더워, 참을 수 없어, 나는 사방에 내 무릎을 만큼 빽빽하게 자란 잡풀더미를 헉헉대며 헤치고 나아간다. 무얼까, 이 더위와 악취의 정체는,

나는 한 구석쟁이에서, 잡풀더미 사이에 감추어져 있는 무덤을 하나 발견한다. 무덤은 파헤쳐진 석관을 하나 드러내 보이고 있다. 절반쯤 뚜껑이 열린 石棺. 그리고 부패되고 있는 시체, 시체의 상반신은 석관 뚜껑을 가려져 있다. 얼굴을 알 수 없는 정체불명의

몸뚱이.

그런데 누구일까. 내 안에서 자신있게 말하는 이 음성은?
"그건 엄마야, 그 무덤을 뛰어넘어야 해". 내 몸뚱이는 그 자신 있는 목소리의 경쾌함에 실린다. 나는 가볍게 그 무덤을 뛰어넘는다. 가볍게, 나는 전혀 엄마에게 미안하지 않다.

— 김정란, 「엄마 버리기, 또는 뒤집기」 부분,
『다시 시작하는 나비』, 문학과지성사, 1989

김승희는 남성들이 부여한 생물학적인 존재로서 여성 정체성을 "피 냄새"라는 후각적 감각으로 거부한다. 피 냄새는 유전자의 본능으로 지각되는 신체 내 냄새이다. 후각적 의미에서 고유한 신체의 냄새는 자아나 정체성과 관련이 있는데 피 냄새는 혈육의 세대성으로 이어지는 집단의 권위나 힘을 상징한다. 때문에 월경이나 출산할 때 흘리는 피 같은 것은 집단의 권위나 힘을 강화하는 긍정적이 의미로 해석되지만 신체의 훼손으로 생기는 피는 이 반대의 의미로 해석된다.[13] 이런 점에서 월경이나 생명을 잉태할 때 흘리는 출산의 피 냄새를 거부하는 김승희의 후각적 의식은 현재 자신이 몸담고 있는 집단의 권위를 거부하는 것이다. 이러한 권위의 부정은 남성의 편의에 따라 인정하는 모성적인 존재성, 혈통을 잇고 집단의 힘을 강화하는 역할로서의 여성 정체성을 거부하는 것이다. 때문에 내 몸에 품어 낳은 자식과의 인연은 여성적 자아의 해방을 방해하는 "우환"이며, 본능적으로 생명을 잉태하고 보호하는 모성적 공간

13 필립 윌라이드, 앞의 책, 121~112쪽 참조.

으로서의 몸인 '코라'[14]를 부정하는 것이다.

모성적 공간으로서의 몸을 부정하는 후각적 의식은 김정란 시에서도 보인다. 김정란은 남성적 질서를 "무덤", 엄마의 정체성을 "시체"의 "악취"로 의식화한다. 엄마의 몸에서 나는 악취는 사회에서 금기나 악으로 규정되는 심리적인 부정물인 '압젝트(abjection)'[15]로 '모성적 신분'을 '마녀의 신분'으로 바꾸는 방식으로 남성적 질서에 저항한 것이다. 남성들이 부여한 생물학적 정체성을 부정하고, 새로운 여성적 정체성을 획득하겠다는 의지를 보인 것이라 할 수 있다. 이런 의지는 엄마의 정체성을 죽음의 냄새로 메타포한 것에서 더욱 명확해진다.

후각적 의미에서 시체의 냄새는 신생과 소멸의 이중의 의미를 가진다.[16] 죽음이 갖는 부패의 냄새는 우주적 차원에서 생명 순환의 한 지점이라는 점에서 신생의 기대를 가지고 있다. 때문에 죽음의 의례와 관련된 냄새는 사회에서 다른 정체성이나 지위로 옮겨가는 행위로 해석이 된다.[17] 이것은 후각과 사물의 전이 사이에 내적인 연관성이 있다는 인식 때문인데 변화하고 변천하는 냄새의 경험이 전이 과정을 겪는 사람에게 적절한 통과의례의 수단으로 이해된다.

이런 점에서 "시체"의 "악취"로 지각되는 후각적 감각은 기존의 여성 정체성 버리기나 전복을 의미하는 것이며 새로운 여성의 정체성을 획득

---

14 줄리아 크리스테바, 『시적 언어의 혁명』, 김인환 역, 동문선, 2000, 26~27쪽 참조.

15 위의 책, 26~27쪽 참조.

16 콘스탄스 클라센 · 데이비드 하위즈 · 앤소니 시노트, 「냄새의 의례」, 200~206쪽 참조.

17 위의 글, 181~188쪽 참조.

하기 위한 통과의례 심리라 할 수 있다.

김혜순 또한 스스로 악취의 '후각적 신분'을 부여하는 방식으로 남성적 질서에 대한 저항의지를 보인다.

> 어서 고백해보시지
> 아가리를 찢어놓기 전에
> 아가리 속에서 냄새의 긴 끈을 꺼내 조사해보기 전에
> 대는 게 신상에 좋을 거야
> 모두 불었어 정말이야 너만
> 남았어
>
> 그래도 나는 연기를 피워본다
> 실내 가득히 냄새를 피워본다
> 음험한 구름기둥 불기둥을
> 사라지며 부서지는 지난날의
> 날개 그림자를 가슴에 품어보려
> 연기를 피워본다 헛되이
> 손짓하며 몰래몰래 온 집을
> 허우적거리며 뛰어올라본다
>
> — 김혜순, 「연기의 알리바이」 부분,
> 『아버지가 세운 허수아비』, 문학과지성사, 1985

김혜순은 냄새가 가진 훈증의 기능을 남성적 질서에 저항을 하는 냄새의 정치성으로 의식화한다. 후각적 의미에서 훈증은 악취나 자극성 냄새를 통해서 악이나 나쁜 것들을 물리치려는 의식으로 현실 정화의 의미를 갖고 있다. 시에서 누군가 화자에게 "아가리 속에서 냄새"를 꺼내 자신

의 정체성을 밝힐 것을 요구한다. 그런데 화자는 자기 고유의 냄새는 꺼내지 않고 연기만을 피워내어 자신의 알리바이를 증명하려 한다. 자신에 대한 정당성을 자신의 냄새가 아닌 무언가로 대치하려는 행위는 스스로의 정체성을 부정하는 것이다. 때문에 화자가 연기의 냄새를 만들어 풍긴다는 의미는 기존의 위협적인 질서에 저항해서 현재의 정체성을 소멸시키는 과정으로 해석될 수 있다. 이러한 소멸의 과정은 1980년대 초반까지 민족이라는 이름으로 유지되었던 여성의 이미지, 남성들의 집단적 욕망과 억압을 물리치려는 의도를 후각적으로 의식화한 것이라 볼 수 있다. 하지만 김혜순의 연기 냄새는 연소되는 과정에 있다는 점에서 남성적 질서를 완전히 전복했다고 볼 수 없다.

성적 계급 간의 냄새 정치성은 1980년대가 여성의 정체성이 새로이 규정되고, 젠더적 차원에서의 여성의 지위를 변화 모색하려는 시기였음을 보여주는 후각적 감각이라 할 수 있다.

2. 산업화 사회의 비판과 가공 냄새

1980년대 시의 후각 이미지에서 보이는 또 하나의 후각적 감각의 특징은 물질화 사회로 인한 존재의 변질을 의식화한 가공 냄새라 할 수 있다. 현대사회에서 존재의 변질은 존재를 가공하는 것을 통해 이루어진다. 냄새를 혼합하고, 냄새를 제거하는 양상으로 존재를 변화시킨다. 또한 화학적 조합으로 세상에 없는 인위적인 냄새를 만들기도 한다. 후각적 의미에서 인공 향기는 새로운 후각적 정체성을 의미한다. 동시에 이는 자연적 존재로서의 정체성 상실이나 부재를 의미한다. 존재의 본질적 순수성은 생명을 중시하는 의식과 인간에 대한 도덕성을 대가로 얻는다고 할 수 있다.[18]

1980년대 시의 후각 이미지에서도 사회의 물질화 현상이 존재를 변질시킨다는 것을 보여준다. 또한 가공적 존재성을 추구하는 사회에 대한 부정을 신체의 현상학이나 후각적 심리로 의식화한다.

1) '폐수'와 물질화된 존재로의 변질

1980년대 시의 후각 이미지에 나타나는 '폐수'는 생물학적 존재의 변질을 의식화한 것이라 할 수 있다. 폐수는 생산 · 산업의 과정과 생활에서 사용되고 불필요하게 된 오수를 말하는 것으로 근원적으로 악취를 동반하고 있다. 현대사회의 폐수는 근대사회 이전의 악취의 개념과는 다르다. 산업화 이전에 도시에서 풍기던 악취는 자연의 생명들이 부패하는 냄새였다면 산업화로 인한 공장의 폐수는 존재들을 혼합하거나 존재에 화학적 첨가물들을 혼합하여 생긴 냄새라 할 수 있다. 폐수는 생명을 가진 존재를 다른 존재로 만드는 과정에서 생기는 부산물이라는 점에서 후각적 순수성을 상실한 비(非)생명적 존재라 할 수 있다. 그런데 문제는 이런 존재의 가공 현상이 인간의 정신도 물질화하여 인간성 상실로 이어진다는 것이다.

---

18 콘스탄스 클라센 · 데이비드 하위즈, 「냄새와 권력—냄새의 정치」, 223~236쪽 참조.

1980년대 시인들 또한 이 점에 주목하고 있다. 박영근과 기형도는 '폐수'를 만드는 사회가 인간의 존재성을 어떻게 변형시키고 파괴하는지를 후각적 공간으로 의식화한다.

노래보다 먼저 날아오던 돌멩이
또 부서지며 공장 폐수를 따라
파묻히는 꿈들

— 박영근, 「아버지는 잠들 수 있을까」 부분,
『솔아 푸른 솔아』, ㈜도서출판 강, 2000

몇 가지 사소한 사건도 있었다.
한밤중에 여직공 하나가 겁탈당했다.
기숙사와 가까운 곳이었으나 그녀의 입이 막히자
그것으로 끝이었다. 지난 겨울엔
방죽 위에서 醉客 하나가 얼어 죽었다.
바로 곁을 지난 삼륜차는 그것이
쓰레기 더미인 줄 알았다고 했다. 그러나 그것은
개인적인 불행일 뿐, 안개 탓은 아니다.

안개가 걷히고 정오 가까이
공장의 검은 굴뚝들은 일제히 하늘을 향해
젖은 銃身을 겨눈다. 상처입은 몇몇 사내들은
험악한 욕설을 해대며 이 폐수의 고장을 떠나갔지만
재빨리 사람들의 기억에서 밀려났다.

— 기형도, 「안개」, 『동아일보』, 1985

'폐수'는 물질화를 추구하는 과정에서 생긴 존재들의 부산물이다. 이런 후각적 부산물은 악취만 풍기는 게 아니라 사회와 구성원의 도덕적 이데올로기를 변화시킨다. 후각은 이성보다는 정서적이고 직관적인 감각이며, 다른 감각들과의 공감적 조합을 향해 열려 있는 감각이기 때문에 야콥슨 기관이 개입되면 무의식적으로 지각되어 기억이 된다.[19] 경험적 정서로 지각되는 이런 무의식적 기억은 때로 후각적 도덕성을 판단하는 계기가 된다. 그런 점에서 폐수를 쏟아내는 공장 지대에 대한 두 시인의 후각적 지각은 물질화되어가는 사회에 대한 존재성 위기를 후각적으로 지각한 것이라 할 수 있다.

물질화 사회로 인한 후각적 타락을 박영근은 "공장 폐수를 따라" 사람들의 꿈이 "파묻힌"다는 말로 의식화한다. 사람에게 꿈이란 미래의 시간을 상상하는 것이다. 후각적 타락한 사회, 존재의 본질을 상실한 사회는 인간으로서의 존재성과 실존성이 상실된 사회라고 할 수 있다.

이런 사회의 모습을 후각적 공간으로 구체화한 것이 기형도 시이다.

기형도는 후각적으로 타락한 사회를 "폐수의 고장"으로 의식화한다. 국가적 차원에서 관리나 통제를 하지 않은 후각적 이데올로기로 인해 도시는 "공장의 검은 굴뚝들은 일제히 하늘을 향해" "銃身을 겨"누는 죽음의 공간이 되어 있다. 오염된 인간의 공간은 인간의 감각과 정신의 오염을 상징한다.[20] 후각적으로 타락한 사회적 이데올로기로 인해서 인간성은 상실되고, 소외되어간다. 공장 지대의 어느 한구석에서 "여직공 하나가 겁탈당"해도, "醉客 하나가 얼어 죽"는 등의 일이 벌어져도 사람들은

---

19 라이얼 왓슨, 앞의 책, 39쪽.

20 이-푸 투안, 앞의 책, 34쪽 참조.

그것을 "개인적인 불행"으로 치부할 뿐 아무런 관심을 갖지 않는다. 사회의 후각적 타락이 집단적 차원의 인간성 타락으로 이어진다는 것을 보여준다. 존재와 존재를 혼합하여 새로운 존재로 만드는 이런 물질화 현상이 인간의 후각적 감각의 경험을 넘어 마음까지 물질화로 만든다는 것을 보여준 것이라 할 수 있다.

그리고 이러한 정신의 물질화는 인간성 상실에 그치지 않는다. 정신의 오염은 자연적 존재로서의 생물학적인 몸을 오염시키고, 이것은 또한 생물학적 존재성 자체를 위협하는 요소라는 것을 최승호와 장정일이 보여준다.

무뇌아를 낳고 보니 산모는
몸 안에 공장지대가 들어선 느낌이다
젖을 짜면 흘러내리는 허연 폐수와
아이 배꼽에 매달린 비닐끈들.
저 굴뚝들과 나는 간통한 게 분명해!
자궁 속에 고무인형 키워온 듯
무뇌아를 낳고 산모는
머릿속에 뇌가 있는지 의심스러워
정수리 털들을 하루종일 뽑아댄다.

— 최승호, 「공장지대」 전문,
『세속도시의 즐거움』, 세계사, 1990

징그러운 허물을 가진 구더기 한 마리가
폐수냄새 풍기는 시내 틈에서 기어 나온다.
그리고 검게 탄 바위틈에서
또 한 마리 징그러운 허물을 가진 구더기가

기어나와 서로 입맞춘다

진화된 인간?
혹은 변형된 인간?

두 입술의 설레이는 부딪침조차
징그러움이 되어 버리는
대체 이 풍경은 무엇인가?

— 장정일, 「생존자 / 혹성탈출」 전문,
『상복을 입은 시집』, 그루, 1987

최승호는 공장 지대에 사는 인간의 오염 양상을 물질화된 산모와 아기의 탄생으로 의식화한다. 아기를 낳은 "산모"의 몸에서 나오는 젖인 "허연 폐수"는 산업화로 인해 인간의 몸이 오염되었음을 말한다. 그런데 인간 신체의 오염은 당대에서만 끝나는 것이 아니라 세대 전승될수록 더욱 더 물질화된 인간을 만든다는 데에 문제가 있다. 생물학적 존재로서의 자아 형성에 최초의 후각적 경험은 아주 중요하다. 아기에게 세상에 태어나서 처음으로 각인되는 산모의 젖 냄새는 생리학과 심리학뿐 아니라, 성장과정과 정신 발육에도 많은 영향을 미친다.[21] 젖 냄새는 탄생한 후 며칠 동안 신생아의 주체가 될 만큼 중요한 역할을 한다.[22] 그러므로 신생아에게 폐수로 지각되는 어미의 젖 냄새는 인간적 주체성보다 물질적 주체성으로 먼저 각인될 소지가 있다. 물질화로 인해 인간은 근원적

21 피트 브론 · 안톤 반아메롱겐 · 한스 데 브리스, 앞의 책, 100쪽 참조.
22 라이얼 왓슨. 앞의 책, 132쪽 참조.

인 정신 공간인 생명의 산실을 상실했으며, 이로 인해 미래마저 위기에 처해 있다는 것을 후각적 감각으로 보여준다. 인간이 "굴뚝들"과 "간통"하여 "배꼽"에 "비닐끈들"을 매달고 나오는 물질화된 존재로 변질된 것이다.

인간이 물질화되어간다는 사실은 장정일의 시에서도 볼 수 있다. 그 또한 존재를 가공하는 사회적 환경이 인간을 오염시키고, 변질되어간다는 것을 보여준다. 최승호와 달리 장정일의 인간 오염은 환형동물로 퇴화되어가는 양상으로 지각된다. 그는 "폐수냄새 풍기는 시내 틈에서 기어 나" "구더기 한 마리"가 "진화된 인간" 혹은 "변형된 인간"이 아닌가 하는 의문을 갖는다. 환형동물로의 변형은 가장 하층의 정체성을 획득한 것으로 물질화 속의 인간 실존이 얼마나 바닥으로 추락한 것인가를 의미한다. "두 입술의 설레이는 부딪침조차" "징그러움이 되어 버리는", 인간에 대한 불신이 극에 달하여 인간은 서로 괴리되어 소외되어 있는 것이다.

최승호나 장정일이 생각하는 인간의 지점은 물질화와 환형동물이라는 대치를 이루고 있지만 생물학적 존재의 변형태라는 점에서 같은 맥락 속에 있다. 인간의 실존성이 생물학적인 존재성과 사회학적인 존재성과의 균형 속에서 이루어진다고 볼 때 지나친 사회화의 추구가 균형감을 잃게 한 것이라 할 수 있다. 시인들의 후각적 감각은 물질화 사회의 존재성과 실존성의 문제를 후각 기호로 보여준 것이라 할 수 있다.

2) '가공 향기' 와 인위적 존재성의 거부

1980년대 시에 나타나는 '가공 향기'는 물질화 사회로 인한 존재의 가공성을 거부한 것이라 할 수 있다. 다른 존재나 화학적 첨가물을 혼합하여 존재의 고유성을 변형시키는 물질화 사회의 가공적 습관은 존재의 순수한 본질을 상실시키고 인간의 의식을 가공적으로 만들어간다. 인공의 냄새로 새로이 획득한 후각적 정체성은 개인의 고유성에 대한 믿음과 감수성의 불신을 초래한다.[23] 이러한 불신의 후각적 감수성이 시에서는 대상의 냄새에 대한 불쾌한 감정을 드러내는 후각적 불화나 심리적으로 외면을 하는 '후맹(alfactory blindness)'[24]의 증세로 나타난다.

이러한 후각적 불화를 1980년대 시인들은 신체의 현상학이나 후각적 심리로 의식화한다. 아래 장정일의 시들은 물질화의 일상에 대한 거부와 불쾌감을 후각적 신체의 현상학과 심리로 의식화한다.

> 지하철을 타고 아침마다
> 땅 속에 묻히는
> 몸은 숨바꼭질이냐
> 저녁마다 들키고
> 새벽마다 새로운 출근에 쫓기는
> 죄지은 술래?
>
> 몸이여 너는 통조림이냐
> 뚜껑을 열면 향그러운 영혼이
> 뛰어 오른다는 그 통조림이냐
> 슈퍼마켓 진열장에 번들거리는
> 몸은 통조림이냐 팔려가는

---

23 콘스탄스 클라센 · 데이비드 하위즈,「상품의 향기-냄새의 상업화」, 238쪽 참조.

24 일본취기대책연구협회 편저, 앞의 책, 62쪽.

통조림!

— 장정일, 「몸」 부분, 『상복을 입은 시집』, 그루, 1987

더럽다. 이 여인은
추하고 더럽다. 왠지 누드 모델의 사진에서는
냄새가 난다. 역겨워 눈을 돌려도
한 참 동안 내 코를 끌어 당기곤 놓아주지 않는
냄새가 난다. 냄새

시궁창 냄새. 월경의 피
냄새. 똥 냄새, 몹시 더러운
부패의 냄새가 천연색 사진 속의 여인에게서
난다. 한 밤에 천장을 보고 누워도
벌거벗은 여인의 잡다한 냄새, 살
냄새. 정액 냄새, 돈
냄새가 내 코를 끌어당긴다.

…(중략)…

나는 맡는다
평범하고 당연한 누드로부터
달싹한 분 냄새.
어머니의 젖 냄새
다시 바꿀 수 없이 향그러운 꽃
냄새를. 그리고 말하겠다. 당신의 방법에서는
삶의 진한 냄새가 난다고, 감히 말하겠다.
네 입술에서는 성유의 냄새
예수님의 발 냄새가 난다고.

— 장정일, 「냄새」 전문, 『상복을 입은 시집』, 그루, 1987

장정일의 시의 「몸」은 물질화의 일상이 인간의 몸뿐 아니라, 정신까지 인공적으로 만들고 있다는 것을 신체의 현상학으로 의식화한다. 장정일은 자본주의 체제의 부품화 환경과 시간의 속도감이 현대인 일상을 바꾸고 있다고 보고 있는데, 내 의지에 의해 일상이 영위되지 않는다는 것을 감각적으로 보여준다. 그는 어떤 조직적인 현실의 시스템에 맞춰 살아가는 인간의 "몸"을 "팔려가는 통조림"으로 풍자하고 있는데, 자본주의 체제에서 인간의 생물학적 존재성이 사회학적 실존성에 의해 가공되어간다는 것을 보여준다. 신체의 가공이 의식의 가공으로 이어질 수밖에 없다는 사실을 장정일은 "뚜껑을 열면 향그러운 영혼이" "뛰어 오른다"는 후각적 감각으로 의식화하고 있다. 자본주의 체제에 맞춰 조직적으로 해체된 시간 개념과 일상의 공간은 신체적으로 습성화되어[25] 인간의 의식을 바꾼다. 인간의 의식이 감각적 지각의 습성으로부터 경험이 되고, 그 누적된 경험이 의식화되어 사회·문화적인 일상을 형성하는 것과 관련이 있다. 인간에게 이익을 추구하는 물질화의 감수성이 누적될수록 의식 또한 인공적이고 물질화의 감수성을 갖게 되는 것이다.

이러한 존재의 물질화 양상은 그의 또 다른 시 「냄새」에서는 후각적 심리 현상으로 의식화된다. 시적 자아는 "누드 모델"의 "사진 속" "여인"을 "역겨"운 "냄새"로 지각한다. 역겨운 냄새는 "시궁창 냄새. 월경의 피/냄새. 똥 냄새, 몹시 더러운/부패의 냄새" "벌거벗은 여인의 잡다한 냄새, 살/냄새. 정액 냄새"로 변주되다가 궁극적으로 "돈/냄새"로 귀결되는데, 이것은 실제의 냄새라기보다는 후각적 경험에 의한 도덕적 판단에서 나

---

25 알베르트 수스만, 앞의 책, 291쪽 참조.

온 냄새의 상징이다. 알베르트 수스만은 냄새가 인간의 충동적인 본능을 자극하는 측면도 있지만, 후각적 경험이 선악을 판단하는 도덕적 잣대의 기능을 한다고 한다. 그런 판단은 음악이나 미술 같은 예술을 감상할 때조차도 적용된다고 한다.[26] 그런 점에서 장정일의 후각적 지각은 대상에 대한 불신이 역겨운 냄새로 의미화된 것이다. 후각적 거부감이나 불쾌감은 상대를 인정할 수 없는 존재를 지칭할 때 쓰는 말이다. 사진 속 여인은 돈을 추구하는 자본주의 체제의 표상적 인물로 그에게는 적대감이나 불쾌감을 일으키는 존재이다. 인간에게서 인간의 냄새를 맡지 못하는 이런 후각적 불화는 존재에 대한 심리적 외면이다. 신경 · 생리학 관점에서 이것은 "감각 지각은 달라지지 않았는데도 마음이 후각 반응을 완전히 수정해버리는 경우이다."[27] 이럴 때 상대와의 유일한 화해는 불신하는 냄새를 없애고 다른 냄새를 의도적으로 풍기는 것이다.[28] 그런 점에서 근원적 생명성을 지닌 "젖 냄새"나 "향그러운 꽃 냄새"나 "예수님의 발 냄새" 등은 자본주의와의 화해 가능성을 후각적 대안으로 제시하는 것이다. 존재의 순수한 회복만이 인간성 회복으로 이어진다는 것을 후각적 감각으로 의식화한 것이다.

불신하는 대상과 후각적 불화를 일으키는 이런 양상은 하재봉의 시에는 심리적 외면으로 특정 대상의 냄새를 맡지 못하는 '후맹 현상'으로 나타난다.

---

26 위의 책, 116쪽.

27 최은아, 「감각의 문화사 연구 : 미각」, 309쪽.

28 라이얼 왓슨, 앞의 책, 118쪽.

순환 지하철을 타고
내 불면의 잠 한가운데를 가리마 타면서
도시의 외곽 돌아 다시 제자리로 돌아올 때까지
어떤 사람도, 눕지 않는다

저 많은 군중들과 함께 살고 있다는 것
이해 할 수가 없다
그들은 나와 나 사이를 가로막아 나는
나를 만져볼 수도 없다 냄새 맡을 수도 없다

곤충 울음 소리가 울리면
플랫폼으로 몰려드는 저 뻔뻔한 시체들
등뒤에는 커다랗게 엉덩이를 흔들며
웃고 있는 여자 혹
정통 독일산 맥주의 거품과 함께 흘러내리는
추억의 시간,
(모든 시간은 짧다)
악취나는 내장 속에 갇혀 있기 싫다

— 하재봉, 「비디오/미이라」,
『비디오/천국』, 문학과지성사, 1990

하재봉은 "순환 지하철" 안을 "악취나는 내장"으로, 그 안의 사람들을 "시체들"로 인식하고 있다. 이것은 물질화 사회의 구조와 일상에 대한 부정이다. 인위적으로 시스템화되어 돌아가는 일상은 나의 존재성뿐 아니라, 타인의 존재성까지 망각하게 한다. 이런 현실에 대한 거부감과 불쾌감 그리고 인간 상실의 문제를 하재봉은 '후맹 현상'으로 의식화한다.

이런 후맹 현상은 화자의 심리적 우울을 대변할 뿐 아니라, 사회적 실존성에도 문제가 있다는 것을 보여준 것이다.[29] 그리고 또 다른 측면에서 후맹은 원초적인 감수성과 무의식을 잃는 것이라 할 수 있는데, 신경학 연구에 의하면, 인간의 후각 회로는 고정적으로 연결되어 있는 '하드와이어드(hard-wired)'가 매우 적기 때문에 경험을 통해서 냄새의 기억을 얻는다. 냄새는 다른 감각이 도달할 수 없는 기억을 자극하여 뇌와 연결시키는 역할을 한다. 냄새와 연결된 기억은 여러 해가 지난 후에도 손상되지 않고 그대로 상기되는 냄새를 맡지 못하면 경험적 기억이 생기지 않을 뿐 아니라, 환기하지도 못하는 것이다.[30] 냄새에 대한 기억은 생명에 관계되는 원초적인 방어 시스템을 구축한다는 점에서 존재의 생존과도 관련이 있다.[31] 그런 점에서 심리적 현상으로 특정한 냄새를 맡지 못하는 '후맹 현상'은 인간적인 기억이나 추억의 상실뿐 아니라, 오랜 역사를 통해 인간의 유전자에 저장된 무의식을 자극하는 기능까지 상실할 수 있다는 것을 후각적 감각으로 보여준 것이라 할 수 있다.

시인들이 보여준 인공 냄새는 물질화가 인간의 몸과 마음을 피폐하게 하고, 인위적인 존재성으로 나아가는 것에 대한 비판적 후각 감각이라 할 수 있다.

이러한 후각적 감각의 양상은 1980년대가 사회학적 실존의 변화를 모색한 시기인 동시에 지나친 물질화 인해서 생물학적 존재성의 위기가 온 시기였다는 것을 보여준 것이다. 계급 간의 정치성을 의식화한 냄새가

---

29 라이얼 왓슨, 앞의 책, 185쪽.
30 위의 책, 238~239쪽 참조.
31 위의 책, 233쪽.

사회학적 존재성을 높이기 위한 것이라면 물질화된 사회를 비판하는 가공 냄새는 생물학적 존재성을 높이기 위한 것이다. 또한 이러한 사실은 인간의 실존적 진화가 사회화의 진화와 비례하지 않다는 것을 보여준 것이며, 생물학적 존재성과 사회학적 존재성의 균형성에 대한 문제의식을 제가한 측면이라 할 수 있다. 1980년대의 정치, 경제, 사회적 특징과 인간의 존재성과 실존적 양상을 후각적 감각으로 보여준 것이라 할 수 있다. 그리고 1980년대의 후각적 감각의 특징 중 하나가 문화적 의식을 드러내는 측면이 잘 보이지 않는다는 것이다. 이것은 또한 심미적인 가치를 추구할 여지가 없을 만큼 생존의 위기에 처해 있었다는 말일 것이다.

제10장

물질문화의 허무와 타락의 냄새

— 1990년대

1990년대는 문민정부(1993~1997), 국민의정부(1998~2002)가 형성되어 민주주의가 정착해가는 시기였다. 정치적 현안 문제들이 해결되어 가는 과정에서 자연스럽게 집단의 문제는 완화되고, 그동안 구축해놓은 자본주의 이데올로기가 팽배하게 되는 과정에서 소비사회와 소비문화가 확장되었다. 역사적 현실이나 이념보다는 물질만능주의로 치닫는 일상성과 여성성, 생태주의 문제 등 포스트모더니즘의 문제가 중심으로 떠오르기 시작했다.

자본주의 사회의 폐해로 인한 물질주의의 비판과 소비문화에 대한 허무와 퇴폐 그리고 정치적 이념의 상실로 인한 정신의 타락상은 이 시기에 발표된 시의 후각적 감각에서도 볼 수 있다.

시에서 후각적 감각은 1990년대 물질만능 시대의 존재성을 비판하거나 그런 문화에 대한 허무와 퇴폐의 의식으로 아니면 그러한 것을 정화하려는 의미로 나타난다. 이렇게 물질문명과 관련된 후각적 감각들이 나타나는 것은 1990년대 시에서 사회나 집단에 대한 관심이 퇴조되고, 그 자리에 문화산업의 팽창으로 인한 사회의식이 내재되었기 때문인 것으로 보인다.

그렇다면 1990년대 시의 후각 이미지에 나타나는 감각들이 어떠한 양상으로 나타나며 의미를 가지는지를 살펴보기로 하자.

1. 생명적 위기의 '비린내'와 물질 사회의 비판

1990년대 시에 나타나는 후각적 감각의 특징 중에 하나가 물질만능 사회로 인해서 지각되는 생명적 위기의 냄새이다. 물질만능 사회는 가장 사회학적 존재성을 만들어내는 주체라 할 수 있다. 사회학적 조건들은 인간을 위한 것이기는 하지만 그것이 극대화될수록 생물학적 존재성을 외면하는 부작용을 갖고 있다. 직접적이든 간접적이든 간에 생명의 위기에 직면하게 되면 인간의 본능적 직관은 근원으로 감각화되는 신체의 현상학을 갖고 있다. 현실에서 문제가 생길 때 신체는 본래적 존재에 더 다가간다고 할 수 있다.

시대의 현실을 염려하는 시인들의 의식적 지각이 신체의 감각을 일깨우고, 그것이 시의 후각 이미지로 의미화된 것 중의 하나가 '비린내'다. 후각적 차원에서 비린내는 몸에서 풍기는 냄새로 생물학적 존재성과 많이 관련된다. 비린내 중 정액이나 월경, 젖비린내 등은 생물학적 존재의 생명력이나 건강성으로 지칭되지만 신체가 부패하는 냄새는 생명의 위협이나 비건강성으로 지칭된다. 때문에 생명에게서 풍기는 비린내의 상태는 생물학적 존재로서의 종족을 보존하려는 개인이나 집단의 자기 보존성이나 정체성, 자아의 생명과 건강으로 연결되어 의미를 갖는다. 1990년대 시에서 '비린내'로 표출되는 후각적 감각은 또한 물질문명 속에서 경원시되고 있는 생물학적 존재로서의 생명적 문제와 건강성을 시적 메타포로 감각화한 것으로 보인다.

이와 관련해서 물질만능 사회의 현실을 비판하고 생명적 위기를 일깨우는 후각적 감각이 함민복과 이연주 시에 보이는 '비린내'이다.

> 생명은 흙의 욕망의 찌꺼기가 모인 필터
> 붉은 색의 욕망을 모아 사루비아꽃을 피우고
> 단맛을 모아 암세포 같은 포도송이 욕망을 맺고
> 부레 속에 가득 찬 욕망의 비린내로 물고기를 움직이고
> 푸르른 나무숲은 더러운 산소 똥을 싸고
> 그 산소 똥을 코로 벌름벌름 마시며 살아가는
> 동물들은 흙이 잘못 투자한 욕망을
> 뷔페로 회수하는 똥을 싸다가
> 시지프스처럼 크레디트 카드처럼 흙의 욕망을 굴리다가
> …(중략)…
> 썩음 혹은 배설사슬의 神的 권력
> …(중략)…
> 흙의 욕망을 보살피는 간호원 또는 머슴
> 흙이 제일, 음습하게, 좋아하며, 미쳐가는
> 문명이란 환각제를 제조하는 똘마니
> 생명이여 더럽고 추한 생명이여
> 흙의 욕망의 식민지, 노예에서 벗어날 길은
> 자멸밖에 없다 그러나
> 문명이란 자멸의 길마저 천천히 즐기는
> 저 저주의 흙
> 아편쟁이 핵으로 자폭하고 싶은 욕망의 마조히스트

끝내 흙의 유희에서 벗어날 수 없는 생명의 처절한 비애!

— 함민복, 「푸르른 나무숲은 더러운 산소 똥을 싸고—
惡의 질서 · 2」 부분, 『자본주의의 약속』, 세계사, 1993

몇 번의 탁한 기침이 운반되고
들쉬며 내쉬는 가쁜 숨소리에서 솟아오르는
검고 눅눅한 연기들
도회지 한복판 전광판을 시커멓케 뒤덮는다.

전위적 힘의 청부업자들이 둔탁해진 공기 중에 떠서
초라한 늙은네의 오물거리는 입술마저
낚시 바늘로 그 성대를 꿰는구나

4월은 이제
음탕한 매음굴의 현란한 등불,
넥타이를 느슨히 풀고 버번 코크를 마시는
탱탱한 뱃가죽 아래 식어버린 비릿한
피의 냄새의 기억, 그땐 참 대단했지요.
문득, 뜻없이 중얼거릴 뿐이다.

— 이연주, 「주인없는 4 · 19」 부분,
『매음녀가 있는 밤의 시장』, 세계사, 1991

함민복은 생명의 왕성한 욕망을 "비린내"로 메타포하고 있다. 시에서의 "비린내"는 생명의 실체에서 나는 냄새가 아니라 냄새가 가진 무정형의 상징성을 물질주의 성장을 비판하는 시적 메타포로 사용한 것이다. 함민복은 비린내를 무분별하게 성장하는 물질만능 사회의 비건강성으로 메타포하고 있는데, 그것을 말해주는 것이 열매를 맺게 하고, 생명을 키우고 있는 "흙"의 욕망을 "문명이란 환각제를 제조하는 똘마니"로 보는 것이다. 흙에서 성장하는 생명들은 자연 생태를 순환시키는 존재로 번식을 하지 못하고, 문명이란 환각에 취해 "더러운 산소 똥을"을 배출하거나 "썩은 혹은 배설의 사슬"을 만들어내고 있다. 흙의 존재성이 자연이 아니라 물질주의를 추구하는 문명적 실존에 협조할수록 생명체에게 문명은 "神的 권력"을 휘두르는 존재로 군림된다. 이러한 것을 통해 함민복은 자연 생태의 부패를 말하고 있다. 문명의 왕성한 성장력은 자연 생태를 부패시키고, 죽음으로 몰아넣는다. 외연적으로는 열매를 맺고자 하는 생명들의 왕성한 욕망으로 지칭되는 비린내가 내면적으로는 생태계의 부패를 의미화한다. 장 자크 루소의 말대로 '욕망의 감각'인 냄새[1]를 통해 문명사회의 성장을 비판하고 있는 것이다. 그런 점에서 이 시에서 비린내는 생명의 외부와 내부를 동시에 비판한다. 시인의 창조적 감수성이 생명체와 관련된 후각적 기억들을 떠올려서[2] 문명이 만들어내는 물질주의 현실에 대한 문제로 메타포된 것이다.

물질만능 사회의 안락에 길든 이런 사회적 현실을 이연주는 1960년 4월에 맡았던 비린내의 경험 기억을 소환하는 방식으로 비판한다. 이연주는 물질주의로 번성한 도시를 "비릿한 피의 냄새"라는 후각적 감각으로 지각한다. 시적 자아의 호흡기를 통해 감지되는 현실의 후각적 감각은 "검고 눅눅한 연기들"로 가득한 "둔탁해진 공기"들이다. 공기가 오염된 현 세계의 질서는 "음탕한 매음굴"로 메타포되고 있다. 이것은 자본주

---

1 라이얼 왓슨, 앞의 책, 7쪽.

2 황수영, 앞의 책, 67쪽, 72쪽 참조.

의 논리와 물질문명으로 타락해가는 1990년대 사람들의 실존적 방탕과 타락을 지칭한 것으로 보인다. 이러한 현실에서 환기되는 1960년 4월에 흘렸던 "비릿한" "피의 냄새"는 정치적 현실로 형성된 집단적 페르소나와 관련이 있다. 피는 선과 악의 두 가지 의미를 가지고 있다. 건강한 피가 상속된 힘과 권위나 여러 형태의 권력이나 마술적 효과를 의미한다면 건강하지 못한 피는 힘의 상실, 사회적 부정이나 금기를 의미한다.[3] 그런 맥락에서 이연주가 환기하는 피 냄새의 비린내는 사회현실을 바로잡고자 하던 집단적 생명력을 추구하는 의식에서 비롯된 것이라 할 수 있다. 즉 이것은 리쾨르가 말하는 민족에게 집단적으로 내재되어 있는 정치적 차원의 기억이면서, 치유해야 할 민족의 병리학적 기억이면서 반성해야 할 윤리적 차원의 기억이다. 사회학자 뒤르켐의 말대로 사회 현실을 바로잡고자 했던 "집단의식(l'ame collective)"이 비린내 나는 피 냄새의 "집단기억(memoire collective)"으로 발전한 것이다.[4] 피 냄새가 가진 집단적 페르소나를 통해 자본주의가 만들어낸 물질주의 사회를 비판하고 이에 피폐되어가는 우리의 생물학적 실존성을 비판하고 있다.

물질만능 사회를 비판하는 또 하나의 후각적 감각은 여성의 몸에서 풍기는 비린내를 생태학적으로 의미화한 김혜순의 시에서 볼 수 있다.

물동이 인 여자들의 가랑이 아래 눕고 싶다
저 아래 우물에서 동이 가득 물을 이고
언덕을 오르는 여자들의 가랑이 아래 눕고 싶다

---

3 필립 윌라이트, 앞의 책, 121~122쪽 참조.

4 정기철, 앞의 논문, 52~65쪽 참조.

땅속에서 싱싱한 영양을 퍼올려
굵은 가지들 작은 줄기들 속으로 젖물을 퍼붓는
여자들 가득 품고 서 있는 저 나무
아래 누워 그 여자들 가랑이 만지고 싶다
짓이겨진 초록 비린내 후욱 풍긴다.

— 김혜순, 「환한 걸레」 부분,
『불쌍한 사랑 기계』, 문학과지성사, 1997

김혜순은 여성의 신체에서 풍기는 "젖물"이나 가랑이의 "비린내"를 환기하는 방식으로 문명적 현실을 비판한다. 생물학적인 존재로서 여성의 몸은 생명을 잉태하고 키운다는 점에서 그 자체로 다산이나 풍요를 상징한다. 하지만 그는 젖물이나 가랑이에서 나는 냄새, 즉 월경이나 정액 같은 생명을 잉태하는 "비린내"로 더욱 근원적인 존재성에 대한 문제를 제기한다. 신체 현상의 후각적 감각화로 문명적 질서와 실존에 대한 비판적 의지를 드러낸다. 후설의 말대로 인간은 일상의 위협을 느끼면 근원 본능으로 소급해 간다. 근원 본능의 대표적인 것이 자기 보존의 욕구인데 현실에서 결핍된 것들을 충족하기 위해서 무의식은 타자나 새로운 세계로 향해 있다.[5] 이런 점에서 우리의 의식은 근본적으로 사회와 상호 주관적인 관계에 있다.[6] 내밀하게 일어나는 본능이라 할지라도 그 원인이 타자나 세계 내에 있을 때 우리는 그 문제들을 해결하기 위해서 새로운 질서를 갈망한다. 김혜순 또한 물질적인 질서가 만들어내는 감각의 인공

5 위의 논문, 192쪽 참조.
6 박인철, 「사회생물학과 현상학」, 11쪽.

성과 생명적 위기를 신체의 근원적인 감각인 생명의 비린내로 메타포한 것이다.

이러한 김혜순의 의지를 강화하는 것이 물과 냄새의 접목이다. "젖물"이나 월경, 정액은 냄새에 물을 담지하고 있다. 물의 상상력으로 볼 때 이것은 흐르는 물, 생명의 양분이 되거나 잉태를 의미한다는 점에서 고여 있는 세계가 아니라 외부로 나아가는 열린 세계를 지향한다. 그런 의미에서 이것들은 '역동화된 물의 싹(germe)',[7] 즉 생명을 지속시키고, 생성하는 의미를 가지고 있다. 신체에 있는 물질 중에서도 생명력을 담지하고 있는 비린내의 환기는 문명적 질서를 자연적 능력으로 대응하는 것이다. 생물학적 존재성의 우월성을 인정받는 여성적 냄새로 대응한 것이라 할 수 있다. 문명적 질서와는 상반되는 자연적인 존재성의 의미 찾기라 할 수 있다.

이것은 1990년대 페미니즘 운동의 맥락과 상관이 있다. 1990년대의 페미니즘 운동은 1980년대의 성이나 노동계급 관점에서 벗어나 남성과 여성의 특성을 이해하거나 혹은 여성의 특성만을 가지고 근대를 비판하거나 극복하고자[8] 했다. 생물학적 존재로서의 특성을 가진 여성의 후각적 신체 현상을 환기하는 방식으로 존재의 실체를 성찰하는 것은 남성적 질서 혹은 인간이 만든 이성적 질서에 대반 비판이라 할 수 있다.

---

7 가스통 바슐라르, 앞의 책, 24쪽.

8 김은하 · 박숙자 · 심진경 · 이정희, 「90년대 여성문학 논의에 대한 비판적 고찰」, 『여성과 사회』 10, 1999. 5, 139쪽 참조.

2. '페로몬적 향기'와 소비문화의 허무와 퇴폐

1990년대 시의 후각 이미지에서 보이는 '페로몬적 향기'는 소비문화에 젖은 개인들의 실존적 의식을 감각화한 것으로 보인다. 1980년대 후반의 문화가 자율성을 획득하면서부터 1990년대에는 무분별한 문화주의를 양산했다. 이로 인해 개인의식을 중시하는 경향이 더불어 나타났다. 1980년대에는 집단적 이슈가 사회 전반을 지배했다면 1990년대는 개인의 내면과 스스로를 성찰하는 나르시시즘의 정신병리학[9]이 주류가 되었다. 물질적 욕구가 기본적으로 충족되는 시대의 빈곤은 비물질적 조건, 즉 삶의 결핍, 문화적 재화에 대한 접근 부족, 자아실현의 어려움 등 상대적 결핍이 사회문제로 등장하기 시작했다.[10] 자본주의 논리에 성행하는 언론과 상업성의 문화가 개인을 향락과 퇴폐의 실존으로 몰아넣는 유혹적인 문화로 확산되자 시인들은 이를 페로몬적 향기로 의미화한 것으로 보인다.

후각적 의미에서 페로몬적 향기는 신체에서 분비되는 냄새로 이성에게 후각적 자극을 주어 상대의 욕망을 촉진시키는 기능을 한다. 냄새를 통해 이성 간의 관계를 맺으려는 종족 보존의 강한 욕망이 내재되어 있는 페로몬(pheromone)은 상대를 유혹하여 사랑의 감정을 촉발시키는 후

---

9 이해영, 「90년대와 80년대 : 하나의 정신사적 고찰」, 『문화과학』 20, 문화과학사, 1999. 12, 123쪽 참조.

10 고길섶, 「청년문화—혹은 소수문화론적 연구에 대하여」, 『문학과학』 20, 문화과학사, 1999. 12, 189쪽.

각의 연정이라 부르기도 하는데, 상대의 의식이나 행동을 변화시킬 뿐 아니라, 호르몬의 작용에까지도 영향을 미친다.[11)]

이런 페로몬적 향기는 1990년대 시에서 개인적 자아를 파멸하고 실존을 쾌락으로 몰아넣는 유혹적인 냄새로 의식화된다.

> 이제 장미는 문을 닫았다, 나 오솔길이 끝나는 곳에서 한숨짓는다, 축제의 폭죽은 싸늘한 먼지로 사라지고 펄럭이던 혀와 술잔은 어둠의 얼룩으로 메말라 있다 …(중략)… 이제 장미는 문을 닫았고, 늦은 욕망만이 내 몸에 대롱을 꽂는다. …(중략)…
> 담담하게 입술을 닦는다 오, 희망이여, 나의 벌레여,
> 오늘 나는 환멸에게 인사하련다 향기의 해골에 기대어
> 장미는 문을 잠그고, 내 푸른 영혼도 노래를 따라 날아갔다
>
> — 유하, 「술과 장미의 나날」 부분,
> 『세운상가 키드의 사랑』, 문학과 지성사, 1995

> 밤마다 나는 비명을 사냥한다
> 사랑하는 여인의 흰 목덜미에 날카로운 송곳니를 처박고
> 거기서 흘러내리는 향기로운 피를 마시며

---

11 다이앤 애커먼, 앞의 책, 48쪽.
생물학자 조지 프레티는 여성의 땀 속에 든 페로몬이 생리 주기를 일치시킨다는 것을 알아냈다. 기숙사에 함께 있는 학생들이나 가까운 친구들끼리는 같은 시기에 생리를 하는 일이 많은데, 이러한 현상을 '매클린토크 효과'라고 한다(최초의 발견자인 심리학자 마사 매클린토크의 이름을 따서). 또 다른 효과도 있다. 남자가 한 여자와 일정한 기간 동안 계속해서 관계를 가지면, 남자의 수염이 전에 비해 더 빨리 자라난다. 남자들에게 격리돼 있는 여자들은, 그렇지 않은 여자에 비해 사춘기가 늦게 시작된다. 위의 책, 65쪽.

나는 밤마다 울음 운다

내 사랑의 방식이 마음에 들지 않기 때문이다
내가 원한 것은 보다 따스하고 정다운 사랑
그러나 지상은 내게 불빛과 안주를 허락하지 않았다
다만 어둠에서 어둠으로 자리를 옮기며
나는 여인의 환영을 뒤쫓을 뿐

…(중략)…

내 스스로의 비명에 못박혀 나는 죽는다

— 남진우, 「흡혈귀」 부분,
『죽은 자를 위한 기도』, 문학과지성사, 1996

유하는 1990년대에 만연했던 소비문화의 향락적 실체를 "향기의 해골"로 메타포한다. 그는 1990년대의 문화적 현실을 하늘의 불꽃으로 올랐다 사라지는 "축제의 폭죽"에 비유하고 있다. 술과 욕망이 자유로이 분출하는 축제의 시간은 즐겁지만 그 순간이 지나면 "환멸"을 부른다. 자유라는 명목으로 개인들을 문화 소비의 주체로 몰아넣는 상업문화는 개인들의 내면에 있는 쾌락적 욕망을 부추기고 파멸로 몰아넣는다. 예전의 문화 소비 현상이 정신적인 것을 추구했다면 1990년대의 문화 소비가 육체적 쾌락에 더 치중되었다는 것을 보여주는 것이 본능적 욕구를 자극하는 페로몬적 향기이다. 여기서 페로몬적 향기의 의식은 생물학적 존재의 영속성으로 나아가지 못하고, 쾌락으로 치달아 나를 파멸로 몰아넣는다는 점에서 생성의 의미를 갖지 못한다. 소비문화의 생활양식을 제공하는 대중매체들이 유포하는 젊음과 아름다움, 사치와 부유함의 이미지들은 오랫동안 억압되어왔던 욕망들을 일깨우는 상품들과 연결된다. 상품의 물화는 교환가치의 우월성을 가져와[12] 생물학적 존재성의 가치를 떨어뜨려버린다. 물질적 가치만 지향하는 사회에서 채우지 못하는 정신은 허무와 환멸에 시달릴 수밖에 없다. 그런데도 쾌락만을 추구하는 '욕망의 전달자'[13] 즉 페로몬적 향기는 1990년대 문화를 통해서 양산되고 있는 것이다.

이런 세기말적인 퇴폐와 허무의 향기는 남진우의 시에서도 볼 수 있다. 그의 시에서 나를 유혹하는 주체는 "여인"이다. "여인의 목덜미"에서 흘러내리는 "향기로운 피"는 나로 하여금 "여인의 환영"을 쫓게 하고, "내 스스로의 비명에 못박혀 죽"게 하는 원인 제공자로 형상화된다. 때문에 여기서 관능적으로 시적 자아를 유혹하는 여인의 향기로운 피는 남성의 힘을 파멸로 몰아넣는 팜파탈의 피, 사회 금기로서의 피 냄새를 풍긴다. 피 냄새가 에로티시즘과 관련이 되어 있는 것은 본질적으로 그 영역이 폭력의 영역이며 위반의 영역이기 때문이다. 관능적인 여성의 에로티시즘의 유혹은 현실이 죽음까지 파고드는 삶임을 대변하는 것이다. 에로티시즘도 생식의 특수한 형태이다.[14] 아기나 생식 등 자연 본래의 목적과는 별개인 풍요로운 삶에 대한 심리적 추구가 심정적 에로티시즘의 발로라 할 수 있다.[15] 본능적 감각과 융합된 후각적 에로티시즘은 그 어떤 때

12 주은우, 「90년대 한국의 신세대와 소비문화」, 『경제와사회』 21, 비판사회학회, 1994. 3, 70~91쪽 참조.

13 라이얼 왓슨, 앞의 책, 86쪽.

14 조르주 바타유, 앞의 책, 9쪽

15 위의 책, 9쪽.

보다 존재의 내밀한 곳을 건드린다. 상대의 유혹적 향기에 기대어 존재를 영속하고자 하는 심리가 이면에 있으나 여기서는 파괴적 존재와 결합하여 그 기능을 제대로 하지 못하고 허무와 퇴폐로 빠지고 있다.

이러한 페로몬적 냄새를 전달할 수 있는 것은 코 속에 있는 야콥슨 기관의 기능으로 인해서이다. 본능적 냄새의 후각 신호를 욕망의 전달자로 만드는 야콥슨 기관은 그 신호를 전뇌의 부후구로 전달하고, 다시 성적 행동을 일으키는 대뇌변연계로 넘기는 역할을 한다.[16] 야콥슨 기관이 냄새에 대한 성별이나 생식, 지배적 위치 등 후각적 정보로 전환시켜 무의식적으로 행동을 하게 하는 것이다.[17] 이런 페로몬적 향기를 메타포로 삼은 것은 1990년대 시선이 육체로 향하고, 매체를 통한 집단 관음증 현상과 포르노가 일상이 되어버린 현실[18]에 대한 허무를 의미화한 것이다. 1990년대 전반에 나타나는 신비주의나 종말론은 진정한 개인의 주체성 복원과는 무관한 내면의 고립감으로 형성된[19] 것이다.

이연주 또한 정신주의는 사라지고, 육체성에 집중하는 퇴폐적 의식을 페로몬적 향기로 의미화한다.

> 능글맞은 유모어들이 살포되는
> 소름끼치는 장터에서
> 간음한다
> 간음당한다

---

16 라이얼 왓슨, 앞의 책, 103쪽, 105쪽.

17 위의 책, 105쪽.

18 이해영, 앞의 논문, 127쪽 참조.

19 위의 논문, 127쪽.

살아온 날과 살아갈 날이
뼈를 발라낸
도살당한 고깃덩어리와 씹한다

보세요, 내 가죽은 얼마나 잘 다림질되어 있는지
이리 오세요
파산한 공장의 작업장으로
음흉한 향내 곁으로

— 이연주, 「유토피아는 없다」 부분,
『매음녀가 있는 밤의 시장』, 세계사, 1991

이연주는 1990년대의 정신적 실존을 "간음"으로 메타포한다. 1990년대의 시간이 소비문화 쾌락적 육체성에 집중해 있다는 사실을 살아갈 "날이" "도살당한" "고깃덩어리와 씹한다"는 말로 비유되고 있다. 이런 현실에서 나의 자아는 생물학적 존재들을 가공하여 상품을 만들어내는 공장에서 잘 다림질한 "가죽"으로 지칭된다. "공장"이 1990년대의 사회 · 문화적 질서를 상징한 것이라면 그런 시대적 현실은 본래적 인간 실존에서는 멀어진 가공적 실존으로 나아간다. 그런 현실에 반응하는 후각적 지각이 "음흉한 향내"로 의미화되어 있는 페로몬적 냄새이다. 제목 "유토피아는 없다"라는 말을 통해서 알 수 있듯이 생물학적인 존재성이 가공될수록 인간이 누리는 실존적 행복은 생명성을 추구하는 건강한 섹스가 아니라 무의미한 쾌락을 추구하는 간음이라고 보는 것이다. 그런데도 세상은 음모를 감춘 향기로 사람들을 유혹한다. 가공되어 상업화된 질서가 나를 가공할수록 생물학적 존재로서의 나는 망각되거나 소외되고, 문화적 가치관을 추구하는 물질적 자아만 남게 되는 것이다. 퇴폐적인 생명성을 추구하는 페로몬적 의식을 신랄하게 비판하고 있는 것이다.

3. '타는 냄새'와 타락한 정신의 정화

1990년대 시의 후각 이미지에서 보이는 '타는 냄새'는 타락한 정신을 정화하려는 시인들의 의식을 감각화한 것으로 보인다. 1990년대가 1980년대와 다른 것은 시대가 처한 역사적 깊이의 차이에서 발생한다. 강한 정치적 호소력을 발휘하던 1980년대의 사회적 분위기와는 달리 1990년대는 정치적 호소력을 잃어버렸다.[20] 정치적 호소력의 상실은 '우리'에서 '나'를 성찰하는 계기가 되기는 했지만 상업화되어가는 문화의 방종이나 퇴폐는 민족적 차원의 역사가 단절되는 것[21]은 아닌가 하는 염려로도 발전이 된다. 이것은 역사적 이데올로기라기보다는 인간으로서의 정신을 잃어가는 것에 대한 염려라고 볼 수 있다. 이런 염려가 1990년대 시의 후각 이미지에서는 '타는 냄새'로 지각된 것이라 할 수 있다.

후각적 차원에서 '타는 냄새'는 타락으로 상징되는 사회적 문제들을 없애거나 정화하려는 훈증(薰蒸, fumigation)의 성격을 가진다. 이런 후각적 의례는 일상의 습관이나 반복되는 신체의 현상학이나 의식을 통해

---

20 이병훈, 「90년대 시의 새로운 모색과 가능성」, 『실천문학』 29, 실천문학사, 1993. 3, 308쪽, 309쪽.

21 주은우, 앞의 논문, 83쪽 참조.

사회제도나 문화의 정신적 가치로 정립된다. 이런 정신적 상징은 세대 전승된 것일수록 우주적 질서의 함의를 많이 가지는데, 실제로 나쁜 냄새를 태우는 경우도 있지만 냄새를 통해서 나쁜 것을 물리치거나 현실의 불안을 긍정적인 심리로 전환하고자 하는 심미적(審美的) 의도를 갖고 있다.[22)]

이러한 후각적 의미는 1990년대 시에서 왜곡된 문화주의와 이념 부재의 정신을 정화하려는 심미적 의식으로 나타난다.

> 빼앗긴 것들 찾을 수
> 있을까 도시에서 밀려 나오는 길
> 길어질수록 치욕만 는다
> 눈 감으면 더욱 새파랗게 빛나는 길
> 무르팍 후들거리는데
> 시내버스 장의차처럼
> 이 길 지나갔을까 혁명처럼
> 도시의 불빛 공중에 부옇다
> 이 밤 지나면
> 이 길 돌아오는 길이면
> 다시 찾는 일은
> 다시 빼앗는 싸움일 텐데
> 무혈혁명도 도화선처럼 푸르르
> 이 길로 달려갔을까
> 치욕에서 화약 냄새가 난다
>
> — 이문재, 「길」 부분, 『산책시편』, 민음사, 1993

---

22 콘스탄스 클라센, 「고대의 향기」, 55쪽, 57쪽, 74쪽 참조.

내 시체가 불고기처럼
지글지글 좋은 냄새를 풍기며
타들어가기 시작할지 모르니
기름 뿌리고서 불을 붙여라
나도 말이, 한번쯤
세상에 빛을 비추어야 하지 않겠니
살아온 생이 때때로 어둠이었으니
스스로 빛이 되어 이 어둠을
몰아내야 하지 않겠니
몸의 기름이 장작 밑으로
계속 흘러내리면 떨어지는 팔
떨어지는 두 다리가 아프지 않은데
타는 불길야 얼마나 아름다우랴
심장은 좀더 오래 탈지도 모른다
생에 내내 멈추지 않고 뛰어왔으니
억울할 수도 있겠지
억울함 억누를 수 없었을 때
양심의 가책으로 괴로워했을 때
더 열심히 뛰던 심장이었으니
좀 더 오래 탈지 모르지

— 이승하, 「흔적도 없이」 부분,
『생명에서 물건으로』, 문학과지성사, 1995

이문재는 치욕적인 정신을 정화하려는 의지를 "화약 냄새"로 의식화한다. 이것은 전쟁에서 터트리는 실재의 냄새가 아닌 시인의 기억을 통해 환기하는 심리적인 냄새이다. 시인은 생명성을 잃은 "도시"의 "길"을 지나면서 인간으로서의 존엄성을 쟁취하기 위해 저항했던 "무혈혁명"의 "도화선"이 타오르던 지난 역사를 환기한다. 물질은 부족했지만 생명적 존재로서의 열정이 생생하게 살아 있던 시간을 그리워하는 것이다. 때문에 정신력이 사라진 지금의 현실은 시인에게 치욕으로 인식된다.

치욕을 통해 환기되는 "화약 냄새"는 생명성을 잃은 사회현실을 정화해야 한다는 시인의 무의식이 작용한 것이다. 현실의 부정을 긍정으로 바꾸려는 이런 후각적 심리는 문명화로 타락되어가는 인간의 실존성을 없애야 한다는 의지이다. 후각은 그 어떤 냄새보다도 집단의 도덕성과 관련이 있으며, 현실이 악(惡)이라는 판단이 서면[23] 그것을 개선하기 위해 본능적으로 행동 반응을 보이는 감각이다. 인간의 본능은 우리가 몸담은 사회의 습관적 규율이 깨지면 저항에 직면하게 될 뿐 아니라, 그것을 본래적 상태로 돌려야 한다는 맹목적 의무감을 갖게 된다. 사회를 보호해야 한다는 이런 무의식은 원시적 본능에서 생겨난 것이라 할 수 있다. 인간이 사회적 질서와 자연적 질서의 균형감을 갖는 것은 근본적으로 우리가 사회적인 존재이기 때문이다. 실존적 자유의 영역인 개인의 심층자아와 사회 안에서 타인과 소통하고 행동하려는 의지를 나타내는 표층자아가 동시에 움직인[24] 것이다.

현실의 문제를 해결해야 한다는 이런 생각은 이승하 시에서 더 능동적인 양상으로 의미화된다. 이승하 시에서 후각적 감각은 자신의 몸을 태워 타락한 현실을 정화하고자 하는 소신공양의 양상으로 이미지화된다. 스스로 물질이 되어 산화하는 방식으로 새로운 생명을 얻는다. 이러한 방식은 후각적 의미에서 무언가를 태워 현실의 악을 없애려는 훈증의 의

---

23 알베르트 수스만, 앞의 책, 129쪽

24 황수영, 앞의 책, 114쪽, 203쪽 참조.

미로 해석할 수 있다. 희생양을 통해 어떤 권위적인 힘을 얻고 사회의 구성원을 통합하려는 이런 후각적 갈망은 물질을 태우는 냄새를 통해 공간과 시간의 초월뿐 아니라, 세속을 넘어 신성의 세계로까지 연결된다. 현실을 극복해줄 어떤 절대적인 힘을 요청함과 동시에 사회적 신체적 한계에 대한 인간의 불안감을 동시에 표출한 것이다.[25] 생명성을 잃은 사회를 정화하고 새로이 정신을 정립해야 한다는 시인들의 후각적 감각은 이런 사회를 개혁하려는 도덕성의 발로에서 비롯된 것이다.

이런 도덕성의 발로가 시인들에게서 지속적으로 촉발된다는 것을 보여주는 것이 아래 김남주의 시이다.

> 나라가 다르고 시대가 다르고 언어가 다르고……
> 그러면서도 그들의 시에는 영락없이 쌍둥이 같은 데가 있는 것이다
> 그것은 흙이 타고 밤이 타는 냄새와도 같다
> 그것은 노동의 대지가 파괴되는 천둥소리와도 같다
> 한마디로 말하자 그들의 시에는
> 인간이 있는 것이다 육체를 가진 인간이 있고
> 인간과 인간 사이를 원수지게 하기도 하고 동지이게 하기도 하는
> 물질이 있는 것이다 그 깊이와 역사가 있는 것이다
>
> — 김남주 부분, 「시를 쓸 때는」,
> 『조국은 하나다』, 실천문학, 1993

김남주는 "나라가 다르고 시대가 다르고 언어가 다르"지만 시인들의

25 콘스탄스 클라센 · 데이비드 하위즈 · 앤소니 시노트, 「냄새의 의례」, 175~180쪽 참조.

시에서 "흙이 타고, 밤이 타는 냄새"가 난다고 말한다. 시인들의 역사적 현실 인식과 양심, 그리고 도덕적 현실에 대한 저항 의식을 "타는 냄새"로 의식화하고 있다. 여기서 "타는 냄새"는 사회의 악을 정화하려는 의식으로 의미화된다. 정치적 입장에서 인간에게 도덕이라는 말은 금기의 의미를 지니고 있는데, 그것이 신이든 아버지건 간에 사회라는 거대한 보이지 않는 권위에서 유래된다.[26] 사회에서의 권위가 제대로 실행되지 않을 때 시인들이 가지는 생존과 진보의 본능은 지식인으로서의 양심을 촉발하고, 그것을 본능적으로 행동으로 옮기게 한다. 의무의 본질은 이성보다는 본능에 가깝다. 불안한 사회 속에서 개인은 고립감을 극복하고 자존감을 지키기 위해 자신이 몸담고 있는 사회적 체계가 건강하기를 바란다. 본능적 의무는 생명적 집단의 존속이라는 현상에 토대를 두고 있다.[27] 내 집단이 악의 현실에 처해 있을 때 냄새는 화학적 감각이지만 그동안의 경험과 기억, 정보를 종합하여 선악을 판단하는 능력을 발휘하게 한다. 이러한 인간의 능력 작용을 루돌프 슈타이너는 의식혼이라고 한다.[28] 시의 후각적 감각으로 표출되는 이런 경험적 직관은 시인들의 오랜 후각적 경험이 체화[29]된 것으로 무의식이나 전의식의 영역에서 잠재적 상태로 머문 개인의 활동은 물론 타인과 사회에 대한 태도와 행동에 대한 판단이라 할 수 있다. 인간의 감정은 감각적 연속이 아니라도 기억이나 경험에 기대어 현 감각의 판단에 영향을 줄 수가 있다.[30] 시의 후각

---

26 황수영, 앞의 책, 202쪽, 210쪽 참조.

27 위의 책, 208쪽 참조.

28 알베르트 수스만, 앞의 책, 129쪽.

29 콘스탄스 클라센 · 데이비드 하위즈, 「냄새와 권력—냄새의 정치」, 233쪽.

적 감각은 오랜 관습과 경험에 의해 형성된 후각적 메타포를 본능적으로 소환한 것이라 할 수 있다.

이와 같이 1990년대 시의 후각 이미지에는 당대 사회와 문화적 현실이 반영되어 있다. 1990년대의 사회 · 문화적인 현실을 반영하는 후각적 감각은 생물학적 존재로서의 실존성이 위협받을 때 나타나는 생명적 감각이나 물질적 존재성을 양산하는 쾌락적 감각 그리고 이런 현실을 정화하려는 내면의 후각 이데올로기로 나타난다.

1990년대 시에서 후각적 감각이 다른 시대와는 달리 물질문명과 관련되어 많이 표출되는 것은 당대 사회가 집단이나 정신의 논리에서 벗어나기는 했지만 정신과 물질에 대한 구체적인 의식이 정착되지 않았기 때문인 것으로 보인다. 그리고 1990년대에 나타나는 생물학적 위기는 어떠한 형태로든 직접적 위기가 있었던 앞선 연대와는 다른 것이라 할 수 있다. 물질주의 속에서 가공되어가는 생물학적 존재성, 간접적인 생명의 위기라고 할 수 있다. 이것은 곧 후각적 감각이 현실의 문제를 간과하지 않으며, 현실이 위기에 처할 때 맹목적 본능과 융합해 사회를 연대하려는 속성을 가진 감각이라는 것을 보여준 것이다.

---

30 이-푸 투안, 앞의 책, 26쪽 참조.

참고문헌

1. 기본 자료

1930년대

김성윤, 『카프시전집 Ⅱ』, 시대평론, 1988.
김용직 주해, 『원본 한용운 시집』, 깊은샘, 2009.
————, 『김소월 시집』, 깊은샘, 2007.
김용호, 『김용호 시전집』, 대광문화사, 1983.
김학동 편, 『오장환전집』, 국학자료원, 2003.
박두진 외, 『청록집』, 을유문화사, 1946.
박용철, 『박용철 전집』, 현대시사, 1939.
박태일 편, 『허민 전집』, 현대문학, 2009.
백시나 편, 『나와 나타샤와 흰 당나귀』, 다산초당, 2005.
서정주, 『미당시전집 1』, 민음사, 2001.
유성호 편, 『박팔양 시선집』, 현대문학, 2009.
윤여탁 편저, 『한국현대시사자료집성』, 태학사, 1988.
윤영천 편, 『이용악시전집』, 창작과비평, 2003.
이동순 · 황선열 편, 『깜박 잊어버린 그 이름—권환 시전집』, 솔, 1998.
이동순 편, 『조벽암시선집』, 도서출판 善, 2003.
이숭원 주해, 이지나 편, 『백석 시집』, 깊은 샘, 2006.
————, 『원본 정지용 시집』, 깊은샘, 2007.
이승훈 편, 『이상문학전집 1』, 문학사상사, 2006.
임 화 외, 『한국문학전집』, 서음미디어, 2005.
한국역사정보시스템 국사편찬위원회, 『삼천리』 제1호~제14권 1호, 삼천리사, 2009.

———————————, 『삼천리 문학』 제1집, 삼천리사, 1938.
———————————, 『삼천리 문학』 제2집, 삼천리사, 1938.
———————————, 『별건곤』, 개벽사, 2009.
송기석 편, 『이상 시집』, 동하, 1991.
이　상, 『한국현대시인선—이상 시집』, 동하, 1991
한용운, 『님의 침묵』, 회동서관, 1926.
함형수, 『해바라기의 비명』, 문학과 비평사, 1989.
허윤희 주해, 『김영랑 시집』, 깊은샘, 2007.

1950년대

한양대학교 한양어문연구회 편, 『한국현대시사자료대계』 9~26, 동서문화원, 1987.
구　상, 『초토의 시』, 레포트샵, 2004.
김규동, 『나비와 광장』, 위성문화사, 1953.
김동명, 『목격자』, 인간사, 1957.
김상화, 『계산기가 놓여 있는 진찰대』, 국제신문사 출판국, 1952.
남진우 편, 『전봉건 시전집』, 문학동네, 2008.
노천명, 『별을 쳐다 보며』, 희망, 1953.
이설주, 『수난의 장』, 문성당, 1950.
임동확 편, 『박봉우 시전집』, 현대문학, 2009.
박인환, 『박인환선시집』, 산호장, 1955.
——— 외, 『한국전후문제시집』, 신구문화사, 1961.
장만영, 『밤의 서정』, 정양사, 1956.
조지훈, 『역사 앞에서』, 신구문화사, 1950.
조　향, 『조향전집 1』, 열음사, 1994.

1960~70년대

김명인, 『동두천』, 문학과지성사, 1979.
김수영, 『거대한 뿌리』, 민음사, 1974.
이수익, 『이수익 시전집, 그리고 너를 위하여』, 문학과비평사, 1988.

이양하, 『마음과 풍경』, 민중서관, 1962.
오규원, 『오규원 시전집』, 문학과지성사, 2002.
정현종, 『나는 별아저씨』, 문학과지성사, 1978.
정희성, 『저문 강에 삽을 씻고』, 창작과비평사, 1978.
조태일, 『아침 船舶』, 나남, 1965.

1980년대

고정희, 『초혼제』, 창작과비평사, 1983.
기형도, 『동아일보』, 1985.
김승희, 『왼손을 위한 협주곡』, 문학사상사, 1983.
김정란, 『다시 시작하는 나비』, 문학과 지성사, 1989.
김혜순, 『아버지가 세운 허수아비』, 문학과지성사, 1985.
박영근, 『솔아 푸른 솔아』, (주)도서출판 강, 2000.
장정일, 『상복을 입은 시집』, 그루, 1987.
하재봉, 『비디오/천국』, 문학과지성사, 1990.
최두석, 『성에꽃』, 문학과지성사, 1990.
최 석, 『작업일지』, 청하, 1990.
최승호, 『세속도시의 즐거움』, 세계사, 1990.

1990년대

김남주, 『조국은 하나다』, 실천문학, 1993.
김혜순, 『불쌍한 사랑 기계』, 문학과지성사, 1997.
남진우, 『죽은 자를 위한 기도』, 문학과지성사, 1996.
유 하, 『세운상가 키드의 사랑』, 문학과지성사, 1995.
이문재, 『산책시편』, 민음사, 1993.
이승하, 『생명에서 물건으로』, 문학과지성사, 1995.
이연주, 『매음녀가 있는 밤의 시장』, 세계사, 1991.
함민복, 『자본주의의 약속』, 세계사, 1993.

2. 논문 및 평론

가. 학위 논문

계미량, 「아유르베다에서 보는 몸과 마음의 상관성 연구」, 원광대학교 석사학위 논문, 2009.

김기택, 「한국 현대시의 몸 연구」, 경희대학교 박사학위 논문, 2007.

김나영, 「이성복 시 연구—몸 감각을 중심으로」, 고려대학교 석사학위 논문, 2008.

김성규, 「최승호 시의 문명비판과 부정정신」, 명지대학교 석사학위 논문, 2006.

김신정, 「정지용 시 연구 : '감각'의 의미를 중심으로」, 연세대학교 박사학위 논문, 1998.

김지현, 「촉각적인 이미지」, 이화여자대학교 석사학위 논문, 2009.

나희덕, 「1930년대 모더니즘 시의 시각성」, 연세대학교 박사학위 논문, 2006.

도우희, 「생태시의 불교적 생명관」, 동국대학교 석사학위 논문, 2001.

문　철, 「정지용 시 연구 : 고향의식과 감각의식 중심으로」, 동국대학교 석사학위 논문, 2001.

박경미, 「일제강점기 화장품 광고에 나타난 여성상의 미의식 고찰」, 전남대학교 석사학위 논문, 2003.

박성우, 「백석 시 연구」, 대구대학교 석사학위 논문, 2005.

박주용, 「최승호 시에 나타난 생태학적 상상력 연구」, 건양대학교 석사학위 논문, 2003.

백소연, 「최승호 시 연구 : 생태주의 시를 중심으로」, 고려대학교 석사학위 논문, 2008.

서경숙, 「백석 시의 언어미학과 의식세계」, 중앙대학교 석사학위 논문, 2000.

서선례, 「최승호의 생태학적 시세계 연구」, 전남대학교 석사학위 논문, 2006.

소래섭, 「백석 시에 나타난 음식의 의미 연구」, 서울대학교 박사학위 논문, 2008.

손광은, 「한국시의 상징주의 수용양상 연구」, 충남대학교 박사학위 논문, 1986.

송영상, 「최승호 시의 문명비판과 죽음의식」, 조선대학교 석사학위 논문, 2011.

신혜원, 「백석 시의 공간의식 연구」, 전북대학교 대학원 석사학위 논문, 2009.

유병석, 「한국 현대 생태시에 나타난 동양적 세계관 연구」, 인천대학교 석사학위 논문, 2005.

유재천, 「이상 시 연구」, 연세대학교 석사학위 논문, 1986.
이민지, 「백석 시의 전통성 연구」, 숙명여자대학교 석사학위 논문, 2009.
임은수, 「백석 시 연구 : 고향의식을 중심으로」, 서울여자대학교 석사학위 논문, 2003.
임지연, 「1950-60년대 현대시의 신체성 연구」, 건국대학교 박사학위 논문, 2011.
전미정, 「한국 현대시의 에로티시즘 연구 : 서정주, 오장환, 송욱, 전봉건의 시를 중심으로」, 서강대학교 박사학위 논문, 1999.
정연정, 「한국시에 나타난 불교생태의식 연구」, 숭실대학교 박사학위 논문, 2011.
조동구, 「안서 김억 연구」, 연세대학교 박사학위 논문, 1988.
지주현, 「백석 시의 서술적 서정성 연구」, 전남대학교 박사학위 논문, 2008.
한계전, 「한국근대시론형성에 관한 연구」, 서울대학교 박사학위 논문, 1982.
한승민, 「한 · 일 초창기 상징주의 시 도입양상 비교연구」, 동덕여자대학교 박사학위 논문, 2001.
한임석, 「이용악 시의 몸 이미지 연구」, 동국대학교 석사학위 논문, 2002.

나. 학술지 논문 및 평론

고봉준, 「근대시에 나타난 '감각'의 양상」, 『한국시학회 제25회 전국학술발표대회』, 한국시학, 2010. 4.
고현철, 「황순원 시 연구—시집 '방가'에 나타난 역사의식을 중심으로」, 『한국문학논총』 제11집, 한국문학회, 1990. 10.
김경남, 「1930년대 일제의 도시건설과 부산 시가지계획의 특성」, 『역사문화학회』, 역사문화학회, 2004. 11.
김경복, 「현대시에 나타난 생명의 성(性) 고찰」, 『한국 현대시의 구조와 의식 지평』, 박이정, 2010.
김경일, 「일제하 고무노동자의 상태와 노동운동」, 『일제하의 사회운동』, 문학과지성사, 1987.
김광기, 「알프레드 슈츠의 '자연적 태도'」, 『철학과 현상학 연구』 제25집, 한국현상학회, 2005.
김광일, 「굿과 정신 치료」, 『문화인류학』, 인류문화학회, 1972.
———, 「이방인의 현상학」, 『철학과 현상학 연구』 제33집, 한국현상학회, 2007. 5.
김남석, 「1930년대 초 동아시아 담론 연구」, 동북아시아문화학회 제18차 동북아세

아문화학회 대련수산학원 공동 국제학술대회, 2009. 5.
김미란, 「'낙토' 만주의 농촌 유토피아와 공간 재현 구조」, 『상허학보』 33집, 상허학회, 2011. 10.
김승희, 「청록집과 탈식민지화의 저항」, 『한국문학이론과 비평』 제33집, 한국문학이론과비평학회, 2008.
김영모, 「식민지시대 한국의 사회계층」, 『변혁시대의 한국사』, 동평사, 1980.
김영수, 「피의 상징성과 그 기능—서정주 초기시에 있어서」, 『안동대학논문집』, Vol.8 No.1, 안동대학교, 1986.
김용희, 「식민지 지식인의 근대 풍경에 대한 내면의식과 시적 양식의 모색」, 『한국문학논총』 제43집, 한국문학회, 2006.
김점용, 「'화사집'에 나타난 '피'의 상징성 연구」, 『전농어문학회』 제12집, 서울시립대학교, 2000.
김주용, 「만주 지역 한인 '안전농촌' 연구」, 『한국근현대사연구』 제38집, 한국근현대사학회, 2006. 9.
김행숙, 「최승호 시의 생태학」, 『우리어문연구』 제25호, 우리어문학회, 2005.
나희덕, 「한국 문학사의 쟁점 3—1930년대 : 1930년대 시의 "자연"과 "감각"—김영랑과 정지용을 중심으로」, 『현대문학의 연구』 25권, 한국문학연구학회, 2005.
남송우, 「문학 속에 나타난 생명지역주의의 한 모습」, 『문학과환경』 통권3호, 문학과환경학회, 2004. 10.
남송우 외, 「근대 일본과 한국의 사회진화론과 아나키즘 연구」, 『동북아문화연구』 제14집, 동북아시아문화학회, 2008. 3.
류의근, 「메를로 퐁티의 감각적 경험의 개념」, 『한국 현상학』 제20집, 한국현상학회, 2003.
박순원, 「백석 시에 나타난 청각 이미지 연구」, 『우리어문연구』 제35호, 우리어문학회, 2009.
박인철, 「현상학과 문화」, 『철학과 현상학 연구』 제101집, 한국현상학회, 2009. 11.
———, 「상호문화성과 윤리」, 『철학과 현상학 연구』 제103집, 한국현상학회, 2010. 5.
———, 「사회생물학과 현상학」, 『철학과 현상학 연구』 제21집, 한국현상학회, 2003. 11.

배성준, 「1930년대 경성지역 공업의 식민지적 '이중구조'」, 『역사연구』 제6호, 역사학연구소, 1998. 12.

서지영, 「상실과 부재의 시공간 : 1930년대 요리점과 기생」, 『연구논문』 제32권 제3호(통권 116호), 정신문화연구, 2009.

———, 「소비하는 여성들 : 1920-30년대 경성과 욕망의 경제학」, 『한국 여성학』 제26권 1호, 한국여성학회, 2010. 3.

성 염, 「아우구스티누스의 감각적 지각론에서 지향의 역할」, 『철학과 현상학 연구』 제6집, 한국현상학회, 1992. 11.

소래섭, 「1920-30년대 문학에 나타난 후각의 의미」, 『사회와 역사』 통권 제81집, 한국사회사학회, 2009.

———, 「백석 시와 음식의 아우라」, 『한국근대문학』 제16호, 한국근대문학회, 2007.

송기한, 「윤곤강 시의 욕망의 지향도」, 『한국문학이론비평』 제24집, 한국문학이론과비평학회, 2004

송명희, 「잡지 '삼천리'의 사회주의 페미니즘 담론 연구」, 『비평문학』 제38호, 한국비평문학회, 2010. 12.

신일철, 「한국 문화 침탈의 기조」, 『변혁시대의 한국사』, 동평사, 1980.

신종호, 「서정주의 '花蛇集' 연구」, 『숭실어문』 제10권, 숭실어문학회, 1993.

양해림, 「메를로-퐁티의 몸의 문화현상학」, 『철학과 현상학 연구』 제14집, 한국현상학회, 1999. 10.

오형엽, 「1930년대 기교주의 논쟁 연구」, 『논문집』 제23권, 수원대학교출판부, 2005.

우찬제, 「후각 환각, 그 감각의 탈주」, 『문화과사회』 제21권 제3호, 2008. 8.

유혜숙, 「'피'의 상징성과 그 기능」, 『한국문학이론과 비평』, Vol. 11, 한국문학이론과비평학회, 2001.

이남인, 「후설의 초월론적 현상학과 하이데거의 해석학적 현상학」, 『철학과 현상학 연구』 제21집, 한국현상학회, 2003. 11.

이명찬, 「1960년대 시단과 『한국전후문제시집』」, 『독서연구』 26, 한국독서학회, 2011.

이상록, 「1960~70년대 민주화운동 세력의 민주주의 담론」, 『역사와현실』 77, 한국역사연구회, 2010.

이창민, 「환상시론의 이론적 실제」, 『돈암어문학』 제16집 , 돈암어문학회, 2003.
이해영, 「90년대와 80년대 : 하나의 정신사적 고찰」, 『문화과학』 20, 문화과학사, 1999.
이홍석, 「민중의 재구성과 1960~1970년대 탄광 노동자」, 『실천문학』 110, 실천문학사, 2013.
이현석, 「4 · 19혁명과 60년대 말 문학담론에 나타난 비—정치의 감각과 논리 : 소시민 논쟁과 리얼리즘 논쟁을 중심으로」, 『한국현대문학연구』 35, 한국현대문학회, 2011.
임재해, 「굿의 주술성과 변혁성」, 『비교민속학』, 비교민속학회, 1992.
임현순, 「청각적 매개와 윤동주 시의 종교인식」, 『우리어문연구』 제32집, 우리어문학회, 2008.
———, 「서정주 시의 상징성 연구—보들레르 시와의 영향관계를 중심으로」, 『비교문학』 제28권, 비교문학회, 2002.
정기철, 「기억의 현상학과 역사의 해석학」, 『철학과 현상학 연구』 제36집, 한국현상학회, 2008. 2.
정연태, 「1930년대 일제의 식민농정에 대한 재검토」, 『역사와 현실』 제4권, 한국역사연구회, 1990.
정진경, 「'삼천리' 시에 함축된 문화이데올로기」, 『인문과학연구』 제27호, 강원대인문학연구소, 2010.
———, 「김명순 시에 나타난 '피'의 상징성 연구」, 『부경어문』 제5호, 부경어문학회, 2010.
정태환, 「80년대 반정부운동과 노동운동의 성격」, 『한국학연구』 13, 고려대학교 한국학연구소, 2000, 12.
조경식, 「문화적 기억과 망각」, 『독어교육』 28집, 독어교육학회, 2003.
조동구, 「친일문학의 형성과 전개 양상 연구」, 『동북아 문화연구』 제3집, 동북아시아문화학회, 2002. 10.
———, 「한국 현대시와 아방가르드」, 『배달말』 제23호, 배달말학회, 1998.
조주현, 「여성정체성의 정치학 : 80-90년대 한국의 여성운동을 중심으로」, 『한국여성학』 제12권 1호, 1996.
진중권, 「미학에서 감각으로」, 『창작과비평』 통권116호, 창작과비평, 2002.
최은아, 「감각의 문화사 연구 : 촉각」, 『카프카연구』 제19집, 한국카프카학회,

2008.
———, 「감각의 문화사 연구 : 미각」, 『카프카연구』 제21집, 한국카프카학회, 2008.
———, 「감각의 문화사 : 시각과 후각을 중심으로」, 『카프카연구』 제17집, 한국카프카학회, 2007.
홍기돈, 「오장환 시의 정치성 연구」, 『어문연구』 제64집, 어문연구학회, 2010.
홍성하, 「후설에서 나타난 무의식의 현상학에 대한 연구」, 『철학과 현상학 연구』 제21집, 한국현상학회, 2003.
황종연, 「데카당티즘과 시의 음악—김억의 상징주의 수용에 관한 일반적 고찰」, 『한국문학연구』 제9권, 동국대학교 한국문학연구소, 1986. 6.
제임스 페트라스, 김성호 역, 「20세기말의 문화제국주의」, 『창작과비평』 제21권 제3호(통권 81호), 창작과비평, 1993. 9.

3. 단행본

가. 국내 저서

강내희, 『한국의 문화변동과 문화정치』, 문학과과학사, 2003.
권영민, 『한국현대문학사 1』, 민음사, 2009.
김경복, 『한국 현대시의 구조와 의식 지평』, 박이정, 2010.
김경일, 『여성의 근대, 근대의 여성』, 푸른역사, 2004.
김규동, 『프랑스 상징주의 시와 한국 모더니즘 시』, 문학시대사, 2004.
김수진, 『신여성, 근대의 과잉』, 소명출판, 2009.
김윤식, 『동양정신과 감각적 만남』, 고려대학교 출판부, 1997.
김준오, 『시론』, 삼지원, 2004.
김종호, 『서정주 시와 영원지향성』, 보고사, 2002.
김점용, 『시적 환상과 미의식』, 국학자료원, 2003.
김정신, 『서정주 시정신』, 국학자료원, 2002.
김춘식, 『미적 근대성과 동인지 문단』, 소명출판, 2003.
김학동, 『한국 전후 문제시인 연구』 1-5, 예림기획, 2005.
김혜니, 『한국근현대비평문학사연구』, 월인, 2003.
김희숙, 『한국과 서양의 화장문화사』, 청구문화사, 2000.

마광수, 『상징시학』, 철학과현실사, 2007.
문덕수, 『시론』, 시문학사, 2002.
민족문학사연구소 편, 『새민족문학사 강좌』, 창작과비평, 2009.
박경식, 『일본제국주의의 조선지배』, 청아, 1986.
송명희, 『김명순 작품집』, 지식을만드는지식, 2008.
송인갑, 『냄새』, 청어와삐삐, 2000.
———, 『향수, 영혼의 예술』, 디자인하우스, 1999.
오명근 · 백승대 편저, 『현대사회학이론』, 삼영사, 1985.
오세영, 『20세기 한국시 연구』, 새문사, 1989.
유종호, 『시란 무엇인가』, 민음사, 2002.
윤석산, 『현대시학』, 새미, 1996, 2003.
이거룡 외, 『몸 또는 욕망의 사다리』, 한길사, 2001.
이선영 편, 『문학비평의 방법과 실제』, 삼지원, 2003.
이승하 외, 『한국 현대시문학사』, 소명출판, 2005.
이승훈, 『포스트모더니즘시론』, 세계사, 1997.
일　연, 『삼국유사』, 최호 역해, 홍익신서, 1993.
이희승 감수, 『엣센스 국어사전』, 민중서림, 1974.
임진수, 『환상의 정신분석 : 프로이트, 라캉에서의 욕망과 환상론』, 현대문학, 2005.
임철규, 『왜 유토피아인가』, 민음사, 1995.
장석주, 『20세기 한국 문학의 탐색 1』, 시공사, 2000.
진중권, 『현대미학 강의』, 아트북스, 2010.
허혜경 · 박인숙, 『사회변동과 성역할』, 문음사, 2010.
홍문표, 『시어론』, 창조문학사, 2004.
황수영, 『베르그송—지속과 생명의 형이상학』, 이룸, 1997.
———, 『물질과 기억, 시간의 지층을 탐험하는 이미지와 기억의 미학』, 그린비, 2007.

나. 국외 논저 및 번역서

가스통 바슐라르, 『물과 꿈—물질적 상상력에 관한 시론』, 이가림 역, 문예출판사, 2004.

────────, 『공기와 꿈—운동에 관한 상상력』, 정영란 역, 이학사, 2008.
────────, 『불의 정신분석』, 김병욱 역, 이학사, 2007.
────────, 『대지 그리고 휴식의 몽상』, 정영란 역, 문학동네, 2005.
게오르크 짐멜, 『짐멜의 모더니티 읽기』, 김덕영 · 윤미애 역, 새물결출판사, 2005.
고모리 요이치, 『포스트콜로니얼』, 송태욱 역, 삼인, 2002.
골드 스테인, 『감각과 지각』, 김정오 외 편, (주)시그마프레스, 2008.
곽광수 외 편, 『현대문학비평론』, 한신문화사, 2006.
나카무라 유지로, 『공통감각론』, 고동호 역, 민음사, 2003.
다이앤 애커먼, 『감각의 박물관』, 백영미 역, 작가정신, 2004.
라이얼 왓슨, 『코』, 이한기 역, 정신세계사, 2002.
C. 라이트 밀즈, 『사회학적 상상력』, 강희경 · 이해찬 역, 홍성신서, 1978.
루카 튜린, 『향의 비밀』, 장재만 · 유영상 · 임순성 역, 쎈텍(주), 2010.
루돌프 슈타이너, 『초감각적 세계 인식』, 양억관 · 다카하시 이와오 역, 물병자리, 2006.
리타 펠스키, 『근대성의 젠더』, 김명찬 · 심진경 역, 자음과 모음, 2001.
리하르트 반 뒬멘, 『개인의 발견, 어떻게 개인을 찾아가는가』, 최윤영 역, 현실문화연구, 2005.
마르틴 하이데거, 『존재와 시간』, 이기상 역, 까치, 2006.
마이클 하트, 『들뢰즈 사상의 진화』, 김상운 · 양창렬 역, 갈무리, 2006.
마셜 맥루언, 『미디어의 이해 인간의 확장』, 김성기 · 이한우 역, 민음사, 2002.
메를로 퐁티, 『지각의 현상학』, 류의근 역, 문학과지성사, 2002.
미르치아 엘리아데, 『이미지와 상징』, 이재실 역, 까치, 2005.
────────, 『영원회귀의 신화』, 심재중 역, 이학사, 2005.
────────, 『샤머니즘』, 이윤기 역, 까치, 2007.
미셸 푸코, 『광기의 역사』, 이규현 역, 오생근 감수, 나남출판, 2005.
미셸 짐발리스트 로잘도 · 루이스 램피어 편, 『여성 · 문화 · 사회』, 권숙인 · 김현미 역, 한길사, 2009.
밀턴 잉거, 『종교사회학』, 한완상 역, 현대신서, 1981.
부케티츠, 프란츠 M, 『자유의지, 그 환상의 진화』, 원석영 역, 열음사, 2009.
아리스토텔레스, 『영혼에 관하여』, 유원기 역주, 궁리출판, 2010.
안토니 기든스, 『비판 사회학』, 박영신 · 한상진 역, 현상과 인식, 1983.

알베르트 수스만, 『영혼을 깨우는 12감각』, 서영숙 역, 섬돌, 2007.
에드워드 사이드, 『오리엔탈리즘』, 박홍규 역, 교보문고, 2008.
―――――――, 『문화와 제국주의』, 박홍규 역, 문예출판사, 2004.
에드문트 후설, 『순수현상학과 현상학적 철학의 이념들 1』, 이종훈 역, 한길사, 2009.
―――――――, 『순수현상학과 현상학적 철학의 이념들 2』, 이종훈 역, 한길사, 2009.
―――――――, 『순수현상학과 현상학적 철학의 이념들 3』, 이종훈 역, 한길사, 2009.
에드워드 홀, 『문화를 넘어서』, 최효선 역, 한길사, 2003.
에드워드 렐프, 『장소와 장소상실』, 김덕현 · 김현주 · 심승희 역,논형, 2005.
에른스트 카시러, 『인문학 구조 내에서 상징형식 개념 외』, 오향미 역, 책세상, 2002.
오토 캔버그, 『경계선 장애와 병리적 나르시즘』, 윤순임 외 역, 학지사, 2008.
일본취기대책연구협회 편저, 『후각과 냄새물질』, 양성봉 외 역, (주)수도PEC출판부, 2004.
이-푸 투안, 『공간과 장소』, 구동회 · 심승희 역, 대윤, 2007.
사르트르, 『존재와 무』, 정소성 역, 동서문화사, 2010.
스테판 에젤, 『계급사회학』, 신행철 역, 한울아카데미, 1993.
제임스 조지 프레이저, 『황금가지』, 이용대 역, 한겨레출판, 2006.
조세핀 도노번, 『페미니즘 이론』, 김익두 · 이월영 역, 문예출판사, 1993.
존 톰린슨, 『문화제국주의』, 강대인 역, 나남출판, 1999.
조르주 바타유, 『에로티즘』, 조한경 역, 민음사, 2008.
지그문트 프로이트, 『문명 속의 불안』, 김석희 역, 열린책들, 1997.
질 들뢰즈, 『감각의 논리』, 하태환 역, 민음사, 2008.
칼 융, 『원형과 무의식』, 한국칼융연구위원회 역, 솔, 2006.
켄 윌버, 『감각과 영혼의 만남』, 서영숙 역, 범양사, 2007.
콘스탄스 클라센 외, 『아로마—냄새의 문화사』, 김진옥 역, 현실문화연구, 2002.
크리스 쉴링, 『몸의 사회학』, 임인숙 역, 나남출판, 2003.
피에르 라즐로, 『냄새란 무엇인가』, 김성희 역, 민음사, 2006.
피트 브론 · 안톤 반아메롱겐 · 한스 데 브리스, 『냄새 : 그 은밀한 유혹』, 이인철 역, 까치, 2000.
필립 휠라이트, 『은유와 실재』, 김태옥 역, 문학과지성사, 2000.
H. 마르쿠제, 『에로스와 문명』, 김인환 역, 나남출판, 2004.
Alfred Schutz, *On Phenomenology and Scocial Relations*, : Chicago The University of Chicago Press, 1970.
———, *Collected Papers Vol.II: The Problem of Social Reality*, The Hague : Martinus Nijhoff, 1962.
———, *The Phenomenology of the Social World*, Hnemann Educational Books · London, 1980.
A. Seeger, *Nature and Society in Central Brazil: The Suya Indians of Mato Grosso, Cambridge*, Mass : Harvard University Press, 1981.
B. S. Eastwood, *Galen on the Elements of Olfactory Sensation*, Rbeiniscbes Museum fuir Pbilologie, vol. 124, 1981.
G. Orwell, *The Road Wigan Pier*, London : Victior Gollancz, 1937.
L. Strate, "Media and the Sense of Smell", in G. Grumpet and R. Cathcart(eds), *Inter-Media*, Oxford : Oxford University Press, 1986.
Laurie Spurling, *Phenomenology and the Social World*, Routledge & Kegan Paul London, Henley and Boston, 1977.
R. D. Archer–Hind (ed and trans), *The Timaeus of Plato*, New York : Macmillan & Co.', Lilija, Treatment of Odours, 1888.
S. Christiansen, "The Coming Age of Aroma-Chology", *Soap, Cosmetics, Cbemical Specialties*, April 1991.
S. Schiffman and J. Siebert, "New Forntiers in Fragrance Use", *Cosmetics and Toiletries*, June 1991.
S. Lilija, "*The Treatment of Odours, in the Poetry of Antiquity*", *Commenttationes Humanarum Litteraarum*, 49, Helsinki : Societass Scientiarum Fennica, 1972.
U. Almagor, "The Cycle and Stagnation of Smells : Pastoralists-Fishermen Relationship East African Society", *RES* vol, 14., 1987.

인명

용어

작품, 도서

ㅇ

ㅈ

ㅊ

ㅍ

ㅎ

기타

◆◆◆ 정진경 鄭鎭璟

1962년 부산에서 태어나 부경대학교 대학원에서 문학박사 학위를 받았다. 2000년 『부산일보』 신춘문예에 시가 당선되어 작품 활동을 시작했다. 시집으로 『알타미라 벽화』 『잔혹한 연애사』 『여우비 간다』, 평론집으로 『가면적 세계와의 불화』가 있다. 현재 부산작가회의에서 활동하고 있으며, 부경대학교에 출강하고 있다.

후각의 시학

인쇄 · 2016년 6월 8일
발행 · 2016년 6월 15일

지은이 · 정진경
펴낸이 · 한봉숙
펴낸곳 · 푸른사상사

편집 · 지순이, 김선도 | 교정 · 김수란
등록 · 1999년 7월 8일 제2-2876호
주소 · 경기도 파주시 회동길 337-16(서패동 470-6) 푸른사상사
서울시 중구 을지로 148 중앙데코플라자 803호
대표전화 · 031) 955-9111~2 | 팩시밀리 · 031) 955-9114
이메일 · prun21c@hanmail.net
홈페이지 · http://www.prun21c.com

ISBN 979-11-308-0660-0 93810
값 28,500원

현대문학연구총서 44

후각의 시학